現代文學 48

槐安紀行

胡靜波 著

博客思出版社

推薦序

　　這是一本怪書，我本來想說這是一本奇書。作者堅決不同意這樣的說法，他認為藏之名山不為人識，一旦出山就能驚天撼地的書方能稱為奇書，這本書不過是休閒消遣的閒書，實在不敢擔奇書之盛名。

　　本書作為荒誕文學其吸引人處不是離奇的故事，而是與真實世界的反差，如果你認為「存在皆合理」，那麼書中的情節就是荒誕故事；如果你覺得書裡的故事雖然離奇，但是很合理，那麼荒誕的是現實的世界。

　　本書多處討論一些諸如自我的認知、人生的意義、人和動物的根本區別、人類生存的終極目的等倫理哲學問題，所以從某個角度上看，可以認為是一本哲學讀物。書中《黃鼠狼掉進雞窩裡》是討論自我認知問題的較為精彩的一段，書中的角色「我」和哲學家互庚因為誤會而引發了一場用辯論哲學命題的方式進行的決鬥。據作者講，這段文字極其難寫，如果寫哲學家贏了，那不稀奇，哲學家辯不贏普通人能叫哲學家嗎？哲學家輸了，哲學家輸給普通人，怎麼輸的？此處無論怎麼落筆都很難出彩。結果是在哲學家互庚連勝兩局的情況下，「我」突出奇兵大勝哲學家，最後哲學家互庚無奈認輸，並將他的祖師蘇格拉底的名言「經常審察人生的人才有活下去的價值」改成了「經常審察人生和享受愛和被愛的人生才是一個完美人生，才有活下去的價值。」因為「人，是一切社會關係的總和；愛

和被愛是一切社會關係的核心，沒有愛和被愛的「人」不符合人的定義。」

作者是個積極、進取的悲觀主義者，他很推崇「杞人憂天」故事裡的杞人，認為人與動物的區別就在於人有憂患意識，今天憂明天，夏天憂冬天，這是勞動的動因，也是人類誕生的原因；豐年憂災年，少年憂暮年，老年憂子孫，皇帝憂百年短壽，這是人類發展的原因；一旦人們不再憂慮，不憂子孫萬代，不憂地球生態，只顧自己享樂，那麼人類的終結也就快了，因為任何事物產生的原因就是該事物發展的原因，只要這個原因還在，事物就會一直發展，直到原因的消亡，或事物走向反面而崩潰，這是一個很重要的原理。作者的悲觀主義來自熱力學第二定律——熵增定律，故該定律貫穿了全書，從提倡儉樸的生活方式到構想出的「天和黨」追求天人合一的哲學理想，處處體現了作者內心深處的憂患意識。

作者構想了一個具有兩千年賣饅頭歷史「高老莊」家族，和「高老莊饅頭文化」的發展史，一家很尋常的饅頭店，一個在戰亂動盪的年代追求安居樂業的饅頭師傅，他的生活方式是平淡、儉樸，他的飲食品味是「淡而無味」，他信奉的是「上善若水」，始終信守「居下不爭善為上，以退為進意在遠」處事原則；兩千年過去，高老莊饅頭莊發展成了舉國無雙的高老莊財團，而「上善若水」的理念發展成了「無色無味無嗅無常形為水之形，至柔至簡至下至大用為水之質；激流勇進洶湧澎湃為水之大勇，潤物無聲滴而穿石為水之韜晦；大江東去百折不回為水之大志，匯歸東海得以永恆乃水之天命也！」的哲學信條，並成了高老莊財團的企業文化，全面影響到槐安民族的普遍價值觀和民族文化，高老莊饅頭莊則成了槐安國的文化、經濟核心。高老莊饅頭師傅

的勤勉、節儉、敬業、進取、向善的品行影響了整個國家和民族，「技無不精，藝無不功，學無不通，事無不認真，人無不自信」成了槐安國民普遍的素質。

作者認為人世間最可貴的東西是文化，在這個世界上百分之九十五以上的人創之物都是一百年以內製造的，而這些東西都是建立在人類五千年的文化積累的基礎上的；世界上所有的人創之物都不過是一百零三種元素按照人類文化訊息而重新排列、堆砌之物；我們的一切物質享受其實享受的都是文化，我們生活的意義是享有文化，我們為人的責任是發展文化，為我們的子孫萬代的生存、發展創造一個更先進，更為豐富多彩的文化。

我和作者胡靜波先生是交往五十年的老同事、老朋友，他邏輯嚴謹，思維慎密，又具有超乎常人的想像力，我的職業和年齡使我閱人無數，直到現在我還沒有遇到過想像力超過他的人。儘管如此，他卻是一個不善交際，行動木訥，永遠落後於時尚的人，讀了這本書稿方才知道他是生活在另一個世界的人。

黃融融　2018.9.27

黃融融先生是著名大律師，是中國首屆金獅獎十名得主之一。

自序

　　我於 2000 年左右開始寫這本書，斷斷續續花了十多年時間，終於完稿。本書下筆前完全沒有做過提綱，那情況恰如「《誤入槐安》」那一章所描寫的一樣，全然不知道後來會碰到什麼，故無法安排旅行計畫。

　　我是個悲觀主義者，患有「先天性水土不服症」，天生無法適應現實的社會，剛起筆的時候我正陷於下崗、失業的尷尬境地，但是對人生卻抱著積極、進取的樂觀精神，樂觀精神驅使我循著「理想中的世界」的思路著寫了好多小故事，描繪出一個和諧、進取，且人人自尊、自信的烏托邦社會供我暫棲。我在書裡將傳統社會的政治、經濟、文化、歷史、民俗、法律和世俗的觀念諸方面進行全方位的顛倒，唯有對傳統道德和道德觀不但沒有任何顛覆、質疑，還做了正源固本的扶持，於是荒誕的烏托邦相比現實社會顯得更為正常，更為和諧。

　　寫這樣的書對我來講是很愉快的休閒，整個寫作的過程就是不斷地轉換視角，不停地轉變觀念的過程，不但忘卻了貧困的尷尬，而且學會了從不同視角看世界，這有點像欣賞中國古典園林，移步轉景，看世界也是如此，換一個視角就是一個全新的世界。

　　親愛的讀者：我希望此書不僅僅給你帶來從新的視角，用新的思路看問題的方法，還留給你更多的問題。思考自我的認知，思考人生的價值，這雖然是每朝每代每個哲學家的老生常

7

談，卻是每個心靈成長的必修課程；在政治經濟學領域，你能講清楚價值的內涵嗎？貨幣的本質是什麼？你能詳解物權所有的相對性原理嗎？你能做透其中任何一個問題，你就能考出博士學位，如果你能把這三個問題都研究透徹，也許你會在哲學上取得重大突破！你想的越多，書裡留給你的問題越多。我很希望你會因此而常常想起本書。如果你不喜歡思辨，不喜歡哲學、人文科學或政治經濟學，請先不要急著買下此書，本書的行文有很大一部分採用的是消極修辭手法，讀起來會感覺很晦澀，可以先到圖書館借閱，認為合適再買不遲。你滿心喜歡地買書，我心安理得地得稿酬，原是很愉快的事情，但是如果您花錢買了一本不合適的書，對你是金錢的浪費，倘若有一天我在廢紙堆裡看到我的書，我會愧疚得無地自容。謝謝你的關注。

8

作者　胡靜波

2018.10.16

自序

content

12

存在的就是合理的。

——黑格爾

常有人說：社會永遠是對的，我們不可能改變社會，我們只有學會適應社會。

我不可能改變社會，我所能做的只是不被社會改變；我沒有能力適應社會，也不願適應社會，任何對世俗的遷就行為都是心靈的自殘，都會使我失去自我。

我所能做的，我所樂於做的是審視社會。

——我

我懷疑一切。

——笛卡爾

第一章　南柯印象

誤入槐安.....

　　和絕大多數的小市民一樣，出國於我來說是一件很遙遠的事。雖然女兒定居南非的約翰尼斯堡已經三年多了，但我還是沒有起過走出國門的念頭。前不久女兒來電話說她一月份要生產，希望我們去她那兒過上一個時期，一則可以幫她度過產期，二則我們也可以趁此機會看看世界。我因工作一時脫不開手，就讓妻子一個人去了，她退休在家無所事事，而且幫助產期也完全是她的事情。說實話，一張雙程機票要用去相當於我半年的工資，實在有點捨不得。

　　妻子走了不到一個月，我單位裡就發生了人事變動，領導安排我提早退休，同時給我五萬元的「內退」補貼，

一下子時間和金錢都寬餘起來。女兒和妻子的一隻電話過來，遙望天邊的念頭立時就變得如同回到浙江老家那樣現實了。

現在的事情真好辦，辦護照比寄一封掛號信麻煩不了多少，簽證稍微要多花費點時日，女兒從南非給我倒辦過來，倒也不勞我心神。從辦護照直到買好機票，前前後後加起來不滿兩個月。

出行的那一天的日子我記得特別牢，是 2004 年 1 月 26 日，星期一。雖然這一天和平日一樣，絲毫沒有任何特別的紀念意義，後來發生的事情據說和這一天的日子和時辰有關，是什麼「時間之窗」在此刻打開。那天我是 13 點 10 分從浦東機場乘國際航空公司的班機出發的，到法蘭克福時已是當地時間 18 點 30 分，然後換乘德國漢莎航空公司的航班直飛開普敦，預計可以在次日（27 日）的 12 點 05 分到達。我是第一次出這樣的遠門，中途又要轉機，而年輕時讀的一點英文早已丟得精光，心裡總有點不踏實。想想妻子也能一個人順利到達，我過分的顧慮似是不必的。

從上海出發是全然沒有問題的，因為初次出遠門，故提早三個多小時就早早到了機場，登機也比別人早了許多，我不歡喜把事情弄得侷侷促促的。飛機準時起飛，準時到達，一路無話。笑話就出在轉機時，在機上我認識了一個叫黃崇山的朋友，他是一家國際貿易公司的職員，也去南非。他常乘飛機周遊列國，而且精熟英語，我就一路跟著他，心裡踏實不少。在法蘭克福機場枯等了將近兩個多小時，在機場的餐廳裡我吃了有生以來第一次吃的「義大利」比薩餅，曾聽說此餅的味道如何如何地好，真的吃了也不過如此，遠不如生煎饅頭，價錢還不便

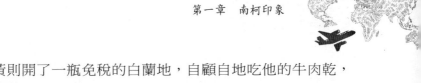

宜。老黃則開了一瓶免稅的白蘭地，自顧自地吃他的牛肉乾，一面大談其周遊列國的所見所聞，令人羨慕不已。漸漸地我發現他有點不對勁，開始時還僅僅將利比亞和利比理亞攪在一起，到後來他居然連印度和印尼也分不清了。我知道那是酒精在起作用，幾次提醒他，「老黃啊，我們 22 點半還要轉機呢，你別喝醉啊」，「啊，沒事，要 22 點 40 分呢」，這句話倒講得明明白白，我也就放心了。到了九點多鐘我再次提醒他，「老黃，我們的時間差不多了吧」，「差不多就走啊，早點登機，好好地睡上一覺」，他拉著我，我扶著他搖搖晃晃地通過了安檢和登機手續，上了一架 A330「空中客車」。這次好，我坐在靠舷窗的座位。前面一班我坐在靠走道的座位，什麼也看不見，全然沒有坐飛機的感覺。飛機在機場上空轉了一圈就拉直機頭直對開普敦方向飛去（我想，飛機的航路應該是筆直的），地面上的燈光漸漸稀少，有時還能看到公路上往來的汽車的燈光，有時則一團烏黑，我猜一定是鑽進了雲層。看了看錶，啊！竟然只有 22 點 38 分！我們莫不是上錯了飛機？我推了推老黃，他此刻已經睡到爪哇國了。飛機在漆黑的雲層裡鑽行了七八個小時，他一直沒有醒來，飛機有時碰到強氣流重重地顛簸了幾下，他也全然沒有感覺。我卻有了一種不祥的預感，按理天色早該亮了，可是窗外依然一片黑糊糊，飛機老是鑽不出雲層。旅客們也開始交頭接耳地不安起來。機艙的喇叭裡響起空姐那恬和的聲音，大概是向大家報告飛機已經到了什麼地方的上空。大家總算安靜了一會，可是不出十分鐘，不安的心緒又來擾動機艙裡的空氣。當空姐們來分發早餐時，大家似乎關心窗外的雲層更甚於早餐，紛紛向空姐們探詢，空姐總是用她甜美的聲音不厭其煩地回答旅客們的問題。我不懂英語，從她們微笑和

17

旅客們滿意的神情不難猜測她們間的對話，大概沒什麼大問題。

　　飛機依然穩穩地鑽行在漆黑的雲層裡。我不經意地看了一下手錶，錶已停了，便朝鄰坐的一位先生的手腕看了一眼，啊！已經12點15分了！他也跟著我的目光看了一下自己的錶，也大大吃了一驚，幾乎要跳起來。在我的成見裡西方人的情緒一般比亞洲人更容易激動。於是大家紛紛看起錶來，結果發現除了停擺的，幾乎每只錶走得都不一樣。有一個小女孩抬起手腕驚異地給她父親看，我也順勢一看，那根秒針轉得像小水錶！此刻機艙裡像似倒翻的田雞簍，一片嘰嘰呱呱地聒噪。

　　喇叭裡又響起了空姐的聲音，恬和依然，從語調聽已帶有三分嚴肅。大家颯然安靜下來，我使勁想把老黃推醒，他卻斜著身子似要倒將下去，喇叭裡的話我一句也沒聽懂，但一個事實卻是不爭的──今天的麻煩大了。

　　果然幾個空姐出現在各自的責任位置上，向大家演示飛機迫降時的自救動作。乘客們無奈地學著這令人絕望的動作。

　　我沒有按空姐的指導抱著頭頂著膝做著準備迫降的姿勢，依然默默地看著海天不分，灰濛濛一團的窗外。世界上哪次遭遇空難的人們不是這樣做？可又有幾個人逃脫劫難？要死，也要死得明明白白，我想。

　　我並不想說我不怕死，世界上哪有不怕死的人？只是我天生好奇，常常猜想著死後的世界，所以也常常自問人活著究竟為什麼？很多人說，人活著是為了吃，是為了享受。他們是對的。可是我覺得活著光是為了吃似乎太單調了點，我認為人活著主要是為了「看」，看電視，看足球，看小說；看世態炎涼，看人間鬧劇；橫看世界，縱看歷史，說到底人活著就是為了認

知這個世界。旅遊，閱讀，思想，無不是為了滿足一個好奇心，所以我到任何地方總能隨遇而安，因為任何地方都不乏令我好奇的事物。

　　死後的「世界」是人類最為無知的地域，是最能吸引好奇心的地方，我不知多少次思想過死亡，可是真正死到臨頭了，要隨遇而安，做不到。我是個無神論者，不相信靈魂不滅，不相信有冥界，無論當代的物理學、生物學、醫學、哲學都證實了人死如燈滅，一了百了。實在是太大的遺憾。但是「實踐是檢驗真理的唯一標準」，一切理論，無論其論據是多麼地充分而可靠，邏輯是多麼地嚴謹，最終要讓實驗證明，方才完美。無神論者對於人死後沒有靈魂的結論全部來自各門學科理論的演繹，古今往來死了多少人，卻從沒有送回來過一張令人信服的「實驗報告」，雖然有過什麼「死亡的體驗」之類的報告，但這僅是彌留者的體驗，絕對不能算是死亡的體驗。如今我將親自體驗死亡，不免有些傷感。死到臨頭了，我倒希望靈魂不滅！倘真有靈魂，我一定會神出鬼沒地做些活人所不能企及的事情，做一些有益於人們的事情；倘真有靈魂，我的靈魂一定會痛苦萬分，靈魂的存在就證明我一輩子學習的知識全部都是靠不住的，我的人生觀，我的世界觀，我的信仰，將全部崩潰！我的靈魂將重新認知世界，將全面地批判我自以為正確的世界觀，將重建信仰，這將是件多麼痛苦的事情。哪怕用八人大轎將我抬進天堂，我也會覺得如同進入地獄！

19

　　我怕死，又想「看看」死人們居住的冥界；希望靈魂不滅，又怕有靈魂的存在。在這短短的十幾分鐘裡我想得很多。想祈禱，不知道無神論者的祈禱歸哪門子菩薩受理。念阿彌陀佛？

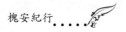

求上帝保佑？還是求真主保佑？還是太上老君？求太上老君的咒語怎麼念？糊塗了半天，居然念出了：「胡麻，胡麻，把門開開。」

奇蹟悠然產生，我仿佛看到左側遠處隱隱似有燈光，忍不住大叫起來：「燈光！燈光！前面有燈光。」

空姐聞聲過來，我指著遠處讓她看。她疑惑地看了一會，恍然醒悟過來，「喔！」地尖叫了一聲，歡快地甩動著漂亮的小腿向駕駛艙奔去。乘客們全部好奇地抬起頭擠向左側舷艙，空姐們馬上制止了乘客們的騷動。她們的素質令人欽佩，臨危不懼，遇喜不驚。

飛機掉轉機機頭向燈光飛去。不到兩分鐘飛機一下子「穿透」黑幕，剎間「天門」大開，晴日當空，一條起降跑道坦坦地展開在我們的面前。

「喔！——」，機艙裡一片歡呼。基督徒們劃著十字，佛教徒們念著阿彌陀佛，就是沒有一個人知道我們之所以能化險為夷也許正是靠了那句古老的阿拉伯咒語：「胡麻，胡麻，把門開開。」

喇叭裡響起了空姐的聲音，因為她沒能順利地報出我們將作降落的機場的地名而顯得有點結結巴巴，旅客們則報以善意的轟笑。沒有一個人埋怨責怪，每個人都發出出於內心的歡笑，這是我這輩子經歷過的最為愉悅的場面。飛機掠過森林，掠過樓房，慢慢地降落了，大概由於輪胎觸地的震動，老黃也適時醒了過來，「到啦？」他朝舷窗外看了看，似乎有點不對勁，又問，「到哪裡啦？」

「利比亞也不知道是利比理亞。」我開玩笑地說道，側目

朝候機室方向看了一眼，老天！航站樓上明明白白地掛著幾個大字——「南柯郡國際機場」。

「什麼利比亞？」

繞了一大圈又回到了國內怎麼的？南柯郡？南柯郡是哪裡？我沒心思和他再開什麼玩笑：「我也不知道，南柯郡……」

說話間飛機已完全停穩，機艙門卻沒有打開，空姐在喇叭裡通知大家，說飛機已經安全降落，由於天氣的原因我們將在此作短暫停留。機長正在和機場方面聯繫，等確準了情況，飛機在完成了必要的安全檢查和加油後將繼續我們的航程。現在旅客們可以下機到機場候機室稍事休息，請隨時注意機場的起飛通知。

我們一下舷梯就受到當地居民的歡迎，一支軍樂隊正演奏著《美麗的香格里拉》，候機室正面牆上的螢屏打出「有朋自遠方來，不亦悅乎！」的字樣。

一進入候機室我們即被告知，由於「時間之窗」開閉的原因，飛機將在這兒停留 36 天。聽說要在此停留一個多月，一時間大家都有點煩躁，除了我，幾乎每個人都有自己的事。不多時也就安靜了下來，大家被告知了這樣一個事實，從這裡要想回去是沒有空間道路的，無論怎樣地不滿和牢騷都無濟於事；而且機場方面對我們表現出非常的友好，宣稱已經替大家作了觀光和休閒的安排。

辦理入境簽證的地方明明白白地掛著「槐安民族共河國南柯郡國際機場時空邊境管理處（河，不是錯字。——作者）」的銅牌，槐安？槐安在哪裡？南柯郡？這兩個地名好生熟悉，看過《南柯太守傳》的人都知道。這是鬼神傳奇豈可當真。

21

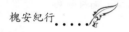

　　且不去管它，既來之則安之。我不懂出入境的規矩，老老
實實地排在老黃的後面，他怎樣我也怎樣。入境簽證手續很簡
單，我們被要求交出護照和其它所有證件，包括信用卡。核對
了我的護照以後，就替我作了身份檔案，照相，體檢，驗血，
錄指紋……，入境處的小姐指著一架像「西洋鏡」那樣的儀器，
示意我雙目朝裡看，我好奇地朝裡一看，裡面顯示出一個年輕
小姐的臉部特寫，看不出什麼名堂我就不看了。她指了指，要
求我再看，我就繼續再看。裡面不斷地出現美女的臉部特寫的
錄像，各種膚色，各種種族，各個年齡層的美女都有，這時出
現了一個很漂亮的女士，大概三十多歲，金髮碧眼，停留在我
眼前，她那海藍色的眼瞳給我送來一絲笑意，投來勾魂攝魄的
一瞥後就悄然隱去。我想再看一眼時，裡面的紅燈亮了。後來
才知道這是在記錄我的眼瞳的資料。

　　然後又免費（出境時將按原價兌換）給我們兌換貨幣，
對免費的事情我總是抱歡迎和合作的態度，便按規定交出了身
上用剩的人民幣，和牡丹卡裡的隨帶的美圓。當他們掏空了
我的口袋時，僅給了我一張超市收銀條那樣的紙片。而我的
護照、駕駛證和牡丹卡一應被放進一個檔袋被收儲起來，連一
張收條也不給。我心裡很不踏實，萬一有什麼攪和，我連國籍
也沒法證明啊。回頭看了看老黃，他也正疑惑不解地聽著入境
處的小姐給他解釋。我低頭看了看「收銀條」，牡丹卡裡的二
萬三千多元人民幣被兌換成二千三百多 KB(Kbit)，隨身用剩的
二百八十美元被兌換成二百三十多 KB。匯率我相信不會有問
題，但總得給我錢啊。而且「收銀條」上的日期也有問題，我
明明記得這天是 2004 年 1 月 27 日，可是上面卻寫著 2003 年
12 月 22 日。老黃已在遠遠的地方招手催促我，我滿懷疑惑看

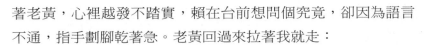

著老黃，心裡越發不踏實，賴在台前想問個究竟，卻因為語言不通，指手劃腳乾著急。老黃回過來拉著我就走：

「沒事，我們所有資料都被做成全息碼記錄下了。快走吧，他們已經給我們都安排好了。」

後來我知道我的身份資料、指紋、從我血液裡提取的 DNA 資料、瞳孔的什麼資料、存款都被做進了一個專門檔案，檔案號就是我的護照號碼，我到任何地方光憑我的簽名、指紋、或是對照一下瞳孔就可以通行無阻。

走出通道時我注意到一條橫幅標語，「飛行安全與我無關」，莫名其妙。外面辦妥手續的人已經按國籍和語種分成了好幾個組，中國人只有我們兩人，自然分在一起。這時來了一位黑膚色的先生，臉型很剛毅，帶著一付金絲邊眼鏡，很客氣地用漢語自我介紹說：

「歡迎你們來到槐安。我叫慷康，嘉裡頓大學教授。你們將在此地逗留一個週期，在這個週期裡我陪同你們。你們很幸運是中國人啊，如果是其它國家的朋友，就沒有這樣的幸運了。」

「為什麼？」

「這兒用漢字，語法也和中文一樣，只是讀音完全不同。你們在這裡語言不便可以寫在紙上，用其它文字的人們就沒有這點便利。」

經過幾次接觸，我方知道他們語言的拼音是以詞為單位地從右到左地倒著拼讀，譬如「你」字的拼音是「ni」，他們讀作「in」，而「你們（nimen）」讀作「nemin」，「你們好（nimen hao）」則讀作「nemin　oah」。最有意思的是「玩（wan）」字，

23

他們讀作「naw」；「媽（ma）」字，他們讀作「am」；還有一個「鴨（ya）」，他們讀作「ei」，這幾個字和寧波土話竟是一樣的讀音，它們間有否有文化血緣關係我也沒有本事去考證，我想以後會有人去研究的。

後來的旅程中我們的日常交流幾乎全靠慷康先生的口譯和筆談，後來我專門買了一個手提電腦作為交談工具。為了作文的方便，我在本文中便一律簡化為「我說，他說……」，事實上沒有一次「我說」是用我自己的嘴直接說出來的。

初到南柯郡.....

在慷康先生的帶領下我們上了一輛機場方面為我們安排的觀光大客車，走一條六線公路朝南柯郡市中心方向馳去。一路青山綠水，和我們江南景色並無兩致，且不時有牽著水牛的牧童走過，給我這個好懷舊的年齡的人帶來了很放鬆的感受。六線公路最邊上的兩條是馬車道，常常能看到一種很輕巧的吉普造型的馬車走過，駕車者就如開汽車那樣坐在吉普的駕駛位置上捏著方向盤，馬蹄得得輪輞閃爍，甚是輕捷。後來知道這便是當地人們所謂的兩用車，卸下轅馬就是一輛輕型汽車，馭馬並不需要馬鞭、韁繩之類的器具，他們在馬的耳朵邊上放了一副耳機，要轉彎只需輕輕吆喝一聲，倘若轅馬怠惰不前，按一下電擊器開關，馬臀上的電極會發出一股刺激的電流。在上海開汽車是不准按喇叭的，他們的司機到了路口卻常常按響喇叭，喇叭的聲音很優雅，輕輕地「叮……咚……」一聲，像電子門鈴，在外面卻是聽不見的，據說這喇叭是無線電的，只有司機

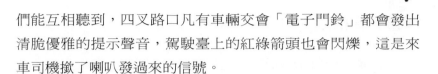

們能互相聽到，四叉路口凡有車輛交會「電子門鈴」都會發出清脆優雅的提示聲音，駕駛臺上的紅綠箭頭也會閃爍，這是來車司機撳了喇叭發過來的信號。

不到半個鐘頭便到了市區，估計也就三十公里吧。

南柯郡是槐安國的首都，東臨冥兆洋，北靠大同江，從地理位置上看有點像我國的上海，其歷史之悠久卻遠非上海所比，它有著將近四千年的歷史，槐安有文字記載的第一個地名便是南柯郡。

整座城市由北向南分為白炎、赤炎、紫日、紅巨和新世紀五個分區，密羅河縱貫其中（不知為何原因，在地圖上僅此河名用英語「Meeruo River」標識，為避免與屈原投江的「汨羅江」相混淆，故譯作密羅河）。白炎、赤炎和紫日兩地皆為老城區，從其建築物的年代來看比我們的明清時期更早。那些老建築的功能已經有了很大的改進，除了空調和汽車比較少見以外，其它諸如微波通訊、互聯網、智慧化物業和衛星導航等現代化的東西，相比我們有過之而無不及，可是建築的樣式風貌卻絲毫未改。據說他們修繕街區就像我們複製古董，仿舊作舊，就連小孩子在牆上的塗劃在市政檔案裡都能找到原始資料。小馬路邊的路燈用的還是油殼燈籠，裡面亮的卻是 LED 發光管。家庭廚房的灶頭還是燒柴草的樣式，可是爐膛裡面已經改成柴草和燃氣兩種燃燒方式，壁龕上還貼著灶君菩薩。

紅巨城區的建築比較新，也比較高，最高的有兩百多層，但現在二十層以上部分因人口和能源的原因而廢棄了，成了野生動物保護區，雕和老鷹之類的猛禽都居住其間，牆上爬滿了藤蔓，窗戶裡伸出亂蓬蓬的樹枝，遠看如綠色的山崖。而其下部依然是現代建築的氣派。

漫遊商業街 .... 🖋

在慷康先生的建議下，客車司機將我們帶到市中心的商業街轉了轉。

這兒的商業很不發達，走進百貨公司沒有琳琅滿目的感覺。我們走過一家寫著「玖久連鎖店」店招的商店，老黃進去想買包香煙，結果空手出來，說是這是家專賣鎖鏈的商店。這時我總算找到感覺了，很有點像我們改革開放前的那個時期，商品匱乏。

商店裡的商品花色品種極少，貨架上的電視機雖然有五六種，但區別僅僅是尺寸的大小。自行車也只有五六種，區別也僅僅是輪徑、載重量和男女式的不同，但製作之精良不亞於勞思萊斯，車架等部件多用鈦合金、不銹鋼等永恆性材料製成，軸承等運動部件都用號稱「永不磨損」的硬質合金，或是陶瓷材料，車座一般用柚木、胡桃木等名貴木材量身定做。據說一輛車通常要用上好幾代人，就像我們的紅木傢俱那樣，百年前的古董自行車在馬路上也常常能看到。找遍百貨公司也休想買到一支圓珠筆，或是一隻一次性打火機，筆是有的，都是精工細作的高檔筆，打火機也是如此，都要事先個性化定制。商品雖然少，但都是精品，在我整個逗留期間，沒有看到過一件粗製濫造的東西。買酒必須用舊瓶來換，就像我們以前買啤酒一樣，如果沒有舊瓶，那就要付上相當於 10 元人民幣的包裝稅。幾乎所有的商品都要付包裝稅，買乾電池、香煙要付很高的環保稅，但這些稅都是可以退的，只要把舊包裝、舊電池、香煙頭送回來就可以了，瓶子打破也不影響退稅。由於香煙頭可以退稅，故當地由於亂扔煙頭引發的火災事故幾乎沒有。

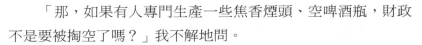

　　「那，如果有人專門生產一些焦香煙頭、空啤酒瓶，財政不是要被掏空了嗎？」我不解地問。

　　「啊？」慷康先生愣了一下，「那不誠實，是偷稅，是盜竊，是犯罪，是……，」他一時想不出用什麼詞彙來描述這種行為，「如果有人要這麼做，那他完了，這輩子就算完了。「他說完驚訝地看了我一眼，似乎在說，「你真邪，怎麼能在一秒鐘裡就想出這個犯罪主意？」我頓時窘得無地自容。

　　在這個商業極為不發達的城市裡舊貨交易卻非常紅火，幾乎每個鬧市、每個居民社區都有舊貨市場，每天傍晚時分，一堆堆舊東西，舊傢俱、舊家電、舊書、唱片、工藝品，任何雜七雜八的東西都可以擺放出來，甚至連用剩的半支鉛筆都可以放著出售，很多居民都有擺舊貨攤的業餘愛好，那些商品很少很賤的，小攤都沒人看管，只在每件商品上標上價格，在一張A4紙上寫著一個帳號，需要的人儘管拿去，只要按標價往那個帳號灌上幾個錢就可以了，賣主並不很在乎幾個小錢，付錢只是證明此物對你有用。當地的人們沒有現金，沿街隨處都能找到電子交易機，就像我們的公用電話那樣；他們的手機也帶有電子收銀和支付的功能，只要付款方在上面打上付款金額，然後將眼睛湊到電子眼上瞅上一眼，或是按一下手紋，轉帳、課稅等手續一氣完成，很方便，但是這僅限於小額交易，1000KB以上的大額交易則要通過第三者過戶，可以隨便找一家商鋪或是警員代為轉帳，只須支付一筆很小的轉帳費。

　　在以後的日子我到過不少朋友的家，每戶人家都很整潔，除了工藝品、小擺設以外沒有一件多餘的東西，這完全是發達的舊貨市場的功勞。人們需要東西也首先到舊貨市場找，

尤其是童車、搖床之類的兒童用品，很少有人買新的。在我們上海是很難接受這種消費觀念的。當地的舊貨攤有個很明顯的特點，那就是商品很完整，沒有破爛貨，看上去就像古董店裡的貨。

這種現象在我們這裡，不僅消費者不能接受，恐怕生產商和政府都不能接受，槐安國的商業不發達和他們的朝廷（他們管政府叫朝廷）也有很大的關係，他們的《工商管理法》規定，生產商和經銷商不得擅自編寫產品說明書，該法還有「產品說明書必須由工商業管理局根據生產商提供的相關技術資料統一編寫」、「產品說明書不得使用積極修辭語言」等規定；商品售出後除了和我們差不多的「三包」條款外，還必須保證主要部件、易損零件和非標零件有二十年供應日期；生產商萬一破產，其售後品質保證責任和零配件生產由行業協會承擔等規定。他們認為商業廣告會誘導非理性消費，造成資源和勞動力的浪費，所以規定廠商用於產品宣傳的費用不得大於生產成本的萬分之一；廣告語言也不得採用積極修辭手法；電視、廣播、報刊等媒體不得插放、插播或夾登商業廣告。當地電視臺有專門的廣告頻道，節目編得很好，有點像科教片，詳細介紹商品的功能和保養知識等，由於資訊性強，看廣告頻道的收費比娛樂頻道略貴一點。《商品廣告》是專門刊登廣告的報紙，很貴，是一般報紙的兩到三倍價錢。我以為不可能有人去買的，事實上買的人不少，那上面商品知識特別多，還由於那個報紙的時效性不強，看過後很容易賣掉。他們報紙看過後一般都半價賣掉，二手報紙如果看得快，還可以再賣掉，在車站、地鐵等處常常可以看到有些人看報就像吃燙山芋，報紙掀得嘩啦嘩啦響。

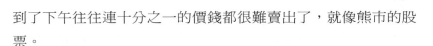

到了下午往往連十分之一的價錢都很難賣出了，就像熊市的股票。

曾在《商品廣告》上看到一則「桃花淵老鼠精」的廣告，我粗看以為是《三打白骨精》之類的電影的劇情介紹，仔細看了方知「老鼠精」原來是類似「中華鱉精」的營養品，那則廣告如此寫著：

> 本品主要原料為產自桃花淵的田鼠，輔以當歸、阿膠等藥材。桃花淵田鼠素以肥碩著稱，其藥理作用雖未經現代醫學所證明，但老鼠是我國傳統補品，民間素有滋陰養顏之說，營養科學證實田鼠確實有較高的營養價值，心理科學認為傳統補品具有較強的心理暗示作用。本品採用高溫消毒，液氮冷凍後進行粉碎處理。每100克本品含有：蛋白質……；維生素 A……；維生素 D……；維生素 E……。目前尚未檢出有害物質，未找到長期服用對身心健康有不良作用的證據。

廣告不可以做，「反宣傳」的廣告卻隨處可見，香煙盒子上就寫著「讀書開卷有益，惠興之時不妨多讀數行；吸煙有礙健康，無聊之時最好少抽幾支」，甚至寫著「煙是有毒的」；酒瓶的瓶貼上像門聯那樣寫著「不飲過量之酒，不貪意外之財」；《工商管理法》還規定，每家商店必須在醒目處寫上「商務衙門敬告廣大消費者，購物務請三思而買」的標語。

所謂「三思而買」是有特定的內容的，當地的人們都知道，即在購物前先問自己三個問題，一是「為什麼要買此物？」，二是「不買行不行？」，三是「家裡舊的怎麼辦？」，比如某人看中一件衣服，「三思」的問答如下：為什麼要買？因為樣子好看，價格也不貴；不買行不行？不買也可以；家裡舊的怎

麼辦?讓它放著好了。第一個主題總是肯定的,第二、三個附議題不支持,所以就不應該買。三個問題都通過,就必須買;如果主題肯定,並且得到一個附議的支援,那也可以買。不然就是衝動型消費。他們的經濟學認為衝動型消費常常會給消費者帶來後悔,而不會帶來消費的愉悅,從而造成浪費,這種浪費雖然是個人的,但是大量的個人浪費就是社會的浪費,他們的經濟學家認為,如果衝動型消費所產生的交易占商品零售總額的千分之三,那麼這個經濟是屬於亞健康狀態。在這種思想的指導下,凡是被「好看」、「式樣新穎」所誘發的購買欲望都會被第二、三個附議否定,市場變得極度理性。為了適應這個極度理性的市場,他們的商品的製造理念是功能實用,式樣經典,質地牢固。市場的特點是單調而不缺乏。

30

　　我當時就對我們的東道主說:「你們這兒商業好像不很發達,有點像我們改革開放前的那個時期。人們似乎很保守,怕承擔商業風險?還是政府對商業活動有什麼限制?」我說這些當然是根據我們國內改革開放前的生活經驗。

　　「哦,是這樣嗎?」慷康先生笑了笑,扭頭將我的話譯給一位和我們同車出來的機場工作人員。

　　「不不不,」那位先生自我介紹是飛機維護技師,「別人怎麼想我不知道,就我本人而言,主要是怕賺錢⋯⋯」。

　　「怕賺錢?還有怕賺錢的嗎?」我驚愕地打斷了他的話。怕虧錢,我能理解,我也怕虧錢,所以沒有做生意。

　　「是啊,錢多當然好。我是高級技師的,不差錢;老了可以退休。老闆怎麼退休啊?」

　　「他也可以不做啊。政府不容許老闆退休嗎?」

「朝廷當然是不管的。你想，有錢賺他可能息手嗎？只要
能賺錢，他將一直樂此不疲，老闆只有破了產才能安心地退下
來。他將終身操持他的錢財，直到破產，或是死去，多麼淒慘
的人生。你再設想，就算有個非常成功的商人，他賺錢的速度
就和點鈔機一樣快，而且他很健康長壽，那麼，他的全部人生
價值也就相當於幾十台點鈔機吧。」

「不能這麼說，我記得有人說過這麼一句話，『金錢只是
我事業成功的副產品』。比爾・蓋茨的賺錢速度就超過了點鈔
機，可是他的生活並不是一直在點鈔票，而且你能抹煞他對社
會的貢獻嗎？如果沒有他的視窗系統的推出，電腦能這樣快地
普及嗎？況且他所謂的賺錢只不過是幾百億美圓在空中飛來飛
去飛到他了的帳戶上。」我說。

「雖然我的話是故意地偏激，但在你們的時空域裡，每個
人都在幻想自己變成點鈔機，除了真正的科學家和藝術家，有
幾個人有事業心？我說這話你不會同意，因為在你們的時空域
裡所謂的事業就是成功地賺錢，破產了就說是事業失敗了。開
公司的目的是賺錢，所謂事業只是他的副產品。『君子愛財，
取之有道』，有雙重的意義，一是說斂財有方，有手段；二是
要在道的名義下做生意，聽上去是為社會服務，真正目的是賺
錢，這就是所謂『師出有名』。」

「你做技師難道不是為了工資？」

「我只是因為喜歡，喜歡聽發動機的聲音，呵——，強勁
有力，平勻和潤，是真正能表現人類力量的音樂。一支樂隊演
在奏時如果有人拉錯一個音符，那是多麼地叫人掃興，如果他
堅持不停地奏出這樣的怪音，叫人怎麼受得了？我是最優秀的

『發動機音樂指揮家』，容不得一絲雜音，任何發動機，只要讓我過目，我說行就行，誰說不行都不行；我說不行就不行，誰要說行也不行。你不服不行。你到航空界問問，有誰不知道我翔祥的？只要我在工程品質鑒定書上簽了字，所有的質檢部門都一路綠燈。」

　　「說起航空安全，我倒覺得奇怪，那裡有一條標語叫『飛行安全與我無關』，那是什麼意思？」

　　「飛行安全與我有關嗎？我管得了嗎？我只管修好我的發動機。如果聽說有飛行事故，我只關心是發動機的原因嗎？是發動機的什麼原因？是我檢修的嗎？其它就不關我的事了。」

　　商業的不發達，個中原因很多，從我後來的所見所聞知道，這與國家的政策，與社會的輿論導向，與民族文化、國民的消費觀都有關係。慷康教授是著名的「人本主義經濟」學家，他說，「這是資本社會發展到一定程度而產生的必然現象，物極必反。資本文化就是賺錢的文化，是資本統治人的文化，一切人文文化標誌──榮辱、是非、美醜都以金錢來衡量，甚至將幸福都用金錢來量化，發達的商品生產並不僅僅是為了滿足需求，而常常是製造需求異化，培養虛榮，鼓勵物欲。就說你們的時域，電視機越做越豪華，電視節目卻越來越無聊，二十一世紀電影的藝術品質遠不如上個世紀的四、五十年代，買電視機的目的不完全是為了看電視，而更多的是為了作為豪華擺飾；音響設備越做越高級，音樂創作卻不如一個中國的瞎子，更不如二百多年前的那個著名的聾子，花了幾萬元買了成套的音響設備僅僅是為了辨別演奏聲中一張樂譜落地的聲音，懂不懂音樂並不重要，聽得見紙片聲音的就是『金耳朵』。這就是藝術

商業化的悲哀！醫療衛生、教育和文學藝術都是以人為本的事業，人是第一可貴的，無價的，一旦這幾個事業進入市場搞商業化，那麼贏得的是金錢，而毀掉的不僅僅是這幾個事業，而是整個民族的道德、體質和文化素養。就以你們中國為例，醫療衛生、教育和文學藝術都搞商品化，GDP 是上去了，你們的醫療保障體系比以前更完善嗎？大學生的理想只是考公務員，做官僚，沒人懷有和愛因斯坦爭王奪位的野心，連為自己母校爭光彩的念頭都沒有，那是為什麼？讀書是花了大錢的，是投資啊，投資當然首先要講回報！現在思想禁錮解除了，文學藝術應該復興啦！可是電影業為什麼那麼蕭條？為什麼過去創作的歌曲流行了幾十年還在流行，而現在的新出來歌曲流不到三年就沒了聲音？為什麼沒有一個新的音樂家可以和聶耳、冼星海相提並論？聶耳作《義勇軍進行曲》，冼星海作《黃河大合唱》，陳鋼、何占豪寫《梁祝》，他們都得到錢了嗎？為什麼沒有錢能出好作品，有了錢反而出不了好東西？」

33

　　我們對他們的情況一無所知，他們卻對我們瞭若指掌，慷康教授有一句話給我印象很深，那就是：

　　「人和財富的正確關係應該是人創造、擁有和使用財富，而不是財富引導人、統治人，甚至給人帶來痛苦。各領風騷三百年，商業文明不可能是永久的文明。」

時裝、典裝和套袍……

　　商品的單調在服裝行業尤為明顯。路上的行人大都衣著素簡，顏色也只是黑的、白的、藍的、灰的幾種，和我們當年差

不多，婦女服裝的色彩稍微多一點，但基本的色調也是偏向素淡，服裝的質地卻普遍比較高級。喜歡穿著民族服裝的人也不在少數，這是一種非常簡單非常神奇的長袍，他們叫套袍，長袍沒有領頭，上下一統，前後不分，袍擺不開叉，從頭上往下一套就可以上街，男女老少都是統一的樣式，統一的鐵灰色，夏天是統一的白色短袖，據說這個樣式三千年來沒有變化過。有次我走在街上，一陣大風吹來，湊巧人行天橋上的十來個路人都是穿著套袍的，袍擺和大袖順風展揚，極是壯觀。它的神奇之處就在於這樣高度統一的服裝卻極能表現人的個性，大步行走，獵獵生風，倘在公眾場合作個演講什麼的，大袖一展氣壯河山；棲息小坐，溫文儒雅，這樣的形象在我們的舊戲文裡常有所見；套袍同樣適合婦女穿著，環肥燕瘦各表所長，肥則端莊，瘦則窈窕，這便奇怪，同樣的衣服穿在不同的人身上卻有完全不同的美感。

最有意思的是，街上還有一種我稱之為「雙人大衣」的衣服，他們叫「鴛鴦披風」，一種很寬大的「大衣」，足夠兩個人穿，一般是年輕戀人合穿一件，兩人勾著肩摟著腰，走在街上很得體，倘一個人穿，從後背影看有點像舊時的英國紳士。行人中最叫人吃驚的是全身赤裸的推銷護膚用品的天驕族人，關於天驕人這兒不詳述了，我在後面有專文介紹。

上海人有句俗話，「人上一百，各旗各色」，每個人身高、長相、審美和對自己的形象要求都是不一樣的，而服裝是直接影響形象的人體外包裝，在我們有六十億人口的世界裡，款式、花色最多的商品要算服裝了，而在當地「時裝」是個古老的名詞，只有在老版本的字典裡才能找到。他們的文化崇尚經典，

結果在服裝行業也演繹出「典裝」系列，除了全國統一的套袍，男式的有西裝、運動衫，女式的有職業裝、長裙、短裙、連衫裙等系列的「典裝」。根據我的經驗，婦女們是沒有不喜歡新款式衣服的，不知道當地的婦女們對時裝的喜好是否受到壓抑。在後來的日子裡，我曾和一位中學女教師交流過這個問題，她回答得很乾脆：

「街上到處都買不到『男式裙子』，你感到壓抑嗎？」

「恩？我要裙子幹什麼？」我愣住了，根本沒想到她會這樣反問我。

「有需要而買不到，就覺得受壓抑。如果不需要呢？就如你不需要裙子。」

「婦女有不喜歡新衣服的嗎？」

「街上買不到新衣服嗎？」

「……」我沒有回答。

「人為什麼要穿衣服？」她不斷地反問我。

「為了美啊。」

「是，可是什麼叫美？是衣服的式子新穎？還是色彩豔麗？你幾曾看見過某人因為衣服上多了一道花邊而變美了？又幾曾看見過某人因為裙子上少了幾道褶而變醜了？」她一連好幾個反問。

我啞口無言。

「人穿衣服一是為了禦寒；二是為了美。禦寒的問題大家都能達成共識就不作討論了，有意義的是什麼叫美？從自然美學的角度給人體美的定義是：健康與性的聯想。所以最美的是

35

健康的、適合繁衍後代的裸體，但是不能暴露恥部，恥部一覽無餘，性的聯想空間就不復存在，不符合定義。從這一點出發，比基尼是完美體形者的最佳服裝。事實上大多數人的體形是不完美的，如果身體太瘦，就穿上寬鬆束腰的，將瘦的感覺掩蓋；太肥的就穿上削腰而前片寬鬆的，將醜肚子遮起來；落臀的穿上裙子，美腿的將旗袍的叉開高點，肩太窄的做墊肩，胸不挺的做襯胸……，所以說，人穿衣服不是為了顯美，而是為了遮醜。服裝藝術的要旨就是對遮與露的適度把握，給予審美者對健康與性的最大聯想空間。」千變萬化的服裝藝術居然被提煉成了簡單的定義。她是個很幽默的太太，末了又加了一句，「當然，如果讓獅子們來定義人體美，它一定會說是肥嫩和血腥的聯想。」

「哈哈哈哈！」我們在一片笑聲中肯定了她的「自然美學」對人體美的定義。但是我總覺得她對服裝藝術的理解似乎太片面，如果僅僅是遮與露的把握，那又怎樣解釋人們對面料的質美感的講究呢？於是我又說，「我記得莎士比亞的一個劇本裡有這樣一句臺詞，『你可以穿華貴的衣服，但是不要穿奇裝異服』，用你的自然美學怎樣來理解『華貴』的美學意義呢？」

「那說來話長了，那屬於『社會美學』的範疇。『社會美學』評價的不僅僅是人體美，而是人性美。服裝是人們用以體現自身的人體美、社會地位和意識形態的人體外包裝，著裝者以求得審美者的價值認同為主觀願望。人，既是自然人，又是社會人，一套能被稱為典裝的服裝必須既能表現人體美，又能體現人性美，這才叫服裝藝術……」。

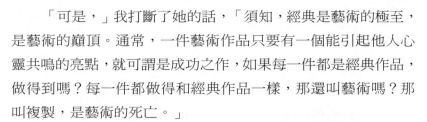

「可是，」我打斷了她的話，「須知，經典是藝術的極至，是藝術的巔頂。通常，一件藝術作品只要有一個能引起他人心靈共鳴的亮點，就可謂是成功之作，如果每一件都是經典作品，做得到嗎？每一件都做得和經典作品一樣，那還叫藝術嗎？那叫複製，是藝術的死亡。」

「典裝不是經典服裝，而是系列性的、典型的服裝的意思。真正能體現服裝藝術不是時裝設計師，不是裁縫，而是我們每一個人。為什麼同樣一件衣服穿在時裝模特兒的身上和穿在我們身上效果不一樣，因為模特兒的身姿完美。很多人老是和模特兒去比，老是覺得自己的衣服不美，老是去買模特兒穿的衣服，會變美嗎？她們的問題是不自信！越缺乏內在自信的人就越講究外表。最自信的人就是一年四季只穿套袍的人，他們不是不追求美，而是他們對美有更深刻的理解。你去看那些名家們作的人物畫，人物的骨骼、肌肉的強度、運動的力度、神態、氣質都能透過衣褶紋表現出來。你以後留意我們的套袍，少年的意氣，少女的窈窕，男士的風骨，女士的端莊在投手舉足間時時顯見，站行坐臥時處處體現。這就是套袍的魅力，其實我們從小就接受過很好的姿勢儀態教育。別小看了這套袍，料子可講究呢，夏天的白袍要透氣不透光，吸汗不吸身，高檔的套袍都用精紡毛麻雙層交織的，貼身的一面用亞麻，朝外的是羊毛，柔軟而挺括，厚實而不厚重。一件上好的套袍能傳代呢……」

「一生一世也穿不舊？」我打斷了她的話。

「這是當禮服的，平日裡是捨不得穿的。在禮儀場合穿上一件舊套袍是很有面子的，至少說明他出身於有修養的文化世

37

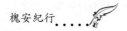

家。尤其是白袍,越洗越白,一個少女如果和她父母一起出席公眾場合,她母親寧願自己穿新的,也要把舊的,甚至上代外婆穿的舊袍讓給她穿。」

「哈哈哈哈,」我們禁不住大笑起來,「一個女孩子穿著四五十年前的舊衣服,這⋯⋯,呵呵呵⋯⋯」

「當然,那不是尋常的舊衣物,就如我們不能將古典紅木傢俱當作舊傢俱一樣。日常所穿的套袍料子要便宜得多,尤其是化纖發明以後,滌棉雙層交織、滌麻雙層交織,都是很好很實用的。套袍的好處不僅僅是氣派大度,而且非常實用,由於前後不分,所以衣服的壽命可以延長一倍;白天要打個盹並不需要脫衣服蓋毯子,只消將雙手從袖子裡套出就可以和衣而寐;我們傳統是沒有專門的睡袍的,將日常穿的舊套袍的袖子剪掉,在袖洞處縫上拉鍊就是很舒適的睡袍;連工廠裡的工作衣都是照套袍的式樣製作的,只是將袖子做小點。」

「你剛才說『服裝藝術的要旨就是對遮與露的適度把握,給予審美者對健康與性的最大聯想空間』,那麼套袍哪裡有什麼露呢?」

「露,是西方美學融入我們的服裝文化後產生的藝術觀。我們傳統的服裝藝術不在設計和縫紉製作,而在著裝,行動的端莊和身姿的優雅就是藝術,我們的傳統藝術觀裡也講究露,但是不強調暴露,而講究透露,人身上的一切美的和醜的東西都會在自覺和不自覺間透露出來,心靈美和姿態美都可以通過教育和訓練而獲得。工業革命以後,隨著東西方文化的交融,各色服裝發展起來,新的美學觀也就自然地建立了。在農耕時代套袍是很昂貴的服裝,農夫們下田是不捨得穿衣服的,尤其

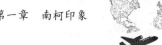

是夏天踏水車，腿腳被汗水和河水濕透，沒幾下褲腿和袍擺就會被撕裂，光著膀子露著腿並不影響農作，所以裸露美也是有其生活根據的。資本經濟是個很陳舊的經濟模式，它為了推銷服裝就不斷地做廣告，時裝表演，以此逐漸改變人們的審美觀，紅巨王朝時期的人們特別講究衣服，婦女們每年都要買十七八套衣服，年輕人趕名牌不比你們上海人差勁。」

「後來呢？」

「後來我們這兒曾經發生了一場返璞歸真的『觀念大革命』。通過這場『大革命』，人們的思想發生了很大的變化，平平淡淡才是真的觀念被普遍接受，年輕人開始嘲笑那些穿名牌學明星的行為，婦女們覺得時尚是一種淺薄，千變萬化的服裝藝術被歸化為典型服裝系列，紡織和成衣業萎縮了百分之八十。不但節省了資源和勞動，還徹底消除了『只見衣衫不見人』的陋習，把人性美從服裝的桎梏裡解放了出來。」

39

「大家不再追求人體美和人性美了？」我說。

「人怎麼可能不追求美呢？我們只是弄清楚了一個很重要的觀念：衣服因人而美，決不是人因衣服而美。同樣一件套袍，因慷慨而大度，因自信而飽滿，因謙虛而儒雅，因無為而瀟灑，因凝重而端莊，因純潔而窈窕，一個神散目轉的人隨便穿什麼高貴服裝都不會高雅，高貴的衣服無法掩蓋醜陋的心靈。追求美，就是要養心修身，由內而外。穿傳統的套袍要接受傳統的教育，我們對小孩子的站行坐臥都是很有要求的。」

「你剛才說的『觀念大革命』和我們的……」

「和歷史上所有的大革命都不一樣，革命常常是由於大多數人太窮才引起的……」

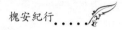

「難道你們是『太富』了才革命的？」

「這次是大自然太窮了，養不起我們，才革命的。」

瞻仰紫陽宮．．．．

東走西走，轉眼間已是午餐時間，我們就在杞人祠附近的小吃街上吃了一餐便點，這個「便」字是用得非常妥帖的，它包含著方便、順便、便宜等諸種含義，很能體現用餐形式的特點。由於價格的便宜和製作的方便，品種和口味就略顯粗放。據說這裡是有名的小吃一條街，品種和口味根本不能和上海的城隍廟相比，連雲南路也比它好十倍。關於飲食文化，我將在後面章節專門講述。

紫陽宮是槐安的故宮，坐落於南柯郡市最西端的白炎分區，始建於兩千年前的白炎王朝，歷經三個朝代較大規模的擴建修繕，方得今天的規模。瞻仰紫陽宮（去故宮是不可以用「參觀」、「遊覽」或「旅遊」這樣不恭敬的字眼的）我們是走著去的，大客車在一公里以外就停了下來，我們順著青磚鋪就的街市小路散漫而行，據說從前官員上朝是不可以坐轎子前行的，須得順此小道步行進宮，故俗稱「官道」，官道很狹窄，寬不足兩米，我們走著走著就很自然地排起了隊伍，官道一轉彎便是寬廣的廣場，整個皇宮好像是建造在圓形平緩的山包上的，遠遠望去瓊樓玉宇層層疊疊，掩映錯落，延展坦蕩，黃色琉璃瓦一片金亮。廣場上有無數瞻客順著各路官道匯集而來，我這才明白為何車馬禁行，在這樣的氛圍下，莊敬之心情油然而生，更不必說古代命系官運的大臣小官們。

　　皇城根前照例是一圈護城河，作為首都象徵的是一座叫晉陽門的建築，是紫陽宮的正門，從前叫景陽門，紅巨王朝末年改稱晉陽門。晉陽門很有中國味，但不如北京故宮那樣精緻，屋頂也是黃色琉璃瓦，只是沒有採用飛簷翹角，素簡了很多，牆面和城垛用毛面花崗石砌就，城樓上還排了八門大炮，新年寅時照例要放開門炮。

　　走進晉陽門，玉欄雲階平步向上，可以看出整個建築的佈局和我們的故宮非常相似，也是中軸對稱。

　　通過晉陽門迎面第一進是天和殿，大殿上掛著「無為而治」的金匾，正中供著大地之母，這在我們中國文化裡是沒有的。在中國，皇帝是天子，是至高無上的；槐安國的文化則認為人都是大地母親的子孫，無論聖人、皇帝，還是庶民，都是大地母親哺育的。大地之母的塑像是一個典型的農村勞動婦女的形象，慈祥而勤勉，令人可敬，使人聯想起自己的母親、祖母和外婆。她們治家沒有法權，不用懲治，全憑著對家庭的責任，對丈夫、子女和長輩的愛心，憑著起早摸黑的勤勞，憑著深藏不露的智慧，將家庭操持得井井有條。我是無神論者，不相信有法力無邊的神道會庇佑我們的命運，但大地之母的形象卻對我深有觸動，我們的幼年都是在母親，在祖母和外婆的無微不至的關愛下安然度過，所以，如果我們祈望國泰民安，自然希望有一個偉大的母親給予我們些許照顧，而不會指望有個強大的神道來援助我們，從神道們的塑像看，他們對我們心靈的威脅更甚於庇佑。論力量，我們早已超過了母親；論愛心，我們往往將對母親的愛移情於祖國。正是無數國民將祖國當作母親而彙聚了無數的愛心，國家就因此富

41

庶而強大。大地之母的形象既象徵著國家愛人民，更是無數愛國者的形象的抽象。講穿了，國家愛人民和人民愛國家其實是同一事實的兩個側面。

大殿的頂部呈穹隆狀，藍色的底面上塑出鑲著金邊的雲紋和二龍戲珠等複雜的圖案，其間還鑲嵌著象徵日月星斗的許多寶石，其二龍戲珠圖案和我們中國傳統圖案不一樣，黑白二龍首尾相接，有點像太極雙魚圖；地面是黃土地，沒有地板，也沒有地磚，每天有人平整碾壓。從我後來的整個遊歷過程來看，這個大殿還有著更深層次的意味，即「天人合一」。他們的「無為而治」除了老祖母治家那樣的治國方式外，還對天生天化的自然之物懷著一種莫名的虔誠，連一根野草也不肯輕易拔掉，除非事先想好要種什麼。他們熱愛大自然，卻不贊成治理環境，他們認為自然環境是不用治理的，海洋、河流和森林都有自我清潔的功能，我們要做的事很簡單，只要不去作踐它就可以了。「不踐不治」，不作踐也不治理，治理就是對自然的干預，干預本身就是作踐。

據說，從前皇帝每天早朝前要來這兒給大地之母請安，這兒也是國家舉行各種大典時皇帝率文武百官祈禱的地方。穿過人和殿的兩側，遠遠便可看見高高在上的第二進大殿。

第二進大殿為人和殿，現在還保持著當年的原樣，正中一匾「人定勝天」，據陪同我們的慷康先生說，「人定勝天」是指社會安定比風順雨調更為重要。大殿可以容納兩百來人開會議事，只是作為一個象徵性的會議大廳，每年新春國王先生照例要到這裡來舉行團拜，發佈新年文告。人和殿前的右廂是和諧堂，左廂是睦鄰堂，據說從前分別是官員和各國使節在等待

皇帝召見時休息的地方，現在這些殿、堂都是象徵性的，象徵著民族團結和國際和睦。

第三進大殿才是正殿，皇帝上朝議事的地方，叫政通殿，是整個紫陽宮的中心。規模、用途和裡面的佈局都和北京故宮的乾清宮差不多，足見皇帝們的想法也都差不多。說是殿，其實都是一座座獨立的宮。

第四進是坤和殿，俗稱「後宮」，是皇后娘娘和官員夫人、外國使節夫人「休閒」的地方。舊時各朝皇帝上朝或是接見外國使節是帶著皇后娘娘一起來的，各級官員和外國使節也帶著他們的太太，皇帝、官員和使節們到政通殿議政，各級太太們便隨皇后到坤和殿休息。政通殿裡的人們忙於開會議政，勾心鬥角，坤和殿的女人們卻只聊珠寶服飾、美容養顏，還打幾圈小牌，其實她們都負有很多外交任務，她們的丈夫在官場上的未盡之意、這些大臣政客間常常為了不同政見而發生的摩擦，全靠他們的太太從中斡旋；皇帝的某一句話可能讓人膽戰心驚，皇后娘娘在「後宮」一個微笑，能增加他對皇帝的忠誠，女人間的溝通全在一笑一顰之間；據說她們最深的溝通常常體現在麻將裡，倘若皇后娘娘故意放牌，那麼下家的丈夫可以大膽發表自己的政見，如果皇后娘娘故意嘩啦嘩啦地放牌，讓你大贏，那就是請你傳言丈夫：不要太放肆；官場政敵的太太們常常會結成朋友，那就是互相通知對方：我們只是政見不同，不希望為敵，而且他們所有的意思也會通過夫人們用肢體語言、牌面語言來傳遞。這場景倘讓曹雪芹來描寫，一局很平常的麻將定能做出大篇文章，麻將的背後往往是政通殿上的唇槍舌劍，甚至是殺氣暗藏。

43

最後的第五進是冥和殿，供著歷代帝皇和著名學者的牌
位，冥和殿的兩邊偏廂是皇帝的書房，收藏著歷代先皇和聖人
的著作。當朝皇帝每天退朝後的大部分長時間都待在冥和殿，
有時還會帶上一兩名學者或是大臣。當地的這個「冥」字不僅
僅是指冥界鬼域，還有冥思苦想、博大精深的意思，皇帝理政
每遇困難總是到祖宗牌位面前尋求精神支持，或去研究當年先
皇的治政哲學。

　　整個紫陽宮呈圓形，共有四個城門，每道城門進去都有一
個獨立的宮殿建築，遠遠望去大氣坦蕩，除了晉陽門和正北的
祈月門外，其它各門進去的大殿現在都是展覽館。從正東的紫
曦門進去的大殿叫規矩堂，現在叫法治堂，其舊制時的職能相
當於現在的立法院還是司法部就不是很清楚了，現在是他們國
家的法律博物館。進門是一塊白炎時期的石碑，上面鐫刻著「天
不變，道不變，法亦不變」。裡面陳列的都是歷代的法律文書
和實物，有一個展櫃裡陳列著早已碳化的木板和繩結，是「結
繩為記，鋸木為契」的太燧時代的合同；還有一口青銅大鼎，
名為「一言九鼎」，即一句話九個字的意思，是白炎大帝登基
時所鑄造，四周鑄有金文「法無定法非吾者非法」。據說，成
語「一言九鼎」即來源於此，不過意思卻大相徑庭。展品非常
翔實，以歷史進程編系，從西元前一千九百多年的太燧時代開
始，依次陳列著白燧、白炎、赤炎、紫日、紫微、紅巨等朝代
相關法律的文物，也包括近代的《共河憲法》和現在的《六法
全書》的初版本等，總共有兩千多件展品。展館的結束語是：

　　「天不變，道亦不變，道理變；人不變，法亦不變，法律
變。法與財屬共進。（自然界不會變化，自然規律也不會變化，

但是我們對自然規律的認識在變化；社會的制度不變，法理也不會變，但是具體的法律會改變。法律與所有制共進。——作者注）」

正西的棲霞門進去的大殿是方圓堂，意為天圓地方，人和政通，從前是元老院，是「離休幹部」和各界士紳參政的地方，現在叫民主堂，當門一堵照壁，上書「上德不德，是以有德」。進門繞過照壁頓覺「豁然開朗」，這個名為「堂」的地方卻是一個露臺，抬眼望去是收拾得很好的皇家花苑，草地上長著許多雜色野花；遠處是一抹樹林，天很藍。

「怎麼什麼也沒有啊？」

「你希望有什麼？」慷康教授說。

我想了片刻，答道：「像法治堂那樣，搞一個民主制度變革的展覽。」

「這裡展示的是理想民主的象徵。『上得不德』，最理想的民主社會就是朝廷不再標榜民主，人民不再討論民主的社會。就如報紙上常常公佈的空氣潔淨指標一樣，它報告的指標無論怎樣好，總是不理想的。直到將來有一天，大家都不再關心空氣狀況，大家都不覺得有空氣存在的時候的空氣狀況就是最好的。講究形式、標榜民主的朝廷都不是真正民主朝廷，就像給乞丐幾個小錢而天天吹噓自己德行的偽君子。

「要精確定義民主的內涵是很難的，小到夫妻兩人互相尊重對方的意見，大到每個國民對國家大事都能通過一定的管道主張自己的意志並被國家所尊重，都屬民主範疇，其實，民主制度只是人們對利益訴求的權利得以法律保證的制度，是和平變革的原動力；民主卻常常是變革實施的敵人，因為變革需要

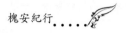

思想,思想的本質是反思,反思總是思想家的任務,雖然少數人的思想未必正確,但是大多數人的想法必定沒有價值,而民主制度卻規定必須尊重大多數人的想法。

「在你們那裡的資本社會,民主只是老百姓的空洞理想,只是政治家要贏得人民支持而發出的空頭承諾。在資本社會,民主的本質還是『財主』,你有多少資財,就有多少發言權;你沒有身外之財,就憑你的『人力資本』這一票之數發言。說到底,民主制度就是經濟制度的一種政治體現……」

「不很明白,」我懵然打斷了他的話。

「你們時空域的經濟學已經落後了,有興趣你帶本《《物權所有的相對性原理》回去看看,會有啟發的(這是一本耐火磚那樣厚重的政治經濟學理論書,我沒有興趣)。在資本社會,人們作價值選擇最多、最直接、最貼近利益的事就是商品交易,一個被很多人認同的品牌商品的資本一定能得以發展,而享受這種選擇成果的是人格化的資本——某資本家,這是『民主程序』的第一步,人們通過購物『選』出了一批社會地位比較高的人——資本家;資本家們出於自身的利益出資贊助替自己代言的候選人,替候選人做廣告,推舉候選人上臺,這是民主程序的第二步;大家人手一票平等地選舉,這是民主程序的第三步,看上去很平等,其實是不平等的,當民主程序走到第三步時人們已經沒有選擇的餘地了,無論選張三還是選李四,選出來的都是資本的代言人。大家所做的只是認認真真地參與一場形式民主的儀式而已。

「不同生產關係的社會的民主的內涵是不一樣的。在人類歷史上商品經濟最發達,『三公』(公平、公正、公開)最徹底,

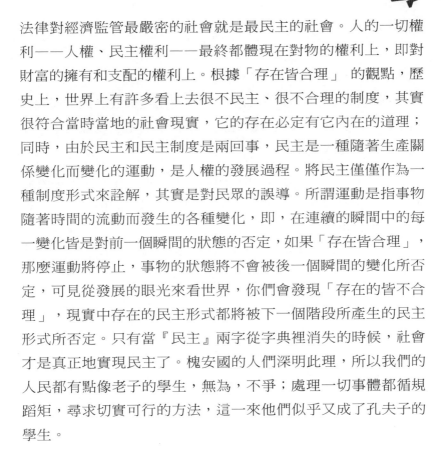

法律對經濟監管最嚴密的社會就是最民主的社會。人的一切權利——人權、民主權利——最終都體現在對物的權利上，即對財富的擁有和支配的權利上。根據「存在皆合理」的觀點，歷史上，世界上有許多看上去很不民主、很不合理的制度，其實很符合當時當地的社會現實，它的存在必定有它內在的道理；同時，由於民主和民主制度是兩回事，民主是一種隨著生產關係變化而變化的運動，是人權的發展過程。將民主僅僅作為一種制度形式來詮解，其實是對民眾的誤導。所謂運動是指事物隨著時間的流動而發生的各種變化，即，在連續的瞬間中的每一變化皆是對前一個瞬間的狀態的否定，如果「存在皆合理」，那麼運動將停止，事物的狀態將不會被後一個瞬間的變化所否定，可見從發展的眼光來看世界，你們會發現「存在的皆不合理」，現實中存在的民主形式都將被下一個階段所產生的民主形式所否定。只有當『民主』兩字從字典裡消失的時候，社會才是真正地實現民主了。槐安國的人們深明此理，所以我們的人民都有點像老子的學生，無為，不爭；處理一切事體都循規蹈矩，尋求切實可行的方法，這一來他們似乎又成了孔夫子的學生。

　　「上德不德，大道無道，大民主則無民主……」

　　「沒有民主怎麼反而成了大民主？」我打斷了他的話。

　　「虧你是個中國人，無民主不是不民主。無，就是沒有不民主，沒有不民主就無所謂民主。真正實現了大民主，民主一詞將從辭典裡消失。」慷康先生如是說。

　　槐安人的思維有點像歐洲人，多哲學家，喜歡窮究根本。他們認為，民主是很具體的，從每個人對他人的尊重到朝廷對

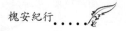

民意的尊重，無不處處體現一個社會的民主精神，一個真正具有民主精神的現代人，總是從尊重老婆、孩子，尊重部下、同事的權利做起。

　　通過後來這許多日子的接觸，我覺得這個民族比中國人更像中國人，比歐洲人更像歐洲人；比孔子的學生更像孔子，比老子的學生更像老子。

　　出了民主堂我們便結束了紫陽宮的瞻仰，皇帝坐的龍庭我們覺得沒有什麼太大的看頭，古今中外的皇帝們都差不多，無非是高高在上。

第二章　期貨和「奇貨」

　　槐安國的商品經濟似乎很不發達，但他們的金融業和期貨交易卻「發達」得有點異常，除了外匯、國債、股票和股票ETF 期貨，以及石油、有色金屬、糧食等大宗商品的期貨外，還有許多出乎我們想像的期貨品種。我們在一個叫天平村的地方看到一所人力資源期貨交易所，掛牌交易的商品中有流水線操作工、清潔工、醫生、律師、IT 工程師、各學科的科學家、國王等上百種職業，所謂牌價就是預期工資，十年期商品的價格和現行的工資差距很大，而即期商品的價格和現行工資就非常接近了。說來好笑，其中有兩個商品有牌無價，一個是國王，一個是哲學家，沒有人開倉，它們的價格永遠是空位。事實上也是如此，國王不是什麼人可以出高薪聘請的；「一無用處是

書生」，哲學家的牌價也是空位，因為哲學家們從來不做一件實在、有用的事情，當然沒人聘用他們，歷史上的哲學家也是如此，「專業」哲學家除非祖上有錢，日子都不好過，哲學教授則是另一回事。最有意思的要算「基因美容師」的預期工資，跌宕起伏最大，人們認為人的長相都受遺傳基因的控制，將來有可能只要修改一下有關基因，就可以永久性地改變容貌，甚至可以克隆出 A 名模的胸部，B 名模的臀部，C 明星的面孔……。只是因為有可能，於是就產生了「基因美容師」的職業預期，而且成了期貨的交易品種。不久，有經濟學家提出人的容貌往往會影響其職業和成就，和經濟利益關聯度很大，是一種資源；又有法學家提出，克隆了他人的容貌基因，有可能影響被克隆者的人力資本，所以應該及時制訂《特徵基因密碼專利法》，此言一出，「基因美容師」的期貨價格就開了一根大陰線。當地的選美冠軍——槐安小姐宣稱，美是上蒼對我的眷顧，我願意和大家分享，如果技術上能夠實現，她願意零價格轉讓她的特徵基因密碼專利，於是基因美容師的工資期貨又拉起了長紅，後來查明，她事先買進大單，有刻意做盤的嫌疑，期貨價格又大幅回檔。真是非常有趣。

我不懂期貨，老是覺得這是一種風險很大的賭博，買進賣出的都是一些連買賣人自己都沒有的、不懂的、也不要的東西，每當人們談起期貨常常會說到一些諸如「套期保值」、「價格發現」等專業術語時，我的思緒馬上就走得遠遠的，我不會去做這個買賣，所以也不想弄懂，對於工資期貨這個「新生事物」我忽然間有了興趣，便問道：「這有什麼好處？金融賭博的品種還不夠多嗎？」

「既然勞動力是商品，那麼勞動力就具有商品所具有的一切屬性，同樣有『危險一跳』的風險。政治經濟學中討論的勞動是指抽象勞動，勞動力也是指一般技能的平均體能的勞動力，它的過剩與否僅僅是數量問題。而勞動市場上的職業品種有上百個大宗，幾萬種職業，有時候社會勞動的供需總量並沒有發生問題，僅僅是職業種類供需不對口，就會造成很多人失業。就說你們中國，經濟發展這樣快，勞動需求那麼大，城市裡還是有這麼多人下崗。產業結構變化快，老工人技能不對口倒也罷了，連剛畢業的大學生也發生就業問題就太不應該了。如果你們中國也有個職業期貨市場情況就不一樣了。」

我同意這個觀點，剛想對勞動期貨的市場操作問些具體的問題，卻不料教授的話鋒一轉，又從期貨的話題裡「衍生」出新的「期貨品種」。

51

人生就是期貨.....

慷康先生說到這裡，忽然話鋒一轉，一番話令人瞠目：

「不是期貨的從業人員，對期貨多少有點陌生感，其實人生就是期貨。人從一出生就開始不停地進行期貨操作。父母望子成龍，為的就是孩子今後能賣個好價錢……」

「賣？！」我的心陡然一驚。

「年薪也好，月工資也罷，都是作為商品的勞動力的批發價，卻是人生的零售價。不是『賣』是什麼？」

這就是兩種文化的差異。我認為，描述同一事物，用詞可以

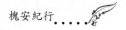

褒義，也可以貶義，全憑你的立場。「買賣」兩字本屬中性，但用在人的身上顯然是貶義的。勞動力可以出賣，人怎麼可以買賣呢？

「由於人身和雇傭勞動是不能分離的，或者說人身是雇傭勞動的『容器』，當人們在出賣自己的勞動力的同時，自身不得不『跟著』勞動力送到工廠，人身自由作為附屬品給了資本，就如賣酒送瓶。有時還要搭上不平等的笑容……」

「不平等的笑容？笑容有平等和不平等之分嗎？」我還不甚理解。

「老闆對雇工笑，和雇工對老闆笑；上級對下屬笑，和下屬對上級笑；一個人對著一千個人笑，和一千個人對著一個人笑，雙方的感覺都是不一樣的，不平等的。呵，話題扯遠了。」

但人生就是不停地做期貨操作，這個比喻我是能夠接受的，慷康先生列舉很多關於專業學習和就業的事例，關於人生道路選擇的事例，我也不作詳介了。讀者先生不妨回憶自己的人生道路想必也能理解。惟有他最後所舉一例倒也能博人一笑，他說：

「你們沒覺得嗎？在資本社會，男女婚姻戀愛其實也是一場期貨博弈。男女婚戀除了外貌、性格、志向和情趣以外，不得不考慮雙方的財產和人力資本的投資前景。戀愛雙方都投入了很多的時間和精力，結果往往很難預料……」

「做期貨須有保證金的投入，難道小夥子請姑娘吃點心也算保證金的投入？這似乎太小氣點了吧？這比喻不恰當。」我打斷了慷康教授的話。

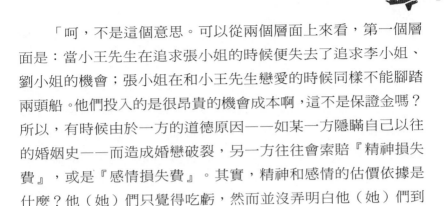

「呵，不是這個意思。可以從兩個層面上來看，第一個層面是：當小王先生在追求張小姐的時候便失去了追求李小姐、劉小姐的機會；張小姐在和小王先生戀愛的時候同樣不能腳踏兩頭船。他們投入的是很昂貴的機會成本啊，這不是保證金嗎？所以，有時候由於一方的道德原因——如某一方隱瞞自己以往的婚姻史——而造成婚戀破裂，另一方往往會索賠『精神損失費』，或是『感情損失費』。其實，精神和感情的估價依據是什麼？他（她）們只覺得吃虧，然而並沒弄明白他（她）們到底損失的是什麼。

「其實他（她）們損失的是機會成本。雖然戀愛和勞動是兩個性質完全不同的活動，但都佔用同一的資源——時間，所以自認為受損失的一方倘以時間的損失為依據而索賠『青春損失費』比較合理。

53

「眾所周知，時間是有方向性的，所以，具體勞動也是有方向性的，我們花費時間製造了一把錘子，就再也不可能退回去把它變成一把刀，除非注入新的能源、勞動力和時間，但是我們可以通過商品交換，用錘子去換回一把刀，所以，從這個角度來看，商品交換可以實現時間倒流，市場是社會科學範疇裡的時空轉化器。商品交換的依據是抽象勞動量的等同，抽象勞動沒有方向性，所以抽象勞動量是勞動時間的絕對值，作為一般等價物的貨幣是抽象勞動的單純凝結，它所凝結了的時間也沒有方向性。一去不復返的青春，用貨幣來補償還是有一定的合理性。我並不想抹煞戀愛和勞動之間的不同性質，但是，使用貨幣來補償時間的損失具有簡捷的可操作性。戀愛時期昂貴的機會成本的付出，很可能顆粒無收，也有可能收益巨大，

人生軌道由此發生轉變，這就使婚姻具備了期貨交易的主要特徵。

　　「從第二個層面上來看：在資本社會，婚姻就是一場『資產重組』，在現代社會裡夫妻雙方完全是平等的，男女平等的本質是經濟平等，對家庭財產的所有權的平等，用經濟學的術語來說，各占股權百分之五十；然而男女雙方婚前的財產在絕大多數情況下是不對等的，在這場投資不對等的資產重組面前，雙方往往將對方的人身價值（包括相貌、脾氣等人品資源和人力資本的投資預期）對財產不足部分的補償，於是各自用自己的價值觀去評估對方（指整個市場，張小姐面對的是所有的她所能接觸到的小夥子）的人身價值，同時自己的人身價值也將接受市場的評估，以達到經濟學意義上的男女平等。可以說，婚姻就是人身價值的交換，如同商品交換，如果市場上 20 碼麻布能交換到一件上衣，那麼這 20 碼麻布的價值在一件上衣上得以體現；你們不要以為我在混淆價值和人身價值這兩個完全不同的概念，這只是一種比喻的說法，但兩者確實有類同之處。除了性資源共享這一完全平等的互利合作以外，人品資源和人力資本的投資預期等人身價值只能通過婚姻在配偶的身上得以體現。張小姐放棄了許多小夥子的追求，抱著美麗的憧憬嫁給了勤勞儉樸的小王先生，她萬萬沒有想到，到頭來居然成了失業工人的老婆！所有的倒運全來自於一念之差，如果當年不是因為某一句氣人的話，她早就嫁給了某先生，如今他是大大的大款，她的丈夫王先生想到他的公司裡去做工還沒門。其實她不必後悔什麼，她不應該忘記當年婚禮上客人們的讚揚，『郎才女貌』、『門當戶對』、『天配地合』。那一句氣人的話很

可能就是她的價值觀對某先生的人品資源的全面否定，因此而看空了某先生的人力資本的投資前景。

「當張小姐——今天的王家太太確認自己的期貨做錯方向的時候，她也許會選擇離婚。離婚，又是一次期貨操作，這一次一定是正確的嗎？你確信你的王先生不是朱買臣？如果她意識到自己的人身價值也已經隨著年齡而貶值，往往會選擇『展期』，等著王先生『開大陽線』，然而，世界上沒有一個奇蹟是在等待和期盼中發生的，於是有人就採取再開多頭新倉——找個情人——來對沖現貨，以期套利。其實人的一輩子都在選擇中度過，當你需要選擇的時候而放棄選擇，本身就是一種選擇，如果你經常地作出這樣的選擇，那麼你喪失的是機會。這是著名漫畫家鄭欣遙說的。人生就是不斷面臨新的機會，上帝給你關上了這扇門又給你打開了另一扇，甚至兩三扇門，你就這樣不斷地在這些門裡進進出出，不斷地進行期貨操作，不斷地做對和做錯方向，這就是人生的樂趣，人生就是寄託在對期貨行情的盼望上。所謂希望，就是人們對人生期貨行情的樂觀預期。」

「老天！慷康教授，我很想知道你是研究什麼學問的。怎麼這樣看待婚姻和人生的？」

「我學的是經濟學，學經濟的喜歡用討論經濟問題的方法去看任何問題。從純利益角度來看，人生就是不斷地進行期貨操作。」

55

「死靈魂」

　　槐安的國土面積我們差不多，人口卻只不到三億，這個人口數已經被有效地控制了二十年，據說該國原來人口最多時竟然有十五億！

　　他們在兩百年前就看到了人口問題，曾嘗試過很多計劃生育的方法，包括像我們中國那樣的計劃生育政策，經過幾十年的「調試」，發現行政性的管理只在短期內對人口數量的控制有效，而對年齡層、性別等結構性問題則無法調控，人口得到控制了，老齡化現象產生了，老齡化過後人口又偏少了，朝廷再開口子，新一輪的生育潮又形成……，周而復始，形成一個波長幾十年，波幅為人口數百分之三十的巨大波形。而社會的經濟活動本身就是以人為本的活動，建立在這樣一個不穩定的平臺上，無異於將高層建築建造在地震活動帶上。

　　他們的經濟學家認為，雖然經典政治經濟學早就闡明了勞動力的商品屬性，但市場經濟始終沒有對勞動力的生產有所作為。而當地的所謂「人本主義經濟學」則認為這個世界並不需要那麼多人口，「人本主義經濟學」是以人為本，而不是以人口為本的經濟學說。我是從慷康先生那裡第一次聽到「人本主義經濟」這個提法，不知道他們的「人本主義」是什麼樣的主義，他們有很多「主義」提法和我們一樣，可是常常有著不完全一樣，甚至完全不一樣的內涵，他們有一種「未來主義」，和我們藝術方面的未來主義風牛馬不相關，是一種任何事情都要從長計議，為將來子孫萬代作打算的主義，當然「人本主義」也不是我們時空域的心理學裡的人本主義，從字面上來看

就是前面所說的以人為本的主義。人口的繁衍一直是經濟學所研究的一個重要方面，資本主義中期社會，人口得以高速、穩定的增長，那不僅僅是醫療衛生事業發展的結果，也是為了滿足資本發展的需要，因為人對資本來說是勞動力資源和消費品市場資源，充裕的人口能為資本提供廉價的勞動和廣闊的消費品市場。

早期用宣傳教育和行政罰款的手段控制生育，和某些國家用現金補貼來鼓勵生育，雖然都涉及到錢，但是都只能算是機械的行政手段。

他們的理論家認為，理論應該用於指導我們的行動，而不是解釋我們的行為。既然政治經濟學已經闡明了勞動的商品性，那麼勞動力的生產也應該納入市場經濟的軌道。他們的國民人口管理衙門根據這個觀點，便推行了適合市場經濟的《人口准入證》制度。

《人口准入證》必須用老人的死亡證換發，就像我們以前的國有企業購買設備必須以舊換新那樣。老人的身份證、死亡證和換發的《人口准入證》用的是同一號碼，當用以給嬰兒申報戶口時，才將號碼的尾數改成新生兒的出生日，前面的主號永遠不變。老百姓戲稱為「抵命」。這樣，全國的人口絕對不會多出一個。

「真要出生了，沒有准入證怎麼辦？」我馬上想到我們國內的計劃生育，罰款也罷，行政處分也罷，小孩要生下來了是堵也堵不住的。

「馬克思不是說過嗎？『有些東西雖然沒有價值，但是可以通過買賣而取得商品的形式。』」我們的人口管理衙門一開始

57

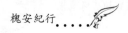

就賦予《人口准入證》以商品的形式，否則整個制度就沒有推行的意義了。」慷康教授解釋道，「你想，家裡沒有人過世難道就不要生育了？如果家裡只有一個老人過世，而有兩個子女要繼承怎麼辦？」

我注意到他用了「繼承」兩字，以往一直認為只有財產才存在繼承問題。

「我們是成熟的商品社會，」慷康先生自問自答道，「將《准入證》推向市場，可以現貨買賣，也可以做期貨交易，商品名就叫『子孫寶』。這樣一來，國民人口曲線的波動就非常平滑了，波長還是二十年，而波幅卻降低到人口總數的百分之十。」

准入證制度出臺時正值老齡化社會時期，自然死亡率處於高峰期，各期『子孫寶』的價格不斷創新低，為了買到更便宜的『出生權證』，很多人持幣待購，結果育齡夫婦被各期期貨分流，生育高潮被緩解、延期。當朝廷認為宏觀調控的目標已經達到，如果遠期期貨的價格處還在下跌趨勢，由此可能造成若干年後人口補充不足，而後又引發新的生育高潮時，便動用人口管理基金來吸盤，制止價格下跌；當價格太高時，又適時拋出，就如央行通過正反回購來調控通貨那樣。

「你上次說，你們國家原先有十五億人口，現在不到三億，那就是說還有十二億的准入證被國家收納了？」我又進一步問道，「那麼大的開支國家承擔得起嗎？」

「這個過程將近兩百年呢。國家的錢那裡來？取之於民；國家的錢有什麼用？用之於民啊。再說，由於人口的減少，國家財政的錢的人均數並沒有減少，所以社會福利也沒有因此而

下降。這些錢從國家財政流到了市場，市場又回進銀行，央行對其還是有所作為的。使朝廷的有形之手無形化，更合符無為而治的思想。外國人要申請綠卡也方便得多，只要到交易所買一口（這裡的一口就是一張嘴巴的意思，相當於一個名額，和其它期貨商品的『口』不一樣。）准入證就是了。」

「如果外國人來得多，價格被抬上去，長期以往，不是要影響你們的民族生存了嗎？」

「現在還沒有碰到這種情形。但真要這樣，我想，朝廷會動用《國民人口管理法》中的『反過度流動條款』，限制外國人買入。無為而治決不是無政府主義。「人本主義經濟」就是要強調朝廷的作用，「人本主義經濟」和資本主義經濟是對立的，但是市場運作的形式卻是一樣的，不同的是一個是以資為本，一個是以人為本……」

59

「你還沒有回答我，如果有人不持准入證而生孩子了呢？」我永遠也搞不明白經濟學的那些概念，也不想聽他介紹什麼「人本主義經濟學」。

「申報戶口登記時，朝廷將從女方的帳戶上按出生日的最高現貨價格予以扣款，並加收百分之一百的手續費。」

「不扣男方？」

「那是為了操作上的便利，事後只要女方提出男方的姓名，朝廷在取證後將代位追訴，並向再男方增收百分之一百的手續費。其實，任何正常生產（無論婚生還是非婚生），即使拖到最後也來得及到交易所買進一口，交易稅很低的，申報戶口時全額退稅。」

「拉茲（印度電影《流浪者》中的主角，因母親被強姦而出生。）的母親不是又要倒楣了？」

「和拉茲的母親有同樣遭遇的婦女只要曾經到警署報過案，都能從朝廷那裡得到准入證補償金。」

《國民人口管理法》還規定，無論是買入的，還是繼承的現貨准入證，兩年內不使用將被要約收購，收購價極低。有點蠻不講理。法律就是這樣，立法的時候是很講理的，執法的時候是不講理的。制訂這條法律的時候就是考慮到如果社會上有大量准入證被囤積，市場規律就無法對它發生作用，那麼它隨時會「變」出大量的小孩，整個制度將被破壞。

准入證制度的出現，等於給每個老年人增加了一份無形資產，就像買過一份死亡險，老人過世後，《死亡證》將被繼承，這對於子女不能不說也是一種受惠；老人也可以將自己的死亡證作為遺產而立囑，這也是一種權利。《國民人口管理法》第七章第四十九條還規定年滿社會平均壽命的老人可以將期權在五年期的「子孫寶」上永久性賣出，這對於養老條件不能不說是很大的改善。

「奇貨」的期貨‧‧‧‧‧

中國有句成語叫奇貨可居，奇貨是指稀少、昂貴的貨品，在各個歷史時期和不同經濟發展階段糧食、石油、黃金、白銀，甚至銅都曾經是「可居」的「奇貨」，這些「奇貨」都是我們熟悉的貨品，只是因為當時的短缺才被人稱為「奇貨」，到了槐安我們才領教了什麼是真正的奇貨。槐安國的政治和經濟的

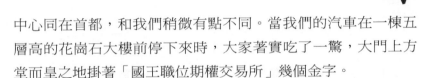

中心同在首都，和我們稍微有點不同。當我們的汽車在一棟五層高的花崗石大樓前停下來時，大家著實吃了一驚，大門上方堂而皇之地掛著「國王職位期權交易所」幾個金字。

「這個對你們來說又是新東西，」慷康教授饒有興趣地對我們說道，「這兒政治上的一些制度很有意思，你們回去後很值得吹吹牛。這兒的國王只是一種傳統叫法，其實就是你們那裡和國王同級別的國家首腦，不過我們沒有採用其它國家那樣的投票選舉，而是採用一種你們聞所未聞的方式——指數期貨交易推舉法。」

槐安的人們認為當今世界上大多數西方國家採用的選舉方法很不科學，全國選民用什麼方法來熟悉國王的候選人呢？無非是在電視裡看他像孔雀開屏那樣作作展示，賣弄賣弄口才；婦女們常常去注意候選人的風度和名貴的服裝，這怎麼可能選出優秀的國家領導人呢？談到這一點時，慷康教授特地舉了幾個例子，說：「你們那裡所謂民主選舉選出來的國王、首相、總統，哪一個不是風度翩翩，道貌岸然？可是沒有一個哲學家，沒有一個思想家，連稱得上政治家的也沒有幾個？他們只是統治階級的發言人而已，還有那種有罪犯崇拜情結的人居然也能當首相，這在槐安是不可想像的。前幾年，一位祖籍是西班牙的槐安國能源大臣去西班牙旅遊，順便在祖墳上送了一隻花圈，有人說他的祖先中曾有人當過海盜艦隊的船長，於是我們的幾個政監會委員以有罪犯崇拜情結的名義提出要罷免他的職務，後來國家歷史學會出面調查了他的幾百年的家族史，確證他的祖先中有人當過海盜船長，但未經法院審判，尚不能定為罪犯，所以他有罪犯崇拜情結的名義不能成立，罷免的事也就不了了

61

之。哪有首相去祭拜一大批被國際法庭絞死的死刑犯！不可思議。」

他的話也許有點偏激，但是槐安的人們對民主選舉的看法不無道理。單憑一面之見的「印象分」要想選出一個德才兼備的首腦雖然缺少科學性，然而我認為比起世襲傳位，或是「謀王篡位」來要文明，要合理得多。畢竟競選演說也能表明參選黨的施政綱領，對國民的利益訴求作出一些承諾，同時也能展示競選者的能力和性格魅力。

「競選演講？競選演講上作出的承諾有幾個得以實現？競選時的演講和偷情男女在床上的昏頭話一樣，都是不能當真的。」

一針見血，我無以對答。

整個交易大廳的現場和我們的股票交易所的中央交易大廳差不多，我也不贅述了。

槐安現在的執政黨是天和黨，最大的在野黨是人和黨與富民黨，其他還有公信黨和天平黨等幾個小黨。

這三大政黨都在政交所（國王職位期貨交易所）掛牌，分別稱為天和指數（天和黨執政期間也稱朝廷指數）、人和指數和富民指數，再加上一個民意指數，一共是四個指數期貨商品。民意指數不代表什麼組織，只是體現老百姓目前的政治傾向，如果由於某事件，或者是某時期的民眾政治傾向與朝廷意志及人、富兩黨的意見不盡一致，於是民意指數就可能高漲，而三黨的指數也會因此發生相應的變化。

指數的上漲和下跌不是民意測驗得出的，而是像現代經濟

社會的股指期貨那樣用真金白銀打出來的。朝廷換屆就是按指數高低來決定執政黨，執政黨的主席就是當朝國王。

其中人和指數最為穩定，雖然人和黨是在野黨，常常對天和黨的執政提出非議，但是他不是敵意反對黨，所以朝廷指數和人和指數並不完全逆向運動，只有在臨近換屆事期它們間的差動性表現得強烈一點。而朝廷指數的波動常常是來自民意指數的擾動，在多數情況下民意指數的波動是因為民生問題，所以朝廷非常關心指數的漲跌，尤其是民意指數上升，而朝廷指數下調時，朝廷馬上就會吸納民意改進施政，於是朝廷指數就會上漲。

「那麼，如果有什麼大資金來惡意做盤呢？」據我的常識，在資本社會惡意炒作擾亂金融的事情是難免的。

「越成熟的市場，法律的監管越嚴密，亂來是不行的。剛實行這個制度的時候，國王職位期指確實也曾是大資金博弈的場所，但是後來為了防止國家政權被金融資本控制，就規定每人在每個商品裡只能做一口。我們對金融監管很嚴格，任何自然人、任何法人都只能有一個總帳號，銀監會打開總帳號能看到任何分帳號的情況，任何銀行可以都可以通過它的客戶帳號到總帳號查詢客戶的信用資料，而且電腦系統對所有帳號都進行『單筆金額異動』、『發生頻率異動』、『存貸異常增減』等流通資訊進行技術性監視，不但沒有人能試圖通過熱錢來控制我們的選舉，就連控制其它金融市場也很困難。」

「選舉是國民的權利，但是期貨不是人人敢做，也不是人人有錢做。對不做期貨的人來說不是有失公正嗎？」

「是的，只要有一個人沒有經濟能力或不喜歡參與期權交

63

易，就是對他的政治權利的侵犯，就是制度的缺陷。我們的制度規定，任何人都可以虛擬入市，盤面效果完全一樣，但輸了不必賠錢，當然贏了也不賺錢，盈虧由公共財政承擔，所以任何人都可以參與，不做就是屬於棄權。我們這兒的人民已經達成共識，任何政黨，只要它的所作所為符合和平、科學與進步三大原則，你就大膽做多，見好就收；回檔就進，不會大輸。我們這兩個政黨都很不錯，所以指數一直在高位強勢整理。就說現在執政的天和黨，它認為朝廷應向人民提供公平公正的競爭環境、安全衛生的勞動環境和安定小康的生活環境，而人民應該追求富裕而崇尚儉樸。很得民心，社會穩定。

「我們這個制度也許不是最好的，但是比起你們那個時空域的民主選舉肯定更先進。至少朝廷的一舉一動，一言一行是否得民心，馬上就可以在開線圖上表現出來，比你們有些國家的民意測驗更迅速，更直觀。由於指數是真金白銀打出來的，俗話說『銅鈿銀子連性命』，所以我們的國民對朝廷的每一項政策，對國王的每句言論都細細品味，換句話說，就是我們的朝廷時刻處在全民監督之下。」

然而民意指數有時會無風起大浪，民意指數的大幅震盪卻常常來自莫名其妙的「新思維」。當地曾經有人在報紙上發了一篇叫《論自由》的文章，文章本來的意思不錯，他認為人的天性是要自由的，但是現實是不可能完全地自由的，所以這是人的痛苦的本源；還提出了許多諸如「人的自由度和所處空間成正比，和行為幅度成反比」之類的「定理」，最終他認為絕對的自由是沒有的，就連思想也不是絕對自由的，思想固然可以超越時間和空間，但是正確的思想不僅受到來自客體世界的

資訊的限制，還受到邏輯規則的限制等等，最後文章還調侃了一句，「應該將思想『完全自由』的人及時送進瘋人院」。不知怎麼搞的，後來居然有人斷章取義，抓住這句話大做文章，指摘社會沒有自由，一時間社會搞得紛紛揚揚，很多人跟著要「思想自由」，民意指數節節高升，群心振奮，投機資本就喜歡這樣的震盪，蜂擁而入，人人發財，大家「自由」。民意指數最終還是高位掉頭掉下來了，理性的人們贏了錢，糊塗的人們賠了本。人們終於看清了「自由主義」原來只是個鬧局，除了指數發生了震盪，社會卻不為所動。很多事情就是這樣，粗聽很有道理，可是一旦給予延伸演繹就看出它的荒謬性了，就像兩條直線，粗看是平行的，一旦將它們延伸就劃出大叉了。自然科學可以做實驗，生產工藝可以做小樣，社會問題是不可以搞壞了推倒重來的，期貨的震盪避免了社會的動盪。

65

天和黨與人和黨.....

　　說起這個國家的政治制度，不能不詳細介紹這兩個黨的情況。天和黨的哲學理想是天人合一，追求人與自然的和諧，它管理的朝廷施政則講究師法自然，所有的事情都順其自然。

　　而人和黨則追求人與人的和諧，他們提倡共和，民族共和，膚色共和，階級共和，政黨共和，國際共和；他們認為社會應該充分保障人權，並且認為人權無國界，全世界每個地方每個民族的人都應該享有人權，不像某些國家那種自私虛偽的人權，在有的「人權」國家的眼中，只有他們的國民是人，他們的人權要尊重，而南聯盟人、阿富汗人、伊拉克人、敘利亞人都不

是人，都應該是軍火工業的終端消費者。

人和黨的理想很崇高，對社會安定也起到了很大的作用，尤其在資本瘋狂擴張的紅巨時代給社會的安定和發展作出了不可磨滅的貢獻。那個時代窮富差別很大，人有窮富就「和」不起來，窮人在闊人面前總有點坐立不安；雖然窮人和富人同樣享有追求幸福的權利，但是幸福的大門猶如銀行的大門，窮人即使進去也是白進去，就連戀愛這種人人都有機會享有的幸福，一旦有金錢出現在面前，美麗的姑娘依然不能脫俗，可憐的小夥子常常被撞到幸福的大門之外。於是人和黨的理論家提出，既然無產者和資產者是不可分離的生死鴛鴦，那麼只有在共存、共和中求得共榮，在矛盾中求和諧，在和諧中謀發展。他們認為解決階級矛盾最好的方法決不是消滅富人，而是要設法消滅窮人；世界上只有消滅了無產階級，才能意味著消滅了資產階級。由於人和黨的努力，給窮人的生活規定了下限，有效地消滅了絕對窮人，並不斷提高貧困戶的生活底線，通過發展教育和調整產業結構，使大半的人口成了「小康戶」。人和黨長期堅持消滅絕對貧困，縮小相對貧富的政策很受社會各界的支持，他們的階級和諧的理論也很得理論界的認同。

但是公信黨、天平黨等小黨派對人和黨是持反對態度的，他們的反對也不無道理，他們認為資本家關心的永遠是他們操控的資本，而不會是世界上的多數人；無產者的生活的改善並非人和黨的功勞，更不是資產者發善心，而是大大小小的經濟危機使得勞動者作為市場資源的重要性被資本認識，以及勞動者通過政治鬥爭使得自身人力資本的話語權得以體現的結果。

天和黨成立於十八世紀的二十年代。在十八世紀的九十

年代初，世界輿論一片看好當時盛行的資本經濟和政治制度，天和黨卻提出了全新的資本主義滅亡論，他們認為現代的資本主義制度必然要滅亡，資本主義滅亡的原因還是生產力和生產關係的矛盾的累積，但是引發其崩潰的豁口是熱力學第二定律——熵增加定律。這個定律說起來很簡單，就是在一個系統裡，能量只能從高端流向低端，從不均衡走向均衡；一杯熱茶會逐漸冷卻到室溫，室溫卻不可能將能量集中燒熱一杯茶；能量雖然守衡，卻不能重複利用；物質只能從有序走向無序，大樓早晚要變成瓦礫，瓦礫不會變成大樓；礦產被不斷開採利用，礦物總量不會減少，但是一旦耗散就永無再聚之日，即使所謂回爐重熔，也必然少於原先，質量雖然守衡，能用之物卻日漸見少。現代資本社會的脈搏就是生產供消費，消費促生產。資本為了滿足其貪得無厭的利潤欲，竭力做廣告，用各種方法推廣消費的「新理念」，人們在資本的鼓動下，毫無節制地追求物質享受。「消費——生產——消費」這個社會經濟脈搏就像一個巨大的泵浦，毫無節制地抽取地球上的有限的資源，還美其名曰：社會進步。「脈搏」稍有一點不暢，全世界就會發出一片「蕭條」、「衰退」的驚呼，好像世界末日就要來臨，為了挽救經濟，又會採取許多飲鴆止渴般的措施。殊不知，這個世界的主體——人類——的物質生活的不斷進步，是以世界的客體——自然環境——的不斷退步為代價的。能源消耗和資源耗散的結果使人類生存環境的惡化，而資本講環保，只是為了推銷環保用品而已；資本講環保，就像強姦犯押持著無助的婦女「訴說愛情」，噁心，肉麻，恐怖。須知，一切物質財富，一切資本都是屬於具體的私人的，而自然資源都是「屬於」抽象的國家、社會和全人類的，日益惡化的自然環境更是「無主財

67

物」，況且社會還根本不承認環境是財富，因為財富的「定義域」是私有。「國有家有不如我有」，每個資本所有者都在大肆啃齧著屬於人類的、社會的資源。什麼社會，什麼全人類，都是抽象的概念，根本不是資本所有者的對手，資本甚至可以通過控制國家來控制資源。對於這一點，資本經濟制度的既得利益階級心裡最為明白。資源、能源和環境在咄咄逼人的資本面前步步後退，直到有一天，退到無可再退時，現代資本制度大廈崩潰在即。

天和黨的這些理論很能喚起人們的憂患意識，但是在資本的增長要求面前，它又顯得底氣虛弱，紅巨時代的槐安的經濟必須保持百分之三以上的增長，朝廷必須鼓勵增加生產，它不得不鼓勵消費。在資本社會裡，一切社會運動逃脫不了資本經濟的規律，就如在日常生活中的我們逃脫不了物理學的定律。

這也正是天和黨困惑與痛苦的地方，人和黨常常以此攻擊天和黨是「烏托邦」的夢想者。人和黨的理想雖然也不能實現，但能身體力行，如同歷史上的許多哲學家，一生不順利但是仍能堅持自己的人生理想。

天和黨的領袖們是一群極具智慧的人們，不刻意和主流的高能耗文化唱對臺戲，卻大力宣導精神生活，注重於精神生活的人們會自覺不自覺地降低物質生活標準而不降低幸福感，民風就會素儉，社會道德就會高尚，社會的物耗和能耗都會降低；他們自己是無神論者，卻給予佛、道、伊斯蘭、基督教等宗教提供種種方便，因為所有這些宗教都是提倡與人為善，輕視物質享受，宣導素儉的生活方式，有益於社會安定發展。世界上無論發生什麼大事、惡事，天和黨朝廷從不撐頂風船，總是避

其鋒芒，順勢而為；抓其機會，逢凶化吉。

對來自人和黨的攻擊他們不作反擊；對來自社會各界的批評他們不作辯解，這點上他們又有點像佛教徒。我有幸參加他們一次政界上層的聚會，遇到天和黨朝廷的好些高級幹事（官員他們統稱幹事，他們的官員制度分為幹事、參事、議事三等九極）和政界的一些頭面人物，其中也有人和黨的黨魁。我和一級參事誠臣先生談起黨爭與批評之事，他淡然一笑：

「無為而為，為而不爭。事實會證明是非，他們錯了，何需我們反擊？我們錯了，我們勇於認錯糾正。我們糾正了，人民會諒解。反擊與辯解往往就是文過飾非，徒增治政成本。從哲學上說，天和已經包括了人和，只要人之間還存在階級矛盾，存在國家矛盾，存在民族矛盾，就不能稱天人合一。」

但是人和黨對這種說法是不認同的，他們認為天和黨的理想固然很好，可惜這只是空想而不是理想。中國人說過，「天作孽猶可違，自作孽不可活」，世界上僅僅發生自然災害，人類還有辦法對付。倘是因為「人不和」而打起核戰爭呢？人且不和，天和之說不是自欺欺人嗎？俗話說得好，「謀事在人，成事在天」，人不謀，天何成？要天和，先要人和。

我在好幾個場合看到過這兩個對立的政黨的領袖們，似乎都是朋友，煙來酒去，談笑風生，有時候甚至比他們的黨內同志更為親熱，使人很難想像某一方密謀策劃攻擊對方的情景。一次我們偶爾聊及兩黨關係時，互庚先生解釋道，「不奇怪的，哲學家都是這樣，以敵為友。」

我覺得很有意思，只有「化敵為友」，從來沒有聽說過有「以敵為友」。以敵為友，何以為敵？

69

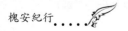

　　「何以為敵？利益競爭者也。」互庚先生如是說。「政治的定義是利益人（利益集團、自然人，或稱人格化的利益）之間的非市場方式競爭。我們這裡的政治家都是哲學家，任何物質財富都被會他們『抽象』成概念，他們不謀求任何物質利益，他們的任何額外收入都受政監會和經監會的監督，他們不可能是某利益集團的代言人。沒有利益競爭也就沒有敵人。即使所謂政敵，也就是論敵而已。」

　　在他們的國家裡，所謂「幹事」其實是什麼事也不幹的，這裡的「幹」是骨幹的意思，是國家的核心領導層；參事則相當與我們的高幹，具體事情幹得最多的卻是議事。幹事們早上照例懶覺要睡到十點多，然後從事自己的專業，有的是工程師，有的是農藝師，有的是畫家，也有的是作家，當國王做朝廷高官則是他們的業餘愛好，參政津貼很少，他們的工作也就是在業餘時間散散步，喝喝茶，銜著煙斗聊聊天，深更半夜不睡覺，而他們聊天的內容都將被一一記錄下來，由秘書們組織成《談話錄》或是像《論語》這樣的文摘，傳發或出版，影響著國家政策和社會民風。他們都是一些哲學家和詩人。

　　他們的總幹事恒衡先生在談話時曾說道：

　　「熵，引伸到社會學意義上來就是『喪失』的意思，簡言之，就是『喪』。所謂的社會進步是方方面面進步的總和，而每一方面的進步都是以另一方面的喪失為代價的。造起的是大樓，喪失的是田園；進步的是傳媒，喪失的是文化的多樣性；發展的是導彈，喪失的是和平；成就的是學業，喪失的是童趣；欣賞到的是夕陽，喪失的是青春；進步的是社會，喪失的是自然。人類的一切進步都是以不可彌補的損失為代價的。」

　　這段話後來被刊登在報紙的右上角。從恒衡的言談裡我覺得天和黨似乎是返樸歸真的田園生活的宣導者，似乎是土還主義政黨。

　　對於「進步」，天和黨人有他們的解釋。他們認為社會的進步與否並不僅僅在於物質財富的多少和 GDP 的帳面增長，社會進步在物質生產上表現為能為人民提供足夠的生活資料，在自然科學上體現在人類對自然界的認識的深化和控制自然災害能力的增強，在文化上表現為普遍追求知識和道德；社會進步決不是淺薄的消費擴張。所謂物質財富，不外乎一百零三種元素和按某種訊息規則的排列，所以，有意義的是其中所包含的知識量的多少，和財富增長對人類的永久生存和發展的積極意義，而不是對財富中天然物質的佔有。在我們這個眼睛看得見的世界上，幾乎所有的物質財富都是一百年以內創造的，如果以物質財富的數量的多少為衡量社會進步與否的標誌，那麼幾千年來的老祖宗留給人們的遺產都到那裡去了呢？老祖宗們留給我們的是知識，是技術，是文化，世世代代的人們積累的知識、技術和文化才是真正的財富。

71

　　天和黨信奉的政治經濟學並沒有改變價值的定義，但他們認為「原能（他們稱能源為『原能』，為了便於閱讀，本書中還是用『能源』一詞）」和知識成果都能替代勞動，或提高勞動的效率，所以，能源和知識成果可以通過市場折算成價值。他們把一件商品的價值分解為不可再生資源、體力勞動和知識勞動三個部分，對不可再生資源的使用要課以重稅，稅收由環保部門用於自然保護。他們將人類的生產活動看作是人類與自然界的貿易活動，就像我們的國際貿易力求進出口平衡一樣，

他們也力求對自然界的索取和回補的平衡。自然資源就像祖上
留下的遺產，人們只能取其利息，而不能挖其老本。他們認為
體力勞動雖然能產生價值，但同時也產生疲勞與厭倦，所以體
力勞動產生的價值並不能增加社會的幸福總量；簡單體力勞動
是社會的必須，也是一種無奈，而腦力勞動常常是件令人愉快
的事，其最大的優點是能增加社會的幸福總量，而產生的知識
又能大量提高勞動效率。對社會來說，有意義的是幸福總量的
增長和知識的更新，這也正是他們的國民經濟追求的目標，無
論國民經濟的發展目標還是個人的生活追求都必須符合人類的
永久生存和發展的遠大理想。

　　「政府能決定國民經濟的目標和指標，難道個人的生活追
求也歸朝廷管？」

　　「朝廷有引導社會主流價值觀的責任，並能有所作為。」
互庚先生說，「就說你們中國，1949 年前到 1949 年後，1949
年到 1979 年，1979 年到現在，社會的主流價值觀變化有多大？
沒有政府的引導，人民的價值觀不可能發生這麼大的變化。」

第三章　客居桃花淵

小城桃花淵....

　　當晚我們就住在市中心的「駐馬店」裡，當地把小旅店叫板門店，大點的，能停放轎車的賓館叫駐馬店，這個名字是從前能停放官轎馬車的旅店延用過來的，那只是一種叫法，和我們熟悉的地名沒有任何關係。那是當地較大的一家賓館，客房卻很素簡，木板的牆面連清漆也不塗，進屋就聞到一股清淡的松木香味，被子和床單都很舊，很柔軟，但是洗得極乾淨。和所有的賓館一樣，床是早就鋪好的，只是被窩高高鼓起一團，好像裡面睡著一個小孩，鑽被窩的時候方才知道，原來裡面放著一個枕頭狀的布包，裡面塞滿了木屑和刨花，睡覺時將木屑包取出，被子裡有一股淡淡的原木清香。難怪總台服務小姐特地問我們要什麼木味，我們不知原由就要了一個「隨便」，她

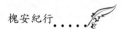

就給我們安排了松樹味，枕頭裡也都是松木屑，喜歡濃郁的有香樟木，清淡一點的可以要杉木，這一覺睡得很沉，大概和這氣味有關。他們很熱情，為了我們的到來，特地開通了空調電源，但是也只開到十五度，好在被子很厚實。住了一夜旋即離開南柯郡去了桃花淵，那是東道主慷康先生事先安排好的。桃花淵是首都的衛星城，從新紀區乘地鐵四十分鐘的就到了，毛估估也就四五十公里左右吧。

說起地鐵，我不得不佩服這座城市的人們的想像力。地鐵和我們上海的可謂相差無幾，妙的是地鐵隧道兩側的燈箱，車在站內時還看不出有什麼特點，燈箱上亮出的是卡通人物什麼的，這些卡通畫面像電影鏡頭那樣每幅都有一點小小的變動，當車一啟動，卡通人物就會像電影那樣活動起來，內容則類似於米老鼠那樣的幽默小品，很有趣味。漸漸地那些賽跑的動物演變成了大小不一的汽車，背景也演變成了環山繞行的高速公路車，恍然間機車開出隧道，燈箱上的畫面居然和車窗外的景色極為巧妙地結合了起來，剛才還是像小丑那樣滑裡滑稽的卡通汽車，一下子變成了奔馳在公路上真實的汽車。好萊鄔的蒙太奇也沒有它安排得巧妙，似有一種恍如夢醒的感覺。

剛才在旅店出來時還是天色昏黃，此刻已是陽光明媚。

桃花淵是座很有特色的小城，人口不到二十萬，除了中心城區的幾條主要商業街外，其它街區的房子大多不高，馬路也不寬，主幹道僅四車道，街區道路能容兩輛汽車交會。街道的兩邊，房子的周圍都是綠地，有樹木，但沒有花草，很整齊地長著各色蔬菜，充滿了鄉趣。

最有意思的是它的建築，中心城區照例是高層建築較為集

中的地方，這兒的建築並不很高，最多也就十來層，最高的是石油耗竭警示碑，高約五十米，花崗石砌就的煙囪般的圓錐體，高高聳立在中央廣場中軸線上，碑的頂端是一個騎著一匹瘦馬的像唐‧吉軻德那樣的騎士雕像，瘦馬低頭向西而去，騎士右手持著行將熄滅的火炬，左手放在前面遮掩，惟恐被風吹熄。「西風，古道，瘦馬」，我腦子裡馬上出現了這句舊詩，那景象委實淒涼。那騎士雕像不知用什麼材料鑄成，反光性極好，每當太陽初升，西邊天空尚未發白時，由東向西望去，只見漆黑的天幕之中瘦馬騎士的雕像在晨曦的照射下散發出淒清的寒光；同樣，在日落時分，東邊的天色已經見黑，雕像在晚霞的映射下一片金紅，背襯著東邊的黑暗，給人一種能量耗竭的感覺，其光彩效果恰如澳大利亞的艾爾斯山。過了中央廣場便是東方大酒店，這是座典型的中式仿古建築，其外型像三座寶塔呈「品」字型組成，頂樓則像走馬燈那樣內轉外不轉的旋轉餐廳，琉璃瓦屋頂的屋脊比故宮的角樓更為複雜，絕非語言所能描述。最有新意的是幢叫泰山大樓的商住樓，整幢樓是一座山的造型，延綿拖逶橫跨兩個街區，其主樓十二層，周邊輔樓高高低低錯落有致，最低的地方就像山道入口處，一腳就能踏將上去，順著「山道」便走上屋頂花園。它的牆面用不規則的石塊貼面做裝飾，看上去就像山上暴露在外的石塊，而且在窗臺下及牆面各處砌出了花壇，裡面預設置了供水管道，填上土，栽著各色野草和藤蔓，有一種叫「爬山虎」的植物爬滿了整幢大樓。裙樓部分的屋頂花園被設計成了「原始叢林」，長滿了各種灌木和花草，整幢樓從外觀看，鬱鬱蔥蔥，很像一座小山頭，而且在每一層樓沿著山道都有開有小門。我們正饒有興味地打量著整個建築的設計，突然老黃驚叫起來，「逮住它！逮

住它！短尾巴的鬼。」一隻野兔從屋頂上的樹林裡蹦出，飛快地鑽進了草叢裡。據說屋頂上還有狐狸的蹤跡。

我們邊走邊聊，不多時便拐進了一條很幽靜的街區道路。這條街上的房子都不高，雖然樣子各異，屋頂卻清一色的平頂。後來我們知道當地的人們喜歡在屋頂上種植山芋、黃豆等作物。房子周圍照例是一塊塊菜地。

「我估計這個國家不會很富裕。在富裕國家，城市的都是寸土寸金，哪肯用來種菜？」老黃說。

「這是文化關係，」慷康先生能聽懂我們的話，隨口答道，「你們上海的土地不是很金貴嗎？那麼種花養草幹什麼？」

「你們就以菜代花？這倒不失為一個經濟辦法。」老黃有一絲尷尬。

「我們槐安的人們認為鮮花是盛極大限的象徵，是走向衰敗的先兆。鮮花在人們的眼裡是無用的，虛偽的，華而不實的代名詞。這兒的小夥子沒有向姑娘們送鮮花的習俗，他們通常向姑娘們送上一籃蔬菜以表達自己的愛慕之心。紅蘿蔔表示熱忱，青菜象徵樸素，白菜代表純潔，山芋象徵吃苦耐勞，馬蘭頭則是隨遇而安的象徵，這在當地是很被推崇的精神……」

說話間我們來到一座看上去很有點年代的房子跟前，那就是慷康先生的朋友互庚先生的家。

互庚夫婦和他們的家．．．．．

因事先已通過電話，互庚夫婦一聽到響動馬上出來，熱情

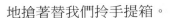

地搶著替我們拎手提箱。

「喔，你們好。慷康先生，歡迎你和你的朋友們來訪。藥片吃過了嗎？」

「你好，吃了。互庚先生，尊敬的互庚太太，你們的身體用用還可以嗎？」

「好好，還耐用。喔，慷康先生，你的白頭髮都鑽出來了，真是歲月不饒人啊。」

「心外之物嘛……」

他們隨便地寒暄著，從中很容易看出他們的語言和漢語的區別，他們的語法和漢語完全一樣，由於他們的思想、觀念和我們相去甚遠，所以有許多詞的詞義、說法和我們不盡相同。譬如，我們常說的「你身體好嗎」，日本人說成是「你的元氣怎麼樣啊」，而在這裡他們則說成「你的身體用用怎麼樣」。在漢語裡有「身外之物」這一說法，而在這裡則演變成了「心外之物」，那是因為他們將人的意識和肉體是分開來看的，他們認為肉體是為意識所用的，僅僅是意識的寄寓之所而已。他們自稱的「我」，只是指自我的自覺意識，而我的身體、我的手就和我的房子、我的手套一樣，都是為心所用，同屬「心外之物」，而他們所謂的「身外之物」僅僅特指皮膚——身體最外面的東西——而已。他們的詞典裡沒有「切膚之痛」這樣的成語，他們認為這句成語沒有什麼特別的意義，人體任何部位受到傷害總是皮膚先有痛感，而皮膚的局部相對於其它任何器官則是最為不重要的。

互庚先生熱情地將我們迎進客廳，他們的客廳很大，大約三十來個平方，向陽一排長窗，甚是寬敞，靠西一邊呈半圓形，

77

盤圓樓梯繞牆而上，一組沙發背靠樓梯；客廳中間竟然是塊十多平方的草地，細細密密，碧綠青翠，後來的日子裡我們常常像野營那樣坐在草地上喝茶聊天；和我們中國習慣的佈置一樣，沙發的對面是一面電視牆，對著窗戶是一幅大大的書法作品，斗大的一個「熵」字，很有功力的顏體。後來我到過好些當地的朋友家，他們的客廳也都掛一些字畫類的藝術品，但他們字畫的內容和風格和我們有很大的不一樣，在他們那裡我從來沒有看到過諸如象徵吉祥的「福祿壽喜」，或是提示修養的「忍」、「制怒」、「難得糊塗」之類的字樣，也沒有傳統的描寫春夏秋冬和宣揚仁義道德的字句，常見的有「熵」、「衡」、「恆」、「水」、「熱寂」，在一個朋友家看到一副條幅很有意思，「不爭分秒寬怡心情，不失歲月充實人生」。不爭分秒哪來歲月？不懂。

他們的繪畫作品更有特色，同樣是水墨畫，我從來沒有看見過梅蘭竹菊、瘦石花鳥，也很少山水風景，在這方面他們有點像西方人，喜歡畫人體。用中國的寫意水墨來畫裸體人像是一種創造，軀體肌膚全用水墨深淡來表現，大衛、維納斯則是他們顯示功力的典型題材，猶如我們的梅蘭竹菊。軀體形態寥寥數筆，塊壘肌肉全用淡墨化出，再用濃墨勾現陰陽光色，大衛的腿臀僅僅用了四五筆。據亙庚先生介紹，大衛的肌肉難在形態，而維納斯的腹部肌肉則難在墨色，深淡極難把握，粗看有而細看無。要將這兩個人人眼熟的藝術形象畫好，難度之大很難想像，而他們的藝術家還常常將它們予以變形，我曾在一地方看到過一幅叫《方的大衛》的畫作，作品幾乎都用直線畫成，每個輪廓、肌肉全用直線和方塊來表現，全身沒有一個「細

胞」像大衛，而一眼望去大衛的身姿、力度無一不似。其它寫生人物畫更是生趣栩栩，想像豐富。在互庚先生家的盤圓樓梯的牆上我還看到一幅長卷，像字非字，似畫非畫，「字跡」高低錯落，墨色深淡不一，看了半天，覺得是件極好的抽象畫作，很有想像力，感覺很舒暢。我不懂得欣賞西方的抽象藝術，一直認為中國是抽象藝術的發祥地，世界上最好的抽象藝術在中國，無論中國的書法、詩詞、京戲都是抽象藝術的極品，卻不料在這裡能看到出自非中國的精品之作，運筆流暢且節奏強烈。倘若叫我們的書畫大師用毛筆去「畫」一些含義不明確的線條，並將它們「雜亂無章」地組合起來，我敢說他們定然手足無措。

互庚夫人介紹說，這不是畫，也不是字，而是一卷舞樂譜。經她一說，我果然看出了幾個變了形的音符，但還有一些絕對不屬於音符的墨蹟。

79

「這是什麼樂譜啊？」

「我給你們演奏一曲，這種樂器中國沒有。我知道，」互庚夫人熱情地邀請道，「這是樓琴舞樂譜。」

她特地換了一雙鞋，在這條樓梯上踢踢噠噠地舞蹈起來。我這時方才注意到他家的樓梯的新穎造型和「特異」功能，樓梯板逐級由長漸短，沿牆盤緣而上，其結構和原理如同木琴，每級梯板下面均有粗細長短不一的銅管，專為共鳴所設計；樓梯的扶手欄杆上安著像汽車排擋竿那樣的胡桃木球頭，能左右扳動，朝右一推，下面的拉杆連接著的兩塊氈墊當即抱住共鳴管，立時寂然無聲，向左一扳，又回聲盪然。

互庚夫人是位很漂亮的婦人，大約三十四、五歲，黝黑的皮膚，有著典型的美人身材。她輕快地在樓梯上來回舞蹈，腳

尖腳跟像跳踢踏舞那樣打擊著樓板，樓琴發出圓潤美妙的樂聲，她的臀、腰和肩款款扭動，真是美極了。在我們熱烈的掌聲中她結束了演奏，興奮得滿臉通紅，謙虛地搖了搖她那美麗的腦袋，邊換下舞鞋。那雙舞鞋初看和普通平底鞋無異，經指點，瞭解到此鞋是為了加強擊鍵的效果而特製的，鞋掌和後跟分別用兩塊硬質木材製成，外面包著一層很薄的橡膠，擊鍵效果果然很不一般。

「平時共鳴管全部關掉的。我女兒喜歡開著共鳴管走樓梯，輕快地踏著音階，很幽雅的。音樂中的術語『音階』就是由此而來的。」

「這房屋的音響效果也極好，完全可以和一流的音樂廳比美。」老黃讚歎道，邊抬頭四處打量欣賞。

我也隨之抬起頭，發現盤梯上面的屋頂呈穹隆狀，鎏金蓮花紋，很是氣派。

「你很內行啊，」互庚先生對著老黃說道，「這架樓琴是由最好的琴行製作的，那四壁雕花板都是吸音設計，可以防止亂哄哄的回聲；而那穹隆頂恰恰是為了回聲和共鳴而這樣設計的，但它的曲面可以根據不同的樂曲而調整的，你看。」他隨手扳動「掛」在牆上的木質的舵輪（我原以為是一件裝飾品呢），只見穹隆頂的深度發生了變化。

我終於看明白了，原來它的蓮花紋不單是為了美術效果而設計。它的整個穹隆頂由十幾片金屬片組成，就像照相機的光圈結構，外周邊緣是固定的，頂部受調控結構的控制，隨著調控結構的上下運動，穹隆頂的曲面也隨之變化，共鳴的頻率也就不一樣。真是巧妙絕倫的設計！

　　我又仔細地去欣賞那幅樂譜，雖然我並不識譜，但那流暢的運筆和強烈的節奏給我很深的感受。

　　「你演奏得很好聽，而且很好看，簡直像在舞蹈。」我絕無阿諛之意，如果有機會到上海來，憑她的演奏絕對賣座。

　　「是舞蹈啊，樓琴樂也叫舞樂，樓琴譜也叫舞樂譜，你看，」她指著譜上的幾個符號說，「其實，這既是樂譜也是舞譜，通常由作曲家和舞蹈家合作作曲編舞，演習得爛熟再請譜書家來觀摩。譜書家就是專門用傳統的書畫手法將樂譜予以譜書創作，他們的工作可不是簡單的抄寫，而完全是一種藝術。作品你已經看到了。舞樂譜記錄的不單是精確的音符和舞步，同時它還傳遞著譜書家的一種感受。你們中國古時候有個號稱草聖的書法家張旭看了公孫大娘舞劍，悟出了筆走蛇龍之勢，而我們的譜書作品卻反過來以其抑揚頓挫的筆法啟發演奏者的靈感。」

81

　　「如此說來，同一個舞樂曲讓不同的譜書家創作，效果應該是不同的？」我問道。

　　「不同，完全不同。我的這幅舞樂譜是古代著名譜書家羿乙的代表作，這幅是複製品，原作存放在國家博物館裡。」

　　樓琴和鋼琴不一樣，鋼琴的所有琴鍵都由雙手演奏，最高音和最低音幾乎能同時奏出，而樓琴卻無法作這樣的演奏，一旦音階超過三級樓梯身姿就沒有美感。你不可能從低音段一下子跳到高音段去，也不可能從高音段一下子跳到低音段來，除非像成龍或李連杰那樣的武術高手。雖然演奏者可以關掉共鳴管衝上幾級梯鍵，但其局限性依然很大。剛才互庚夫人演奏的舞樂叫《閒庭信步》，是很著名的單人演奏曲。後來他們夫婦

倆又合奏了一曲《百年好合》，果然音調的跳動活躍了許多。其實樓琴是一種適合多人演奏的樂器，有許多著名舞樂曲都是多人演奏曲，如《三鳳求凰》、《四方來儀》等。據說舉行舞會時十來個人手拉手地站在梯鍵上邊舞邊奏，效果也很好，可惜我一直沒有機會看到。有幸的是我觀摩過一次該國很有名的演出組合——「階級鬥爭三人組」的演出。

同樣是樓琴，流行和傳統全然不一樣，它的舞樂譜再也不用傳統的譜書作品，而是用鐳射電子螢幕，電腦可以儲存無數的舞樂曲，隨時可以在螢幕上映出任何一曲，那是傳統的舞樂譜不能相比的。而它的動感已不再以運筆的抑揚頓挫來表現，那眼花繚亂的鐳射真可用「光怪陸離」來形容，兩個穿著一黑一白練功服的年輕人在幽暗的燈光裡樓上樓下地翻騰撲打，舞姿優美且甚有力度，還不時表現出幾分幽默；詼諧的樂曲配合著緊張的打鬥，再加上站在台右邊的女高音的無歌詞獨唱（無歌詞獨唱是不用任何語言，唱詞完全沒有意思，演員甚至可以即興發揮），那身心的感受很難用語言描述，極度的興奮，極度的愉悅。觀眾也以青年居多，我問陪我們同去的互庚先生：

「這兩個年輕人演奏得很不錯，只是，怎麼搞出個『階級鬥爭』來了？」

「虧你還是個中國人。這是受中國的傳統劇碼《三岔口》的啟發而創作的舞樂啊。」互庚先生給我介紹了劇情，「那個白衣男生愛上了一個女孩，同時他以為那個黑衣男生也愛上了她，於是他暗暗地和他較上了勁，其實那個黑衣男生是那個女孩子的哥哥，他們在不知情的情況下鬧出了許多誤會……，劇作者用光線的暗來喻示三人心地的不明白，最後恍然大悟，演

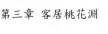

出也就告尾聲了。」

　　果然！經他這一點撥，我恍然覺得看出點名堂了，可惜演奏已近尾聲，隨著那個女高音歌手邊唱邊舞地奏響樓琴，燈光剎然大亮。然而我還沒有弄懂：「那和階級鬥爭有什麼關係呢？」

　　「階級鬥爭就是樓梯上打架的意思啊。」互庚先生解釋道。

　　「啊？！」絕頂的幽默。自此我這個很傳統，很保守的人對年輕人的流行有了一點理解。這是後來的事。

　　根據互庚先生家裡的佈置，很能看出他們夫婦的藝術修養，尤其是互庚夫人的演奏，很專業。我估計他們都是從事藝術工作的，便時時將話題拉向藝術。我素性喜歡聽專家談他的專業，他們往往能用最通俗的語言講述他們專業知識和行業法門。常言道，『聽君一席談，勝讀十年書』。很希望能從互庚夫婦那兒聽到一些從藝的經歷和他們的藝術觀，以增長我的見識。互庚夫婦也確實談了不少對藝術的很有見地的看法，但他們都不是吃藝術飯的，互庚先生是很有名的哲學家，而他的太太則是一名中學教師。

　　這時候，樓琴叮叮咚咚地響起了卡通片裡小白兔出場的樂曲，他們正在上小學的女兒放學回來了。

　　「你奏得很好聽啊，這又是什麼曲子？」互庚先生問道。

　　「好聽嗎？什麼曲子也不是，我亂跳的。」

　　「好像和前幾天的不一樣啊？」

　　「我故意的。好讓你們不知道是誰來了。」

　　「你騙不了我。凡是新花樣就一定是你。」互庚先生慈愛

83

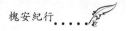

地說。

「你壞，你壞，你壞。」她用小小的拳頭往她父親肩上亂捶。

在他們享受天倫之時我們結束了聊天。

狩獵小記

在那天散步的時候，亙庚先生曾說起要陪我們去狩獵，起先我們還以為是打遊戲機之類的活動呢。上山狩獵，這在我們上海人看來就是小說裡的事情。

「這裡難道沒有動物保護，或是環保之類的法規嗎？我知道在很多國家是禁止打獵的。」我對慷康先生說。

「為什麼不讓打？野兔、野犬、麋鹿、羚羊，老虎吃得，豹子吃得，人為什麼打不得？人不說是萬物之尊，至少也應該和動物享有同等的『狩獵權』吧，」慷康先生解釋道，「再說，動物總要老的，與其讓它白白老死，還不如大家打來利用。」

我們都笑了，覺得他的「動物總要老的」這句話很有幽默感，但對他的話不敢苟同。老虎可以吃麋鹿，人當然也可以吃，道理似乎也有。但老虎畢竟少。人們如果可以自由狩獵，那麼將某種動物殺盡斬絕真可謂頃刻間的事。

人和動物的區別在哪裡？亙庚先生唐然提出這個問題。

「人會製造工具，動物不會。」我用初中時政治課上學得的知識回答他。

「猩猩也會製造工具啊，動物學家珍妮‧古多爾已經觀察

到了。這只是一個區別，根本的區別在於動物對物質的要求有限，人卻貪得而無厭。豺狼虎豹被稱為最兇殘的動物，但他們所求也僅果腹而已，一旦吃飽別無所求，不會再去捕獵。而人呢？吃飽了還要帶，帶了去賣錢，賣得的錢再去投資，恨不能將財富都劃歸到他的名下。人類的貪欲不但表現在對財富的無限追求，還表現在對性慾和長壽的要求，對於性，動物是知足不知羞，人類卻是知羞不知足；對於命，動物是怕死不貪壽，人類卻是貪壽不怕死，『為了百分之三百的利潤，他們不惜冒著上絞刑架的危險』。直到現在為止，我們還沒有看到過哪一隻老虎是為了壯陽而去捕鹿，也沒聽說過哪一隻山羊是為了長壽而吃素。」

我們大笑不已。

「其實，保護動物是大可不必的，動物會自己保護自己，如果它不能保護自己了，就說明它面臨大自然的淘汰了，我們還去保護它幹什麼？眼前許多動物的滅絕，並不是自然滅絕，而是人類造成環境的惡化的標誌，所以需要我們保護的是環境，而不是作為環境標誌的動物。只要我們將環境保護好了，動物嘛，就讓它們自生自滅吧。保護動物本身就是干涉生態，就是一種破壞，如果當年『有人』保護住了恐龍，那麼就沒有那麼多的哺乳動物。其實環境也不需要我們保護，天生天化的東西有自己的完善能力，我們要做的只是不要去作踐就可以了。再說，人也是動物，也應當享有動物的基本權利——狩獵權，但法規必須對人類的貪婪加以限制。」互庚先生如是說。

這兒的《野生動物保護和利用條例》的細則規定，每人每月只能獵殺一公斤以下的動物一隻，如果單只超過一公斤，就

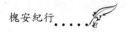

要延用以後幾個月的定額；但定額過期作放棄，不再延用；獵物不准拋棄，不准交易等等。

星期天一早，我們一行三人坐車前往距離城市西面大約二十公里的一片山地，那片山地大約有十六七座山頭，山不高，最高的一座也就五百多米。原始植被很好，小城以此為名的桃花淵就在這山上。據說這兒沒有猛獸，最大的食肉動物也就是野貓、野犬、狐狸之類，安全上沒有什麼問題。

驅車四十分鐘就到了山腳下，我們先到森林管理處作了登記，借了三具弩弓，那是非常先進的鐳射瞄準弩弓，瞄準鏡內的紅點所指之處必中無疑，有效射程為七十五米，號稱百步穿楊，製作精良，是他們幾百年來的傳統出口武器。

這兒不是旅遊景點，山道無人整修，沿山腳上去現成的小路倒有一條，那是狩獵者們踏出來的，正所謂「林深，路窄，苔滑」，兩邊的灌木、刺荊、茅草長得密密實實，什麼獵物也看不到，偶爾有一兩隻不知名的小鳥會因受驚而嘟地飛將出來。

互庚先生畢竟有經驗，在我們什麼也沒有發現的情況下居然一箭就射殺了一條野犬，我上前想去收拾獵物，它居然用閃著凶光的眼睛死死地看著我，還充滿威脅地呲出尖利的牙齒，我不得不在它額頭上再補射了一箭。它的眼睛一閉我忽然覺得這似乎只是一條普通的寵物狗。天！怎麼回事？它的樣子有點像我鄰居家的牧羊犬，只是毛色很難看，身材也粗壯了許多。

「這是野狗嗎？」我懷疑地問道。

「這是放野犬。一百多年以前不少人把自己養的貓、犬寵物都放逐了，任他它們在山野裡自生自滅。如今這些年過去，該死的死了，該活的活了，活下來的強者們不斷地雜交強化，

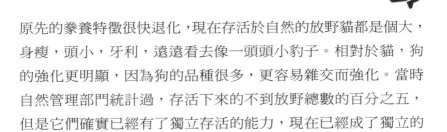

原先的豢養特徵很快退化，現在存活於自然的放野貓都是個大，身瘦，頭小，牙利，遠遠看去像一頭頭小豹子。相對於貓，狗的強化更明顯，因為狗的品種很多，更容易雜交而強化。當時自然管理部門統計過，存活下來的不到放野總數的百分之五，但是它們確實已經有了獨立存活的能力，現在已經成了獨立的動物種群。」

「這太殘酷了。」我馬上想到我曾養過的一條叫皮皮的吉娃娃犬，如果把它放野到山林不到半天就會被野獸傷害。我一想到它無助地哀叫的情景，就覺得殘酷無比。

「殘酷？生存鬥爭，殘酷是主基調，野生斑馬百分之百最終是被猛獸咬死的，而獅子最終幾乎全部是被餓死的。救了田雞餓死蛇，再說，救了田雞又將有多少蟲子要『遭殃』？有必要去關注自然界的生存鬥爭嗎？全世界二十億人全部吃素，全部修成了菩薩也解決不了自然界的『殘酷問題』。自然者，就是要順其自然。殘酷與否，如果取決於將我們自己置身於受危動物的地位時的感受，這種感受常常會干擾我們正常的思維，影響我們對善惡的判斷。當媒體報導為了一隻掉進深洞的小貓而動員消防隊的時候，或有人為一隻生病的流浪狗而奔波求醫的時候，你知道這在做什麼嗎？這是在表現善良！『善要人知，不是真善』，是十足的偽善！世界上每天都有成千上萬的豬羊雞鴨『慘遭屠殺』，你為什麼不呼籲制止？應該參與自然競爭的動物卻退出競爭，應該互助共贏的人類卻像野獸那樣地競爭！正確的善惡判斷應該來自將我們自己置身於受危的他人的地位時的感受，這是一百四十多年前一個名叫愛心覺羅的詩人的觀點。」

87

　　一百四十多年前，南半球的阿菲伽洲遭遇特大旱災，新聞圖片傳來許多悲慘的圖像，數百萬兒童因饑餓和疾病而死亡，人們紛紛募錢捐物，畢竟杯水車薪。有人提出全球停止一年發展軍備，將軍備費用用於阿菲伽洲的水利和環保建設，此建議當即遭大多數國家反對，反對的理由很「堂皇」，說社會進步的動力來自於競爭，如果我們因阿菲伽洲的貧困而進行支援，非但不會解決阿菲伽洲的問題，反而會導致窮國的逆向競爭，大家搶著做倒數第一名，以爭取更多的國際援助，最終將破壞國際競爭規則，造成人類大倒退！也有社會學家反對這種說法，認為將自然界的殘酷的生存競爭法則全盤引進為人類社會競爭法則是一種對每個人的殘酷行為。爭論歸爭論，阿菲伽洲的災情仍在擴大；自然法則雖然殘酷，卻有效，大量的「低賤的劣質人群」正在被迅速淘汰，為「優秀」的人們讓出生存空間。

　　詩人愛心覺羅在一首詩中寫道：

　　「……
　　當你牽引著你的愛犬在散步的時候，
　　阿菲伽洲的母親正攙扶著她的孩子在沿街乞討；

　　當你欣賞地看著你的愛犬在津津有味地吃著犬糧時，
　　阿菲伽洲的孩子正無力地叼著母親乾癟的乳房；

　　當你的愛犬在追逐蝴蝶奔跑的時候，
　　阿菲伽洲的兒童身上因散發的臭味而遭蒼蠅盤旋叮逐；

　　當你為你生病的愛犬祈禱快快康復的時候，
　　阿菲伽洲的母親卻在為她的孩子祈禱：
　　『主啊，不要讓他痛苦，求你讓他快快進入你的懷抱』。

⋯⋯

忽然，我慚愧地悟到：

我的愛心是自欺欺人，是偽善者的自戀。

⋯⋯

當一個人把他人看作不如一條愛犬的時候，

他已經連狗不如⋯⋯」

　　他的詩給人們很大的震撼，每個人都羞愧地檢點著自己的心靈。有人統計，每條寵物犬每月的昂貴消費足以使得兩個兒童不至於餓死；全世界所有用於寵物的消費足夠使阿菲伽洲的災民擺脫死亡。勇於面對錯誤的人們逐漸改變了豢養寵物的生活方式，將用於寵物的開支成立了阿菲伽開發基金會。短短十幾年工夫，這個觀念被普遍接受，人們基本上不再豢養寵物。有的被絕育，有的回歸自然，參與生存競爭。

　　在下山的路上亙庚先生帶我們去看了著名的桃花澗，澗水出自深藏山中的桃花淵，彎彎曲曲從樹林裡鑽出，中間碎石嶙峻，飛濺的水花金紅亮麗，色彩瑰麗。原來它地處山的西北，整天不見太陽，及到日頭光顧到澗水時已行將落山，化作一片瑰麗的晚霞將澗水染紅，流水潺潺，似有無數桃花飄落其間，桃花澗以此得名。據說桃花澗還有一個「特異功能」，倘若在桃花開放的日子，澗水暴漲起來，那麼這一年將是旱黃梅，甚至大伏天也少雨。民間的氣象諺語「發盡桃花水，做足旱黃梅」就是來自於此。

　　下山時我們遇到了另一支狩獵隊。

　　「嗨，朋友們。收穫好嗎？」他們滿面喜氣地揮手向我們打著招呼。

89

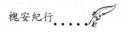

看他們的背包上掛得累累垂垂，想必是獲得了大豐收。

「不怎樣，」互庚先生忙不迭地說，「我們三個人只獵到了一隻野犬。」

「呀，這兩位朋友『脫靶』啦？來，我送你們兩隻怎麼樣？」

「不不不，」我和老黃急忙搖手，打幾隻東西不容易，實在不好意思接受饋贈。

互庚在一邊急急地向我使著眼色。我拿不準他想對我表達什麼，還沒等我反應過來，對方的朋友已經把兩隻雉雞塞到我們手裡。

「謝謝，非常謝謝兩位。」還沒等我們開口，他先謝了我們。我們一時間又跌進了「五里霧」裡。

等他們走遠了，互庚先生方說，你們不該去幫他們忙，這種人很不道德。我的腦子又有點轉不過彎來，這兩隻雉雞固然要占我們的限額，也就是說，我們由於接受了饋贈，以後數月就不能再進行狩獵了，但就因此而指謫人家不道德似乎有點過份。況且我們本來就不可能下個月再來。

「對這種不道德不守法的人，你們不應該去幫助他，讓他們去接受處罰。」過了一會兒，互庚先生又很不滿意地提起那倆送我們獵物的人，「法規就是道德底線，明知故犯很不道德。」

我們回到森林管理處的時候，他們已經辦完了過磅登記，遠遠地向我們揮了揮手，駕著馬車揚長而去。

「各位好，祝賀你們的豐收，」管理處的一位很和善的先

生問候道，「三位先生好手法。」他邊說邊檢驗我們繳上的弩弓。

「哇！」我看見一隻老鼠沿著牆根竄出，眼明腳快，一個箭步跨將上去，還沒等大家明白過來，已經將它一腳踩死。

「你！」管理員看了我一眼，滿臉的厭惡。又繼續他的講話，「你已被禁止狩獵一年。並在護照上登錄違章一次！」

「為什麼？」我很震驚。雖然我不會再來狩獵，更不可能在這兒住上一年。可是看他的神態與口氣，我似乎鑄就了什麼違禁大錯。倘在護照上作下什麼記錄，在一定程度上將影響我今後到任何國家的入境簽證。

「你難道不知道這兒的法規？你明明已經用掉了定額，還去獵殺老鼠？」

「這也算是獵殺？！」

「這為什麼不算獵殺？」

「難道老鼠也算是野生動物？」我幾乎目瞪口呆。

「難道貴國將老鼠當作牲畜？」他的震驚決不亞於我，眼睛和嘴巴張得大大的。

我終於從震驚中醒悟，雖然被處罰，還是忍不住笑了。

按當地的規定，獵物是不可以扔掉的，更不可以賣錢，我們覺得處置那只死老鼠有點麻煩。從管理處一直到停車場那段路上我一直拈著老鼠的尾巴尖不敢放手，惟恐再違反他們的法規。

這時迎面走來一位很漂亮的小姐，互庚先生忙從我手裡接過死老鼠對著小姐說：

「你好，小姐。」

「你好。」

「這只老鼠是我剛打到的，我想，送給你做晚餐一定很合適。那皮子也很漂亮，棕灰的。」

「送給我？」小姐露出欣喜的目光，「太不好意思了。」

「俗話說得好，『己所不欲勿施於人』。那兩位先生還爭著想要呢，我覺得老鼠送給漂亮的小姐才是最合適的。」

「謝謝。」小姐掐著死老鼠的脖子將它套進塑膠袋，塞進她那錦繡的手提包裡。並向亙庚先生投去媚媚的一瞥。

亙庚先生則像紳士那樣地微笑著。我和老黃羨慕的要命，早知道向姑娘獻殷勤是這麼廉價的事情！誰不會？沒想到哲學家也會耍滑頭，居然好意思說「己所不欲勿施於人」。

「幹嘛這樣看著我？」他說，「我這樣處理不好嗎？寶劍贈英雄，老鼠送美女啊。一件東西是否物有所值，並不在於你自己是不是喜歡，而決定於對方是不是喜歡。資本社會的商品公理嘛。」

完全在理。

第四章　　猴年殺雞

奇怪的曆法.....

　　到槐安還不滿十天，便逢他們的新年，直到此刻我才對他們的曆法有所瞭解。雖然對兩地的日期差異曾有過疑問，根據常識而「想當然」的思維習慣，我以為世界各民族往往都有自己的曆法，大同小異，唯一年三百六十五天都是一樣的，故一直未予細究。

　　槐安是個很古老的國家，和中國有著說不清，割不斷的文化血緣。很多東西都是來自中國，又歡喜作點小小的改革。他們認為中國的廿四節氣的設置很科學，對農事影響很大，同時又認為農曆用起來太複雜，閏月很亂，節氣所在的月份常常發生變化，很不方便。所以他們的日曆和我們的完全不同。他們將立春日定為春節，即 1 月 1 日，雨水就是 1 月 16 日，依次類

推，日差不過一兩天，所以我明明記得那天應該是 2004 年 1 月
27 日，怎麼成了 2003 年的 12 月 22 日，道理就在於此。逢單
月為大月 31 日，逢雙月為小月 30 日，2 月份也是 30 日，這樣，
8 月就沒有了 31 日，9 月卻有 31 日，11 月也只有 30 日，每 4
年設一閏日，放在 11 月 30 日後面，為 11 月 31 日。我雖然不
懂得曆法的原理，但是我認為 2 月份安排二十八天總是有它的
道理，西曆的元旦和農曆的春節的設置總也有它的道理，他們
這樣的設置算日子固然方便，但是總覺得有點牽強。

　　「西曆是根據地球相對太陽的位置來計算的，也稱陽曆；
農曆是既根據太陽，也根據月亮的位置來計算，所以也叫陰陽
曆，它既便於農耕又便於行船。而我們這裡的曆法叫人本曆，
也叫大眾曆，是以太陽曆為基礎，以便於人的社會活動為依據
而修訂的曆法。現在的社會不是單純的農業社會，而是四產並
舉的社會，所以只要便於計日就可以了，我們的曆法更符合工
業、農業、金融和服務業的需要。行船有專門的月相、水位和
氣象資料，已經不再簡單地看著日曆決定行船的日期。」互庚
先生給我們介紹當地的曆法的時候隨手取下牆上的日曆給我們
看。真是非常地合理方便，它不僅注明了南柯郡市每天漲、落
潮的時間，還畫了當日的月相，對行船的和碼頭方面就很方便；
還精確地標出了每天曙光初現和太陽落山的時間；最令人叫絕
的是還有當天的 60 年平均氣溫，60 年週期的降雨概率，60 年
平均降水量，誰家要修個房子搬個家，或是安排半年後去度假
什麼的很是方便。

　　「真是一個很有個性的民族，合乎科學的拿來；不合理，
不方便的扔掉，寧可與世界不一致。」我說。

「哈哈，日曆哪能和世界不一致？和你們時空域不一致倒是事實。」互庚先生說。

我還注意到他們的日曆的另一個特點，那就是沒有星期。他們認為設置星期沒有科學根據，和我們的農業、放牧、行船有什麼關係？他們用的是「五日週」，五天為一週，每週休息兩天，大月的 31 日則作為閏週末，大家多休息一天，皆大歡喜。老闆也不吃虧，反正一個月總是十八個工作日。

由於日曆的簡單固定，國民健康衙門將每天免費發放給人們的鈣片和維生素片做成月曆卡的形式，每月一版，每粒藥品的位置上寫上日期，休息日照例標上紅色，這樣每天早上服藥的時候就看到了日曆，還不容易漏服或是重複吃。忘記吃藥片是最常見的事，所以當地人們在見面時總是互相問候「你藥片吃了嗎」，他們從來不關心人家是不是吃過飯。每月月底郵遞員總會在你的信箱裡按人頭塞上幾版，自我們住進慷康先生家後也收到過，因為跨月，收到過兩次。當地有些商家也很會動腦筋，葡萄酒的灌裝就很有特色，也用高高的瓶子，瓶子上像我們的咳嗽藥水那樣標上刻度，100 毫升一格，每格上寫著「週一」、「週二」……，還寫著「每天晚上來一杯，老人、婦女喝半杯」，週三、週四那兩天的刻度都是200毫升，上面寫著「週末、休息加一倍」，在週五休息日的刻度又恢復到100毫升，上面寫著「明天上班莫貪杯」。商品這樣包裝的例子很多。

當地每年除了春節放假三天，幾乎沒有節日。他們不喜歡鬧騰，最厭惡的就是那種三日曝四日寒的生活，他們希望日子過得像流水行雲，平平淡淡。我們後來的旅程所見所聞也證實了這一點，到處充滿了寧靜祥和的氣氛。

拜金祭祖．．．．．

他們有很多民俗和我們有點像，內容卻相去甚遠。他們還保留著和我們農村差不多的祭祀灶君菩薩的風俗，每戶人家的灶臺上都貼有灶君神像，兩邊照例貼著千年不變的對聯，「上天言好事，下界保平安」，臘月廿四灶君上天日他們也照例祭祀供上糕點、胡酒和粘牙糖，唯不同的是他們的灶君都是癟嘴漏風和善可親的形象，據說曾經有灶君上天講了某戶人家的壞話，結果被那戶人家的男主人一巴掌摑掉了門牙，而後灶君上天就只報好事而不敢報惡。現在家家戶戶貼在廚房裡的灶君畫像都沒有門牙。而灶君菩薩報喜不報惡的風俗流傳到我們這裡卻成了各級官員和企業幹部的職業習慣。

年夜全家團聚吃年夜飯的風俗和我們差不多，但年夜守歲的風俗卻沒有，據說是怕吃力，「吃一夜不如睡一夜」，這句俗語和我們倒是一樣的。

豐盛的年夜飯已經擺好，卻不見了互庚先生的人影。

「吃飯啦！你在忙什麼啊？」她的太太有點不耐煩了。

「那個『老舉三』藏到哪裡去啦？」 互庚先生在隔壁房裡應道。「老舉三」是滬語，泛指「東西」，相當於北方人說的「玩意兒」和四川話裡的「勞什子」。

「哦。床腳下的布袋裡不是？」

不一會互庚先生提來一隻沉甸甸的布袋，從裡面取出大大小小好些金銀元寶，疊上案頭，點上香燭，闔家大小對著元寶很恭敬地叩拜了起來。在我的感覺裡，拜金主義的思想在他們國度裡已經沒有市場，可是形式卻還殘留，而且比我們的正月

初五接財神還要赤裸裸。可見風俗習慣是最難改變的東西。

當然，我們並沒有表示任何看法，瞎亂評論其他民族的風俗習慣是最不禮貌的事。

豈知小筭萍突然發問：

「爸爸，人死了以後都要做成『老舉三』嗎？」

顯然她還不知道「老舉三」的含義。吃飯時我們談及此風俗習慣時，互庚先生方才糾正了我原先的看法。原來他們是在祭祖宗，就和我們大年夜做羹飯一樣。以前，他們那兒死了人，若是家境允許，就將死者遺下的錢財鑄一元寶，底部鑴上死者的名字和生卒年月，留作永久的紀念，同時也是表示子孫決不會輕易浪費祖上遺產的意思。他們家家戶戶都有一些這樣的金銀，他們揶揄這些金銀為「人生的剩餘價值」。進入知識經濟和電子錢時代後，金銀又回復到工業原料的地位，已沒有了貨幣的意義，僅僅是物質財富的形象代表而已。只有在年三十夜，他們才是祖宗的象徵，平日則成了塞在床底下的「老舉三」。

97

「人死了，復歸塵土；而他的一生就是將塵土中的金銀元素提煉成一錠元寶。人生的全部『剩餘價值』就是那麼一錠金子，真是個大悲劇。」康慷先生說。

「如果人生的價值用金錢來衡量，人生真是毫無價值可言。」 互庚先生也有同感。

真是很有意思的民族，恭恭敬敬地調侃著祖宗；對著自己滿不在乎的東西叩拜作揖，和自己開玩笑。

我一直認為人們活著的時候總是以追求快樂為目的，以有所創造和積累作為對自己的人生價值的肯定，我們的老祖宗也一

定如此，追求幸福，追求愛情，認真工作並有所創造。人死了多少會遺下一點錢財，如果說因為遺下了錢財而認為錢財就是老祖宗的人生的剩餘價值，從而否定了祖宗的全部人生價值，那錯誤不在祖宗，而在現在的人們。雖然現在我們眼見的物質財富中百分之九十九以上是近一百年以內製造的，但我們不能以此而否定人類幾千年的文明進步。固然，物質財富是現在製造的，但是其中蘊含的知識、科學技術和文化卻是幾千年的積累。

殺雞敬猴.....

這裡新年不放爆竹，開門炮卻是要放的。新年一早，收音機傳來老城門上的三聲炮響，家家戶戶便都開出門來忙殺雞。很顯然這是他們的新年習俗。他們殺雞很特別，將雞按在砧板上，一刀斬下雞頭，倒也乾淨利索。亙庚夫婦一連斬了三隻雞，將雞頭雞血弄得滿地都是。可見讀書人不善料理家務也是世界通病。我待要去幫忙收拾，卻被慷康先生制止，說：

「讓它扔在門口，吃了午飯再收拾。這是猴年的老規矩。」

我伸頭看了看鄰居門口，也是一地雞毛。就問他，「這是為什麼？」

「不為什麼，猴年殺雞，大吉大利，」慷康先生賣關子般地微笑著，「等會還要用雞敬神呢。」

不多時，家家戶戶都將滿滿一盤子白斬雞供到了當門口的桌子上。

「敬的是哪一位尊神呢？」

「猢猻。」

「猢猻？」

「今年是猴年。所以要殺雞敬猴，光『儆猴』不行，我們畢竟還要與猴子相處一年呢。『殺雞敬猴，以禮示兵』，以期起到不戰而屈人之兵的效果，這是槐安古代兵法《三十七計》中的第一計。猢猻到底是吃雞還是吃刀子？全看它來作客還是做賊。」

「恩，有道理，有道理。看起來槐安人不大好欺侮，對神道尚且如此威逼利誘，對霸道真不知要有多少厲害。」

「其實，外國首腦來訪時，請他檢閱三軍儀仗隊，搞閱兵式，甚至觀摩軍事演習，也都是同樣的含義啊。」

「是嗎？我倒沒想到這一層意思。」

「是啊，我們這兒國家間軍界首腦互訪，往往還要交換佩劍。也是這個意思，話外之音就是，『當心吃刀子』。」

99

這時，臉上塗著油彩打扮成小男猴和小女猴模樣的孩子們上門來賀年，大人們照例奉出糖食吃仗和各色小玩具，於是孩子們歡天喜地地像小狗跌進大糞缸——又吃又撈，臨走小女猴們羞怯地道了「Eixeix（謝謝）」，小男猴們卻打躬作揖地謝道：

「小猻這廂有禮了。」

在一片歡天喜地的歡笑聲中開始了新年。

新年賞舊月.....

下午，互庚先生的兩個學生前來拜年。拜年的習俗和我們差不多，他也都拎著蛋糕、名酒和水果上門， 整個下午他們師

生聊天，聊天就是上課，我們不便參與。

晚飯的時候亙庚先生打開酒瓶小心翼翼地往我杯子裡倒。

「嚐嚐，」他的一個學生說，「這是我太太從家鄉帶來的，口味比原生水還好呢。」

原來是清水！關於品水我後面將專門介紹。我的口味很粗放，不會品水，實在不識好歹，看他們津津有味的樣子，我也只好小口「品嚐」，他們客氣得很，一個勁地往我杯子裡倒水，真是糟蹋了。三巡過後，那個戴眼鏡的先生（我竟記不得他的名字了）提出「看看，看看」，便打開「年糕」盒子，當地沒有中國式的年糕，所謂的年糕專指過年吃的蛋糕，「年糕」與平日吃的蛋糕完全一樣，樣式卻是一律的用奶油和巧克力裱成的八卦雙魚圖，象徵世時更易，那是他們的傳統樣式。蛋糕極是新鮮，於是我隨口將蛋糕誇獎了一番。

「怎麼樣？想嚐嚐嗎？」亙庚先生笑著問道。

「不必，不必。」我急忙應道。

「哈哈哈哈，」他笑著拿起蛋糕，手指地彈了彈奶油，噗噗有聲。

「啊？」我和老黃都大吃一驚。蛋糕竟如拍電影的道具，用硬性泡沫塑料做成。

「這是專門用於送禮的，易於保鮮，也便於人們轉送，有時一隻年糕要轉送四、五家呢。」

「那商家還有什麼生意？」

「蛋糕是日常食品，他們怎麼會沒有生意？這一套是從月餅裡學來的。」

　　說話間互庚太太已拎起電話通知兌現，不出幾分鐘一個穿著「老大房」號衣的小夥子送來一隻真正的蛋糕，將塑膠蛋糕換了去。在互庚太太切蛋糕間，我下意識地摸了一下蘋果，個動作在國內是很失禮的，我實在耐不住好奇而為之，酒瓶裝的是清水，蛋糕是塑膠的，這水果也許是蠟果，或許是塑膠做的也未可知。蘋果卻是真的。

　　「哈哈哈哈」互庚先生看出了我的好奇，便說，「水果都是真的，那是生活必須品，酒和蛋糕並不是人人需要的。讀書人或學問之家交往都送水，象徵君子之交；傳統送禮大多也是用酒的，既成了風俗，就有了很頑強的生命力，以至於送水也用酒瓶裝。」

　　事後，慷康先生對我們說，送禮總得給受禮者一定的實惠，這兩隻酒瓶還可以退二十 KB 的包裝稅呢。

　　說話間蛋糕已經按八卦切好，正好一人一塊，按照慣例「乾、坤」兩卦分給男女主人。吃著蛋糕，講著閒話，話題從蛋糕轉到了月餅，過中秋的風俗卻是和我們差不多，不到八月十五大家都拎著月餅走親訪友。過去紅巨時期大家互相饋送，互相攀比，越比越貴，消費壓力越送越大，而有些人家因往來人份過多，人們很自然地將客人送來的月餅轉送出去，這一來就造成了店家的「商品過剩」，過剩最嚴重的當然是非知名品牌的月餅。無論轉送還是積壓，月餅都會發生硬化，甚至黴變等問題，有個聰明的店家利用木材角料做了許多木頭月餅，溢價百分之五出售，需要自奉可以兌換月餅，也可以按月餅價格的九五折扣退款，規定十年有效，到處設攤銷售、兌換和退款，無論賣了、兌了還是退了都有錢賺。這一招果然大受消費者歡

迎，而許多月餅廠商們則怨聲載道。第二年，還不到中秋，月餅著名品牌「桂華閣」利用行業優勢就搶先發行月餅流通版（即木頭月餅），一舉佔領了發行市場，緊接著各品牌月餅蜂擁而來，打起了流通版的發行大戰，後來在餅業協會和航太探月中心的協調下成立了月球愛好者協會，統一了流通版的發行權，除了發行供兌換用的流通版外，他們還高溢價發行了用黃楊木或紅木特製的收藏版，畫面除了傳統的「嫦娥奔月」、「玉兔拜月」外還做了「十二金釵」、「中國古代四大美女」等，每逢國慶或是重大事件的紀念日還發行紀念版，比如阿波羅登月幾週年等，如今有些早期版本的收藏品已經非常昂貴。

102

　　亙庚先生顯寶似地將他的藏品搬了出來，大大小小百餘隻，有的做工精良，有的設計機巧，且不說等傳統題材作品的工藝精美，就說有一款叫「酒香百果」蘇式月餅，初看真像皮子酥屑要碎下來一樣，掰開樺合，裡面是玉石、象牙和紅木做成的胡桃肉、瓜子仁什麼的餡料，隱隱約約還有一股酒香。

　　「既然是收藏品，這些東西一定很值錢了吧？」我指著紅木浮雕的「四大美女」說。

　　「這工藝價值高，買來就很貴，現在也不過如此。」亙庚先生指著一隻白木紅漆的說，「貴的倒是這種早期版本，這個是最早的一批，幾乎都被兌現了，沒有人想到收藏，現在倒也值幾個錢。最有意思的是這批『水滸一百零八將』，這是桂華閣發行的流通版，為了促銷，商家常常會在街市『張榜通緝』，『凡在XX年中秋節前捕得宋江者賞月餅兩盒』等等，幾年後忽然在報上等出一則廣告，說『中秋英魂再聚忠義堂，凡湊滿水滸一百零八將者，本公司獎勵XX牌轎車一輛』，這時人們發

現好漢們『死的死，散的散』，忠義堂人去樓空，再也聚不起一百零八將。人們都懊惱當年沒有想到留下一套。」

月餅年年促銷，流通版年年發行，漸漸發展成了收藏界的一個重要內容。據說有一年，桂華閣在門口現做炭燒月餅，將早期報廢的月餅模具劈開當柴燒火，當燒到最後幾塊時，忽然有人冷眼間發現其背面刻著「紫微元年」的字樣，就花了五隻月餅的價格將它買了下來，如今這東西價值連城呢。後來有人說「買下」這塊月餅模的人的後臺就是桂華閣老闆自己，不將那麼多舊月餅模燒掉，不演繹出這樣一出故事，最後的幾塊怎麼可能價值千金？

於是月餅衍生品收藏也很快地發展起來，人們不僅收藏流通版、紀念版和收藏版，還收藏月餅盒子、月餅模和一切和月餅有關的東西。桂華閣老闆趁機將倉庫裡的舊月餅盒子、月餅廣告和剩下的舊月餅模統統整理出來搞了一個月餅博物館，還寫了一本《槐安古國月餅史略》，他本人也成了月餅史學博士，名利雙收。文化往往也是被炒出來的。

每每中秋親友相聚，喝著桂花酒，交流著收藏經驗，欣賞著收藏品，一聚竟是大半夜呢，戀戀而不捨散去。無論中秋茶話會、中秋賞月會，還是中秋詩歌會，只要有中秋聚會話題總會轉到月餅收藏，當地所謂的中秋賞月就是揣摩藏品，很少有人望著月亮啃月餅的。

蛋糕卻不在收藏行列，據說蛋糕因為是外國傳進來的，沒有歷史。收藏，就是收藏歷史。

103

最後的探索. . . .

　　根據這些日子的接觸，我一直認為槐安人的思想很開明，並確認為他們的生死觀也一定很豁達，可是有一天我們看到了一幕完全出乎我想像的景象，那是一戶喪家在給死者「做五七」。現場煙紙嫋繞，鼓鈸齊鳴，半條馬路以外就已經能聽到他們的喧囂；一邊是和尚們在做佛事，另一邊是道士們在做道場……。

　　上海的人們倘若家裡死了人，也就開個追悼會，再燒上兩只花圈而已（這已經是中西文化交融的結果了，據說外國人是不作興燒花圈的），也有些人會到寺院去做個道場，但是場面遠不如他們熱鬧，一邊是裝神弄鬼，一邊是披麻戴孝，看了頭腦發暈。

104

　　後經當地的朋友們說明後方才知道這是在做實驗！這裡的人們絕大多數是不信鬼神的，而正是這些不信鬼神的人在臨終時卻會提出要求家屬那麼「七七敲八八念」地做一下。尤其是「五七」，據迷信的說法，死者的靈魂要在那天回來一次，所以死者往往在臨終前要求家屬預先準備好答錄機、攝像機、數位相機、紅外線成像儀等凡是能想得出的一切感應記錄儀器，屆時都拿到靈堂來採錄，如果他真有靈魂，他一定盡可能到這些儀器上留下痕跡，並且盡可能將他在冥界的所見所聞錄進磁片或儀器裡。如果所有的儀器裡都是空的，那麼，追悼儀式到此為止。結果可想而知，所以當地「做七」都只做到「五七」為止。雖然實驗總是以一無所得告終，但是喜歡思想，喜歡探索的人們總是死不甘心，都不願放棄人生最後一次探索的機會。

　　和我們國內一樣，做這樣的佛事和道場收費是很高的，對於相信鬼神的人們來說，舉行這樣的儀式是很必須的，他們認為這不但會影響死者在冥界的生活，而且可能因此而波及到生者的命運；該國的人們雖然不相信鬼神，但是出於對死者遺願的尊重，也不得不花上大筆的冤枉錢，前仆後繼來地做冤大頭。

　　在我看來搞那麼一大套祭祀儀式純屬多餘。然而用點現成的設備，甚至新發明的感應記錄儀器來探測一下也未尚不可，雖說未必會有什麼結果，至少沒有太大的開支。我認為死者不是徹底的唯物主義者，他們對神鬼之說還抱有一絲僥倖。但是互庚先生卻不這樣認為，他說：

　　「科學探索本身就是根據自然界的現象提出假說，然後按假說設計實驗，模仿自然界的事件發生環境，促使事件發生，以證明假說的真實性；實驗也常常是對前人實驗的重複，通過重複實驗可以驗證前人結論的真實性，如果實驗不能重複，那麼是不具有真實性的。因為招魂、做道場最早也是一種試圖證明靈魂存在的科學實驗。所以你既然要證明靈魂的不存在，當然只能重複他們的儀式。」

　　「裝神弄鬼是科學實驗？」我幾乎昏倒。

　　「觀察自然，提出假說是探索自然的第一步；模仿自然，設計實驗是第二步；分析實驗結果是第三步。當人們還處於蒙昧時代的時候，將一切弄不明白的自然現象統統歸結於鬼神假說，於是一切都按理順章了，火有火神，瘟有瘟神，雷有雷公，水有龍王……就如在科學啟蒙階段人們常常過分強調事物的物質性，將搞不明白的自然現象統統歸結於元素，能燃燒是因

105

為有『燃素』，發熱是因為有『熱素』。舉行祭拜鬼神的儀式就是對鬼神假說的實驗，天旱求龍王，雨來了，證明了龍王的存在與權威；雨不來，他們就拿還『不夠虔誠』來解釋，再求……，雨最終總是要下的，所以最終龍王還是『勝利』了。同樣，人們不希望死去的親屬永遠地分離，也不希望自己今後也將永久地離去，就想像靈魂不滅，假設人死後就去了冥界，而後再燒香祭拜以試其靈驗，倘有好事的發生，就歸功於祭拜儀式；倘無事發生，就認為驅邪有效；倘若仍有不如意的事情發生，就歸結於不夠虔誠，或是其它『客觀』原因。這樣地處理『實驗結果』一方面固然由於邏輯知識的缺乏，另一方面是出於人們對未知事件恐懼和僥倖的心理，拜鬼儀式成本低下，無效也無所謂，萬一真有作用，價值就很大了。這樣的儀式被一千次一萬次地重複，其結果就像『謊言』那樣『重複了一千次成了真理』。尤其是對靈魂不滅，他毋須證有，我們卻難以證無……」

「我們為什麼要證無？打官司有規定：誰主張誰舉證。辯論也是這樣，誰命題誰舉證。」我說。

「說得好，現在有神論者沒有和誰挑戰，他們忙他們的敬神拜鬼，是無神論者要批判他們啊，無神論者就有了舉證的責任。有神論者說，只有按照如何如何的儀式，靈魂才能回來，無神論者就按他們說的去演習，有神論者不斷地想出儀式花樣，無神論者就不斷跟著他們折騰。」

「作為無神論者，他們的理想的實驗結果應該是怎樣的？是什麼也沒有。經過那麼多次的實驗，還是沒有找到靈魂的證據，應該可以認為沒有了……」我說。

「是沒有找到，而不是找到『沒有』。你沒有找到，還不能駁斥他們，有神論者說得最多的理由就是『你沒看見的就不等於沒有，世界上大多數事物都是你沒有看到的，你就能說沒有？』」互庚先生說，「他們要你拿出『沒有』作為證據，這是典型的悖論。人們生活機遇的不確定性造成的僥倖心理使人喪失了應有的智慧，乃至接受了悖論。一切騙術都是因為人們的僥倖心理才能得逞的。『寧信其有，不信其無』，因為祭祀本身成本不高。『不可不信，不可全信』是典型的俗人之見，所謂俗人，就是大多數人，大多數人的想法都是沒有價值的。」互庚先生說到這裡笑了起來，「如果真要獻身宗教，那成本就很高了，這就是你們中國人只拜鬼神不信宗教的原因。」

「都說中國的歷史缺少商業史，都說中國人不懂經濟，我看在這個問題上中國人比任何民族的人都懂得經濟。」慷康先生插道。

「在上海，不相信鬼神的人是不搞這種儀式的，這裡倒好，全民拜鬼。他們這樣鍥而不捨地『實驗』，面廣而且時間長，日長天久這種『實驗活動』自身也成為一種風俗習慣了。」

「裝神弄鬼也好，『全民拜鬼』也好，其實在我們這裡除了宗教信仰者極少有人真正相信鬼神，就連這些來吹吹打打的也未必相信，只是一種工作罷了。」互庚先生說道，「這種迷信是很狹義的迷信，已經很少市場，也沒什麼危害性，相反，能解脫臨終者的心理痛苦。什麼叫迷信？迷信就是未經證據驗證和邏輯嚴謹的思考而對傳統認識和事物的認同，所以迷信也與時共進。自從進入了資本社會，就有人迷信『現代經濟制度』，認為全世界都會在目前的經濟制度下實現『一體化』，

從而實現世界大同的理想社會；自從發明了電腦，大家知道了電腦的神通，於是就有人迷信電腦，認為電腦能解決一切問題，『電腦總有一天會取代人腦』，甚至擔心人類有一天會成為機器人的奴隸，須知，電腦的運作是以邏輯為基礎的，只能解決是非問題，面對價值問題它完全無能為力，它不能認知自我，不可能有價值觀。它能進行真正意義上的藝術創作嗎？電腦雖然也繪出過很好的山水風景畫，也創作過很好聽的電子音樂，但是這些都是人預設程式後隨機產生的，就像千奇百怪的樹根、嶙峋巧石、水跡斑駁的石灰牆壁、小孩尿床的床單，其中有『藝術價值』的並不少見，但是其『藝術價值』都是人根據各自的價值觀和審美偏好而主觀賦予的。電腦雖然能演繹邏輯問題，但是它運算的所有參數的概念必須由人予以定義。它能使用辯證法嗎？它能進行哲學思考嗎？迷信電腦問題還不大，因為迷信電腦的都是不懂電腦的人。危害性最大的迷信是對科學的迷信，就是科學萬能論。科學萬能論者不怕能源耗竭，因為『科學會找來新的能源』；他們不怕礦產資源耗竭，因為有物質不滅定律，他們不是科學的樂觀主義者，而是盲目的『哈哈主義』者。科學萬能論在思想上往往演化成技術萬能論，將技術與人對立起來，忘記了技術是由人掌握的，無視人本，無論發生什麼問題，他們首先想到的是買設備，添設施，設計管理軟體，他們完全無視人的精神需要和道德力量；技術萬能論在你們中國最嚴重的影響是在教育上的體現，所有教學課程都是圍繞知識教學、技能教學，所謂的素質教育也只是靈活的知識教學，道德的教育和人格的培養僅是流於形式，中華文明的核心文化和傳統價值觀很難在學校裡得到全面傳承。」

人類自從學會了思想，有了科學精神，迷信也就同時產生，

科學和迷信、正確和謬誤都是孿生兄弟，形影不離，似是而非。它們的表現像人們的兩腳，科學每踏出了第一步，迷信必緊跟第二步，而且一定要跨過它老兄的頭。真理過頭一步是什麼？人類每跨出一步，都是以試錯作打算的，沒有正確來站穩腳跟，我們無法跨出第二步，當我們跨出第二步的時候，我們無法知道這次是否必然正確，謬誤不是用來嘲笑的，是人類的財富。互庚先生如是說。

婚 禮....

　　相對於他們的隆重的大殮，當地的婚禮卻是簡單得比平時不結婚還簡單。也就是說他們根本就沒有舉行婚禮的習俗。

109

　　互庚夫婦給我看過他們的影集，厚厚一疊，從婚前他們各自的生活照一直到和女兒一起「闔家打鬧」的合影，什麼樣的生活小景都有，就是沒有披著婚紗的結婚照。據當地民俗學家考證，婚禮是由古代葬禮演變過來的，婚禮的儀式和服飾充滿了葬禮的元素，白色的婚紗和黑色西服組成的大婚禮服用的就是葬禮基色，白色的婚紗是由披麻帶孝的形象直接演變過來的；中國的紅色婚禮服是沿用了紅色的壽衣，而新娘的頭蓋則是蓋在死者臉上的布演變過來的；中國民間新娘哭哭啼啼上花轎的習俗也證明了這種演變。結婚是人生的一個轉折，新人將永遠地告別天真爛漫的少年、少女時代而換一種全新的生活方式，中國有句俗話，「中飯沒吃總是早，人沒結婚總是小」，一旦結婚，就都成了大人，用某些人的說法是「半截子入土」；哲人說，詩人也說，婚姻是愛情的墳墓，所以婚禮本來的含義是愛情的葬禮，是埋葬天真爛漫的少年少女時代的葬禮。互庚先

生還說：「紅巨時代那樣披著婚紗端端正正地站在一起照相是一種很陳舊的行為。那種婚紗錄像更是肉麻，一個西裝筆挺地擺出很紳士的架勢，伸出一手將披著婚紗的新娘從租來的豪華車上攙扶下來，然後一起緩緩走過大花壇，惟恐新娘被婚紗絆倒，惟恐新娘的腳脖子被高根鞋扭拐，新郎小心翼翼地扶持著新娘，臉上堆滿了討好的笑容，然後在導演的指點下在大草地上故作浪漫地擁抱，手拉手地打轉，兩人努力地綻開幸福的笑顏……。」

「你自己不照就不照。對人家的事說話不要太刻薄。」他的太太抗議了。

「你好歹也是受過教育的，應該知道被導演指點過的笑容都是假的。」

110

「他們的幸福是真的。」

「結婚和婚禮是相關而不相同的兩個概念，結婚是幸福的，婚禮卻是累贅的。」

「我最討厭『概念』，不和你胡攪蠻纏了。」

「不講就不講。你說，」他扭頭對我說道，「這樣的錄像片往後怎麼看啊？不覺得肉麻麼？聽說在你們那裡這樣攝一段錄像要好幾百元錢，是嗎？」

「哪裡止啊，只怕好幾千呢。」

「哇塞。十麻袋大米啊，我們全家能吃五年呢。」

「你全身都是概念的細胞和邏輯的經絡，沒有一點情調的基因。你根本不懂得生活。」剛才還說不和他胡攪蠻纏的亙庚夫人又發話了。

「這算什麼情趣？這怎麼叫生活？這叫累贅。為了演這一

小段令人肉麻的錄像，兩人要累上半天；為了這半天的消費，
這位新郎要很認真地上半個月的班。生活，什麼叫生活？生活
的本質就是追求快樂，只有因快樂而發出的笑容才是有價值的；
如果是為了價值而發出的笑容必須能換回相應的價值物才有價
值；既不是出於快樂，又不能換回相應的價值物的笑就是受
罪。」他說話常常像某些劇本裡的角色，成套成套的。

　　互庚夫婦在給我看他們的影集時還遞給我一本叫《超越時
空》的攝影雜誌，上面刊有一張他們兩人長跑鍛煉時的抓拍，
一張極為成功的作品。照的是半身，兩人穿著運動服邊跑邊笑，
好像還在說著什麼。頭髮在小風的吹拂下有點凌亂，卻充滿了
動感和生氣；瞇縫著的眼睛，不符合人像攝影的一般規則，但
是攝影師顯然是個高手，他滿有把握地用了很大的光圈並在運
動中進行精確的測距，完全虛掉的背景襯托出了主體的動感，
從畫面上的男女主人公瞇縫的眼睛裡捕捉到的小小的亮點足以
表現他們愉悅的心情，及時的抓拍時機讓充滿幸福的目光對接
起來。神了！

　　這是他們蜜月期間唯一的一張照片。

　　和所有的人一樣，他們沒有舉行婚禮。互庚先生說：「恩
格斯認為，緣於愛情而結合的婚姻完全是當事人之間的事，與
任何第三者無關。既然無關，還請他們來幹什麼？發請貼給他
們無非是說，『給鄙人拿出幾塊錢來』。」互庚先生有點像魯迅，
歡喜直逼逼地說大實話。

　　據說這兒從前也和我們一樣，婚禮熱鬧哄哄，搞得比大殮
還隆重（這是互庚先生的原話，我不習慣將這兩者類比。——
作者）。第二次黑白戰爭以後，國家的經濟政策要求壓縮

GDP，婚禮逐漸簡化淡出，當時社會上還流行許多諺語，什麼「婚禮省一口，平日多一斗」、「賀客十桌鬧一晚，清水衙（牙）門關半年」等等。其實這也不完全是產業政策的原因，主要是人們的價值觀在發生變化，僅僅是為了一個儀式而花費幾年的積累實在划不來，人們普遍認識到婚禮花費占儲蓄的比例的大小和婚後的幸福成反比。

　　我前面所說的「當地的婚禮卻是簡單得比平時不結婚還簡單」不是一句笑話，人們平時過日子每天得上班、下班、買菜、煮飯、看電視、空時走走朋友、偶爾牙齒咬咬舌頭那麼一整套的程式，新婚蜜月自然不上班、不下班、不走朋友、不吵相罵，甚至不買菜不煮飯，兩人成天蜜泡在一起，盡情地享受著前所未有的幸福。也許是因為事先已經通知過朋友，也許是因為門上貼的大紅雙喜，反正蜜月期間是沒有朋友上門的。據說以前新人們會在門上貼上「新婚蜜月恕不待客，若無要事請勿打擾」的字條，後來風俗既成，大家看到門上的大紅雙喜也就不來干擾了。蜜月期間往往連電話也打不進去，你倘不知道他們新婚，想打個電話聯絡點什麼事情，電話裡會傳出冷冰冰的電腦合成語音：「新婚蜜月請勿打擾，若有要事請撥打110，謝謝。」一般訪友聽到這個電話也就打住了，倘真有急事，比如新人的老爺子得了急病之類，可以撥通110轉接，110接訊後馬上會轉達120，同時和醫院的急救中心取得聯繫。於是警車、救護車呼嘯而來，一路上交警封道等候，一路上綠燈暢行，急救中心的搶救小組在幾分鐘之內做好搶救準備，護士小姐早就斜掛著「搶救小組引導員」的大紅綏帶站在大門口迎候。

　　等到蜜月結束，洞房大開時，早已雨過天晴日頭高，老爺

子安然無恙。這個世道就是這樣，道是無情卻有情。

　　如果事態嚴重，比如那個老爺子病危，有可能搶救不過來的話，急救中心只得通過電話局去通知：「祝你們新婚幸福！我是 XX 醫院急救中心，什麼什麼什麼的……」，同時 110 警車也隨即上門提供方便。所以新人萬一聽到「祝你們新婚幸福」、「祝新婚愉快」之類的客套問候就會心驚肉跳。像此類客套問候在當地絕對是觸黴頭的話，如果人家在準備結婚，你很不知趣地去「祝你們新婚愉快」，那簡直是最刻毒的詛咒！

　　如果你以後有機會去那裡旅遊，那是要特別注意的！

第五章 高老莊傳奇

味 道.....

　　當地的所謂的味道不是我們通常所指的味覺的意思，而是指對於烹飪藝術和飲食文化極致講究。這個「道」字，和日本的茶道、花道的「道」有著同樣的意思。

　　在南柯郡的那餐簡便的午餐是我第一次領略他們的味道，槐安的人們在飲食方面極為簡單，走進飯店就有一種恍如隔世的感覺，他們飯店的佈置很簡潔，白板桌子加四根條凳，就像從前鄉下小鎮上的飯店那樣。高檔次的飯店僅僅是白板桌子桐油曝得更亮一點而已，「味無味」和「味天味」都是當地很有名的餐館，也不過是桌子用清水黃楊木，條凳換成了方凳。店招也不顯眼，只是在門口豎一個草垛子，或是放一隻草紮的刺蝟，上面插滿了一次性筷子，像草船借箭歸來那樣子，那是回

收筷子用的,據說這些筷子將送到造紙廠做原料去,食客們用餐後總是將筷子帶出來插在上面,常有好勝的小夥子喜歡將筷子像飛鏢那樣唰地甩去,猛然刺進草垛引來一片叫好。招攬客人全憑高粱米飯的香味,飯店廚房裡一直蒸著一鍋高粱米飯,走在街上聞到香味就是飯店到了。這令我想起黃粱美夢的故事,故事的作者也許到過此地。他們的飯店一年三百六十五天的營業時間一直有著那股蒸黃粱米飯的香味。

　　端上來的菜肴清然一色,白切肉、白斬雞、清蒸魚、鹽水蝦、清水大閘蟹、清湯甲魚和豬肉蘿蔔湯就是他們典型的宴會菜單,素菜也就諸如拌黃瓜、拌豆芽、涼拌蒸茄子之類,儘管這樣,味道卻做得不錯,尤其是清蒸鯿魚,初看並不見得有甚出色,但口味很嫩,在國內時從來沒有吃到過這樣鮮美的清蒸魚,一天,大廚出來和大家見面時我順便問起這魚的燒法。

115

　　「蒸魚並不難,沒太大的講究,我們不歡喜將吃的事情搞得很複雜。我們一般先把魚淹死,然後⋯⋯」

　　「把魚『淹』死?」我好奇地打斷了大廚的話。

　　「嗯?怎麼?」

　　「魚能淹死嗎?」

　　「這是我們這兒通常的說法,就是把活魚浸在黃酒裡,要不了多少時間它就醉昏過去,然後剖鰓放血。殺死了的魚再放黃酒,酒味進不到肉裡,時間放長一些,酒味是進去了,但魚不嫩了。魚活著酒會跟著血液迴圈而進入體內,不但香而且嫩。發明這種蒸魚法的不是廚師,而是一些偽善家,他們說這樣殺魚如同上了麻藥,可以免其一刀之苦,後來發現效果不錯,大家就照著做了。」大廚師話鋒一轉,又講出一番道理來,「和

貴國的烹調理念不一樣，我們的味道不講究『色、香』，我們只講究味覺。」

「我們最講究的是『色、香、味』，菜看端上來，先看見的是色，再聞到香，味是在吃的時候才能體味的。色面和香味能在進餐前先行刺激食慾。」我說。

「食慾需要刺激嗎？肚子不餓還來吃什麼飯？」大廚師對我的話感到很驚訝，「『如果你的劍不夠長就跨前一步』，如果你覺得菜不夠好，吃飯就後退一個小時。如果說要講究『色、香、味』，我們講究的是『原色、原香、原味』，我到過貴國，吃過許多名菜，會過好些名廚。但我不能接受貴國的口味，佐料太多，有點喧賓奪主；色彩太豔，意在嘩眾取寵。中國有句俗話講得好，『外行看熱鬧，內行看門道』，他們做菜不講究功力，烹不出原色、原香、原味，就用『色、香、味』之說來誤導食客。

「我曾到上海的一家大飯店吃過一條松鼠黃魚，上面放了好些胡蘿蔔和青豆，那有什麼調味作用？為色而色，畫家們都無一贊同的理念，廚師卻用上了，好笑嗎？將魚煎得那麼透，還放上那麼多糖醋醬料，又酸又甜，除了背上的那一部分幾乎吃不出魚味。還有，我覺得把飯店佈置得富麗堂皇，意在分散食客的注意力，讓食客在追求貴賓的感覺中忽視菜肴本身。」

但是他也並不完全抹殺我們的烹調藝術，他很欣賞我們的小蔥拌豆腐，一青兩白；還特別欣賞寧波的臭冬瓜，「平平淡淡的冬瓜能表現出如此的鮮美，這才是藝術。表現和回避是一切藝術的基本手段，臭，是飲食的大忌，無論是貴國的講究『色香味』的烹調理念，還是我們的味道，都否定臭味，而寧波的

116

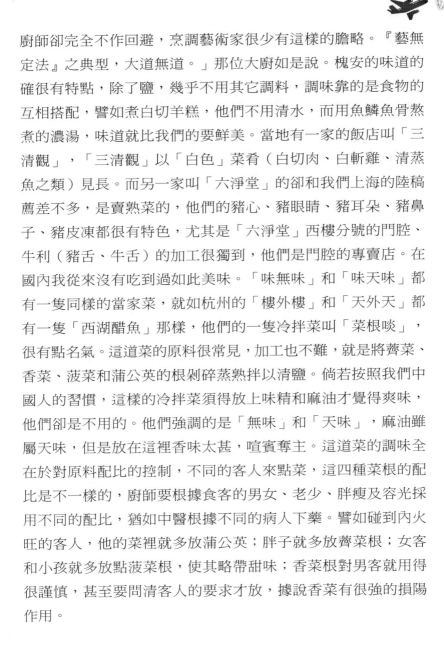

廚師卻完全不作回避，烹調藝術家很少有這樣的膽略。『藝無定法』之典型，大道無道。」那位大廚如是說。槐安的味道的確很有特點，除了鹽，幾乎不用其它調料，調味靠的是食物的互相搭配，譬如煮白切羊糕，他們不用清水，而用魚鱗魚骨熬煮的濃湯，味道就比我們的要鮮美。當地有一家的飯店叫「三清觀」，「三清觀」以「白色」菜肴（白切肉、白斬雞、清蒸魚之類）見長。而另一家叫「六淨堂」的卻和我們上海的陸稿薦差不多，是賣熟菜的，他們的豬心、豬眼睛、豬耳朵、豬鼻子、豬皮凍都很有特色，尤其是「六淨堂」西樓分號的門腔、牛利（豬舌、牛舌）的加工很獨到，他們是門腔的專賣店。在國內我從來沒有吃到過如此美味。「味無味」和「味天味」都有一隻同樣的當家菜，就如杭州的「樓外樓」和「天外天」都有一隻「西湖醋魚」那樣，他們的一隻冷拌菜叫「菜根啖」，很有點名氣。這道菜的原料很常見，加工也不難，就是將薺菜、香菜、菠菜和蒲公英的根剁碎蒸熟拌以清鹽。倘若按照我們中國人的習慣，這樣的冷拌菜須得放上味精和麻油才覺得爽味，他們卻是不用的。他們強調的是「無味」和「天味」，麻油雖屬天味，但是放在這裡香味太甚，喧賓奪主。這道菜的調味全在於對原料配比的控制，不同的客人來點菜，這四種菜根的配比是不一樣的，廚師要根據食客的男女、老少、胖瘦及容光採用不同的配比，猶如中醫根據不同的病人下藥。譬如碰到內火旺的客人，他的菜裡就多放蒲公英；胖子就多放薺菜根；女客和小孩就多放點菠菜根，使其略帶甜味；香菜根對男客就用得很謹慎，甚至要問清客人的要求才放，據說香菜有很強的損陽作用。

117

最能體現他們飲食文化特點的是當地的點心，當地點心的品種之少實為罕見，除了高莊饅頭和烙餅幾乎沒有看見過其它的東西，只有在旅遊城市還有點中式小籠饅頭和比薩餅之類的點心。

當地的饅頭全部做成高高的，我們稱之為「高莊饅頭」的那種樣子。但「高莊饅頭」卻不是隨便叫的，那是當地著名的饅頭莊——「高老莊」的品牌產品。據說「高老莊」誕生於白炎王朝（和我們的戰國差不多年代）的前期，他們製作的饅頭就叫高老莊饅頭，簡稱高莊饅頭。至此我方明白，我們的這種叫法是從他們那裡傳過來的，倘若細究起來，我們已是侵犯了高老莊的商標權。高老莊饅頭的口味比之我們的所謂高莊饅頭要好吃得多，僅是色面就有很多講究，有象牙黃、雞油黃、玉白、糯米白、糙米白等，表皮油光，那香味更是不可言語，俗話說「千紅百綠萬玄色」，光顏色就有那麼多種差別，更何況饅頭有色面、香味、口感、表皮的質美感等好多可以比較的指標。當地的另一個品牌——「淡巴子」的饅頭和它相比就略見遜色。

有緣碰到過高老莊的一位二級饅頭師，他實實在在地告訴我，做饅頭畢竟不是做「回春不老丹」，沒有什麼祖傳秘方；更不是祝由科（流傳於我國民間的一種巫術），裝神弄鬼，秘訣多多。要做好饅頭，全在於對『色、香、味』的理解和把握，猶如燒窯，瓷器出窯時的結果和你原來的想像往往是不一樣的，有燒好，有瑕疵的，也會有燒壞，偶爾的窯變會產生精美的絕品，饅頭只有蒸壞而無出意想之右，能達到意想的九成已經很不錯了。真叫人拍案叫奇，烹調菜肴不講究「色、香、味」，

做做淡饅頭的事反而講究了。在高老莊的饅頭師的指點下，我對平日間視而不見的饅頭有了更為深入的瞭解。他告訴我，最好吃的饅頭不是剛出籠的，而是要冷卻到四十一度左右時，到那時，蒸汽一經散發，表皮也就收出油光來了；口感也有了韌性，熱饅頭太鬆軟，沒咬勁；饅頭的麥香味也只有在四十一度時才能體味出來。而且，吃法也有講究，不能咬著吃，要順著纖維撕著吃。果然！按照他的吃法味道完全不一樣。當地市民還喜歡弄一碗油豆腐線粉湯，據說從前的貴族們則和著羊肉湯一起吃。我也歡喜這種吃法，但要說有多少好吃，我看也不見得。足見得我尚不是味道中人。

最叫人啼笑皆非的是他們的「飲料」，由於我對他們的「飲料」缺乏品味能力，所以常常只點「隨便」，或是「和他的一樣」。他們的飲料是清一色的白水，只是產地不一樣，最常用的是一百度的超淨水，其它則有「桃花淵山泉」，或「石灰岩礦泉」等等。較為昂貴的要算是「南極冰」了，就是從南極冰山深部取來的水，據說是混沌初開的洪荒時代就形成的原生水，現在上市銷售的是仿製品，國際環保組織明令禁止開產南極冰山。

119

就是這樣的白水，他們都能品出個中滋味。他們的品水和法國人品葡萄酒一樣，是一種很高雅的文化。傳說槐安的味道和我們中國的烹調都源自同一個祖師——春秋的易牙，易牙能將和在一起的淄水和澠水辨出比例，他們的品水文化正源於此，因易牙是殺子媚上，叛君亂綱的小人，為槐安的道德觀所唾棄，所以味道只學了品水而不涉其烹調術。「味無味中品天味，處無聲處聞天籟，於無人處謁天人，為無為中感天命」，這是他們的文化修養中很高的境界。可惜我是粗人，不能領略其中的好處。

話說高老莊.....

　　高老莊是歷史非常悠久的饅頭莊，它的經營模式很象我們的連鎖店，全國各地都有。店鋪裝修也統一式樣，當門一付白板桌子，高高的一疊蒸籠；抬頭望進去，正面牆上有一小小的壁龕，供著一個女菩薩的坐像，那就是他們的饅頭娘娘。饅頭師們清一色地剃著光頭，穿著青布的套袍，有點像和尚，不論生意好壞，他們總是捋起袖子忙忙碌碌，始終有一種熱氣騰騰的氣像。

　　他們開店和我們不一樣，我們新開連鎖店總是選擇鬧市，要客流量大。高老莊卻專挑前無村後無店的荒僻地段，走長途的過客一看到熱氣騰騰的高老莊就有一種到家的感覺，總要坐進去要上一碗油豆腐線粉湯，或是來一碗芋艿烤毛豆，吃上一兩隻饅頭，若是趕路不便，也可以留宿。從前的乞丐走過高老莊是不需要乞討的，只須遠遠招一下手，饅頭師就會將饅頭像打壘球那樣噌地一下扔到他手上，絕對不會掉到地上，據說這是為了維護窮人的尊嚴。現在當然沒有了乞丐，但有時長途汽車開過門口，乘客若招一下手，饅頭也照樣扔到他手上。我曾碰到過這樣一則趣事，一次在外碰到下雨，我下意識地伸手額前，恍惚間似有一物噌然飛將，隨手抓來，卻是一隻饅頭。至於付錢，你如果暫時不便，日後路過任何一家門店隨意付幾個錢就是了，如果你覺得你是窮人，需要社會照顧，盡可以心安理得地不付錢。高老莊的門面樣式，高老莊饅頭的口味，高老莊的規矩，高老莊的經營理念，可謂千年不變，但是他始終領導社會新潮流！

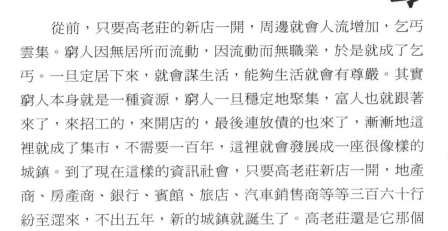

　　從前，只要高老莊的新店一開，周邊就會人流增加，乞丐雲集。窮人因無居所而流動，因流動而無職業，於是就成了乞丐。一旦定居下來，就會謀生活，能夠生活就會有尊嚴。其實窮人本身就是一種資源，窮人一旦穩定地聚集，富人也就跟著來了，來招工的，來開店的，最後連放債的也來了，漸漸地這裡就成了集市，不需要一百年，這裡就會發展成一座很像樣的城鎮。到了現在這樣的資訊社會，只要高老莊新店一開，地產商、房產商、銀行、賓館、旅店、汽車銷售商等等三百六十行紛至遝來，不出五年，新的城鎮就誕生了。高老莊還是它那個老樣子，不緊不慢，熱氣騰騰。

　　由於高老莊的這種特殊的經營理念和經營模式，不僅使它成了當地規模最大，歷史最長，分店最多的連鎖企業，據說在法制不健全的前王朝時代，它還帶有民間社團的性質和鄉公所的職能，周邊居民有什麼紛爭，甚至婆媳不和都跑到高老莊來對饅頭師訴說，請饅頭師調解。饅頭師很得人們的尊重，若要蓋個房上個梁什麼的要請大家幫幫忙，那更不在話下，一呼百應。這一切都和他們平時慷慨周濟窮人有關。高老莊不是朝廷機關，不是政黨分支，不是宗教機構，可是他們的饅頭師的話卻有著特殊的影響力，很多年前該國也曾發生過政治動亂，在皇帝也控制不了局面的時候，高老莊總店的饅頭師放出話來：

　　「裂隙破竹，亂世亡國。人定天安。」

　　果然，很多人就此安心於和平度日，不再參於社會動亂。我覺得很奇怪，高老莊再怎樣龐大，也只是個普通的餐飲連鎖店；他們有惠於社會，大家出於感恩幫助他們蓋個房上個梁什麼的，也符合常理，但是有這種特殊的社會地位和民眾影響力，

確實很難理解。即使從商店經營的角度出發也很難想像，將店址選在荒僻之處，最早的生意怎麼來？我認為，一個企業搞大了，再搞些慈善事業也是應該的，一開始就派頭很大地周濟乞丐，後來的運轉怎麼進行？偶然和一家店鋪的饅頭師聊起高老莊軼事，他告訴我，高老莊品牌和高老莊饅頭師的社會地位是上百代人努力的結果，有機會你到我們總部的培訓中心去看看就明白了。如果要說高老莊最早是怎樣運轉起來，那可說來話長了。

　　傳說高老莊在白炎王朝時只是一個地處荒野的「兩家村」，其中一家當然姓高，另一家不知姓什麼，反正這一家姓什麼不重要。高家只有父女兩人，靠種地過日子，偶爾有過客借宿，順便捎做些旅店生意。

122

　　一日，有一條據說是來自楚國的漢子為躲避戰亂攜妻出逃，不幸中途與妻失散，隻身流落到此，那位高老漢收留了他，他便客居此地幫助高家種地打雜。不久，老漢發現那漢子不僅待人和善，手腳勤快，而且做得一手好饅頭。白炎時代的人們做饅頭尚控制不好發酵，所以人們對高老莊的饅頭特有偏好，但凡過客往來總喜歡隨手買幾個，高老莊漸漸地名聲在外了。高老漢乾脆放了些本錢，開起了饅頭莊，憑著那漢子的手藝，生意日漸興隆，門前的過客也逐漸多了起來。經濟寬舒點了，那條漢子便常常周濟那些境遇和自己曾經差不多叫花子，高老莊的善舉贏來了更多的買客和德望。

　　於是這故事又演繹出一則「高老莊招親」的故事了，高老漢有意招贅他做女婿，那漢子如實相告：「我在家已有妻室，只因戰亂而失散，老丈肯收留已是感恩不盡，豈敢再作他想？」

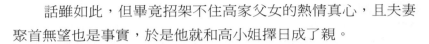

話雖如此,但畢竟招架不住高家父女的熱情真心,且夫妻聚首無望也是事實,於是他就和高小姐擇日成了親。

且說那條漢子逃兵離家一連兩三年無妻之音信。他的妻子亦孤身飄泊,千里尋夫,翻過了九十九座大山,涉過了九十九條大河,經過了九十九座城市,她一路乞討,一路打聽丈夫的行蹤。每到一處,不討錢,不要飯,只求人家施捨她半隻饅頭。據說,她只要一拿起饅頭就知道是不是他的丈夫作品;據說,她走遍了天下,始終沒有吃到過比她丈夫做得更好的饅頭。

一天,她終於來到了高老莊,遠遠聞得饅頭香味便知是其丈夫所為,激動得暈了過去。人們將她救醒,她睜眼第一句話就是想吃饅頭,後來的事就是夫妻相會,抱頭痛哭不提。

由於年代過於久遠,故事傳來傳去,結尾居然演繹出三個版本。

123

版本之一:高家小姐看到他們夫妻團員的悲歡情景,尤其聽說了他的妻子千里尋夫的情節,感動不已,為了成全他們,旋即連夜出走。家人四出尋找,終無下落。他們夫婦倆便叩拜高老漢為義父,悉心照料侍侯。還替高小姐立了牌位,敬之為饅頭娘娘,日日供奉。在他們勤業經營下,不久,高老莊也因饅頭而名聲漸揚,子承父業世代流傳,終於發展到了今天的規模。每日第一籠饅頭先供饅頭娘娘的風俗也流傳至今。

版本之二:那條漢子的妻子住了幾天,正當那條漢子左右為難的時候,悄然離去。她知道,一旦帶走了丈夫,高家小姐的生活和高老莊的產業也就完了,而她和丈夫未必能過上像樣的日子。她不忍破壞如此完美的高老莊。高老漢父女深感她的德行,發動眾乞丐四處打聽,終不得消息,於是立牌位以紀念,

供她為饅頭娘娘。

版本之三：那條漢子將前後兩妻不分大小納為左右，兩女親若姊妹，生有五子，五子登科，出將入相，高老漢壽高九十無疾而終……。

我對第三個版本毫無興趣，猜是「私訂終身後花園，落難公子中狀元」之類的續貂之作，而且版本三無法演繹出饅頭娘娘這個角色；版本一和版本二都有可信度，根據我的生活經驗，版本一的可信度較小，因為高家小姐佔有地利人和，光因為感動而出走，可能性不大；而版本二，那條漢子的前妻可能如故事所說的那樣想法，更有可能是遭到了白眼，無奈而出走，高家父女自知有愧，便立牌位以自慰，名為感他人之恩，實為彰自己之德。或許是我的度腹之見，見笑。

124

高老莊總店近兩千年來沒有挪過窩，那地方現在叫高老莊市，是個很偏遠的城市，人口不過二十萬。那裡沒有山沒有水，不是宗教聖地，不是旅遊景點，什麼都不是，什麼也沒有，但在槐安人民的心中卻是很值得膜拜的地方，倘若有人自稱在高老莊生活過五年八年的，人們就會對他肅然起敬。後來我去弱水的時候經過那兒便隨東道主去轉了轉。高老莊市的街道非常乾淨，路上枯葉飄零，踏上去悉索作響，極是寧靜。炊煙嫋嫋升起的地方就是著名的饅頭莊，店面卻不大，店鋪的風格和房子的樣式和我在各處看到的高老莊一個樣，虎皮石砌就的院牆，青磚黛瓦的房舍，白板曝桐油的店面，當門是一疊蒸籠。有一個現象很奇怪，全國各地源源不斷有學生前來學藝。一般一年後就能取得高老莊初級饅頭師的證書、證章，單憑這張證書是不可以獨立開業的，獨立開業起碼要達到三級的程度。最高的

是一級，也就是高老莊的掌門人。我不能理解，既然不能開業，考初級饅頭師幹什麼？

其實饅頭莊很大，只是不對外罷了，他們一共有三萬多個學員在進修饅頭製作工藝呢。他們認為做饅頭沒有秘訣，不需要知識產權保護，任何人要看他們都不反對，我們去的時候大約上午九點多種，一間百把平方米的工廠裡有好幾十和尚模樣的學員在揉麵，一個大師傅拿著桿麵杖在後面來回走動，不時將桿麵杖往某個學員頭上輕輕點一下，嚷道，「大推，大推」，於是那個學員就甩開膀子對著麵團大把大把地揉將起來；有時他會在某個學員的麵團上指點一下，「水頭太長，加麵」；有時他會在某個麵團上挖下一小塊放到嘴裡嚐嚐；更有時，他會揮動桿麵杖大聲呼號：

「使大勁！一！——二！——三！——四！——。」

「一！——二！——三！——四！——，」眾人便立時振奮起來，隨聲呼道，「苦其心志！——，勞其筋骨！——餓其體膚！——空乏其身！——」邊呼邊齊刷刷地甩開膀子大把大把地推揉起麵團，「天（將）降大任於斯人，也！——」。當口號喊到「也」的時候，他們齊刷刷地舉起右手，伸出一個「V」字，隨即哈哈大笑起來。這一聲「也——」似乎是對前面幾聲口號的調侃，但從他們認真的工作態度來看，不如說是對緊張、嚴肅的精神狀態的調濟。三五十個緊張嚴肅的，和尚般模樣的年輕人突然間迸發出活潑的樣子真是非常地有趣，大師傅嚴肅的嘴角上也露出了一絲無奈的微笑。笑聲漸漸停了，大師傅將桿麵杖「一，二，三」地朝幾個光頭上輕輕篤了幾下，光頭們聳了聳肩，又埋頭揉起麵團來。

125

這麼大的高老莊沒有一台電動磨麵機，磨麵粉全靠人工石磨，學員們每天半夜子時就起來磨粉，很是辛苦。我是寧波人，覺得糯米粉就是人工水磨的好，機器幹磨的沒有水磨粉細膩，不過磨麵粉似乎沒有那麼講究。

「那可不是為了故弄玄虛，磨面機磨出來的麵粉品質非常好，」陪同我們參觀的饅頭師高慧師傅如是說，「我們採用人工石磨不僅僅是為了磨粉，也是為了磨人。俗話說：『世上三樣苦，打鐵，撐船，磨豆腐』，現在的人們日子太好過，不能體會體力勞動的艱苦。幸福是痛苦、艱難和磨難的反差，現時人們的幸福感幾乎全來自於心智的痛苦和磨難，幸福的代價太大。我們這兒培訓出來的人是身體不怕艱苦，心智沒有痛苦的。我們全國只有一家精神病院，高老莊是有貢獻的。所謂『磨煉』一詞的典故即出於此。」

為了磨粉而磨人，也為了磨人而磨粉，工作的中心還是為了做好饅頭。揉好的麵團要互相交換，互相體會感覺，力求一致。做出來的饅頭還要品比，從「色香味」三方面品比，分成「上品上，上品中，……，下品上……」 這樣的三品九級，在我外行人看來差不多，但經過他們指點倒真能看出點上下。

「你看這兩隻饅頭，哪只品級高一點？」高慧饅頭師拿出兩隻饅頭問我們。

「我看這只好一點吧。」老黃指著白一點的說。

「白固然是好，但這只饅頭白而欠糯，『收油不緊』，在亮光下沒有『透』的感覺，不過『中品上』而已。這只雖然看上去黃，但這是典型的『象牙黃』，從色面上來說可謂『上品中』。」高慧師傅像評價玉石那樣地專業地品評價著饅頭，從

『迎沖香、回味香、麥味香、酵母香』等幾個指標來品評香味，他還從『撕感、咬感、嚼感、咽感』等幾個方面來品評饅頭的口味。他們的味道崇尚天味，味道的最高境界是「淡而無」，能從淡而無味裡品出味中三昧者才是真正的美食家，可是「淡而無味」這四個字傳到我們這裡居然成了相反的意思，可見我輩均是俗人。聽過他的專業介紹，我又經過幾次品嘗，果然吃出點味道來了，回到上海後買過幾次饅頭，沒有一只能品評到『下品下』的，俗不可奈，簡直不能叫饅頭。饅頭怎麼能用塑膠袋裝呢？而他們通常用蒸軟的茅草籠子來裝的。

高慧師傅曾經說過這樣一段話，我覺得很受啟發，他說：

「做饅頭是世界上最為簡單的事，只要蒸熟了都能吃。但是一個人如果連最簡單的事都做不好，他還能做得好什麼事？我們既然選擇了饅頭師這一行，那麼我們的人生價值就只能體現在饅頭上。上品上，是我們做人的終生目標。」

127

從「上品上，是我們做人的終生目標」這句話來看，高老莊的傳說的第一版本是有其可信度的。來高老莊學饅頭的人們多是業餘愛好者，他們除了學饅頭往往還有他們自己的專業，有做工的，有學藝的，有學書法的，有練武術的，有學雜技的，有京劇演員，也有學者，最多的是做『車、鉗、刨』的鉗工，從他們做饅頭的認真態度，就不難看出槐安人的工作品質。「技無不精，藝無不工，學無不通，事無不認真」，這是我對他們整個民族的評價。對高老莊人的敬業精神、高老莊的企業文化無論作怎樣的評價都是不過分的，高老莊市的每一個人都受著它的陶熏。我親眼看見一個掃街的清潔工人，無論地上有沒有垃圾，他都要掃一遍，說來奇怪，地上明明有落葉卻不掃掉。

老黃好奇問他：

「你這是掃什麼地啊？什麼也沒有的地方倒掃得那麼認真；明明有樹葉卻又不掃掉。」

「掃帚不到灰塵照例不會自己跑掉，我是在掃灰塵啊。落葉不髒，留上幾片增加自然氣息。我基本上一個平米保留二十來片。」

我恍然悟到，剛到此地時的第一感覺居然是來自一個清潔工人的精心策劃！

深藏不露的冰山．．．．．

128

從餐飲連鎖業的範圍來看，高老莊的規模之大，門店之多，密度之高上世界上少有的，據說光在人口不到二十萬的桃花淵就有五百家門店，沿公路的加油站旁邊都有它的分店。老黃的一句話倒引起我的注意，他說：

「這饅頭店的生意怎麼能做得這樣大？」

是啊，饅頭畢竟是饅頭，能有多少毛利？這樣多的門店，每天能賣出多少饅頭？高老莊固然有很強勢的企業文化，但是靠這能獲得利潤嗎？去高老莊教學中心學習，除了宿食費外一概都是免費的。雖然現在已經極少有人需要高老莊接濟，但是他們常常參與社會公益，它的錢從何而來？據說高氏饅頭莊的贏利能力很一般，甚至不賺錢，但是高老莊股份有限公司的股價卻是全國最高的，連石油公司、通訊公司的股票都不如它，這叫人很難理解。

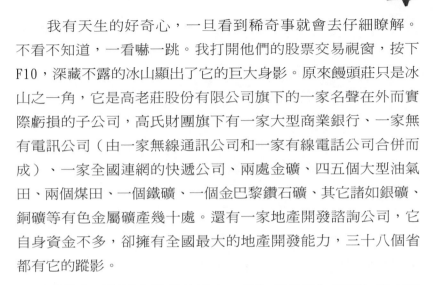

　　我有天生的好奇心，一旦看到稀奇事就會去仔細瞭解。不看不知道，一看嚇一跳。我打開他們的股票交易視窗，按下F10，深藏不露的冰山顯出了它的巨大身影。原來饅頭莊只是冰山之一角，它是高老莊股份有限公司旗下的一家名聲在外而實際虧損的子公司，高氏財團旗下有一家大型商業銀行、一家無有電訊公司（由一家無線通訊公司和一家有線電話公司合併而成）、一家全國連網的快遞公司、兩處金礦、四五個大型油氣田、兩個煤田、一個鐵礦、一個金巴黎鑽石礦、其它諸如銀礦、銅礦等有色金屬礦產幾十處。還有一家地產開發諮詢公司，它自身資金不多，卻擁有全國最大的地產開發能力，三十八個省都有它的蹤影。

　　雖然高氏財團有這樣的實力，行為卻是最為低調，從來不做任何廣告，除了高老莊饅頭莊以外，任何一家分公司的名字上都不出現「高」字，它的銀行叫百納匯銀行，資產達五千億KB，到處都有它的儲蓄所，卻沒有一幢顯赫的銀行大樓，總行的辦公地也就幾幢如同普通的六層樓民居那樣的房子，沒有高大的金字招牌，他們認為高牆銅門只會嚇跑民眾，高端客戶都是金融行家，知道什麼樣的銀行是最安全的，知道哪家銀行的服務是最優質的。快遞公司的服務最有創意，每替客戶送到一件貨總是奉送熱饅頭一隻，給人一種「快」的暗示。地產開發諮詢公司更是低調，自身沒有資金，它的服務對象是高老莊旗下所有的子公司，專門「暗地」策劃重大地產投資計畫，當他們選好某塊不被人注意、不值錢的荒僻地塊時，就讓各公司分別註冊開出上百家各種各樣的分公司，有的去這地方建造些廉價的居所，出租給低收入家庭；有的公司就在集居地附近開幾

家勞動密集型的工廠，有的辦起了畜牧場，提供他們就近就業的機會；為了解決交通問題，還有的買上幾輛舊汽車，申請公交車線路專營權，因為這些都是涉及貧困人口的民生問題，所以朝廷常常給予免稅和提供低息貸款，也有的甚至只開幾家小商店，當佈局完整後就開出一家饅頭莊，「嘩」，這一下了轟動全國，於是房產商、建築承包商、銀行家、保險公司、汽車銷售商……，一切為富人服務的富人們穿著華麗的衣服，坐著名貴的汽車紛至逐來，於是事先早已準備好的鐵路和高速公路的分段承包合同書被一一簽署，小廠、小店、廉租房和畜牧場被一一買斷動遷，線路專營權被有價轉讓，一支支建築隊伍從全國各地開來……。當時開廠、開店只是為了解決就業問題，幾乎都是勉強保本，甚至虧損的，如今關廠、關店的時候卻賺錢了。當地產商和房產商來談判動遷交易時，他們會不露聲色地派出談判專家將動遷費提高到投資額的上百倍，甚至更高，其中的要訣在於當初選址時就打下了伏筆，就如一個圍棋高手，看似漫不經心的一子，走到後來就知道這一著的厲害了，一個不起眼的雜貨店就開在新規劃的市中心十字街的路口，一個三五十工人占地上萬平方米的工業垃圾分揀廠坐落在將來的銀行街上。

待到山花爛漫時，她在叢中笑。當一個嶄新的城市矗立起來的時候，他們已經全身而退了。那些低收入的貧困戶作為原住民被遷進了較好的屬於自己的公寓，安排了收入稍高的工作，享受著新型城市各方面的發展帶來的便利。當他們有一天偶爾得知自己這幾年的好運氣全是受庇於高老莊的福蔭時，他們的感激之情無以言表，路過饅頭店總要買上幾隻饅頭，以「照顧

高老莊的生意」，足見他們品性之厚道。我覺得這種經營地產的方式有點像狡猾的小市民，全然沒有大老闆的大氣魄大手筆。

高氏財團做任何生意都不鋪張，不張揚，居下不爭。

只有在新進員工培訓時才對他們說，「我們的事業是從一隻小小的饅頭開始的。」

再說高老莊......

高老莊的發家是好多代以後的事，高家的子孫們和他們的父輩一樣，個個忠厚實在，除了做饅頭和種地別無它能，分了家就在二三十里外找個地方開家饅頭莊，圍上十畝八畝地（那時的土地遠不是現在那樣緊張，只要你有力氣開拓上幾畝荒地，沒有人和你計較什麼地產權），毫無進取地過著安詳小康的日子。

131

大小差不多的一粒粒的種子，有的長成了參天大樹，有的只是一株小草，所不同的是它們有著完全不同的基因。祖上的流離顛沛的經歷通過饅頭娘娘的傳說一代代流傳下來，害怕動亂，渴望穩定形成了他們家族文化基因的核心。救濟流浪者、保持遠親家族間的聯繫等，都是這個基因起的作用。安詳小康的生活和古代社會經常的戰爭動亂形成的反差使得他們家族的文化基因得以一代代的遺傳和強化。

原始積累就是靠救濟流浪者完成的。農業社會的流浪者遠不像現代人們想像的那麼多，那時人口稀少，光靠乞討很難渡日，流浪者多是遭遇各種劫難需要幫助者，有的拿了一個饅頭就匆匆趕路，也有的就在高家的披屋裡住了下來，替

饅頭莊打工，每天和高家人一起揉麵、種地、開荒。就這樣，高老莊的子孫只要是子承父業的都完成了他們的原始積累，一個很小的店面和十幾畝地，有的甚至有幾十畝，也許還有十兩八兩的銀子。但是古時候經常發生的戰亂和不穩定的治安使他們產生了對銅鈿銀子的恐懼，一有錢就買地、開荒。如果用現代企業家的話來說，就是一下子就佔領了兩個資源高地──土地資源和人力資源。由於他們族親間保持了遠而不斷的聯繫，使得他們無意間又佔領了資訊資源和資訊流通管道的高地。古時候的資訊資源和資訊流通管道為官方所壟斷，驛站快馬的好處老百姓是享受不到的，故有「烽火連三月，家書抵萬金」之說，高老莊的各附近分店始終保持聯繫不斷，附近鄉鄰如有小件物品、信件要送到遠處便常常委託高老莊攜去，有的甚至要轉三四個門店才能送達；倘有人在外當兵當差幾個月沒有消息，就委託高老莊打聽，高老莊各門店都會在門上貼出尋人啟示，來往過客和受過饅頭的流浪者都會帶來各種各樣的消息，雖然慢，雖然亂，雖然未必都有用，但總比杳無音訊好，況且有時也解決問題。可以說，槐安國的郵政、快遞和通訊的發展就是從高老莊開始的，直到今天，當地的人們對那些消息特別多嘴巴特別快的人常常會說，「你這個人怎麼像高老莊一樣？樣樣消息都知道」。

　　歷史上曾有一個很偶然的小事給他們家族的繁榮帶來了關鍵性的機會，俗話說，「機會總是給有準備的人」，這全得益於他們這種言傳身教的家族文化。白炎末年，饑荒天下，有條漢子餓昏在饅頭莊門口，饅頭莊的師傅照例給了他一隻饅頭，那條漢子竟是餓昏了頭的，全然忘記了「乞不圖二」的禮教，

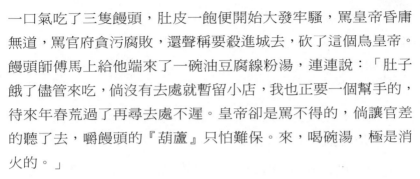

一口氣吃了三隻饅頭，肚皮一飽便開始大發牢騷，罵皇帝昏庸無道，罵官府貪污腐敗，還聲稱要殺進城去，砍了這個鳥皇帝。饅頭師傅馬上給他端來了一碗油豆腐線粉湯，連連說：「肚子餓了儘管來吃，倘沒有去處就暫留小店，我也正要一個幫手的，待來年春荒過了再尋去處不遲。皇帝卻是罵不得的，倘讓官差的聽了去，嚼饅頭的『葫蘆』只怕難保。來，喝碗湯，極是消火的。」

「倘命裡註定這『葫蘆』只是嚼嚼饅頭的，儘管砍了拿去！我決不會叫一聲『還我頭來』。這『葫蘆』卻是要戴皇冠的，端是捨不得讓人砍了去。」漢子說著哈哈大笑起來，「皇帝輪流做，明年到我家。」

聽他說的是瘋話，人樣子卻是一條好漢，師傅於是將人間之道理娓娓道來：

「話說天時道理，久雨必晴，久旱必潤；荒不過三年，亂不及十載，日子總會好的。有個叫孔夫子的人說過，『君君，臣臣，父父，子子，狗狗，貓貓』。你看，就說狗和貓，是前世冤敵，如今同在屋簷下，和平共處，各盡其職，孔夫子把這叫作『和而不同』。荒，是天的事；亂，是朝廷的事，我們管不著。天作孽猶可違，自作孽不可活，犯上作亂要不得。」

「他『君不君』，我就『臣不臣』。我是鎮西王罡剛大將軍麾下的督軍，朝廷連年減少軍餉，三十萬人馬糧草不濟，大將軍數次派人催糧，朝廷卻令我們越疆割糧，豈非強盜行徑？簡直是『國不國，兵不兵』。那三十萬『葫蘆』都是要嚼饅頭的，俗話說官逼民反，何況那三十萬是兵，刀槍在手。日日都有小股人馬偷出營柵騷擾民間，按下葫蘆浮起瓢，大

將軍簡直無法束管。將軍令我再去催糧，我如實稟報軍情，不料上面卻以『要脅朝廷』的罪名將我拿下，幸得有人濟助，逃出性命。如今我是有國不能報，有家不能歸，弄得『臣不臣，子不子』。」

「那就乾脆在我這裡住上幾月，空暇時幫我將對面山坡墾墾，度過春荒，來年再作計較。」

漢子無意留連，謝過店主向西關而去，沿途盡得高老莊的接濟不提。那漢子名叫赤蚩，就是後來的赤炎皇帝。赤蚩回得西關，那裡早已亂作一團，鎮西將軍罷剛已經鎮不住局面，於是赤蚩起兵造反。餓兵三十萬，蝗蟲八千里，一時間烏雲壓城飛沙走石，反兵到處顆粒不剩，唯高老莊得以倖免，赤蚩早已頒令不得騷擾任何高老莊。高老莊的店主們也都是極乖巧的，每家也多少捐出幾百斤以資軍糧。歷史上一次次的動亂給了他們一次次的教育，「留得青山在不怕沒柴燒」。青山不單指高老莊的店鋪，也包含著高老莊的「企業文化」。

數年後赤蚩攻下南柯郡建立赤炎王朝，赤炎皇帝感念高老莊當年給予的幫助，下旨召全國所有的高老莊店主進京開會，這就是歷史上著名的第一次五百人集結大會，會上赤炎皇帝表彰了高老莊對立國的貢獻，親筆給高老莊提了匾——「萬系師表」，還賞賜給每家門店土地三十畝。遠隔千里的族親們各報系譜認親歸宗，為幾百年後發展成壟斷型的股份制企業奠定了基礎。皇帝此舉並非出於感恩之心，大凡做皇帝的都是沒有感恩之心的，尤其是開國皇帝，多少人為他出生入死，多少人為他流血流汗，要是稍有感恩之心，他是日日對人家叩頭都來不及的。當年他落難時對他幫助最大的是饅頭，如今讓他感觸最

深的卻是高老莊師傅當年對他講的話，而且幾乎每個高老莊師傅都勸他不要犯上作亂。如今他皇帝位子坐著了，便想到社會穩定的種種好處，於是又想到了高老莊，高老莊人雖然不識字，口傳的《論語》雖然不倫不類，但是他們依然不失為最優秀的老百姓，退讓蟄伏，居下不爭，生活安詳且經濟寬裕，故在民間的影響很大，老百姓都以高老莊為楷模。

　　說話間又是千把年過去。由於當地和西方一直有著密切的文化交流，他們和世界各國同時發生了工業革命（就是我們所謂的進入了資本主義社會），雖然沒有我們時空域東西方文明衝突這樣的事情，但是高老莊和資本經濟制度的衝突卻日見強烈。高老莊的莊主們對世界上的一切變化都視而不見，對一切奇技淫巧報以一笑，視「機」為禍，無論機遇、機會、機關、機巧，乃至機器，凡是帶有「機」字的東西他們都不感興趣，他們不承認有「機智」這個詞，「智，求道者之志（智，智慧。他們認為最高的智慧是將求道作為人生之首要），故若愚；機，巧也。道豈有巧取偶得？機智，取巧小人自褒之詞也。」甚至將機靈也作為貶義詞，倘人們誇獎某小孩很機靈，他們內心往往油然生發出一絲不快之感，只有當人們說到「機深禍深」時他們才會報以會心一笑。以拙對巧，以靜制動，以不變應萬變，是他們的行為哲學。千年老店萬年魂，烏龜成了他們的圖騰。資本經濟制度似乎對他們也無計可施，金錢誘惑不了他們，在他們的眼睛裡金錢是過眼雲煙，只有土地是永恆的。

第二次結集大會 ....

隨著資本經濟的日益發展，高老莊受到了來自四面八方的壓力，一直靠著高老莊吃飯種地的人們一個個到工廠裡去打工了，偶爾過路的流浪漢要了一個饅頭又走了，去尋找適合他們的工廠去了；沒有人幫工，土地的產出在減少；沒有現金，土地的擴張越來越不可能，好在「永恆」的土地越來越值錢，給他們帶來絲絲的愉悅，這也許是資本經濟制度給他們帶來的唯一好處，但是只要這些土地不賣出去，這些錢永遠只像地平線上的金山，這些莊主們永遠只能每天啃著他們的饅頭，喝著他們的油豆腐線粉湯，這對於儉樸的高老莊師傅們來說算不了什麼，困難的是給工人發工資。工人，這也是個新名詞，原來只要給在家裡幹活的提供吃的住的，到了過年的時候再給幾個賞錢就可以了，倘有幾件舊衣服給他們，那可是感謝不盡呢，如今他們一下子都成了工人，管吃管住還要管工資，一到星期天就到街上瞎晃蕩，看見女人兩隻眼睛就發直，人心真是越變越壞呢。

人心的變壞還不止於此，高老莊的兒孫們好像也在變壞，有次有個小女孩回來滿嘴的奶油香，「吃了什麼？」「爸爸給我吃了奶油蛋糕。」啊？那不是從外國人那裡學來的嗎！老人憤怒了，「小人吃這種東西可是要越吃越讒的」。其實，人心都是差不多的，小孩有不喜歡吃甜食的嗎？哪一個單身漢看見女人眼睛不發直？不是人心變壞，而是高老莊師傅的心態在變壞。不僅是幫工的不想在高老莊吃飯，連他們的年青一代越來越不安心於做饅頭，有的開起了鋸木廠，有的開起了小餐館，最沒有本事的也買了機磨替代人工磨麵，啊？這還叫高老莊

嗎？

後來接連發生的兩件事震撼了全國所有的高老莊的師傅，一件是新金山的高老莊門店的「敗家子」自殺了。新金山門店的師傅死了，給兒子留下了五十多畝土地，可是這個「開明」兒子決心要創一番事業，賣掉了土地和店鋪，背上包裹去西部淘金，淘了五年一無所得，兩手空空回到家鄉，回家一看，到處有人在淘金，被他賣掉的土地就在金礦的主脈上！他咽不下這口氣，立刻走上絕路，絕命書上寫著「……不聽老人言，吃虧在眼前，……我倘能做到三年無改於父道決不至於陷此絕境……」。高老莊的人們沒有幸災樂禍，所有的師傅都引以為訓，堅持以不變應萬變的處事哲學，只賣饅頭不賣地；還有一件事是規劃中的大貫鐵路將要穿過兩家高老莊的土地，堅決不賣土地的高老莊面臨著巨大的壓力。類似的事件已經發生過無數起，公路的延伸、工廠的擴建都向高老莊提出過征地要求，有的出高價，有的施高壓，都被高老莊一一頂回去，公路不得不繞道而行，工廠不得不移址重建，高老莊成了抵抗工業革命的堡壘。高老莊除了饅頭再也沒有吸引人們的地方了，所有發展項目看見高老莊都繞著走，一向以若水之德自詡的高老莊成了中流擊水的礁石。那時候正是紅巨王朝立國不久，紅巨一世對高老莊的態度和古時候的赤炎皇帝完全不一樣，「仁者愛山，智者樂水」，赤炎皇帝喜歡山那樣穩定的社會，而紅巨一世更喜歡河流那樣運動而有序的社會，朝廷的太監院（這裡的太監是「最高監察」的意思，太監院就是「最高監察院」，相當於當今西方國家的參議院還是眾議院我就搞不清楚了，但決不是閹人宦官。——作者注）甚至有人提出收回赤炎賞賜的土地以警告高老莊。

137

　　面對來自社會的發展而產生的種種不和諧，以及來自內部的思想混亂，全國高老莊又召開了第二次集結大會，這次大會有七百個人參加，所以也叫七百人集結大會。在會上對傳統的處事哲學進行了辯論，傳統的一派認為高老莊之所以能領導潮流上千年，是因為堅守若水之德，堅持「居下不爭和為上，以靜制動意在遠」的行為準則。新生一代則認為若水之德是我族之秉性，「上德不德」，無須堅守；水性至柔，「堅守」一詞本身就有違水性，「下德而不失德」；水性不變，世象萬變，「以不變應萬變」之本意為以不變之水性應萬變之世象。無色無味無嗅無常形為水之形，至柔至簡至下至大用為水之質；激流勇進洶湧澎湃為水之大勇，潤物無聲滴而穿石為水之韜晦；大江東去百折不回為水之大志，匯歸東海得以永恆乃水之天命也！而今，我們如礁激水，有悖祖德。傳統派指摘新生代是篡改祖訓的修正主義；新生代則指摘傳統派是曲解祖訓的教條主義。大會經過兩天的激烈辯論，終於以三分之二的票數通過了《高老莊第二次集結大會報告》，明確了以不變之水性應萬變之世象為高老莊的行為方針；決定成立高老莊股份有限公司。將「善利萬物而不爭，從長計議；施益民生而不取，受之於道，」這句話寫進高老莊股份有限公司章程，在後來的實踐中則表現為「給窮人以生計而取其力，予富人以商機而賺其錢，高老莊則遊刃其間，各得其所」。這就很好理解高老莊為什麼用小市民的方式來開發地產。

高老莊股份有限公司.....

　　高老莊股份有限公司成立後的第一件事就是主動和大貫鐵路公司談判兩處土地的置換，他們用這兩塊對建造鐵路來說是處於要衝的地塊換取了附近更大的地塊。他們終於認識到和社會發展趨勢作對將會被社會拋棄，順勢而為，以獲取更大的利益，但是始終不忘土地，尤其是新金山的教訓對他們來說太慘重了。他們簽署的土地置換協議很有特色，居然有有關土地厚薄的內容，協定規定地面十公尺以下部分的所有權仍然屬於高老莊，當時是為了預防萬一地下又開發出金礦什麼的時候不至於後悔，鐵路方面為趕工期急於求成，也根本沒有想過十公尺以下的地方有什麼用處，八十年以後鐵路方面想在車站下面建造地鐵的時候不得不為了這「地面十公尺以下的土地」而第二次掏錢，但這次也只買到地面以下八十米為止的地方。當地對土地權屬有關厚薄的規定就是從高老莊這個置換個案開始的。

　　雖然高老莊轉製成了股份制企業，但是其產業沒有發生實質性變化，饅頭還是饅頭，農田還是農田，產出幾乎沒有增長，尤其是現金的短缺，使得除了利用現成的店鋪網成立了世界上第一個郵遞網路，幾乎所有的發展設想都是空想。這是他們時空域的第一家郵局，不過當時不叫「郵局」或「快遞」，高老莊所做的只是將原來便利於顧客的「順帶」改成為收費業務，規範了管理，直到若干年後朝廷收管這項業務後才正式命名為郵政，並成立郵政衙門專門管理。「郵遞」收費業務的開辦對高老莊後來的發展有著不可估量的作用，為了保證「郵遞」業務的運行，規定每家門店都必須將附近的消息寫成快報通過自

139

己的系統送到各門店進行交流，以檢測系統運行的正常性，這就是該國的第一份內部刊物——《高老莊日報》（日報，從字面上解就是「每日通報」的意思），各地的消息很快就能匯總，諸如大貫鐵路 XX 段已經試通車、XX 地方已經一個月沒有下雨，可能發生災害性旱情、XX 地區有地質勘探員在進行鑽探，可能蘊有 XX 礦藏等消息高老莊的師傅們總是先於他人知道，甚至朝廷的消息都沒有他們靈通，比如地質鑽探，有的屬於科學研究，有的是商業活動，在沒有結果以前都是無聲無息的情報。

高老莊的真正發展得益於股票上市，憑著它的大量優質土地，壟斷經營的郵遞業務和高老莊的品牌，股票發了個好價錢，隨著大量募集資金的進入，高老莊的發展如虎添翼，他們第一筆大生意來自對喀拉罕沙漠的收購，那是一片有三十萬平方公里的大沙漠，寸草不生，荒無人煙，根據來自沙漠周邊三家門店的報告，發現有勘探人員在沙漠活動，通過對勘探人員的「無意間」的接觸得知下面蘊藏有大量石油，於是高老莊不聲不響地用綠洲公司的名義向朝廷購買了整片沙漠的無限使用權，並承諾對沙漠進行固沙改造，當那家石油公司向朝廷提出購買土地使用權的時候方被告知已經名花有主了。就用這樣的辦法，他們收羅了全國大大小小幾十處礦藏。

令人不解的是他們有了那麼多礦藏後老是忙著鑽探，調研礦產的分佈和蘊藏量等地質狀況，制訂礦區開發規劃，編制預算報告，卻很少見開採，只是拿了這些《地質調查報告書》、《XX 礦區開發規劃報告書》和《預算報告書》向皇家地質部、國際上有名的地質科研機構和信譽度最好的會計事務所申請認證，然後寫到上市公司的年度報告裡。他們年復一年地就做這些事。

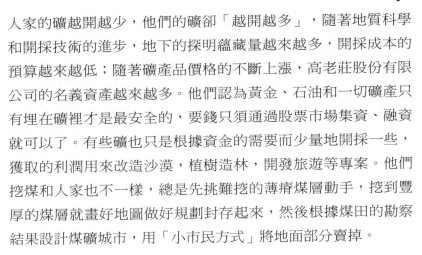

人家的礦越開越少，他們的礦卻「越開越多」，隨著地質科學和開採技術的進步，地下的探明蘊藏量越來越多，開採成本的預算越來越低；隨著礦產品價格的不斷上漲，高老莊股份有限公司的名義資產越來越多。他們認為黃金、石油和一切礦產只有埋在礦裡才是最安全的，要錢只須通過股票市場集資、融資就可以了。有些礦也只是根據資金的需要而少量地開採一些，獲取的利潤用來改造沙漠，植樹造林，開發旅遊等專案。他們挖煤和人家也不一樣，總是先挑難挖的薄瘠煤層動手，挖到豐厚的煤層就畫好地圖做好規劃封存起來，然後根據煤田的勘察結果設計煤礦城市，用「小市民方式」將地面部分賣掉。

　　對於鑽石和各色寶石卻是完全不開採的，他們認為鑽石和寶石都是中看不中用的東西，而開採寶石所花費巨大的勞動力和能源是得不償失，雖然能賣出好價錢，對於社會來說，這些勞動都是浪費的。所以，除了作為鑽頭、刃具和其它工業用途所必須外，他們決不多挖一噸寶石礦。他們對寶石的看法影響了整個社會，婦女們也不再願意在寶石上花很多的錢，比天然寶石更燦爛的人造寶石、光學玻璃代替了鑽石，塑膠、骨頭、木頭、紙……幾乎所有的東西都成了製造的首飾材料，有的婦女乾脆將櫻桃或小辣椒什麼的做成耳墜掛件。

141

　　今天高氏財團已經建立了自己的地質科學院、礦產開發規劃院、採礦技術研究所、採礦機械設計院、海洋研究所、月球資源調研所、太空危機策應中心、資訊處理中心等科研中心，還有地質大學、海洋大學、航太大學、資訊技術大學等好幾所大學，以及幾十支地礦勘察隊，到處找礦，成年埋頭做開發規劃，整個科研系統裡擁有來自世界各地的科學家三十萬多名，

工程師和各類技術專家四百萬多名，博士碩士到處都是，一度
失去的人力資源的高地又被奪回來了。

　　高老莊的資產都是貨真價實的「黃金」資產，高老莊的股
票是典型的「紙黃金」，市場上永久的領頭羊。俗話說，「盛
世收古董，亂世藏黃金」，可是當地的人們無論什麼世道都喜
歡揹高老莊股票，哪怕是動亂，哪怕是經濟危機。水災、火災
和兵災能毀掉任何建築物，但是不能消滅未經開發的礦藏；遇
到盜賊和動亂，家藏的黃金會被人搶去，高老莊的股票搶不去；
經濟危機一旦發生，貨幣會貶值，股票會下跌，除了黃金好像
什麼都靠不住，俗話說得好要，「窮窮窮，家裡還有三擔銅」，
高老莊的「家裡」金銀銅鐵石油，什麼都有；股票指數大跌，
高老莊的股價小跌，指數小漲，高老莊的股價大漲。

142

　　高老莊一直是富有的象徵，即便是當年，「高氏財團富可
敵國」這樣的言論已經到處都傳說，這話在國王聽來卻另有一
種酸味。俗話說得好，「窮不與富鬥，富不與官鬥」，富了怎
麼可以去「敵」國？沈萬三就是一個教訓。須知，現代經濟制
度就是資本說話的制度，資本越多嗓門就越高，無論你怎樣地
「居下不爭」，無論你怎樣地壓低嗓門，樹大畢竟招風，高氏
財團終於引起了紅巨皇帝的注意，他在御前會議上提出關於反
對資源壟斷的議題。

　　當即就有大臣提出，「古人雲，「普天之下，莫非王土；
率土之濱，莫非王臣。「國君之下皆國民，國境之內皆國土。
國家一切皆陛下所有，若以擁有為壟斷，最大的壟斷家便是陛
下。壟斷，並非指資源、市場或技術專利在誰手裡，而是指擁
有資源、市場或技術專利者對市場的操縱行為，高老莊並沒有

操縱市場的行為，故不應該作壟斷論。高老莊的師傅們不挖不吃又不用，所謂『壟斷資源』只是國民替陛下管住國土而已，全然無損國家資財。」

「資源不用何為資源？經濟不發展何為經濟？」

「國庫裡的黃金不用就不是黃金了嗎？人民必須吃飽而無須珍饈，必須穿暖而無須時裝，高老莊的師傅們正是國民的表率，富貴而不奢靡，簡樸而不貧寒。子曰，『民可，使由之。』，臣以為眼下百姓安居而樂業，都以持有高老莊的股票為生活嚮往，高老莊的穩定就是社會的穩定，故不宜對高老莊橫加政策；且紅巨王朝萬世不竭，資源管理也當從長計議，高老莊正在替國家做這件事。」

其實當時朝廷裡的大小官員都熱衷於投資高老莊股票。

如果你以為高老莊的性格保守，而行為則類似守財奴那樣的角色那就錯了，固然他們是靠勤儉，靠幾十代人的聚守來獲得原始積累，但自從第二次集結大會糾正了保守主義的錯誤以後，引進了大量學者，整個高老莊的文化發生了根本的變化。

隨著海洋技術的發展，人們發現了大量的海底錳結核和甲烷可燃冰，高老莊馬上成立了海洋研究所和海洋地質研究所。海洋的大部分是公海，有些固然是領海，但是至今還沒有人買斷海洋，只要誰掌握了航海技術誰就可以去航行，誰掌握了捕撈技術誰就可以去捕撈，只要能在海底採礦技術上領先一步，海底礦產就非我莫屬了，於是投入大量資金和技術力量對海洋進行研究。隨著太空技術的發展，他們覺得月球有很大的開發價值，就馬上成立了月球資源調研所，化鉅資購買世界各國的探月資料，還先後三次委託發射月球探測器……，但是，這些

資源對他們來說依然是可望不可及，海底地質資料搞了不少，海底礦物卻只撈了幾噸樣品，月球礦藏更是遙不可及。儘管如此，科技的副產品卻給他們帶來了巨大收益，海洋探測技術、深海打撈技術、海底地圖、海底地質資料……，我不懂技術，這些技術名字不能一一數來，種種技術的發展給他們帶來的豐厚收益卻是不爭的事實。技術不同於物質資源，物質資源越賣越少，技術卻越賣越多，他們反對技術壟斷，賣給了董卓又賣給呂布，讓他們競爭發展，發展了，他們又買回來，是高老莊開啟了技術市場的先河，巨大的技術和資訊市場的交易量甚至影響到了他們的貨幣單位，共河國成立以後 Bit 就代替了鍍金幣。

144

　　世界是如此進步，高老莊是如此富有，可是高老莊的董事長和所有的師傅們依然過著儉樸單調的生活，每天子夜起來揉面做饅頭，然後灑掃庭除，自謂「一屋不掃何以掃天下？」第一籠饅頭照例總是先祭饅頭娘娘，一日三餐吃他們的饅頭。

　　高老莊的祖宗沒有留下名字，但是他們對經濟、政治和民族文化的影響不亞於孔夫子對中國文化的影響。

第六章 「未來世界」的奇遇

環球旅遊商城……

　　環球旅遊商城是個很著名的旅遊點，地處桃花淵向南大約六十公里，據說那裡沒有山水風景，沒有古蹟遺址，全是人工景觀。既然東道主熱情推薦我們到此一遊，我想總有可取之處。步出車站，我的第一眼印象便是：這是座很乏味的城市。

　　寬約二百米的一條大河穿城而過，它是密羅河的支流。和所有城市的新城區有著差不多的格局，兩岸全是昂首比肩的高層建築，樣式雖有差異，卻並無驚人之筆，無非是尖頂，無非是平頂，無非是玻璃牆幕，無非是鋁合金窗框……，沒有特色是這裡最大的特色。

　　這兒的馬路均為六線大道，交叉路口全是盤圓纏繞的高架立交，從我們住的賓館樓上望下來，馬路兩邊的綠化帶像圖案畫一樣地工整劃一，路上的汽車如穿梭流水；一到晚上，大樓

的燈光似一片繁星，伴隨著汽車尾燈的是閃爍刺目的廣告霓虹燈……，和上海一樣的喧囂，一樣的嘈雜，一樣的張揚，似乎搶著要領導世界新潮流。

要領導新潮流就要排斥舊事物，或者說土事物，街面商鋪裡全是我們時空域的名牌服裝、名牌皮鞋、名牌手提包，食品店裡全是奶油麵包、奶油蛋糕、比薩餅，再就是世界統一的麥當勞、肯德雞，飲料只有可口可樂、雪碧或是咖啡，除了高老莊饅頭全然沒有當地特色小吃之類的東西。顯然這是一個專門為我們這個時空域的旅遊者而安排的去處。

我們走進一家飲食店，看到有茶，就要了一份，服務員端上來的卻是放了牛奶什物的混沌液體。我說，我要的是中國綠茶，他說這就是中國綠茶。為了證明他的用料正宗，特地進去拿出一罐「天壇牌特級珍眉」來給我看。茶葉倒是正宗，只是我不歡喜將茶搞得像牛奶咖啡那樣。「我還是習慣中國人的方式」，我說。

「先生想要怎樣的？」

「按中國方式泡。」

「ＫＯ！」，他馬上又端來一杯毛峰，果然好茶。

喝完茶我照了一下「鏡子」，碧眼小姐媚媚地做了一個勾魂攝魄的媚眼，列印窗裡就嘰嘰嘰地傳出一張帳單，上面分列開著「茶0.2KB」，還有一個什麼外國標準專門服務費，要20KB，便指著帳單對服務員說：

「我沒有要過什麼外國標準專門服務。」

「你不是要了中國綠茶麼？」

「是呀，我只用了一杯茶，沒要別的什麼。」

「這可是外國標準專門服務啊。」

「要了什麼？」老黃接過帳單一看，「外國標準專門服務費20KB。敲詐，這簡直是敲詐！」老黃憤怒地揮著帳單。

「有問題可以打這個電話。」服務員接過帳單指著末尾的投訴電話彬彬有禮地說道。

「怎麼回事？怎麼回事？」慷康先生聞聲過來，接過帳單看了看，抬頭問我，「你要了哪國風味？」

「我什麼『風味』也沒要，只是泡了一杯茶。」

「對，一杯綠茶，按中國規矩泡的綠茶。」

「你向他提出要按中國方式泡茶麼？」慷康先生問我。

「是的，我要一杯綠茶，他給我一杯甜奶茶。我提出要按中國的方式泡一杯清茶。」

「ＫＯ，你忙你的去吧，對不起，」他對服務員說道。服務員禮貌地點了點頭，走了。慷康先生又對我說，「這筆錢沒搞錯，在這裡按某國、某民族的規範服務的費用是很昂貴的。道理很簡單，任何餐館通常總是按自己的特色風味來供應餐飲的，而我們這兒是旅遊勝地，每天有很多國家、很多民族的旅遊團來來往往，如果客隨主便享用我們的地方風味，消費是很便宜的。如果客人一定要指定的法式、俄式或是你們中式的蘇錫幫、廣幫，餐館的技術難度可想而知。」

「可是我要的只是一杯茶而已。」

「收費的標準是一樣的。哪怕你什麼也不吃，只是想按日本人的方式來坐一會，他們必須給你收拾房間，給你準備榻榻米、小矮桌、夾趾拖鞋⋯⋯，收你20KB，你覺得怎麼樣？」

我頓時感到心痛不已，20KB，一杯茶喝掉200元，在國

147

內我何曾有過這樣的消費？好像有枚兩克重的小戒指卡在喉嚨裡。

「以後，凡是諸如喝茶之類的小事，你不要說什麼中國規範，只說你喜歡這樣，就可以免去這筆服務費，使客人喜歡是這兒的服務宗旨。」

以後？我以後再也不會喝這兒的茶了，寧可喝自來水！誰知道為了喝自來水我竟被判了刑！這是後來的事。

出了飲食店我們邊走邊聊，當我們談及對這座城市的印象時，我坦率地表明我的看法，「這座城市太平常了，如果就這麼看看新建築，遠不如上海的陸家嘴……」，並非因為我一口「喝」下了 20KB 這麼說。

「是這樣，的確是這樣，」慷康先生毫不在乎我的坦率，「全新的高層建築的確乏味。不過，到了那兒你會改變看法的，相信我。」

但願如他所說，既然來遊覽，總希望能看到在國內看不到的東西。

不多時我們來到了中央廣場附近的一個商業街區，這兒的店面房子比起先前走過的幾個地區要更舊樸，更合乎自然，慷康先生介紹說，這兒就是環球旅遊商城的中心區。我對購物興趣不大，上海什麼好東西沒有？走馬觀花，看不出有什麼特色，只是這兒的路人有點怪怪的，看上去都像是有點身份的歐美人士，可是做出來的樣子卻像是少見多怪的鄉下人，尤其是婦女們，常常發出驚訝的尖叫。第一次聽到尖叫聲真把我嚇了一跳，回頭一看，只見一對四十多歲的白人夫婦正目瞪口呆地看著一塊公共汽車的站牌，我也好奇地探頭去看，也就是一塊普通的

站牌罷，一點也看不出有什麼特別的地方。後來我發現這兒的任何一件極普通的東西，消防栓、郵筒或是一家賣花邊的鋪子，都能叫路人目瞪口呆。我懷疑這兒路人的精神都有點不正常，回頭探詢地看了看慷康先生，他並不搭話，臉上發出魔術師演出成功時的那種微笑。我知道西方有一種催眠術，人一經催眠就會依照催眠師的意志做出奇奇怪怪的形態……，難道慷康先生會催眠術？難道催眠術能把整條街上的人都催眠了？

「這兒是法蘭西商區，再過去一點就是英格蘭商區了，從那個門出去就進入了義大利商區了。」慷康先生介紹道。

這對於我是一回事，什麼法國，什麼英國，什麼義大利……，西方人的面孔都差不多，走出國門我是我是第一回，外面的世界樣樣新鮮，根本無法區別某國的特色，而全世界的商店簡直一個樣式，看來看去還是這些神經質的路人有趣。我東張西望地尋覓新鮮，偶爾地回過頭去，發現老黃和慷康先生不見了，他們一定是走進這扇門到義大利商區去了，我趕緊走進那扇門，繞著櫃檯轉了一圈，依然不見他們的蹤影，又從那扇門回了出來，忽然感到一陣怪怪的「暈眩」，怎麼回事？我到底是在做夢，還是大夢初醒？我怎麼會到這兒來的呢？

環顧四周，這商場我似曾相識，抬頭看了看女營業員，是上海人。上海人看上海人，臉上好像寫著字。我自言自語地問道：

「這兒好像是城隍廟？」

「城隍廟？」她毫無表情地看這我，右手朝大門口指了一下，用上海話說，「出去，轉彎就是。」

城隍廟還用她指點？我的家就住在方濱路上。我要弄清楚

的是我現在到底是在哪裡？我的神經是不是還正常？眼前的一切，和幾分鐘前的一切，哪一個是幻覺？我走出商場，進入廣場，熟悉地穿過一個通道，繞過湖心亭荷花池，穿過城隍廟門口的廣場，急急地往方濱路走去，我要確定我到底是在做夢，還是幻覺消失回到了現實。當我走進我家所在的弄堂的時候，又是一陣「暈眩」襲來，弄堂口一切依然，石灰斑駁，連牆上的一個小洞也還在，那是我小時侯在牆壁縫裡放炮仗炸出來的。幾個老外也好奇地伸過頭來探看著牆洞，然後又看稀奇似地看著我，就像我剛才好奇地看著人家。一轉彎，弄堂裡面竟然是日本的一個小鎮街景，當我轉身往回走時，發現方濱路不見了！那一面的路上正走來兩匹鐺唥鐺唥響著駝鈴的駱駝，過往的行人熙熙攘攘，一看他們的裝束就知道他們的名字不是叫阿拉丁，就是辛巴德，人群中一定還夾雜著來自巴格達的小偷與他的國王。許多科幻小說常常愛用「時空轉換」這個詞，此刻由於場景變化太劇烈，腦子裡的時間概念也發生了極大的混亂，你沒有親身體驗過這種在幾秒鐘內從歐洲回到家門口，又在幾秒鐘內離家跑到古代阿拉伯的奇怪經歷，根本無法想像這種「暈眩」對人的刺激是多麼地強烈。滿腦子都是些奇奇怪怪的念頭，我是在做夢，還是大夢剛醒？我到底在哪裡？我是誰？此刻我再也不敢亂走，惟恐一失足跌進美洲的大峽谷而成千古恨。

我喜歡這種充滿想像力的「時空轉換器」，但不相信它的存在，即使有，也一定是一種很複雜的器械，決不會是象吃了仙丹靈藥那樣想到哪裡就哪裡。既然這裡叫環球旅遊商城，那麼機關一定在環境的佈置上。我轉身退回原路，稍作研究，這時機關終於被我發現了，原來剛才進來的地方被偽裝成一戶民宅的大門，而在這「民宅大門」的左側則是一個城門洞，粗心

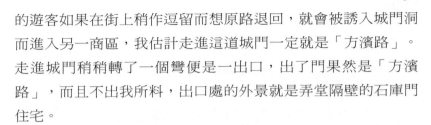

的遊客如果在街上稍作逗留而想原路退回，就會被誘入城門洞而進入另一商區，我估計走進這道城門一定就是「方濱路」。走進城門稍稍轉了一個彎便是一出口，出了門果然是「方濱路」，而且不出我所料，出口處的外景就是弄堂隔壁的石庫門住宅。

　　我在「城隍廟」裡轉了兩圈，希望能找到老黃和慷康教授。雖然一直沒能找到他們，但是我對於環球旅遊商城的佈局有了較為全面的瞭解，它的每一商區基本上呈不標準的六邊型，總體上呈蜂窩狀佈局，也許有幾塊五邊形鑲嵌其中。商區間的間隔一般是借助建築物的自然分隔，通道設在三個角的交匯處，大多採用弄堂、小巷和城門的形式，也有例外，在旅遊品商店的二樓的一個商鋪掛著「義大利皮具展銷」的橫幅，我順便過去看看，三走兩走，不知不覺間進入了「義大利」的某商場。由於它的「模擬」程度太高，這就給各商區間的交連帶來很大的難度，但它的設計者們很聰明，他們在若干商區中間夾雜一塊隨意性很大的商區，如「一千另一夜的巴格達」，我估計還有「未來世界」、「太空城」之類的商區，就像足球上的黑色皮塊那樣鑲嵌其間。我在義大利商區漫無目的地轉了一圈又回到「豫園商城」，我打手機和老黃聯繫，他說他們在「華沙一條街」，在九曲橋邊上找到一位值勤保安，我想問他去「華沙一條街」怎麼走，猶豫再三，總有點怪怪的感覺，最後還是開了口，我問道：

　　「請問去『華沙一條街』怎麼走？」

　　「『下沙一條街』？（滬語的『華沙』和『下沙』發音是完全一樣的）」他疑惑地看著我，搖了搖頭答道，「附近好像沒有這條路，大概在南匯吧。你們知道嗎？」他側過頭隨口問

151

了一下邊上的幾個路人。

「沒聽說過。」

「沒有的。這是一部電影的名字，我小時候看過。」一個五十來歲的中年人說道。

「我說的是環球旅遊城的『華沙一條街』。」

「環球旅遊城？」他們疑惑地互相楞看著。

「這兒不是環球旅遊商城麼？」

「這兒豫園商城呀。你不是上海人？」

我暗然無言，悄悄離去，再問下去簡直是胡攪蠻纏了。整整大半天就像在做夢，在這熟門熟路的地方被弄得暈頭轉向。後來我自己也說不清是怎麼走的，東走西走，終於在「南美某國」碰到了老黃他們，我一陣驚喜，「久別重逢」，恍如隔世。

「你走到哪裡去了？找得我們好苦。」老黃說。

「不知怎麼搞的，我三轉兩轉，轉到城隍廟去了。就再也回不出來了。」

「城隍廟？什麼城隍廟？」

「老城隍廟呀，你們沒去？」

「這兒有豫園商城？」老黃回頭問慷康先生。

「『豫園』？我不知道。這兒有一個中國商區，我本想帶你們來看的，可是找不到路了。」慷康先生不無遺憾地說道。

「我們到『未來世界』去了，妙不可言。不過太恐怖，也太噁心……」

我們一路走，一路交流著各自的遊覽經歷，我們都為自己沒有到過的地方而遺憾。最後決定在旅遊城多待一天，明天再來一次。

老黃卻始終沒有將「未來世界」如何地妙不可言，如何地

恐怖和如何地噁心告訴我，留下了一夜的懸念。

「未來世界」的奇遇....

　　為了彌補昨日的遺憾，我們重遊了環球旅遊商城。

　　已有了先前的經驗，沒有多走歪路，我們一下子就找到了「豫園商城」的進口處。儘管我昨日已經來過，對進入「城隍廟」後的感覺有了心理準備，可是一走進「城隍廟」，那種由於強烈的「空間差」引起的「暈眩」依然一陣陣向我襲來，老黃更是目瞪口呆。慷康先生也被他的驚異所打動，說道：

　　「這兒真的很像你們上海的『城隍廟』？」

　　「一絲不差，一絲不差。」老黃指著「方濱路」大門口那石條鋪就的路面說。

153

　　我將他們帶到我家所在的弄堂口，向慷康先生介紹說，「我家就在這個弄堂裡，進去轉彎第二個門就是。你看，」我指著弄堂口牆壁上的一隻小洞說，「這個『老壁洞』就是我小時候放炮仗炸的。」

　　「走，到你家去看看。」慷康教授急著要往弄堂裡走。

　　「不用去，裡面是日本商區。」我不無遺憾地告訴他。

　　「上海的商場真漂亮，簡直像宮殿一樣。」

　　「你有機會來上海，務請來我家作客。」我向他邀請道。

　　「一定來，一定來。」

　　後來他隨一個文化團體來上海考察時，特地抽空來我家作客，進門第一句話居然是，「我看到那只『老壁洞』了，一絲不差，一絲不差。」那驚異的神情像一個快樂好奇的小孩。

　　遊「城隍廟」純粹是為了讓老黃來「發呆」，我的新奇感已不如昨天。於是我們結束了「白相（滬語：玩）城隍廟」，通過義大利商區，三轉兩轉便來到了「未來世界」。

　　說是未來世界，在我看來更像是過去世界，一條石板鋪就的鄉間小路，兩邊草木森森，路邊開闊處是一幢幢的農舍，屋頂上蓋著厚厚的茅草，也有蓋著青瓦的，農舍四周照例是田園，長滿了野花和各色蔬菜，幾條漢子正在菜地裡忙乎著，看到我們走來，一位年輕的先生起身向我們招手致意。見他甚是和氣，我便上前問道：

　　「嗨，先生，請問『未來世界』還遠嗎？」

　　「這兒就是，進來看看嗎？」他熱情地邀請道。

154

　　對農村，我是永遠有興趣的，何況這是未來的農村。我們很高興地接受了他的邀請，一起隨他進了木屋，木屋很寬敞，室內佈置很古典，很樸實。年輕人洗淨了手，給我們端來了茶點：

　　「我叫阿休。請用點心，我太太親自做的。」

　　「謝謝。未來世界還用自己做點心？」我好奇地問。

　　「豈止點心，這屋裡傢俱都是我自己做的，」他得意地說道，「你看這大餐桌，一定以為是從古羅馬的議會廳裡搬來的吧，呵呵。」

　　「這還叫未來世界？當今世界上還有誰自己做傢俱做點心的？」

　　「那是因為你們社會的工作效率太低，每天工作八小時，下了班誰還有空做自己喜歡的事？我們的社會實行彈性工作時，每週最多工作十幾個小時就可以了，我討厭天天上班，所

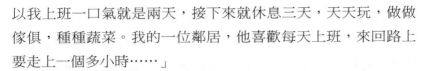

以我上班一口氣就是兩天，接下來就休息三天，天天玩，做做傢俱，種種蔬菜。我的一位鄰居，他喜歡每天上班，來回路上要走上一個多小時……」

「沒有汽車？」

「有，天氣不好的時候才坐公交車。平時他背上一個畫夾，騎著毛驢慢悠悠地走著，興致一來，就停在路邊畫上一幅速寫，有幾次直弄到黃昏才回來，那是他心血來潮在路邊的樹林裡寫生給耽擱了。我們這兒每個人都有自己的事情，我太太業餘愛好是做餡餅，鄰居們都愛吃她做的餡餅，這會兒肯定在廚房裡揉麵。」

出於好奇，我問他：「這兒不像是未來世界，我看好像是農村……」

「菜園城市，城市就是菜園，菜園就是城市。」

「如果想要消費點什麼就顯得不方便了？」

「很方便，我們要吃菜就在路邊隨便哪家的田裡拔幾棵，不在乎的。」

「我是說，在這花園城市裡看不到商店，要想買點什麼找不到商店。」

「很方便，」他抓起電腦臺上的滑鼠隨便點了幾下，「就來幾塊餡餅吧。」

話音剛落不過一分鐘，只聽見「砰」地一聲，一件東西從天而降，掉在窗外的草地上，阿休先生把東西取了進來，得意地說：

「怎麼樣？效率還可以吧？」

155

「這怎麼回事？」我一看，是一隻拖著降落傘的鐵桶。

「嘿嘿，」他打開鐵桶，取出一件塑膠封包，裡面是熱氣騰騰的餡餅，一面說，「這餅來自義大利國際餡餅中心。中心從網路上收到我的訂單後，就將餡餅裝進多彈頭導彈，在衛星定位系統的指揮下，將導彈發射到我國上空，再在鐳射制導系統的瞄準下，將餡餅分送到各家門口。這套系統和當年北約轟炸南聯盟的那套武器系統差不多，現在不打仗，就用來輸送餡餅和麵包。你如果訂購的是成套傢俱或是汽車，那麼將有一架Ｃ－130運輸機像空投坦克一樣將集裝箱精確地空投到你家的院子裡。」

「這，怎麼可能？太浪費了。為了這一點點的需要而大動干戈⋯⋯」

156

「浪費？製造武器才是最大的浪費，廢物利用是最大的節約。來，吃餡餅，」他將餡餅分到各人手中，「來，再來點飲料。給你們介紹了導彈系統、衛星系統、鐳射制導系統，再來看看我們的飲料供應系統。」說罷，手一招，將我們引到隔壁的廚房。

走進廚房真把我們驚呆了，不必說爐具如何地新奇，也不必說節能冰箱如何地高效，光是那一面牆上的那一排排幾十隻錚亮的水龍頭就把我們看得頭暈目眩。

「來，要喝什麼自己開，」他遞給我們每人一隻方便杯，指著一隻只的水龍頭說，「這是可口可樂，這是雪碧，這是XO，這是VO，這是一百度超純水，這是俄國的沃特加，這是中國的茅臺，這是青島啤酒，這是紹興特加飯，這是女兒紅，這是煙臺葡萄酒，這是⋯⋯」

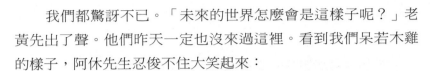

　　我們都驚訝不已。「未來的世界怎麼會是這樣子呢？」老黃先出了聲。他們昨天一定也沒來過這裡。看到我們呆若木雞的樣子，阿休先生忍俊不住大笑起來：

　　「和你們鬧著玩的，這是我的創意。餡餅是我太太從樓上扔下來的，這龍頭和外面是不通的，並且只有超純水水和啤酒等五隻龍頭能放出東西來，其它都是假的。是根據人們老是想像未來的世界能從天上掉下餡餅和好事不斷地像自來水那樣從龍頭裡湧出的意願而來的創意。世界上哪裡會有這樣的事情？幸福永遠來自勞動，幸福是克服困難後的愉悅感。在世俗的眼裡，勞動是一種負擔，是無奈，是不得已而為之，他們以為在未來的世界裡電子化、自動化將代替勞動，而且世俗的想像力非常有限，他們以為未來世界的家庭居室一定很先進，很科學，樣樣都是自動的。錯了，在我們的社會裡人們大多都歡喜勞動，勞動和休閒，和藝術創作之間沒有什麼明確的界線，人們的居室環境將越來越貼近自然，人們的生活也越來越返樸歸真。當然，這只是我們這部分人的生活觀，另有一部分人稱我們為『返祖派』，他們不斷地追求物質生活的進步，他們認為幸福的本質就是消費品對感官的刺激，並且自命為『新唯物主義』。自從科技的發展為他們提供了廉價而濃縮的幸福以後，他們終於放棄了他們的『新唯物主義』而成為『新唯心主義』，也許是『佛大境界高』的緣故吧，他們已經不再和我們發生任何辯論了。好了，不談這些空理論了。你們可以到處看看，這些東西偶爾玩玩也很有意思。」

　　「說得好。」老黃和慷康教授一起鼓起掌來。

　　我只能敷衍地說「有道理，有道理」，其實最後幾句話的

157

意思我完全沒聽懂。我們告別了阿休先生，在慷康教授的帶領下到那「妙不可言」的地方去。

「『廉價而濃縮的幸福』，有意思。」老黃說。

「怎樣地有意思呢？」我天生好奇。

「等一會你就知道了。」老黃含笑不語，賣著關子。

不多時我們便到老黃所講的妙不可言的地方，那地方的門面有點像中國餐館，門匾上用很功道的顏體寫著「水月館」，大堂的兩邊屋柱上寫著一副對子，「淺涉娛心情，沉湎誤人生」，看意思像是賭場，橫匾是「適可而止」。走進大堂，慷康教授要了一杯咖啡在一張小圓桌前坐了下來。

「你不進去玩？」老黃問。

「你們去玩。我是當地人，每月只准玩一次。」

大堂四周全是一間間包房，門楣上寫著「夢蝶園」、「黃粱園」、「槐安閣」等等。我們隨便地推開了「夢蝶園」的門，幽幽的熏香迎面撲來，裡面像是美容店，只是燈光很昏暗。一位很漂亮的女招待員安排我們坐上椅子，然後將一頂像燙髮器那樣的頭盔給我罩上，從頭盔上拉下一塊膠片遮住我的眼睛；還將一根帶膠嘴的不銹鋼管移到我的嘴邊，我以為是一支話筒，後來她告訴我，如果感到口渴或是饑餓時，可以吮吸膠嘴，我試著吸了一口，是帶奶味的果汁，味道很不錯。這時椅子背開始緩緩地躺平下來，我靜靜地等待著「妙不可言」的感覺產生，等了好半天，全然沒有任何反應，拉開眼罩看了看左邊的老黃，他似乎已沉沉地睡去。我已大概地猜出這是套催眠作夢的裝置，可惜它對我不起作用。曾聽說過歐洲很早就流行催眠術，很神奇，不過有效性因人而異，我大概就是屬於不易被催眠的。精

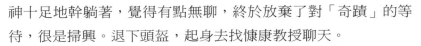

神十足地幹躺著，覺得有點無聊，終於放棄了對「奇蹟」的等待，很是掃興。退下頭盔，起身去找慷康教授聊天。

推門一腳跨出，卻和一位端著飲料的女士迎面一撞，一杯飲料灑了兩人一身。

「對不起。」我們幾乎異口同聲地說。

哇！是收銀機顯示器上的那位女士。我簡直不敢相信。

「你好！」

「你好，如果我沒記錯，你就是從中國來的胡先生吧？」她沒有像顯示幕上那樣投來勾魂攝魄的一瞥，「我叫狄蒂，在貨幣結算中心工作。你的帳戶資料歸我管理。」

「你居然能認得我？」根據常識，管理帳戶資料的工作通常都是只見數字不見人的。

159

「很偶然，這兒剛對世界開放，從東方來的人很少，出於好奇，我從電腦裡查看了你們的入境資料，覺得你們中國人氣質很好，你很帥，給我的印象很深。」

帥，實在不敢當。從來沒有人認為我帥，連我的太太也絕不因為我帥才嫁於我的，在這方面我很有自知之明，所以我對著裝打扮根本沒有信心，完全沒有興趣。這次為了出國才特地買了一套西服，嗨，這西服一上身，真有點趾高氣揚的感覺。今天被她這麼一贊，自我感覺立時振奮起來，便學著美國電影裡的樣子，說道：

「我能請你喝一杯麼？」

她含笑答應了。我們找了一張火車座，給她要了一杯果汁，我還是喝我的茶，只是沒有聲明要「按中國規矩」。

「你真漂亮，」在這次出遊之前我極少觸外國人，和漂亮

的外國女人挨得這樣近還是第一次，頭腦有點暈乎乎，像剛喝過幾口酒，在昏暗的燈光下，膽子大了不少，又說，「尤其是那雙海藍色的眼睛……」

「勾魂攝魄，」她搶在我前面先說了，說罷哈哈大笑起來，「那是電腦合成技術，我可做不好這一套。我曾照著顯示器上的映射練習了半天，回家後我丈夫問我，『你今天怎麼啦？』『什麼怎麼啦？沒怎麼啊。』『那你的眼神怎麼老是叫人身上起雞皮疙瘩？』」

「噗——」我笑得把一口茶全噴在她身上。

「你看這身衣服，已經第二次了。你們中國人有句俗話，叫作『過一過二不過三』，如果你再來第三次，這身衣服就要叫你賠了。」

「我很願意賠，真的很願意。真希望在收銀機上看到你那勾魂攝魄的一瞥。」我說這話完全出自肺腑。

「我也喜歡看你付錢時的眼光，癡呆呆的。有次我閱讀了你在付款時的瞳孔映射，馬上就聯想到賈寶玉初見林黛玉的樣子……」

「《紅樓夢》的故事你也知道？」我很驚奇。

「我在大學時選修過中國文學。中國人很浪漫，也很內向，很懂得珍惜愛情。」她說這話時眼神十分平靜，像深不可測的海水，要將我的靈魂淹沒，吞噬。

她的唇線是如此地分明，她的牙齒是如此地潔白，柔嫩的耳垂上居然沒有耳環，連掛耳環的小孔也沒有，天然玉成，像是初放的花瓣。我默默地想像著給她配上耳環，鑽石的，可以給她增添豪光，卻使她失去質樸；翡翠的，配著藍眼睛，色彩

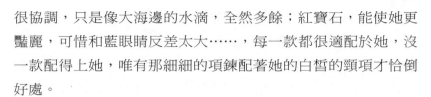

很協調,只是像大海邊的水滴,全然多餘;紅寶石,能使她更豔麗,可惜和藍眼睛反差太大……,每一款都很適配於她,沒一款配得上她,唯有那細細的項鍊配著她的白皙的頸項才恰倒好處。

「怎麼不說話了?」

「我在想……,我在想,我們怎麼會走到一起來了。」

「是淵(緣),是命。」她用發音不很準確的漢語說道,又說,「我的漢語說得怎麼樣?」

「四聲不很準確,應該是緣,不是『淵』,但對漢語中的緣和命的理解很正確。」

後來我們談了不少關於中國文化上的事情,多半還是圍繞著一個「緣」字。男人的本能老是催促著我去深化這個話題,她那海藍色的眼瞳就像深不可測的大海,微笑的眼神就像海邊上輕輕地拍打著礁石的波浪,拍得我心旌撩亂。

161

豔遇,是每個男人夢寐以求的事,可是當真好事臨頭時卻又顧慮重重,一怕醜聞張揚,二是有錢的怕濕手沾麵粉,囊中羞澀的怕消費開支。處在今天的我,於這兩怕是全然不必的,唯一拿不定主意的是我怎樣開口請她共進晚餐。就這樣,言不及義地纏了好一會。忽然我的手機響了,是老黃髮來的短信,他說為了不打擾我的「活動」他們先回飯店去了。我立時有了一種解放感,一衝動就向她發出了邀請:

「怎麼樣?我可以請你共進晚餐嗎?」

她微笑著說:「我很高興受到你的邀請。不過你打算請我到路邊的哪家小飯鋪去呢?」

「什麼意思?」

「你的錢袋有多厚我最清楚，」她說著開心地大笑起來，「哪怕你請我上了路邊的小飯鋪，恐怕你再也回不到中國去了。這兒是一百年以後的未來世界，物價按現行物價乘上通漲係數一點另三的一百次方計算，多少？十九點二倍。怎麼樣？『大富翁』。還是到我下楊的王家大酒店去吧，我在那裡有自己的帳號。」她很熱情地說。

「哦，那位王老板的菜水做得好？」

「不是。很不錯的酒店，原來叫皇家大酒店，後來國體改革取消了帝制，設了國王，於是就改名叫王家大酒店。我每次來都住這家酒店。」

真叫人欣喜不已！最妙的是共進晚餐，我請客，她買單。

晚餐很豐盛，唯有餡餅不如阿休太太做得好。兩杯白蘭地下肚，頭腦暈乎乎，只見她前襟虛掩，胸墜所在之處的胸溝誘我無限遐想……

「你賊溜溜地在看什麼？」她微笑著責詢道。

「曲徑通幽。」我大著膽子說。

「還有呢？『別有洞天』？」她笑著續了一句。

說罷，兩人一起大笑起來。

晚餐後我們一起進了她的房間，我們順利地演繹著「美國電影三部曲」，先是邂逅，再是共進晚餐，最後一道節目就是上床了。就在寬衣洗澡準備上床時，她的手機響了……

「很對不起，親愛的，」聽完手機，她很遺憾地對我說，「我們沒有緣，這是命。結算中心來電話，要我在半小時內趕到，系統出現了一種叫『開年禮拜九』的電腦病毒，這種病毒一發作就會將許多款項的扣付日期改到『永遠的明年』的第一

個『星期九』，也就是說這些款項將永遠也收不到了。」

「非去不可嗎？」

「非去不可。」海藍色的眼睛裡充滿了遺憾。

「我們還會再見嗎？」

「不知道，聽命吧。」她匆匆地套上衣服，拿起手提袋，「我會一輩子想你的。」說罷，那雙海藍色的眼睛意外地閃出了勾魂攝魄的一瞥……

我猛然地驚悟過來，發見那勾魂攝魄的一瞥正從面罩上的螢幕上閃出，螢幕的下端的數位欄明明白白地注明扣去 10KB。

我拉開面罩看了看錶，才不過十五分鐘。就這短短的十五分鐘給我留下了深刻的印象，就像少年時代曾經的初戀，有事沒事常常會想起。

163

「廉價而濃縮的幸福。」我總算弄懂了這句話的意思。

「怎麼樣？」老黃起身過來，「妙不可言吧？」

「高科技！如果在上海也有這樣的娛樂場所，那麼所有的電影院、歌舞廳、餐館、桑拿浴室，所有的傳統消費場所都將破產……」

「豈止如此，三百六十行都將破產，所有的現實生活都將被毀掉！將來毀滅世界的不是什麼行星撞地球，也不是核戰爭，而是先進的科學技術和落後的享受觀之間的衝突！」老黃斷言道。

「那也太言過其實了。對社會生活會有很大的震動倒是事實。」

「……，」老黃不再說什麼，過了一會，他突然地冒了一句，「走著瞧吧，」說罷淡淡地一笑。

　　我們感慨萬千地走出包房，慷康先生的一杯咖啡還沒喝完，咖啡杯還冒著熱氣。

　　「不可思議吧？」慷康先生說著站起身來，「我再帶你去看一個地方，老黃昨天已去過了。不過，只准看不准議論，更不准回去以後對別人講。因為這涉及到一些人的隱私權，弄不好會惹一身官司。」

　　在好奇心的驅使下，我欣然同意了他的要求。光看不說，這算不了什麼要求。後來的事實證明我根本做不到這一點，天天覺得如魚骨梗喉，恨不能一吐為快，到南非後的第一件事就是把『未來世界』的奇遇告訴了我的妻子，她根本就不相信有這樣的事，說我想像的力特別豐富，應該去嘗試寫寫科幻故事。我就依言把這兒的見聞寫了一篇報導寄給了上海的《新民晚報》，不久，《新民晚報》把我的文章退了回來，說是「本報不擬刊登科幻作品」。不管我怎麼說，直到現在還沒有一個人相信我的話。

　　我們招了一輛兩駕的出租馬車，慷康先生對車夫說了聲「去奧林匹斯山莊」，車夫便熟門熟路地驅使轅馬將馬車拐了個彎，轉進一條兩車道的公路後便飛駛向前。這個地名引起我的許多猜想，傳說中的奧林匹斯山是天神們居住的地方，「山莊」是什麼意思？也許是不對外開放的類似於瑪雅古文明的遺址吧。

　　這是一個高層建築群，由幾十幢鐵灰色的建築組成，這些房子沒有一扇窗，一道縫，渾然一體，猶如生鐵鑄就，很是神秘。按規定，這裡面是不能讓人看的，倒不是什麼商業秘密上的原因，主要還是保護隱私等法律上的原因。好在慷康教授和

這裡的總經理譚坦先生是老同學，於是也就通融了。可見，「走後門」和人情大於法規的現象在外國，在未來的世界裡也都是存在的。

在譚坦先生的帶領下，我們參觀了這幢建築。進入大堂就發覺這鐵灰色的牆壁原來是玻璃幕牆。經介紹，這幕牆玻璃如同華夫餅乾，由六層玻璃和五層功能夾層組成，最外面的功能夾層是光電塗膜，它能將日光轉化為電流，最內層的功能夾層為電光夾層，它能將電流轉化成光，整幢大樓除了個別地方均為無光源照明，中間兩層為調節日光的液晶條紋，當兩層液晶層都通上電後，幕牆就變得密不透光了，另有一層為紅外線隔斷層，冬夏晝夜可以調節與外界的溫差，節能效率非常高。之所以採用這種幕牆，我發現，除了節能的原因外，主要是為了與外界的隔絕，這整幢建築是活人的墳墓！山莊，這個名稱在這裡完全沒有別墅、行宮的意思，只有類似於從前上海的「聯義山莊（20 世紀 60 年代以前的公墓地）」的意味。

我們乘電梯直上五樓，其實是五樓半，走出電梯就是監控天橋，天橋兩邊是玻璃隔屏，透過玻璃向下望去，竟然是躺著的一排排肥白赤裸的人群，他們頭上套著誘導夢幻的盔帽，一個個酣然大睡，偶而有人咕咕噥噥地說句誰也聽不清的夢話，翻了個身又呼呼睡去。忽然其中的一個側了一下身子，竟稀裡嘩啦地拉出許多糞便來。果然如同老黃所說，恐怖，噁心。

「8283 排便。」站在天橋上的監管員對著話筒發出了通知。

此時，8283 的床頭上的紅色指示燈頻頻閃起，他身下及四周的水龍頭噴出幾注水流將污物沖到床下的排污槽裡。我注意到他們的身下沒有床墊，只是鏤空的不銹鋼絲網，在臀部位置

上的絲網稍微稀疏一點，有利與排汙。兩位穿著象防化兵一樣的工作人員快步跑來，抓過水管將他的肛門、臀部沖洗乾淨，然後用紙巾將他全身揩乾。

「他們為什麼要穿得像防化兵，有這個必要嗎？」我問。

「完全的無菌環境，」譚坦先生介紹說，「千萬不能有感冒病毒什麼的。裡面的空氣非常好，剛才在排汙的時候，床下的抽風機已將臭氣排出室外，此刻正在送進適溫的新鮮空氣，將身體吹乾。空氣裡充滿了麝香和其它名貴香料，通竅化瘀，可以防止生褥瘡。你們中國的藥材很管用。」

「儘管不生褥瘡，但是這種生活方式的人能盡享天年嗎？」我說。

166

「討論壽命沒有什麼意義，夏蟲不愁冬日寒。他們的一生毫無痛苦，每個人都享受著符合他們個性的幸福……」

「符合個性的幸福？提供給每個人的軟體都是專門編寫的？」

「軟體是統一的，而且很簡單。通常分為兩個部分，一是發出干擾電波，以擾亂大腦與感官間的交流回路，使大腦不受身體不適的干擾而處於絕對的寧靜狀態；二是將他的腦電波中主導潛意識的波形予以放大並回饋，刺激其做白日夢。我們不可能提供那麼多『故事片』供他們使用，即使能提供『故事片』，也未必能使人人滿意，眾口難調嘛。我們只提供舞臺和環境，導演、演員和觀眾全讓他們每個人自己來當。他們絕對是世界上最幸福的人。」

「這種消費的價格貴不貴？」我估計費用不會超過醫院的特級護理。

「很貴，絕對不是常人所能消費。」譚坦先生解釋道，「其實，成本很低。你看到了，這裡一共有來自全世界的兩萬多消費者，每人每天的成本不會超過自動化養豬。但朝廷不鼓勵這種消費，認為這種娛樂的危害性比海洛因還厲害，它會毀了人類，所以對每個國內消費者課以一百倍的稅收。其中也有些人是免費的……」

「開後門？朝廷高官的兒子？」我馬上想到了國內的一些腐敗分子。

「這兒的人明智得很，沒有一個人肯把兒子送到這兒來。社會上有些暴力傾向嚴重而犯罪未遂的人，判大刑不夠格，放在社會上又很危險，法院就判他免費『休養』兩三年。你看，」譚坦先生指著一個高大的胖漢說，「他在美國兩次搶劫銀行而未遂，逃亡到了這兒，剛進來時還以為要上電椅呢，暴跳如雷，大呼『法律！法律！』，如今他金錢美女都有了，你看，他樂不思蜀呢。三年後他將被遣返美國，到那時他就成了全身無力的軟殼蛋，並且由於長期做白日夢而變得智力低下，絕對不會再危害社會了。還有一些侵襲婦女的強姦犯也常常被送來，在這裡他們每天可以盡性地和夢中美人作戲，天長日久他們會由於性神經長期的過度興奮而衰弱，最終成為性無能，並且日後回歸社會後，現實中的婦女都不能引起他的性慾，他們將清心寡欲地度過餘生。這套系統對絕症病人是很人道的，他們將完全沒有痛苦，在充滿幸福的感覺中走完人生最後的一段路。對他們都是免費的。」

167

「『物理海洛因』，任其發展真會毀了世界，」我很同意老黃的說法，「『世界將毀在先進的科學技術與落後的享受觀

的衝突之中』，好在當地朝廷很明智。」

「最終它還是要氾濫成災，早晚間的事，」慷康教授說，「最近就有議員提出要『有限制』地放開，雖然遭到反對而沒有通過，但這次都沒有通過並不等於永遠通不過，就像有的國家要修改和平憲法，每次都通不過，但每次都將憲法『啃』掉一點，鐵棒也能磨成針，和平憲法早晚會被『啃』光，只要資本主義制度存在，他們再次發動侵略戰爭也是早晚間的事。條約限制、禁止使用核武器；法令禁止克隆人類，禁止用基因工程改造人類，等等，這些都只是臨時有效。有一點是肯定的，最終毀掉人類的必定是人類自己，而且必定是死於最高明、最先進的科學技術。中國古人說得好，『機深禍深』，人類對付大自然的謀機太深了，終於謀算到了自己的身上。」

對此，我們感慨萬千，唏噓不已。離開未來世界商區時日頭以近屋頂，我們必須在五點前趕回「板門店」結帳，否則又要算一天。

第七章　無為而治

小患無大恙.....

　　不知什麼原因，次日醒來，我便覺得有點寒熱，熱度不高，卻不想吃早飯，於是忙壞了亙庚夫人，特地為我燒了焦泡飯。一通電話過去醫生就開著汽車上門來探視，因為我沒有健康檔案，不得已而將我送去醫院。

　　這家醫院不算很大，也就相當於我們這裡的二級醫院的規模，建築的外觀很新穎，粗看像工廠，細看有點像蓬皮杜中心，這樣的外觀設計完全是出於功能上的需要，這是一個很講究實際的民族，他們不會為了樣式而樣式。

　　發寒熱本是小事，可是當護士小姐發現我是來自「第二時空」的「外星人」，沒有健康檔案時便小題大作起來，馬上讓我換上醫院統一的睡袍，坐上輪椅，我說我只是有點發燒，能

自己行動，不需要坐輪椅，她說這是必須的，並非因為是「外星人」而特殊照顧，不然將無法調度和體檢。這輪椅沉重結實，撳動開關它便變成一架高高的如同工作臺那樣的小床，每張輪椅都有編號，醫生作出初步診斷後就向網路輸入檢查通知，然後輪椅就進入候檢大廳，他們叫「港口」，那是個很大的大廳，輪椅們像小船那樣一排排停泊等候，每位護士小姐腰間都掛著一隻手機那樣的儀器，液晶顯示幕上不斷地變換著各張輪椅進入「流水線」的時間和位置，她們將按指示把輪椅推到檢查設備前。有趣的是他們的診療室和我們不一樣，我們的醫院裡有許多科室，從透視到做心電圖可以從一號樓跑到三號樓，他們卻將這些檢查設備統統放在一個很大的「車間」裡，如同汽車廠的裝配流水線，每道「工序」之間只簡單地隔著一層檔板。

170

從「港口」到「流水線」的每條通道都劃上了紅、黃、綠、藍等色帶，上面標有箭頭和個檢查點的名稱，即使是最不熟悉醫院的人也不會走錯。這就是醫院造得像工廠那樣的道理。護士小姐將我的輪椅放平，並給我戴上電焊工們用的那樣的面罩，我問這是為何？互庚夫人說，眼睛對著天花板作移動是很不舒服的。面罩裡的螢幕上緩緩地播放著變幻無窮的不對稱圖案，我稱之為「抽象動畫片」，你還沒有看懂這是什麼它又變化了，整個過程中我一直心不由己地跟著它的「思路」試圖看懂什麼。護士小姐推著我如同過十殿那樣在 CT、B 超、透視、纖維腸鏡、胃鏡、心電圖、腦電圖等所有的儀器前走了一遍，我只須躺著在床上，那情景就像汽車裝配流水線上的加工件。

　　不僅如此，還對我進行了查三代式的盤問，父母有什麼慢性病，祖輩死於什麼疾患等等，還問我平時有什麼嗜好，喝酒、抽煙和睡覺時間等樣樣問到。經過這將近三個鐘頭的折騰，最

後什麼藥方也沒開，說多喝點開水躺在床上休息休息就好了，卻開出了兩天病假。我說我是外來人口，不需要病假，醫生依然照自己的主張給我出了病假單，並且要求我在存根聯上簽上名字。我還注意到他在出具的病假單上用了個繁寫的「貳」，慷康先生告訴我，這張病假單是要上報國民健康衙門作統計的。

無為而治....

不開藥方的道理卻不明白，從我們中國人的傳統來看，無論如何醫生多少要開點藥，即使病情並無大礙，也會開點藥給你清熱解毒，發汗解表，或是開胃通氣，不然便有不可救藥之嫌。互庚夫人說，不開藥方說明你的病沒關係，自己會痊癒，也能替你省下幾個KB的錢。互庚教授說，疾病大多會自己痊癒，醫生已經給你全面檢查過，你只是感冒而已，根據你的體質並無大礙，所以不作藥物治療了。

171

「小洞不補，大洞吃苦。既然小病已經發生，也應該及時撲滅啊。」我說。

「你以為這是救火嗎？儘量動員自身的免疫功能是最積極的治療；再說，我們在和細菌們的對陣中不搞『軍備競賽』，儘量避免鬥爭擴大化，試圖消滅細菌的結果往往就是培養出更厲害的細菌變種，『道高一尺，魔高一丈。』老子如是說。我們永遠不是細菌和病毒們的對手。我們信奉的哲學就是天人合一，細菌和病毒是天然的存在，我們必須學會和它們和平共處，樹立更強大的敵人不符合我們的利益和我們的哲學觀。無為而治，是我們的醫學的總原則。」

「無為？如果我今天的燒發到 41 度呢？」

「無為不是什麼都不做，今天給你做了那麼多的檢查就是無不為，如果檢查結果認為病情可能擴大，甚至可能發生併發症，哪怕你今天沒有發燒，也要給你用藥，甚至住院觀察。」

一夜過後居然餓醒，寒熱已經退盡，互庚夫人依然遵照醫囑只給我吃半隻饅頭和一小碗豆漿。趁著中午工作的空隙，她上網幫我退掉半天病假，還下載了我的《健康檔案》和我身體的數學模型，竟有 5G 之多，打開一看，有文字有圖片，還有心電圖、腦電圖的視頻，記錄了我昨日全部的體檢實況，對身體的每個系統和重要器官健康狀況都有詳細評價，還有慢性疾病發生概率，比如，檢查結果認為我有 12.5% 的糖尿病遺傳概率，加上我的飲食和作息不良習慣，患糖尿病的概率是 20%，心臟病的概率是 5%，患腎臟病和肝臟病（在沒有外源性病因發生的前提下）的概率趨向於零，並開出了一張改變飲食習慣和生活方式的建議，這些建議和我們這裡的健康雜誌上的說法差不多。

最有意思的是人體的數學模型，那是根據對人們進行的包括遺傳基因檢查的全面體檢得出的資料建立起來的，只要將每天的吃喝拉撒、煙酒、休息、鍛煉、睡覺等情況輸入資料庫，數學模型會發生和我實際的身體狀況很接近的變化，每次就醫或體檢發生的變化都會對數學模型進行修正，數學模型是存放在國民健康衙門的資料庫裡的，它會按人的生理規律和生活方式自己運行，資料庫還會根據醫學科學的新進展，不時對數學模型平臺進行版本升級。倘若人們不注意身體，長期的積勞、積弱都有可能發展成慢性疾病，一旦積勞積弱過甚，人們自己還沒有感覺，醫院卻會先來通知，要求你去檢查相關疾病的可能性。我因為是第二時空人士，資料沒法和他們聯網，所以他

們就直接讓我下載到電腦裡作為參考；同時還給了我一個「電子寵物」——我的人體數位模型的簡寫版，可以隨意用我喜歡的方式來「餵養」，如果變壯了，就是養法對頭了，如果變瘦、變胖，甚至是得病了，就說明我的生活方式是不健康的。很好玩的。

最叫人不理解的是說我「適溫彈性太低」，建議我不要穿羊毛衫。

「這是什麼意思？」我問道。

「你的適溫彈性太低，容易感冒。」互庚夫人指著電腦上「適溫彈性」的欄目解釋說，「你看，連十度也不到，通常至少要十八度……」

「適溫彈性？什麼是適溫彈性？」我問。

「就是人體對氣溫變化的適應性。通常分春季彈性和秋季彈性，冬天零度的時候穿的衣服到春天第一次減少衣服時的溫差就是春季適溫彈性；秋季適溫彈性就是夏天37度時穿一件短袖襯衫，我們通常要到17度才加衣服，這樣，秋季適溫彈性就是20度。適溫彈性大於20度的人不容易感冒，也有利於降低很多慢性疾病的發病概率。」

「這不會凍出毛病來嗎？」我說。

「哪裡的事啊，除了嚴寒凍傷，或是酷熱中暑，一般來說，冬天的病都是捂出來的，夏天的病都是圖涼快『爽』出來的。我們這裡的人們夏天喜歡喝熱茶，體力勞動後不用冷毛巾揩身子。」

互庚先生說人和動物一樣天生都有調節體溫的機能，當自身調節不過來的時候就應該增減衣服來調節，過分地依靠外來

的衣物，身體的機能就會減退，我們總是儘量鼓勵身體積極地發揮自身的機能。難怪街上常常有很多年輕人傻乎乎地穿著短袖T恤，那些女孩子們像日本人那樣還穿著短裙，我還嘲笑她們「為了風度不要溫度」呢。當地的人們普遍認為凡是背離自然的生活方式都將影響健康。

道法自然話養生.....

「凡是經常參與戶外活動，經常頂風冒雨工作的人不容易感冒也是事實。人類的所有的慢性疾病都是長期的不良生活方式對身體影響的累積所致，長期的抽煙，長期的酗酒，長期的勞累，長期的營養不良，長期的營養過剩……」

「那怎樣的生活方式才是有利於健康的生活方式？」我問。

「人是屬於自然界的，有利於健康的生活方式就是盡可能地貼近自然；人本身也是自然界中的一員，也應該以符合人的自然屬性的方式生活。」

「寒冷的、酷熱的都是屬於自然界的，我們應該貼近什麼樣的自然？斑馬們每時每刻都在擔驚受怕，獅子們每天都在為裹腹而費心，每天要進行快速奔跑，這是它們的自然屬性所決定，那麼符合人的自然屬性的生活方式是怎樣的？」

「天人合一。冰山和沙漠都有適合它們的動物居住，你不能叫企鵝住到沙漠裡吧？你說的是選擇適當的自然環境，不是貼近自然的生活方式，這是兩個不同的概念。貼近自然就是要盡可能多地接觸戶外環境，人的自然屬性是需要一定量的活動，

而適度的體力勞動是很好的活動，無論是制度規定下的勞動，還是自覺進行的勞動，勞動總帶有一定的強制性，強制性能克服人的惰性。好的生活方式就是：勞而不累，思而不憂；食而不飽，清而不饑；寒而不凍，暑而不曝；情而不涸，性而有節；勞逸交替，張弛不極。有人稱之為養生之道，既為道，那麼就要『道法自然』，最高的境界就是順其自然，忘記身體的存在。你看小孩，他們從來不說『我的胃，我的心臟』。『胃痛故胃在』，從來不胃痛的人是不知道自己有一隻胃的；天天在注意養胃的人，他的胃必定是不好的……」

「顛倒了，因為胃痛，所以他無法忘記胃的存在而要養胃。」我提醒他。

「如果生活習慣就是『思而不憂，食而不飽，清而不饑，情而不涸』，胃怎麼會痛呢？」

175

「遺傳性的疾病呢？無數的事實可以證明，許多慢性病都是由於遺傳的原因。」我說。

「我剛才說了，所有的慢性疾病都是長期的不良生活方式的累積。這『長期』兩字有兩個方面的含義，對個人來說，幾十年就是長期，抽幾十年的煙就是長期抽煙，可能造成對肺部的傷害；對人類來說，遺傳疾病是幾千年的不良生活方式的累積所致。在人類的先期階段，和動物差不多，優異的基因突變能使得個體更優秀而得到遺傳，而惡劣的基因突變往往造成疾病個體而中途夭折，遺傳的概率就大為降低；進入有史文明期以後，人就分成窮人和富人兩類，他們有著完全不同的生活方式，饑寒交迫、過度的勞動和營養不良等惡劣的生活條件嚴重地損害著窮人的肌體；運動太少，營養過剩，酒色無度的生活

方式同樣損害著富人們的身體，糖尿病、高血脂、高血糖以及由此而引發的一切疾病都出於同樣的原因。值得一提的是雖然窮人的健康狀況不如富人，但是由於饑寒交迫，過度的勞動和營養不良等惡劣的生活條件造成的健康損害並不遺傳，因為他們過著和牲畜一樣的生活，強烈的體力勞動鍛煉了他們的肌肉和心肺，惡劣的飲食逼迫腸胃加強吸收功能，而當惡劣的生活摧殘了他們的身體，並引起遺傳基因惡性突變時他們往往已經過了生育年齡，甚至已經死亡；而富貴病能代代相傳的一個很重要的原因是，富人們常常在五十多歲時，慢性病已經形成了還娶很年輕的小老婆，甚至姦污窮人的妻女，將富貴病向下一代擴散。所以，有富貴病遺傳的人們必定有很高貴的血統。

176

「再繼續剛才的話題，養生之道要『道法自然』，自然之道就是『無我』，所有動物，沒有一個會將『我的身體』記掛在腦子裡。我們要做的不是追求一個好的身體，好的身體不是我們主觀努力所能得到的；我們能做到的是，實行一種好的生活方式。如果你有很好的生活方式，胃還是痛，那也不要老是將胃掛在心上，那很可能是遺傳或是什麼細菌在起作用。遺傳，是唯一命裡註定的事，安命順天吧。」

「任其發展任其痛？『無為』？」我問。

「掛在心上有用嗎？」互庚先生說，「身體是物質的，它有自己的運動規律，當代醫學對這種規律的瞭解也很有限，何況我們不是這方面的專家，我們不可能有效地管理自己的身體。生病是一種概率，我們無法避免，我們能做的只是保持自己的積極進取的精神狀態和貼近自然的生活方式。人人都知道憂慮是健康的大敵，什麼是憂慮？憂慮就是對可能發生的不幸事件

的時刻記掛。你時刻憂慮疾病發生，那對健康有利嗎？把疾病交給醫院，交給社會，而不是記掛在心上。」

低廉的醫療費用.....

　　當地醫院的體檢和醫藥費用便宜得出奇，我這次看病幾乎做了一次全面體檢，一共才50KB，相當於人民幣五百元。據說，藥品的生產、配送和銷售全部由國民健康衙門專營，其間沒有一分利潤。藥品的外包裝上標明價格，就像我們這裡的圖書一樣。醫療科學的研究、醫學院的教學、新藥的研製、藥品的生產等經費全部由朝廷負擔，就如我們這裡的國防科技、軍事工業和軍人的培養全部由國家財政開支一樣。我便問慷康先生：

　　「藥品和醫療器械的生產、研製是很重要的產業，不進入市場化運作會不會僵化，資源得不到最優配置；醫務和醫療產業的人員的收入固定會不會影響他們的工作積極性呢？」

　　「軍人收入不也是固定的嗎？他們的戰鬥意志和工作積極性受影響嗎？你們搞『兩彈一星』市場化了嗎？軍工技術的發展非但不受影響，還常常是其它門類產業的先導，這是為什麼？你們那裡醫藥、醫療產業和醫院不是市場化了嗎？效率很高嗎？一瓶很普通的鈣片要賣幾十元，用的是什麼高貴原料？不就是碳酸鈣嘛，你們家修理爐灶時鏟下來的舊石灰就是這玩意。」慷康先生說。

　　「不能這樣說。這和你們把河裡的水加工一下，再改個名字叫一百度超純水，價格是自來水的幾百倍，其中的道理是一樣的。」

177

「不一樣，超純水是奢侈品，除了生產成本很高以外，我們還對它徵收了百分之二百的奢侈品稅。你可以不喝超純水，但是你不能不吃鈣片，不能不打針吃藥。」慷康先生「品」了一口水，又說，「資本社會的話語權在資本，藥品、醫療器械和醫療服務的定價權在資本……」

「不對不對，既然你認為是資本社會，那麼商品的價格總是市場說了算。」我打斷了他的話，「定價太高，產品就賣不出去；定價太低，廠商就沒有生產積極性，只有通過市場競爭的價格才能產生雙方都能接受的合理的價格。而且，市場對優化資源配置的有效性是不能否認的。」

「你不瞭解醫藥業，但是你們的社會不缺少智慧。我剛才說了資本社會的話語權在資本，資本知道事情的真相，但是他們不會說出真相。」

「真相？這裡還有黑幕？」

「看上去藥品和食品、化妝品、家電產品或其它所有商品一樣，一樣地佔用資源，一樣地具有價值，一樣地具有使用價值，和其它商品一樣地進行交易；看上去市場經濟的理論同樣地適合藥品和醫療市場。但是經不起探討，」慷康先生說到這裡頓了一下，又說，「市場化的商品的價格是通過買賣、賣賣和買買三個方面的競爭來實現的，買家總希望以最低的價格買入最好的商品，賣家總希望以最高的價格賣出自己的商品，在討價還價中達成的協議就是成交價格；在買賣雙方進行討價還價的過程中，賣家除了追求最高價格以外還追求最大銷路，最高價格和最大銷路之間的權衡結果是通過同行間的賣賣競爭得出的；同時，買買間的競爭也在悄悄發生，買家除了希望出最

低價格外還希望買進最好的品質的商品。買賣競爭的定價結果取決於買賣雙方陣營誰先內訌崩潰！這種情形在股票市場的分時走勢圖和買賣掛單上表現得最為直觀。」

「正是這樣，難道藥品市場不一樣？」

「藥品、醫療用品和醫療服務雖然和其它商品一樣地進行交易，但是它無法實現有效的『三方面競爭』。任何（非醫藥類）廠商想要獲得最大利益，必須在價格、品質和服務三個方面與對手進行競爭，他們競爭的裁判是誰？是作為終端消費者的顧客。藥品的終端消費者是病人，但是病人不知道自己該用什麼藥，不知道同樣的藥品什麼品牌的品質最好，哪家產品的性價比最高，一切聽憑醫生的意見，然而醫生有自己的利益考量，卻沒有看管病人錢袋的責任，所以『買買競爭』不可能發生在患者方，而是發生在醫生方；須知，消費者的需求就是賣方的競價標的，所以，合理的『賣賣競爭』也不可能發生，醫藥商人們的競爭手段不是在藥物的療效、價格和服務上，他們的全部行銷手段都是針對醫生陣營的，送回扣，保送『國際醫療研討會』等；再就是行業壟斷，醫藥行業的進入門檻很高，不是有錢就能開藥廠開藥房，須得到很多政府部門的批准、蓋章，行業壟斷在大多數情況下甚於競爭。

「『一分價錢一分貨』的消費常識誤導了患者的選擇思路，以為便宜沒好貨，以為最貴的藥就是最好的藥，所以，漲價也是獲取額外利潤的最便捷手段，但是醫藥廠商也因此受到來自道德層面的壓力，於是不斷地採用換名不換藥的方法『研製』出新藥。你想，這樣的市場具有優化資源配置的功能嗎？可見醫療市場的『賣賣競爭』就是忽悠技巧和商業賄賂的競爭！『買

賣競爭』就是索賄和行賄的價格談判。」

「你把世界描繪得太黑暗。」我說。

「當年我們社會就是這樣，什麼叫資本主義？資本第一的主義。人是什麼東西？上班時是一種被稱作可變資本的生產要素，下了班則被稱作市場資源，除了你和你的家人誰也不會把你當一回事，資本社會所有的服務、所有的笑臉、所有的人文關懷都是沖著你的錢袋，當然，人道主義輿論是免費的。」

「人世間的一切錯誤，早晚會被糾正。」我說。我覺得這樣的錯誤雖然同樣存在於我們這個世界，只是並不如他所描繪的那樣黑暗。

「糾錯，卻常常是新的錯誤的開始。」

180

長長短短話醫保....

當地沒有社會醫保，看病全部自掏腰包，要醫保，自己去買商業保險，這很讓我們震驚，一個看上去很文明很進步的社會居然連最起碼社會醫保都沒有。

「以前我們的醫保制度和你們差不多的，後來改善了，採取全民全包，最後又不得不全部取消。我不是已經告訴過你，糾錯，常常是新的錯誤的開始。不合理制度的建立往往有其合理的原因，這就是所謂的『存在皆合理』，所以，取消了一種不合理的制度，取代它的往往是另一種不合理的制度。變革社會不可能畫圖紙，不可能做小樣，永遠是摸著石頭過河，歷史上一切社會變革都是摸著石頭過來的。」第二次黑白戰爭以後，經濟進入大蕭條，社會醫保因貨幣的大幅度貶值而癱瘓，醫藥

廠商卻亂中作祟，趁機亂漲價，人們怨聲載道，街市牢騷四起，什麼「小病忍著，大病躺著」，什麼「不怕小病不愈，只怕大病不死」……，處事果斷的天和黨內閣低價收購了幾家破產的藥廠成立了一家民生醫藥公司，專門無利生產低價藥品，當即受到醫藥商人的聯手抵制，所有的醫院和藥房都不進低價藥，朝廷在電視上做公益廣告，公佈藥品市場的競爭真相，並在各大城市開設無利潤藥房，強勢進入市場。不久，生產同類藥物的工廠紛紛倒閉，政府內閣又組織收購這些藥廠，擴大生產品種和範圍，經過這樣一輪輪的破產並購，所有的醫療機構、藥廠和銷售管道都被朝廷控制，並且立法規定醫療行業由朝廷專營，藥品、醫療器械和醫療服務不得產生利潤，於是醫療費用便宜到了驚人的地步，一支青黴素只有社會月工資的萬分之一，做一個闌尾炎手術的全部費用只相當於一個工人半個月的工資。

181

　　這時條件成熟了，有議員提出「全民全保」的提案很快就被通過，雖然國家財政要多支付幾元錢，人們得了病只管拿著身份號碼往醫院跑。

　　「難道這不合理嗎？簡直是共產主義啊。」我很驚訝。

　　「想來不錯，做來不行。」慷康教授說，「後來的實踐證明此路不通，你想，一輛新汽車出毛病了，換一隻零件就好了，隨著車齡的增加，修理費用越來越高，到了一定的時候人們就會放棄修理，重買一輛新車。人不行，任何人對自己的生命都是不可估價的，對於年輕體健的傷員來說，這樣的醫療保險是很適當的，哪怕傷患是車禍或是其它重創，花錢是很值得的，並且社會也有能力承擔，須知，隨著人的年齡的上升，全身臟

器都逐漸衰老，如果每個人都要求腎病換腎，肝病換肝，心臟
搭橋……，如果每個老年人都全身插上管子、電線和儀器而活
著，不但醫療費用將呈指數式陡然上漲，社會無法負擔，而且
這樣地活著有什麼生活品質？後來醫療社保就發生了改革，先
是小病免費，大病自負；後又小病自費，大病補貼，改過來，
又改過去。社會的改革就像搖櫓，左到頭了就右，右到頭了就
左，社會的航船就是這樣行進的。直到現在還常常在改動。
好在我們這裡有奧林匹斯山莊，每個人都能得到最好的終結方
式。」

逆保險公司.....

　　有一日，忽然有個女士點名點姓地來造訪我，便覺得奇怪，
我們是第二時空人士，人們時有出於好奇和表達友好的願望前
來訪問，知姓知名地找我卻是第一次。原來她是保險公司的業
務員，她從醫院上報的資料得知我有 20% 的患糖尿病的概率，
便來訪問我，希望我能購買一份糖尿病專項醫療保險。我連忙
申明我是第二時空來的，並且馬上就要回去，所以不打算買。

　　「哦，是這樣啊，」她馬上表示理解，「很遺憾不能為你
長期服務。但是我很願意為你提供短期糖尿病專項醫療保險，
費用並不高，如果你在槐安期間不幸檢出糖尿病，公司將按合
同給付疾病補償金；如果期間沒有發生糖尿病，保險公司將退
還全部保險費；但是，如果你作出違反合同的行為，公司將按
違反的程度扣除部分，甚至全部保險費。遵守合同並不難，而
且對你的健康是有好處的。」

「啊？有這樣的事？」我很吃驚。據我所知，保險公司的醫療保險金是不退的，而且對明知道的疾病是不在保險範圍的，我雖然沒有患上糖尿病，但是畢竟有 20% 的概率，如果保險公司碰上一百個我這樣的客戶，其中有二十個發病，結果是八十個退還保費，二十個給付疾病補償金，這生意怎麼做？

「根據你的情況我們按最低保險期限——一個月計算，如果你走的時候沒有檢出尿糖，公司將自動退還保費，條件是你自覺遵守合同。」她說著遞過一份文件，又說，「遵守並不難。」

我接過合同書一看，差一點笑起來，不過是一張很平常的保健建議書和作息時間表，作息時間表還留有很大的彈性，簡直是一份介紹預防糖尿病的宣傳資料。這也算合同？文本格式倒是合同。便順口問道：

183

「你怎麼知道我違約不違約？」

「你沒有違約動機。偶爾有需要而沒有遵守作息時間，那也沒關係，我們都留給你那麼多違約彈性呢。」

「那保險公司靠什麼賺錢？」

「這不是我們考慮的，我的工作是把保單簽出去。你要考慮的是對自己有利還是不利？」

我認為不吃虧就是便宜，於是就簽了一份，21 個 KB，相當於人民幣 210 元，出境的時候能退還，如果被檢出有糖尿病，還能得到 100KB 的疾病補償金。簽罷合同我們便聊了一會，得知她是社區工作者，銷售醫療保險只是她的義務。當地的小孩一出生就會得到一份《健康檔案》，檔案裡除了防疫注射的記錄外，更重要的是對他的遺傳基因分析，針對他的慢性疾病遺

傳概率，社區工作者就會上門來推銷健康逆保險，一旦簽署了合同，《健康檔案》的內容就進入保險公司的資料庫，國家總醫院和逆保險公司會委派醫生來關心你的保健和治療，也會有調查員在檢察你守約情況。一個人如果從小就注意對遺傳性疾病的控制，將來發病的概率就可能大幅度降低，其社會意義還不僅於此，據說，這樣還可能促使人類的遺傳基因的優化變異，幾千年以後高血壓、糖尿病之類的遺傳性發病因素將大大降低，甚至消滅。

　　「這種『學說』有實驗證據嗎？有統計資料嗎？」對這種說法我很懷疑。

　　「暫時還沒有，人類的遺傳基因的優化不是一代兩代能看出來的。只是一種想法，但是有這個可能。」互庚先生說，「任何行動方針，任何改革設想，任何辦事計畫，都應該想一想，有什麼好處，有什麼壞處，要支付什麼代價，只有好處而沒有壞處的事應該馬上做；好處大於壞處的事，要設法消弭壞處，使壞處減少到最低程度，然後做；壞處大於好處的事不要做。最後再計算一下，為了這點好處支付這點代價值得不值得？再回到本題，我們這樣做有壞處嗎？對個人的健康只有好處而沒有壞處，就算對改善人類的遺傳基因沒有作用，至少也沒有反作用吧？逆保險公司在被保險人滿 70 歲時退還全部保費，不支付利息；如果在 70 歲前發生了他所投保的疾病，他將獲得很大一筆補償金，從逆保險公司來說收支平衡下來還小有利潤。從國家總醫院到疾病逆保險公司，所有的和健康相關的機構所做的一切都是從人類健康著想，從個人疾病著手。」

第八章 「世界第一」話中國

中國的「世界第一」.....

　　亙庚先生的女兒叫箐萍,按當地風俗,當著她父親的面我們須得連名帶姓叫她劉箐萍,父親不在我們卻可以隨意地叫她箐萍。才八歲,瘦長而單薄,尚未進入長髮前的「拔節」階段。小姑娘很漂亮,像她的娘,皮膚黝黑。認識不到半天我們就成了好朋友,這下好了,不出兩三天,家裡就常常有她的同學小朋友來玩,爭相來看「倒著說話」的外時空大伯伯。後來連她們的老師也打電話過來,通過慷康先生翻譯,聊了半天,說是想聘請我們給小學生上見識課,特地來徵求意見。我們從來沒有做過老師,不過我們將此當作一種社交,便欣然答應了下來。

　　幾天後,小箐萍放學回來帶來了兩張聘請我們做客座教師的聘書,讓我們教授她們的見識課,還特邀慷康先生陪同翻譯。

在課上我們講的每一件事都叫她們驚訝不已，包括她們的老師們。通過和她們的接觸，我們也大長了見識。

這個年紀的小學生一共有五門功課，語文、數學、遊戲、見識和藝術，語文、數學的課程都很淺，不到二十分鐘都能講完，但老師會切合課程拿出很多趣味內容來，語文課上會介紹「對課（學習對聯在幼學時期先學對字、對詞開始）」，編幽默段子、悖論段子等內容，數學課上會拿出一些奧數、謎題等來啟發學生，這些都不考試，據說只是為了避免學生養成下半堂課思想開小差的習慣；見識課的內容很廣泛，自然現象、歷史故事、地理常識、氣象知識都包括在裡面，我們的到來打亂了他們的教學計畫，不過她們的老師說並沒有打破他們的教育大綱，教育大綱要求「從實重新」，只要是被證實的東西，越新越好，至於 UFO、外星人和「史前文明」之類尚未被證實的東西原則上是不進課堂的，倘若有學生提出此類問題，老師則指導討論和進行解釋；藝術課上的是繪畫、泥塑、音樂、舞蹈和「武術」等，他們提倡男拳女舞，小男生的所謂拳術，不過是從武打片裡學來的「嗨，嗨，嗨，嗨」的那幾招動作，憑著自己的想像各打各的「套路」，倒也煞有介事，我只得在武術兩字上打上了引號。其實，她們的泥塑、繪畫、舞蹈也都很隨意。欣賞為主，輔導模仿。

當我介紹到我們國內的學生學習英語的情況時我們間的發生了一些分歧，他們認為不應該強行規定學生花那麼多的時間，那麼大的精力去學外語，據說曾經有人算過，一個人要將一門外語學到能很流利地說和聽，一般要四千個小時。如果將這四千個小時放在學習其它專業課程上，會取得很大的成就，

一個碩士如果很認真地花上四千小時就有可能成為博士；一個學徒工如果很認真地學上四千小時的技藝，就有可能成為中級技工。所以他們只將外語作為選修課程，考研、考博不問外語。對此我是很不同意的，不懂外語的人即使在學術上有所造詣也大高而不妙，因為他無法和外國同行比肩。如果大家都不學習外語，那就無法實現東西方文化交流。

　　一位老師回答我說：「我們也學習外語。我們的外語教學也很講究，只是不強求你非要學，而是為有興趣的學生提供更好的教學條件和更多的教學資源。你要成為某學科的碩士、博士，哪怕是專攻某外國文學的學者，只要拿出令人信服的學術成果就可以了，我們的學術委員會都不強求你的外語水準。學者都想佔領學術制高點，他們必然會主動地去學習外語，毋需強迫他去達到什麼水準。對小學的外語教學老師的工作是怎樣讓孩子們喜歡學外語，而不是用分數去逼他們。」

187

　　互庚先生也說：「任何人學習外語出於都是個人的使用需要，而不會是為了『溝通東西文化』，『溝通東西文化』是社會目的，沒有人會因為社會目的去實施個人行為。其實你們中國人是不可能真正瞭解西方文化的，就是說你們不可能用西方人的思維模式去理解西方文化。每個人都在特定的文化環境裡生活，各種意識無不打上文化的烙印；同樣，西方人也不可能真正瞭解中國的核心文化，哪怕他是研究中國文化的學者，對中國的文字、文學、文化的瞭解超過絕大多數中國人，但是他永遠也不可能用中國人的思維模式來看中國，就像我們對熊貓的知識超過熊貓本身，但是我們永遠也不可能像熊貓一樣看世界。」

　　我很同意他的說法，人和人只能進行就事論事的溝通，而不可能實現文化層面的溝通，更毋說實現民族文化的溝通。曾經看過一些文章，說僑居西方的華人，無論住多久，一輩子也換不了骨頭；而早期移民的後裔，換不掉的只是他的黃皮膚，有人稱他們叫黃皮白心的「香蕉」。我知道在中國農村有許多老太太，孔夫子的《論語》一句也讀不出，但她們的一言一語，一舉一動間無不守循著孔夫子立下的規矩；國家的法律一條也不懂，可是她們一輩子遵紀守法，服從政府；雖然不識文字，不善算計，但是在生活中常常顯示出連讀書人也不具備的智慧，這就是文化，滲透到骨子裡的中華文化對她的作用，這是任何外國學者都無法理解的，同樣，外國也有他們的老太太，我們可以用欣賞的眼光去看他們的作派，但是我們不可能理解她們的行為的意義。對個人而言，文化就是意識形態的社會定位。我認為無論出於愛好，出於需要，還是由於強迫，反正結果都是一樣的——學了。學習總是好的。

　　「出於愛好而學習，是一種享受；出於需要而學習，是一種工作；由於強迫而學習，是自由被剝奪，是一種刑罰。」互庚的話很能代表他們的民族個性，「做人就是要追求享受，就是要自由，怎麼能被人強迫？逼迫自家的小孩子死命讀書不是為了她好，是在讓她成為學奴啊！要做學問是不能容人強迫的，我要做的是學問，而不是博士；我為了瞭解外國同行的學術進展而去學習外語，決不為了博士學銜而去學外語；你承認不承認我是不是博士沒關係，因為對我來說重要的是學術，而不是學術委員會對我的評價。我為享受而活，我不為社會的承認而活。」

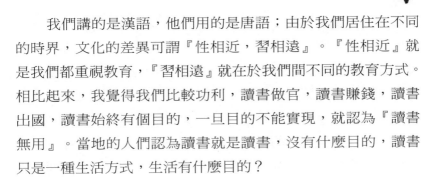

　　我們講的是漢語，他們用的是唐語；由於我們居住在不同的時界，文化的差異可謂『性相近，習相遠』。『性相近』就是我們都重視教育，『習相遠』就在於我們間不同的教育方式。相比起來，我覺得我們比較功利，讀書做官，讀書賺錢，讀書出國，讀書始終有個目的，一旦目的不能實現，就認為『讀書無用』。當地的人們認為讀書就是讀書，沒有什麼目的，讀書只是一種生活方式，生活有什麼目的？

　　他們的兒童的學習是屬於「鬆散型」的，除了語文和數學稍微規正一點，其它學科簡直都是在玩。當孩子們聽我介紹我們國內的孩子每天要背唐詩，背古文，背英語，背乘法口訣，背小學生守則，還要背二十斤重的大書包時，臉上都流露出深深的同情。有一個小男孩問我：

189

　　「他們要這樣過一輩子嗎？」

　　「讀書哪有一輩子的？一般大學考進就可以放鬆一點了。」

　　「大學考進就不用讀書了嗎？」

　　「書還是要讀的，只是不必再和人家比分數了。」

　　「他們讀書是為了比分數嗎？」

　　我無法和他纏下去。不要說小孩，就是他們的老師們也不一定能理解。相反我倒有點能接受他們的教育制度。

　　我和這所小學的師生一共渡過了三個很愉快下午。下課後，便和老師們一起進行茶話會形式的交流，雖然是聊天的形式，但主題始終扣住教育問題。我想這大概也是他們的教學的特點，讓孩子們玩，但始終圍繞著教學計畫。後來我發現這不僅是教學的特點，而是他們整個社會的特點，每個人都有自己

的職業，而職業往往和他們的愛好相一致，他們上班、下班、休閒、遊戲、聊天，但一切始終圍繞著他的職業和愛好。每個場所都很寬鬆而不散漫，比如工廠裡的車間，制度很嚴格，監管卻並不十分嚴緊，由於職業和愛好相一致，每個人的工作都很投入，並不需要工長督促。他們這兒有一個很大的「外國語學園」，在一位老師的陪同下，我們去了一次。一看簡直大吃一驚，什麼外國語學園？就是一座大公園罷了，除了四面通風的亭子，僅有的一所房子是圖書館。熙熙攘攘的遊客（你也可以稱他們叫學員）都在用各種語言聊天，和上海人民公園的英語角一樣。老黃聽了好一會，始終聽不懂一句，據說他們的外語單詞也是倒讀的。到這兒來的人們有專門來交流外語的，有休閒的，有談戀愛的，也有帶孩子來遊玩的，但是都圍繞著學外語這一中心。我把這個國家稱為「散文國」，每個人都很自由，但行為都很有目標；每個場所都很寬鬆，但活動都很有中心，就像作家們做散文，粗看東拉西扯，但始終切題不散。

每次和孩子們交流結束前，老師總會留下一點作業，請她們想一想：中國和槐安國有什麼相同的地方？有什麼不同的地方？我們應該向中國學習什麼？我們能給他們出些什麼好主意？等等。

小孩子天性好勝，在這兒他們不必比分數，但好勝心誘得他們的小腦子溜溜地轉。有個孩子說，他發明了摩托書包，將遙控玩具車的馬達和輪子換大一點，車廂改成書包型的，這樣中國的孩子就不用背二十斤重的書包上學了。有個孩子說，他要編撰一本《漢唐大詞典》，把兩種語言的讀音一個個倒過來注就可以了，這樣將來槐安國和中國交流就方便了。還有個孩

子寫了篇小論文《論中國的世界第一》，文中例舉了四大發明和偉大的長城，還說最早發現地球是圓的不是哥倫布，兩千年前的中國人在《南轅北轍》這篇寓言裡就提出了，哥倫布只是開船驗證了中國人的發現；世界上第一篇環境污染報告也是出自中國，古代書法家王羲之臨池練書，池水盡墨的故事就是，可惜沒有引起後人重視……。我確實給他們講過這些小故事，但我從來沒有從這個角度去想過。

小箅萍乾脆用漢語和我們作了簡短的會話，博得大家嘖嘖不已。我知道她會用漢語向我們問好，但不知道她已經學了那麼多。她說，她先把要說的話注上拼音字母，在將字母一一到過來，背熟，練熟。我問，你這樣覺得累嗎？她說，這很好玩啊。

「怎麼樣？我們常常就是這樣教學外語的。」她的老師不無得意地說。

191

萬般皆上品，讀書居首要.....

在小學校當客座教師是我們走進他們社會的第一步，不久我們便結識了很多朋友，大多是小學生們的家長和老師，家長們的朋友，老師們的朋友，朋友們的朋友。我發現槐安的人們似乎都受過很好的教育，但不知受的是什麼樣的教育，觀念都很奇怪，雖然我知道我們間的文化差異很大。比如我在向他們介紹我們國內的情況時，說起以前曾有一度社會上都輕視知識，輕視知識份子，甚至「造原子彈的收入還不如賣茶葉蛋的」。

「那是很自然的啊，」當即有一個朋友肯定了這種說法，「賣茶葉蛋多麼無聊，一個人傻傻地坐等著人家光顧，不讓他

多賺點錢，誰來做這個工作？搞科研，搞工程那多少有意思。人活著幹什麼？無非是希望對文化積累作點貢獻。如果我有本事進入高端科技，我一個 KB 也不要，只要給口飯吃就行。」

附和這個觀點的人居然還不少，有人甚至說「你們的那裡倒有點怪，居然還有讀書只是為了出國的，出國是為了賺錢。既然為了錢，還如不乾脆退了學去做生意，據我知道世界上有不少大富翁的學歷並不高，而很多博士、碩士和各種專家都在為他們打工。」

我愕然無言，在人群中顯得怪怪的恰恰是我啊。

他們的社會把教育看得很重，他們認為在任何東西面前，人的頭腦和頭腦的產物——文化——總是第一重要的。所以教育雄居三百六十行之首。教師在槐安的社會地位很高，很受人尊敬。我和他們一聊起教育，他們就像小孩子顯寶一樣，很熱切地向我介紹他們的學校，和他們優異的教育制度，並很熱情地帶我們去看了他們的幾所中學和大學。

他們的中學相當於我們的高中，學生一般十五歲左右升入中學，這是根據「十五而志於學」這一說法而安排的。他們認為十五歲以前的少年尚處於自在人生的階段，理想朦朧，故束管不可太嚴，引導必須積極；十五以後則生理上進入青春期，心理上進入自覺人生的階段，對此年齡段的學生不僅加大了教學量，也強化了教學的系統性。十五歲以前的教育都是為了這一轉折而作鋪墊作引導的，他們將十五歲看作人生的重大轉捩點，進入中學這一天，父母會贈與自己最好的套袍，少男少女們則往往會在這一天都會三五成群地上飯店涮一頓，少年們還會學著成年人的樣子喝點烈性的白酒，飯店的服務員則尊稱他

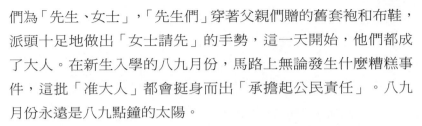

們為「先生、女士」,「先生們」穿著父親們贈的舊套袍和布鞋,派頭十足地做出「女士請先」的手勢,這一天開始,他們都成了大人。在新生入學的八九月份,馬路上無論發生什麼糟糕事件,這批「准大人」都會挺身而出「承擔起公民責任」。八九月份永遠是八九點鐘的太陽。

他們一個中學班級只有十五個人,四人一排,圍成一圈,老師也占一位,像是個擴大化的私塾,不同的是氣氛很寬鬆,可以隨便插嘴,可以隨便說笑,更像在開座談會。每個人面前一台電腦,省卻了黑板。據說這樣的小班級最有利於教學,學生太多,很難做到人人發言人人參與,老師不容易掌握進度;學生太少則不利於學生間的交流和互相啟發,學生間的互相啟發的作用是老師無法取代的。校外的學生可以通過互聯網進入他們的課堂,可以看可以聽,但是不能寫入,也不能插嘴。

193

他們和我們最大的區別是,我們的受教育和讀書是同義詞,而他們認為讀書只是教育方式的一種,不善於讀書不等於不善於學習,他們沒有「惟有讀書高」的觀念。他們認為不善於讀書,考分不高並不是什麼問題,而不動腦筋,不思進取的人才是問題,他們中的許多人的智力傾向更適宜學手藝,做技術工人的,中學畢業後就進技工學校讀書,到工廠學車鉗刨銑、木工、漆工等工藝技術,從事「形而下」的職業,成為製造業的主力,很有成就。

他們出入大學全沒有我們國內那樣的緊張狀態。我說的「出入」一是指考進與考出,二是指大學校園的進進出出,他們的大學校園沒有圍牆,據說美國有些大學也是這樣,你在大街上走,一不注意就進入了大學的校園。有的地方幾所大學交

又擠在一起，食堂、圖書館和實驗室大家合用，甚至大教室也是統籌調劑使用，資源共享以降低教學成本。我們東穿西轉，無意間闖進了翰林大學的學生宿舍，你定會為它的古舊而吃驚，像北京四合院那樣的大宅門，推門進去卻是江南小鎮那樣的青石板路，兩邊的房間八九個平方一間，住兩個人，沒有空調，不僅僅是為了節能，他們認為少年人不應該太關注冷熱舒適，一裝空調就不成其為「十年寒窗」了。沒有單獨衛生設備，兩張寬大的寫字臺，寫字臺的上面就是臥鋪，顯得有點擁擠。這兒是從前的太學堂，已經有一千多年的歷史了，除了在門上塗過幾曝桐油，差不多從來沒有修繕過，由於管理得體，環境依然整潔如初。這裡的每件傢俱都是古物，據說曾有人在寫字臺抽屜外的旮旯裡翻出一塊繡著羞雲遮月的手絹，見風即化，不知哪朝哪代曾在這兒演出過才子佳人的好戲文，一時間在多事的學生間流傳著鬼女伴讀的風流故事。

校舍教室交叉互通，自然各校的師生也交叉混雜，各個年齡，各種職業的人都有；更多的人很少直接去學校上課，一有空就在互聯網上聽課，所以不必擔心缺課，一到休息天無數學生就趕到各學校去聽明星教師授課，聽明星教師授課價格不菲，不亞於我們這裡聽明星唱歌。對此我很不理解，那要化什麼錢呢？看電視直播，上網看視頻不一樣嗎？

「呵，這個你就不懂了。明星唱歌有什麼好聽？聽錄音，看視頻不也一樣？足球賽有什麼好看？看電視直播不也一樣？那是感受氣氛，上面是飽學之師，下面都是好學之徒，在這樣的環境裡學習感受不一樣。兩堂課下來人的內心的興奮很難用語言表達。」

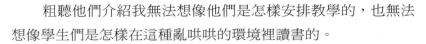

　　粗聽他們介紹我無法想像他們是怎樣安排教學的，也無法想像學生們是怎樣在這種亂哄哄的環境裡讀書的。

　　「你怎麼能用『亂哄哄』這樣的詞來形容我們的教學環境？」慷康教授針對我的『亂哄哄』一詞說道，「好的學術環境都是『亂哄哄』的，真正的學者也都是『亂哄哄』的，他的書櫥是亂哄哄的，書不分大小厚薄，筆記簿、列印稿都擠在一起；寫字臺也是亂哄哄的，講義、手稿和筆記亂成一氣，只有他的心裡明明白白。而那些書架子清一色的大部頭書，寫字臺光光亮亮的人都是沒學問的。」

　　我不是讀書人，但我看到過我們的小學生的十幾斤重的書包，所以也能想像學者們的書房。槐安的大學的「亂」是事實，尤其是大學生簡直身兼三職，除了職業和學業，他們還要兼職鐵路調度員那樣的角色，每天要精確地調度自己的廿四小時，在自己的公司、工廠和各課教室裡遊魚穿插。當地朋友們聽我如此描述他們的業餘大學生時都覺得我有點幽默，因為他們那兒沒有「業餘大學生」這一名詞，甚至連大學生這一名詞也不大用，除了中小學生以外都是大學生。相反，「全天候大學生」這個名詞倒是有的，他們稱在押的流氓阿飛少年犯為「全天候大學生」，說是有利於少年犯的改造。

　　總之，槐安人終生都在讀書，就如我們終生都在謀生那樣。一般來說他們十八歲中學畢業後進大學的同時也開始了工作實習，根據自己的愛好和智力特長選擇工作和學業，不出三年基本上都能找到符合「五五率」的職業（他們認為世界上那麼多的職業，真正符合一個人的智力傾向的職業不到百分之五；任何職業，所有從業人員中間只有不到百分之五的人能成為優秀

195

從業者，一百個教師裡面真正的優秀教師也就五個，一百個醫生裡面真正的優秀醫生不到五個⋯⋯），他們拿出文憑時都已經二十七、八歲。在他們那裡沒有什麼「畢業找工作」，大學畢業的時候一般已經是工作的高手，技術的能手。

「為生活而工作，為工作而學習，為學習而生活，人生就是這麼回事。」亙庚先生說。

「你不是說過，人生就是為了享受嗎？」

「享受就是做自己喜歡做的事，做自己喜歡的工作，學習自己喜歡的學科。」

槐安的中學第三年的下半年主要接受進學指導，學校裡發給學生每人一本小冊子，介紹某某大學有什麼系科，什麼系科是它們的專長，和我們國內差不多，只是我們沒有他們那樣地專門化。教師們根據學生的天賦特長指導他們進學，並且可以到大學去試讀，也可以到工廠去實習。進學指導課實際上是高等教育分類學，幾萬所大學各有專長，每個系各有二三十門課程，社會上成千上萬的專門職業都能找到相應的學科。要在學科的森林裡找到自己終身要走的路，半年時間是學不完的。在游泳中學會游泳，在讀書中學會讀書。

對於某些具有特殊個性的人——只歡喜讀書不願意工作的人，學校的教委會會給予特殊的關照，組成專門小組對他的智商、心理進行綜合分析，其中優秀者將被保送翰林院專門培養，他們今後有可能會成為思想家、哲學家，或者像霍金那樣的理論物理學家；對某些畏懼走向社會的人他們會派心理導師介入，輔導他走向社會；對患有嚴重疾病或殘疾的人他們鼓勵他們從事思想或文學創作，雖然未必都有成就，但是幫助他們充實地

度過人生也是他們教育工作的責任。

　　他們的大學都採用學分制，當你學完某大學某系的必修課程後，就能用分科成績「兌換」一張文憑，這和我們國內的業餘教育差不多，但他們對待學業的心態和我們不一樣，倒有點像我們國家敵偽時期的小市民們對待金錢，日本人佔領上海時期，由於物價不穩，小市民們一有小錢就換成肥皂、火油之類的實物，然後再設法兌成銀圓、戒指儲存起來，每個人都覺得自己是個窮人，每個人又都為自己能攢到一塊銀圓而感到小小的富足。槐安的人們普遍都覺得自己是知識的窮人，又為自己每一個單科成績而小感富足。如果用狗苟蠅營來形容小市民為了生活而急謀小利的形象，那麼當你看到槐安的人們的學習氣氛時，就會聯想到勤勞的群蜂。

　　在槐安求職無須出示文憑，因為人人都有文憑，當地企業招聘員工通常都根據崗位需要委託試題中心出題，進行招聘考試，擇優錄用。他們從來沒有人炫耀自己的學位和文憑，但他們卻常常炫耀自己是某某大師的學生，他們以名師為榮，互庚先生的名片上就印著「蘇格拉底第五十二代學孫、柏拉圖第五十一代學孫、阿裡斯多德第五十代學孫」，然後才是翰林大學哲學教授等職稱。互庚先生還給我看過他的學族系譜。要上學族系譜是很不容易的，根據規定，每個學族成員一輩子最多只能帶兩名學生進入學族，互庚先生也帶過很多學生，但能上譜的也僅一個，其實這個學生早已學有成就，也是很有名的教授，互庚先生和他有過幾次交流後便收了他的拜帖。他們的所謂授課也就是兩人湊在一起喝喝茶，聊聊天，偶爾拿出筆寫下幾條，僅此而已。

197

　　槐安最大的一所大學是高爾基大學，全國百分之六十的成年人都是它的學生（包括在校生和畢業生），它是綜合理工大學，下屬有工學院、農學院等五百多個分校，五千多個分院，學科設置從核動力、造船、機械製造、電腦程式設計直到物料搬運、下水道疏浚、城市街道保潔等等，可謂包羅萬象，均為「形而下」。

　　翰林大學則是一所歷史最長的「形而上」大學，新聞、政治經濟學、世事通鑒和國際力學（相當於我們這裡的國際政治）等都是它的強項。說起國際力學，他們的國際力學系的第一年的教材最有意思，用的居然是中國古典小說《東周列國志》和《三國演義》。

　　「這是小說呀，」我很認真地對他們的一位教授說，「雖然有一定的歷史根據，但小說畢竟是小說，作為文學課的輔助教材沒問題，作為國際政治似乎……」

　　「比真的更好，更典型。」那位教授是互庚先生的老同學，叫鄧登，是國際力學和多邊關係專家。他回答我說，「研究國際力學就要像研究經典力學一樣，把複雜問題拆解成簡單模型放在理想狀態的思路裡來考察，摸出規律，舉一翻三，世界上的事物萬變不離其宗。東周列國和三國這兩者史實演變完整，七國歸秦，三國歸晉，有始有終，作為全球戰略的教學模型非常理想。」

　　在槐安整個逗留期間，我和教育界接觸的時間最短，但我看到聽到的新東西卻最多。當地每年還舉行「系統整合」和「版本更新」的考試，由於各人都自己選修課程以及各人工作和喜好的不同，教學系統性難免出現缺失，通過「系統整合」考試，

198

學校根據各人的考試結果開出「藥方（補課方案）」，供學生補修相應課程。「版本更新」的道理和我們的電腦軟體升級的道理是一樣的，同是清華大學畢業生，1990 年的畢業生和 2000 年的畢業生學的東西是不一樣的，所以老大學生每隔若干年要回本校進行一次「版本更新」考試，然後學校發給新的教材，甚至提出「回爐」的建議，而這些「回爐」的老大學生往往給母校帶來更多更新技術、新思想和新的學術理論。如果有機會看到他們的畢業文憑，就會覺得很像我們的出國護照，在附頁上蓋著許多類似簽證和延期的圖章。

哲學是他們的熱門課程，但是學哲學的只出一張《形式邏輯》的文憑。他們認為無論從感性的，經驗的，理論的，哲學的，宗教的各個認識層次上都能悟出哲學道理，經過對哲學的學習都會有跳躍式的長進，但是，如果一個人放棄一切而專門學習哲學，那麼他很有可能成為「空空道人」，這和他們繼承傳統國學而不死摳《道理》是相一致的。

據說天和黨和人和黨的許多領袖都是翰林大學畢業的。

國學今昔....

槐安國的傳統國學主要的是《物理》、《倫理》、《心理》和《道理》四門，比之我們的四書五經，以及過分強調文字功能的詩、詞、散文內容更為廣泛，更具有發展性，至於詩書琴棋卻不屬於國學範疇的。我一直以為《物理》、《倫理》、《心理》、《道理》是和我們的《論語》、《大學》、《中庸》等差不多的古籍，和他們的教育界朋友幾次接觸後才知道那是他

199

們傳統的課程，而且歷史上有過幾次大規模的修訂。一門《物理》包羅萬象，有《天理卷》、《地理卷》、《數理卷》、《金石卷》等十幾個門類，將我們現在的物理、數學、化學、天文、地理、地質、氣象，甚至連生物學也都包括進去，凡是研究客體世界（人的精神世界以外的東西都是物）的所有學科都屬於《物理》的內容；《倫理》一書是兩千年前的古籍，雖然也修訂，但是改動不多，其《倫理》的核心比之孔子提倡的禮有過之而無不及，甚至連打仗都講究禮，我們古時候的打仗佈陣是為了便於攻守進退，他們古代打仗排陣只是一套程式，鼓響三通，繞場一圈，然後在鑼鼓聲中像演戲那樣一招一式地交起手來，宋襄公的「不重傷，不禽二毛，不鼓不成列」是他們當時普遍的戰爭規範，日內瓦公約中關於不虐待戰俘的條款他們兩千年前就實行了；《心理》和我們現代的心理學是兩回事，我認為稱之為《心靈學》更符合內容，很多內容像是來自宗教，講究追求自我的認知和心靈的寧靜；《道理》即關於道的理論，其開卷第一句也是「道可道，非常道」，但是內容與《道德經》相去甚遠，嚴格地說，是一部世界哲學史，這部哲學史不是一次作就，哲學每有發展，《道理》就要增補。他們對古籍經典只做增補，不作修訂，對錯是非，後人評說。

作為現在的課程，內容有了極大的變化，基礎課程分類和專業課程的組合和我們差不多，唯不同的是他們有三門必修課從中學開始一直要讀到大學畢業，甚至終身研討，那就是《物理》、《倫理》和《心理》，他們認為人生始終要面對三個世界——物理世界、人類社會和自己的心靈世界，這三門學科就是研究這三個領域的。

現在數學、化學、氣象學、地理學等……已經從古籍《物理》細化拆分了出去。《物理》所包含的內容和我們時域的物理學完全一樣，他們認為物理學是極為重要的課程，研究物理學的思想方法是研究一切自然科學的基本的思想方法。即使今後不從事自然科學或技術工作，學了物理學也可以使人頭腦清醒，邏輯嚴謹，更不必說什麼「刀槍不入」，什麼「鬼神附體」，什麼「遙測算命」，一切邪教異說都上不了身。他們的物理課程和我們差不多，如果不是學物理專業的只要學完《普通物理》就可以了，其它諸如愛因斯坦、薛定諤和霍金的學說只求一般瞭解，但是必須高分通過《普通物理》的考試，事實上《物理學的進化》、《時間簡史》之類的書籍早就是他們的流行讀物。

隨著社會的生產力的發展和生產關係的變化，《倫理》也不再討論傳統的倫理，傳統的倫理早就成了民族性格那樣的東西，並形成了傳統的風俗習慣。現在的《倫理》是描述人類社會總秩序的科學，是社會科學的導航圖，如果不讀《倫理》而來思考社會問題，那麼其思維必定是極度混亂的，道者言道，商者言商，妓者言妓，從任何一個社會問題出發，都可以頭頭是道地做出一篇「社會發展史」，但是都不能準確地描述人類社會的運動軌跡和動力原因。通過和他們的交談，方才知道所謂《倫理》其實就是以《資本論》的核心內容為基礎教材的《經濟政治學》，並根據他們的社會實踐深化了對財富所有制問題的探討，用分析哲學的方法詳細闡述了所有形式的相對性原理，即國有制、朝廷所有制、集體所有制、物權股份制、家庭財產夫妻共有制……等所有形式的公、私相對性；在面臨能源枯竭和知識資訊迅猛發展的市場環境裡，用馬克思的級差地租原理

的思路解釋了資訊和能源的價格形成原理，並且以此賦予價值的概念以新的內涵；在經歷了幾次金融危機以後，他們對價值貨幣（金銀）和無價值貨幣（信用貨幣、由網路遊戲產生的電子錢）、有限貨幣（金銀、由網路遊戲產生的電子錢）和無限貨幣（信用貨幣）、基礎貨幣和槓桿貨幣（M3、M4、M5⋯⋯）之間的關係進行了探討，發展出了全新的貨幣理論。這三大突破極大地拓開了傳統的政治經濟學的理論空間。

　　對於將以政治經濟學為核心內容的《倫理》列為從中學到大學所有學年的必修課程，教育界曾經很有爭議，有人認為《經濟政治學》不是科學，科學就是要求在同樣觀察條件下進行的N次觀察都能得出同樣的結果，一次證偽全盤否定，而作為社會科學的《經濟政治學》在它的社會實踐中幾乎從來沒有重複出完全同樣的結果；科學的每一演繹都必須嚴格符合形式邏輯，而《政治經濟學》中的許多概念卻一直是處在爭論中。看上去這種說法的治學態度很嚴謹，其實這種認識是不全面的。須知，世界不是物質的集合，而是物質的運動過程的集合。研究物質、物質運動和各種物質運動間的互相關係，光靠形式邏輯是不能勝任的，看問題除了形式邏輯還有辯證法，且政治經濟學的研究對象是生產力和生產關係，更廣義地說，是研究人和人、人和物的各種運動間的互相關係，其複雜的邏輯關係不是簡單的形式邏輯能解決的。形式邏輯要求同一個名詞的概念始終一致，但是在社會科學的研究實踐中有很多概念各人的認同是不一致的，連最常見的「通膨（或通縮）」也沒有一個統一的定義；事實上隨著研究的深入，概念也常常是在發展的，「名可名，非恒名」指的就是這個意思，同一個名詞出現在研究的後期往

往和出現在前期時的概念是不完全一樣的，其內涵要豐富得多，甚至可以說，所謂的研究，常常是概念的發展和完善的過程。所以在當地的學術界有這樣一句調侃的話，「一切學術之爭都是名詞之爭」。

社會科學和自然科學屬完全不同的門類，看上去社會科學好像不講究邏輯，事實並非如此，我們可以用同樣的工藝，使同樣重量、同樣成色的金屬在同樣的模具裡澆鑄出同樣的零件；社會科學卻正好相反，任何一次試圖培養出兩個相同的人才，或是改革出一個和別國同樣的社會的嘗試都必定是要失敗的，因為我們不可能在世界上找到同樣的人，更不可能找到同樣文化、同樣歷史、同樣自然條件的社會或國家，所以，這恰恰是符合形式邏輯的，不同的前提當然不可能演繹出同樣的結果。所以用自然科學的眼光來要求社會科學就是最大的不科學，這也往往是一些幼稚改革家的悲劇，他們希望用西方社會的成功模式來框改東方國家，其悲劇結果是毫無疑義的。不同的前提怎麼可能得到相同的演繹結果呢？所以《倫理》也就名正言順地成了槐安人的必修課。

《心理》不同於我們這裡的心理學，以我看來改為「心裡」更為合理，該課程討論的都是「心裡」想的事情，諸如「我想要什麼」、「我想幹什麼」、「我為什麼想要什麼」、「我為什麼想幹什麼」……，一連串沒有答案的問題，越討論越深奧，最終問題會集中到「我是誰」、「我是什麼」，最終會從哲學和宗教的角度去討論這些問題。關於「我是誰」這樣的問題，我只會回答「我是胡靜波」，但是互庚先生對此問題的回答讓我看到他們的人生非常積極，我會在後面的《黃鼠狼掉進雞窩

203

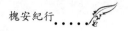

裡》一章詳細介紹。

　　這三門課程他們一直要修到大學畢業，到那時已經是非常成熟的成年人了，用科學精神和敏銳的眼光看待物理世界，以積極、進取的人生態度面對社會已經習慣而成自然了。而國學中最重要的《道理》卻不是必修課，一句「道可道，非常道」就說明了這門學問在課堂上是講不清學不會的，一句「大道無道，上德不德」卻會將人搞糊塗，據說《物理》、《倫理》、《心理》學好了，《道理》也就無師自通了，道理無處不在。

第九章 二磚堂和阿姆姊神廟

二磚堂.....

　　二磚堂是當地很有點著名的旅遊景點，地處距離南柯郡四十公里的西南郊區，建於八百年前的白炎年間，紀念的是一位無名的道德家。現在也是當地一個旅遊景點，那是一座很有特色的泥胎漆雕的房子，很值得一看，據說它原先只是坐落在一個村落裡的一間普通的泥坯茅屋。我們一行三人乘公交車前往。停車場到二磚堂還有一公里的青磚路，齊刷刷地一眼望不到頭，車便不往前走了，生怕把青磚路面壓壞。我隨口講一句：

　　「既是二磚堂，怎麼鋪那麼多磚，只怕二十萬、二百萬塊也不止呢？」

　　你看到的還只是這一段，那面還更多呢。」

　　「瀝青路面不是更好？車子也能開到門前。」

「這一路的青磚也是來之不易。建堂時就作出過規矩，必須死有兩磚之重的人才能捐磚一塊。」

「死有兩磚之重？什麼意思啊？」

說話間已到了二磚堂前，這是一間土黃色的漆雕茅屋，茅草屋頂厚一尺有餘，堂內高敞潔淨，雕樑畫棟，很是氣派。堂前門楣上掛有一塊古舊朴朴的金匾，上書「二磚堂」三字，這三個字的書法實在不敢恭維，歪歪斜斜，就如我們的公路邊的修車鋪門前的牌子「打氣補胎」那樣的水準。據說這是照二磚堂的主人一介草民的手跡拼合的。

一介草民是個農夫，臨終時用這樣的字跡寫下了這半文夾白的遺言：

206

古人云：人固有一死，或重於泰山，或輕於鴻毛。我一世勞碌無所建樹，所盡之事，為農天職，若重於泰山，則天下盡山，德高者無以顯揚；若輕於鴻毛，世上壞人何以比重。平心衡量，當合一磚之重。今將遺體捐出，供醫解剖，以治後人，此舉亦當一磚之重。一世貧儉，無所遺產，唯此兩磚，望兒承之。俗言道：善要人知不是真善。此舉當善，盡可顯揚。為表真善，且不留名。

遺書最後的署名為「一介草民」，朝廷為彰其德揚其善，將其家居修繕一新，改建成紀念堂，整個「建築」保持原樣，仍用土坯和茅草，欽賜青磚兩塊為堂前兩級臺階，所以也有人稱之為「二階堂」。

為保持土坯不受風雨侵蝕，內外牆面都漆上厚厚的廣漆，年年春秋都加漆一層，八百年來整座茅屋已經成了泥胎漆器。堂前照例是一張條案，牆上掛著遺囑的複製品，歪歪斜斜，群

雞過淖。「一介草民」除了捐獻遺體並無其它功績，所以堂內除了靠牆放幾把椅子便無它物，其效果恰如「無字碑」，價值輕重後人評說。二磚堂落成後，當地的人們紛紛捐磚鋪路，後來官府規定，二磚堂只接受道德彰顯者，或捐獻遺體者的捐磚，人捐一磚且不留姓名。至於那些留在青磚路上零零落落的名字都是些來自我們中國的「到此一遊」者的劣跡。近年有人在堂內四壁上淺雕了春耕、夏耘、秋收、冬藏的農作四景，也可供一看。

　　一介草民是個老實巴交的農民，生有一子，積善之家必有餘慶，據說此君後來官居三品，年享九十。傳統的故事難免俗套，老百姓就是這樣，總希望好人有好報。

　　一介草民的義舉確實給社會帶來了表率作用，現在當地人們的遺體基本上都是帶資捐獻的，人人都捐獻，醫學院沒那麼多資金來處理遺體，對於生前曾經參加過獻血或是捐獻過骨髓的人可以免繳遺體捐獻費。獻血或是捐獻骨髓幹細胞都是很平常的事，他們的醫療系統有個叫「血庫」的機關，其實只是一個很小的工作機構，醫院方面凡是需要用血只要發出一個通告，隨時有人會捋袖相助。白血病在當地也不是很恐怖的疾病，治癒率在八十以上。據說移植骨髓幹細胞是很有效的治療方法，只是配對很困難，只有幾十萬分之一，他們的醫療機構有全國每個人的基因檔案，打開電腦一比對幾十分鐘就解決問題。在這個問題上我覺得也值得一書，當地的人們思想很解放，也很科學，如果接到醫療機構的配對成功的通知，他們會高興得像中了百萬大獎一樣，由於人多，有時一下子有三五個人同時符合條件，他們就會「緊急保養」身體，爭取被選上。整個移植

過程如同我們這裡的輸血，捐獻者除了免費體檢和免費恢復體質的療養以外沒有任何經濟待遇，連請假工資都得自己承擔，因為他們都不想讓人家知道。他們的《人責公約》規定「人有搶救他人生命的責任」，在當地的法律裡見死不救是有罪的，如果有人被選上而不願捐獻，那麼他就慘了，全國幾億人就你符合條件，責任就在你的身上！他的人事檔案裡將會被狠狠地記上一筆，於是他今後找工作、找對象、找銀行貸款都成問題，銀行會認為你對不值錢的東西也斤斤計較（在他們的社會裡，凡是不能賣錢的東西就是不值錢的東西），面對大筆的貸款會有責任嗎？

話歸原題，捐獻的遺體的最後處理當然是火化，骨灰也多撒向大海，也有埋在樹根下的，大凡排得整整齊齊的樹木基本上都是樹葬墳。一個農夫的善舉，影響了一個民族。培養一個有道德有文化的人，從出生開始，有十五年時間就夠了；要在一個人的骨灰上種上一棵樹，自然是他「百年」以後的事了，所以當地也有「十年樹人，百年樹木」之說。這句話傳到中國居然成了「十年樹木，百年樹人」。百年樹什麼人？樹個百歲老人？

從二磚堂回來後我就關注起當地的道德觀念和道德教育來，這裡的人們把道德教育看得很重，認為道德教育是教育之父，離開了道德教育，一切教育都沒有意義，沒有道德的智慧和能力都將是社會的破壞力量。他們認為對個人而言，如果將知識的積累、智慧的增長比作一種數量的增加，而道德的及格與否將決定這個數的正負極性。「知識越多越反動」這句話建立在道德喪淪的前提下是正確的，比如，電腦技術當然地屬

208

於科技範疇，一個人不懂電腦沒有關係，他可以懂其它東西，如果一個沒有道德的電腦專家專門製造電腦病毒和從事網路盜竊，還不如沒有這個專家好，他對電腦懂得越多，對社會的破壞就越大。僧是愚氓猶可訓，妖為鬼蜮必成災。

他們認為世界上無論哪個民族的哪個時代，對於諸如勤勞、儉樸、謙虛、敬老、愛幼、尊師、關心他人等傳統德行的認同總是一致的。他們還認為廉潔、誠信、守時、負責、積極向上、遵紀守法、尊重他人的權利、愛崗敬業、節約與投資等種種德行，和把道德作為基本原則是一切富裕社會的共同特性。關於這一點，互庚先生還特別強調：「富裕社會是因為崇尚道德而實現富裕，絕不是因為富裕了才有道德的進步。」

所以，第二時空的人們在衡量綜合國力（我把我們這裡稱為第一時空，他們卻把我們稱為第二時空，搞來搞去我已經被搞糊塗了，不知道哪家才是真正的第一時空。這裡的第二時空是指他們。），比較科技、經濟、軍事等國力參數時將社會道德視作最重要的國家實力，據我所知，我們這裡比較綜合國力時好像沒有社會道德這一「參數」。

讓梨教育及其它.....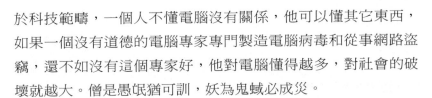

看了他們的道德教育我很為我們國家在這方面的教育狀況感到不安，我們國家隨著學歷的上升這門課程就逐漸淡化了，倒並非我們的學生的思想道德已經可以畢業了，而是傳統道德講來講去就是這幾句老生常談，於是道德成了迂腐的代名詞，老師講得厭，學生聽得煩。

他們從幼兒三四歲就開始進行「讓梨」教育，教育大綱一直編寫到學員進入「隨心所欲」的自由人生階段，此年齡的學員們已經有了正確的人生觀，即使學校已經不再對他們授課，他們依然孜孜不倦地探索人生的價值和追求心靈的寧靜。

「融四歲，能讓梨」，每個中國的父母都對自己對子女進行過類似的教育，但常常是一看到孩子食之津津的樣子便出於本能的愛心，一笑了之：「操那，像只小豬玀」，於是教育就流於形式地過去了。遂以「教不嚴」的名義將道德教育的責任推給了老師，是「師之惰」。

當地的《教育大綱》對「讓梨教育」有著很嚴格的教學要求，也有很規範的教學方案。「讓梨教育」是我的說法，《大綱》稱之為學齡前德育，「讓梨」這一內容是必修的。幼稚園在授此內容時老師照例先講故事，然後小朋友們七嘴八舌地討論，老師再根據小朋友的發言因勢利導地予以講評。課間吃點心的時候，老師按人數拿出十五個梨，其中有兩只是大梨，小朋友們爭著分走了十三只小的，最後兩個小朋友你看我我看你地拿下了剩下的兩只。然而其中必有幾個小朋友眼饞心動。吃完梨，老師進行講評，表揚大家主動拿小梨，並提名四五個突出表揚。第二天分蘋果，第三天分香蕉，第四天分西瓜，第五天分蛋糕，直到有一天，那兩塊大的再也分不出去，於是老師就啟發大家想想有什麼好辦法，大家七嘴八舌，最終總有人提出：「小的給他們，大的我和老師一人一半。」或者說，「我和他一人一半，還有一塊大的給老師。」老師就說：「老師授課時是不可以吃東西的，你們分好後，剩下的那塊大的給校工老伯伯好嗎？他工作很辛苦的。」「好！」那兩個小朋友搶著

210

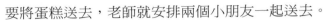

要將蛋糕送去，老師就安排兩個小朋友一起送去。

我曾和幼教教師有過交流，她說教育幼兒就是要強調「當場」，當場表揚，當場批評，當場演示，當場實習，今天講「讓梨」，下一堂課就分梨。爭小的要表揚，拿大的沒有錯，眼饞心動的要找理由表揚，讓榮譽感勝過物欲。整個「讓梨課」要進行兩個星期，但是謙讓教育卻是長期進行的，甚至在成年人的講義裡還能看到「人四十，懂讓利，謀雙贏，共發展」的句子。大綱對課程的要求是幼兒能主動謙讓，讓榮譽感勝過物欲；學會用刀實施分配的辦法，所以後來的幾天就分西瓜，分蛋糕，目的是暗示他們用刀切割。

「大綱裡還有社會公德教育的要求，老師們對此也有具體的教案，比如，老師會問孩子，『如果馬路上有香蕉皮、西瓜皮或者磚塊，老人容易滑跤，小孩容易絆倒，你們看到了該怎麼做？』他們一定會說把垃圾撿起來扔進垃圾箱。然後老師就啟發他們，不一定要撿起來，只要把垃圾踢到路邊大家不容易踩到的地方就可以了，過後清潔工人會來清理的。第二天開校門前由老校工在走道裡故意放上西瓜皮、香蕉皮和磚頭等垃圾，小朋友一來就會乒乒乓乓地踢到路邊，而且放得特別仔細，都靠緊牆壁。老師的任務是加緊表揚，鼓勵小朋友堅持好習慣。這樣做三個星期，這批小朋友今後基本上沒有亂扔垃圾的習慣。幼兒的特點是心本善，愛表揚；無規矩，善模仿。學做人就和學寫字一樣，先描紅，再臨帖，持之以恆，習慣便成自然。」

聽了她的介紹我想起我原單位的一位領導在會上的一次講話，他說：「有人向我反映，某某同志是偽裝積極，是做給你看的。我很同意你的說法。但是我認為偽裝的積極總比不偽裝

211

的消極要好，如果你內心是消極的，卻願意『偽裝』積極，至少說明你認可積極。我建議大家都來『偽裝』積極，你能裝一天，我明天開會就表揚；你能『偽裝』一個月，我就給你加獎金；你能『偽裝』一年，我給你評先進；你能『偽裝』三年，我就介紹你入黨；你能『偽裝』一輩子，那麼你就是活雷鋒。做雷鋒就那麼容易。」

學齡前教育的內容很廣泛，除了識字，除了英語，除了「10」以上的數數，樣樣都學，而更注重幼兒的道德和品質的教育，總體的教學特點是正面，簡單，重實踐；重複，重複，再重複。

212 ## 「背道而馳」授道德．．．．．

對於青少年的道德教育就不能用簡單的模仿與重複，因為他們已經有了自以為很成熟的思想，離經叛道是他們的心理特點。如果道德教育也像我們當年的階級鬥爭那樣日日講月月講，那麼它的結果是叫人討厭；謊言重複一千遍未必會變成真理，不幸的是真理只要囉嗦三遍，聽上去就像謊言。所以講經論道式的課堂教育比較少，教授道德課一般都沒有教科書，偶爾發幾頁講義。我看到過他們的一份講義，那是宣揚孝道的《二十四孝》。受魯迅雜文的影響，我對《二十四孝》沒有好印象，正是這個《二十四孝》，使得中國的傳統道德看上去迂腐而虛偽。於是我便對他們上「孝道」課生髮出極大的好奇。這次是我主動對朋友提出，希望去聽他們的「孝道」課，在慷康教授的安排下，我們通過互聯網觀摩了崇德中學的一堂德育課。

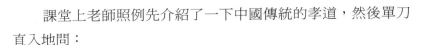

　　課堂上老師照例先介紹了一下中國傳統的孝道，然後單刀直入地問：

　　「想必大家講義已經看過，現在我想知道你們覺得《二十四孝》對你們有什麼啟發？」

　　「胡說八道，典型的胡說八道。」一男生說，「哭竹求筍、臥冰求鯉……，每次這樣的荒唐行為居然都能產生奇蹟。」

　　「很肉麻的。這個老萊子怎麼做得出來啊？」一個女生說。

　　「我覺得這《二十四孝》是在提倡不孝。孟子說『不孝有三，無後為大』，可是郭巨卻要埋掉兒子，幸虧挖到一罈金子，如果沒挖到金子，他把兒子埋了，弄得這老郭家家破人亡、斷子絕孫。那是最大的不孝。」

　　「高風險高收益的買賣。呵呵。」

213

　　「根據我國現行法律，地下挖出的財寶要歸國家所有。」

　　「……」

　　中學生盡興地調侃、嘲弄著《二十四孝》。十五、六歲正是思想活躍，又好賣弄小聰明的年齡。老師有因勢利導地問：

　　「你剛才說『不孝有三，無後為大』，那另兩個是什麼？」

　　學生們劈劈啪啪打響鍵盤到網際網路上尋找答案。

　　「有了，」一女生說，「有個叫趙岐的作了注，說：『於禮有不孝者三事：謂阿意曲從，陷親不義，一不孝也；家窮親老，不為祿仕，二不孝也；不娶無子，絕先祖祀，三不孝也。』」

　　「我不能升官發財就是不孝嗎？能為祿仕的人有幾個？全國大多數人都不孝嗎？」

　　「他肯定注得不對，大多數人做不到的事就不能作為規

矩。孟子還說過：『事，孰為大？事親為大；守，孰為大？守身為大。』大，是指重要，而不是第一。」

學生們各述己見。

「好了，這個就先討論到這裡。今天的作業就是回去想一想：為什麼要孝敬父母長輩？我們今後怎樣孝敬父母……」

「你們誰和我結婚？生個孩子。互助雙贏，一起盡孝。」老師的話音未落，一個搗蛋鬼就搶著說道。

「哈哈哈哈！」大家大笑起來。

「可是你沒說明白，究竟什麼是孝？」一個學生追問道。

「你們還小，是不會真正懂的（這就是老師的教育藝術，你越說中學生不懂，他們就越不服氣）。孝，是出於內心的感恩，常常體現於對自己曾經不孝的遺憾。等你們有一天鑄就了這樣的遺憾，就是真正懂得了孝的含義，可惜到了那時，你可能已經失去了機會。」

214

「不明白。不孝，就是不尊重、不照顧好長輩。」

「說起來很容易，做起來也很容易，但是真正要做得好，很難。我有一個老奶奶，我很愛她，現在過世了。有些小事今天回想起來我常常會很難過，那時我和你們一般大，有次，上學去的時候傻乎乎地把桌子上的兩根香蕉都拿走了，那是她昨天專門準備的早餐，後來她很隨便地吃了點泡飯。雖然我工作後常常給她買香蕉回來，可是有什麼用呢？那頓早餐永遠也沒法補償，如今我一吃到香蕉就想起愛吃香蕉的老奶奶，留下了永遠的遺憾。」

「無知則無過。」學生插嘴說道，「你不能老是想著自己由於無知而造成的過失。」

「問題是我知道那是她的早餐，問題是那時我已經和你們一般大了，不是不知，也不是無知。世界上最愛我們的是父母，他們對我們的愛是無條件的，有時我們無知地對父母發了脾氣，我們無知地對父母有所不敬，只要第二天問候一聲，『媽媽，你這麼早就起來啦？』她就原諒了你所有的無知和無禮。除了父母，社會上沒有第三個人會這樣輕易地原諒你。如果一個人連父母都不尊重，那麼他會尊重誰？連父母都不愛，他還會愛誰？他不愛任何人，不尊重任何人，那麼在這個世界上又有誰會愛他？又有誰會尊重他？一個不被人尊重，不被人愛的人，會有什麼成就？

「下面的話你們在筆記本上記一下，我們要以此命題做作文的，『懂得孝敬的人未必有出息，不懂得孝敬的人一定沒有出息；沒出息的人未必不孝，但是有出息的人一定懂得孝敬』。」

215

既然是讀書那就要有作業，有實習，如果沒有作業和實習，那麼教書和說書，讀書和聽書就沒有了區別。作業、實習都和「讓梨」課程一樣，在學生不知不覺中進行，教學參考書裡都有詳細的教學方案。這門學科沒有考試，因為道德只有底線沒有滿分，底線就是法律，只要不觸犯法律都算及格。當地的人們一旦觸犯刑法而被判刑，他的所有學歷都將被取消，邏輯依據就是我前面所說的，由於道德的缺失，他所有的智慧和能力都將是破壞力量，所以他的學分都是負分。和我們不同的是當地沒有法制教育這樣的課，他們認為在道德教育的課程上講法制簡直是在教育公主不要去賣淫。「取法乎上」這句話的最早出處是他們的《六法全書》的最後一章——《六法補遺》，文章認為法律和一切法規無論怎樣齊全，總有文本或監管的漏

洞，而面對這些漏洞，人們必須用高標準的道德來守身（不是守法——作者），如果大家的行為都壓在道德的底線，尋找並惡意利用這些漏洞，那麼社會的政治成本就會無限擴大。所以當我講起我們的法制教育時他們都覺得不可思議，他們常常會這樣反詰我：

「法律是什麼？是道德底線！法制教育教的是什麼？法制教育的實質是規避法律的教學，你可以撒無賴，可以不講禮貌，可以不尊重他人，可以貪小便宜，可以不孝敬老人，只要給了他們生活費就算盡到扶養責任，可以不教育子女，只要把他們送進學校並繳清學費就是盡到了法定的責任，只要不觸犯法律，甚至可以說只要不讓法庭抓住證據的事都可以做，都是好人。這是法制教育？是教人如何規避法律的教育？這叫誨淫誨盜。」

216

「不是這個意思。處理民事糾葛時懂法和不懂法就不一樣，有了法律常識可以減少許多糾葛。」我說。

「民事糾紛的懂法和不懂法，其實質就是懂不懂怎樣取證和保留證據。我們這裡很少有取證的問題，有時明明對當事人不利的陳述，只要是事實，當事人都會承認下來，因為這涉及到『五德』中的『真』和『誠』。」

「簡直到了君子國了，荒唐！天方夜譚！」

「不荒唐。你知道如果在法庭上說了假話，或者做了資訊造假、入侵他人帳戶、故意侵犯知識產權、冒用商標等任何不誠信的事，最後一旦被證實是什麼後果？不堪設想。他會被判處 10 年乃至終身繳付 5% 到 30% 的不誠信稅！也就是說，他從銀行的每筆取款或出帳都會被扣除 5% 到 30% 的不誠信稅。他將終身貧困。」

詩外的功夫，課外的教學.....

這堂關於孝道的課只是他們道德教育的個案，未必就有明顯的效果，就如我們上了幾堂物理課，未必對我們建立知識體系有明顯的作用。道德沒有標準，道德教育課沒有明確的可考量的目標，但是教育大綱上寫得很明白，「我們的教育方針，應該使受教育者在德育、智育和體育幾方面都得到發展，成為有道德、有理想、有文化、身心健康的勞動者」。教育方針是明確的，就是希望培養出有用於社會的人。在他們的道德倫理中「三思而後行」這句話佔有很重要的地位，「三思而後行」出自他們的古書《倫理》，原文我已記不詳盡，意思是這樣：一事當前，必須一思國家、社會；二思明天、將來；三思利弊、得失，然後再行動，這就意味著理想主義在他們的傳統倫理中佔有很高的地位，離開了理想主義的道德就是做個謹小慎微的君子。「三思而後行」傳到了我們這裡居然丟失了具體內容，成了提倡做謹小慎微的君子意思，不能不說是一種悲哀。

道德教育的形式卻似有而無，大綱上明明規定有這課程，並把道德課放在最重要的位置，學校卻很少安排上課，他們認為功夫應該在課外，營造一個優良的道德氛圍，比上課更為有效。他們的學校的走廊兩邊都掛著雷鋒、德蕾莎修女、一介草民和許多反法西斯戰士的照片和畫像，甚至還掛著岳飛、鄧世昌的畫像，這就叫我很不理解，岳飛怎麼是道德楷模呢？

「怎麼不是？他不是愛國主義軍事將領嗎？」同往的慷康先生說道，「道德楷模不是道德完人，只是某一方面的模範。愛國主義就是道德的一個很重要的內容……」

他們的古籍《倫理》裡也有類似於我們的「三綱五常」的
東西，叫「四範五德」，「四範」是「君為臣範，臣為民範，
夫為婦範，父為子範」，「五德」我記不清楚，好像是什麼「真、
善、美、誠、信」。我們的「三綱五常」已經廢棄了，他們的「四
範五德」實踐到現在，教師和國家幹部都在他們的胸前或領口
上別有專門的證章，這給了他們很大的榮譽和責任。他們出現
在任何公共場合，人們常常都會欠身示敬，他們在社會上有著
特別的地位，我覺得這和「四範五德」有很大的關係。社會上
發生車禍，或是其它災禍性事件，第一到場的往往不是警察，
而是過路的幹部或教師，他們的每一舉一動都受到社會的關注。
當地有一句這樣的話，「沒有花邊新聞的幹部不是好幹部」，
就像我們這裡的歌星一樣，沒有緋聞的歌星不是名歌星。和中
國的老百姓一樣，他們的老百姓也喜歡傳小道新聞，比如「有
個老人出門扭了腳，讓一個過路人攙扶著送了回來，家裡人一
看，哇，是新上任的區長先生」，諸如火場救火啊，下水救人啊，
拾遺送歸啊，每個幹部和教師都有類似的小道新聞。大年初一
我看到附近一戶人家的門口的臺階上放了一大堆蔥，方才知道
我們的鄰居——那個不顯山不露水每天早早起來灑掃庭院的婦
女原來就是桃花淵市的市長。那蔥是市民們半夜裡像搶著燒頭
香那樣一人一炷地送來的，次日，好事的小報記者們還會一家
一家去看，比哪個領導家門口的蔥最多。誰個好，誰個不好，
誰個最好，誰個稍次，市民們心裡都有一桿秤。據說有個幹部
覺得應該低調一點好，下半夜就偷偷收了一半進去，好，你敢
收！一大幫市民就在他家門口堆上一籮，後來就誰也不敢收進
去了。同樣，每年桃李上市，做老師的家門口每天能收到很多
桃子李子，都是以前畢業的學生送來的，老師吃不了就帶到學

校給學生嘗鮮。「桃李漫天下（漫，不是錯字，當地是這樣用的）」，這句話就是這樣出來的。

　　「夫為婦範，父為子範」就足以說明男人在道德傳承方面的重要作用，他們過去的幾千年也和我們一樣是男權社會，男人是一家之主，他不僅要負擔家庭主要的經濟來源，還要承擔家教、家風的責任，有時小孩對人做了淘氣事，光由母親出面道歉是不夠的，必須由父親親自出面才行。據說，在過去，當地的男人偷女人算不得大錯，老婆哭鬧幾場也就了事，如果男人偷東西被妻子知道了就完了，妻子會毫不猶豫提出離婚，並且不出幾天就會帶了子女去嫁人，甚至不惜去做人家的小老婆，「國不可一日無君，家不可一日無夫」，因為丈夫失德而離婚獨身的，其子女將被社會歧視，「生不教，父之過。」嫁人也好，做小老婆也好，都是終生大事，豈能在幾天裡做好？人家也未必肯要。但是當地有這麼個風俗，有德之士往往願意做她的「教夫」，這又是個新名詞吧？於是她備了香燭，帶了臘肉和點心吃伏率子女去拜認教夫。作為教夫的接受了拜認，給孩子們改了姓，在孩子們叫了「阿爸」之後，便將收下的點心吃伏當即分給孩子，臘肉卻轉送給了孩子的老師，權充學費，謂之「束修」。至於這「束修」一詞到底是從我國傳過去的還是那裡傳過來的，就無從考證了。做教夫、教父和我們這裡做丈夫、做繼父是不完全一樣的，他只承擔對女人和小人的教育和束管；如果他願意，他可以和那女人同床，上了她的床就必須負擔起經濟責任。如果女人或是小孩做了比如拾金不昧之類的好事，那個男人簡直光彩照人！族長、里長都會請他吃飯。道德之士都是三妻四妾，缺德之徒卻要妻離子散。但是三妻四妾也不好娶，責任太大，倘若女人或小人因無知而犯了刑事罪過教父要

219

承擔刑事責任，故大多數男人是不願意承擔教夫教父角色的，常常歎說「惟女人小人難養也」。

說到這個事情我想起，當地無論買什麼東西都給發票。有次互庚教授買了一塊肉拿到發票後居然仔細地保存了起來，我問他這發票有什麼保存的意義，怕肉有激素？他笑著說，讓老婆給報銷。後來我知道，這是當地長期的男權社會的遺跡，男人要在家庭中享有充分的權威就必須證明自己的道德，光憑做善事不行，他必須把每一個可能造成道德隱私的地方暴露給妻子兒女，「事無不可對人言」，是「男人守則」第一條。

全世界的年輕人都一樣，歡喜追新，歡喜時尚，歡喜流行歌曲，崇拜流行歌手。由於年紀的關係，由於經歷的關係，我對時尚、流行和一切過眼雲煙從來不屑一顧。自從互庚夫婦請我們去聽了幾次名歌星的演唱會，很大程度上改變了我對流行的看法，比如前面我所說的「階級鬥爭三人組」就很有創意，最奇怪的是他們的流行歌曲排行榜的第一名永遠是我們的《畢業歌》，而且常常是演唱會的壓台戲，幾名歌星同時登臺，「同學們，大家起來！⋯⋯」領唱的歌星開了個頭，手一揮。「擔負起天下的興亡⋯⋯」，全場同聲，熱血沸騰，當唱到「我們今天桃李芬芳，明天是社會的棟樑；我們今天弦歌在一堂，明天要掀起民族自救的巨浪」時，無數年輕人都激動得流著眼淚揮舞國旗，連我這五十多歲的人也被搞得心咚咚地跳。

「《畢業歌》怎麼會成流行歌曲？那是我們那裡當年的救亡歌曲，都六七十年啦。」

「都流行了六十多年了，還不算流行歌曲？要多少年才算？我們這裡的《大江東去》、《自由小調》、《滿山楓葉紅

如火》才流行了四、五十年已經算流行歌曲了。」

「這怎麼叫流行歌曲？」

「那怎麼不是流行歌曲？」

「那是老歌。流行歌曲是指最新流行的，先由歌星把它唱紅，然後大家在卡拉 KO 上學。」

「一首歌不流行上三五十年能叫流行歌曲嗎？那叫『撒尿』歌，就像咪咪小孩，尿撒在地上都要去踏上一腳，在他們看來是新鮮東西，任何大人都覺得好笑而無奈。」

我說這些旨在說明，社會上樹立了怎樣的模範，就會有怎樣的青年，這個社會就會有怎樣的未來。全世界的年輕人都崇拜歌星，都歡喜模仿歌星，所以有「偶像」一說。他們稱歌星叫「鼓手」，為激勵人們進取而打鼓的意思。我們的歌星在電視裡出鏡時常常是以在椰樹海灘追逐嬉鬧、在篝火晚會激情對唱、在紅燈綠酒中搖頭擺尾的形式，他們卻常常是男女一起在冰雪天游泳、牽著駱駝噹啷噹啷地在沙漠裡行進。有次我在電視上看到一名女「鼓手」滿臉煙塵地唱著令人亢奮的《大火歌》，背景是一大幫消防隊員往火場裡衝鋒，她一手提著滅火機，一手高高揮起，破爛的軍服裸出了半個乳房，很美。

互庚先生家裡有好多的青年雜誌，都是他從事教育的太太買的，我空閒時便隨手拿來翻看，內容基本上還是讀書、體育、愛情、文娛等，主基調卻是理想主義、「社會主義（他們的社會主義和我們的社會主義有點不一樣，他們的社會主義是指一事當前先替社會替國家著想的主義，傳統的三思而後行的現代版。——作者）」、未來主義和英雄主義，從來沒有什麼「玩深沉」、「玩憂鬱」這樣淺薄的字眼。當地的年輕人常常「淺薄」

221

得可愛，我們在那裡恰逢冬天，氣溫只有十四五度，街上常常可以看到只穿一件短袖 T 恤的大孩子，將剛剛發達出來的肌肉包得緊緊的；每天早晨天不曾亮透就有很多青年男女在練長跑；有時還能聽到有人像小公雞打鳴那樣在唱歌，那是大男孩在沖冷水澡。總體上看，當地的青年男女都很陽光。

奇怪的是在當地的書報雜誌上從來沒有諸如《青年道德修養》之類的文章，總之，「道德」兩字不大出現在書面上。

阿姆姊神廟．．．．

我曾經和亙庚教授討論過這樣一個問題，我說，世界上無論怎樣偏門的技術、技能都有專門的學校教授，但是想要學習人人都應有的道德、和作為君子所必須的操守卻沒有專門的禮教學院。他沒有逕直回答我的問題，只是像打禪語那樣地說，「菩薩在你心中，何必到處求學。」

自我們去參觀阿姆姊神廟後我才對這個問題好像有了答案，我只能說「好像」，此類問題確實很難有一個明確的答案。阿姆姊神廟在南柯郡向西五百公里的五聖山附近，是座氣勢宏大的建築，通體用巨大的石塊砌成，由於年代久遠，早已成了廢墟。在以前，懷孕的婦女和即將當上父親的男人都要來神廟祭拜，祈求自己生下一個聰慧、漂亮而又有道德的子女。如今是當地著名的旅遊勝地，其知名度不亞於羅馬鬥獸場。五聖山是這裡的宗教聖地，最著名的寺院、教堂、道觀和清真寺都建在這山上，周邊還有不少神學院、佛學院、伊斯蘭研究院、文學院、美學院，以哲學而著名的華東李公大學也在這裡，據說

222

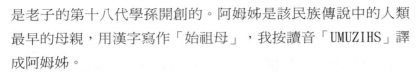

是老子的第十八代學孫開創的。阿姆姊是該民族傳說中的人類最早的母親，用漢字寫作「始祖母」，我按讀音「UMUZIHS」譯成阿姆姊。

阿姆姊是天帝最小的女兒，她美麗純真而充滿愛心。據說那時人類還沒有誕生，天國花園常常有野狼出沒，不時將湖邊的天鵝、草地上的兔子叼走，天庭貴族的小孩子都不敢在草地上遊戲，只能扇動肉嘟嘟的翅膀在樹梢上飛舞，天帝多次派武士圍捕都沒有成功。有天傍晚阿姆姊在後花園散步，忽然發現一頭灰狼正用綠幽幽的眼睛瞪著她，她頓時魂飛魄散落荒而逃，這時一個英俊的王子從小道衝出來，抽劍護住了阿姆姊，灰狼悻悻地瞪了他們一眼，灰溜溜地走了。

「謝謝你救了我。你是誰？來自哪裡？」

「我是夜郎國王子，來天國尋找愛情。」

「世界上只有我們神的天國，怎麼還有夜郎國呢？」

「天有白晝黑夜，世有天國和夜郎。」

「你們的王國大嗎？」

「很大，威鎮天國。」

「哈哈哈哈，真是夜郎自大。我就是天國的公主，可是我從來沒聽說過有夜郎國的。你知道我爸爸的力量嗎？他一個噴嚏就是一聲霹靂，能把一棵大樹打倒。」

「我能想像到他的力量，可是你想過嗎，也許就是因為一隻小蟲吹進了他的鼻孔，他才打了噴嚏，你說，打倒大樹的是你爸爸，還是小蟲？」

「你真是個『壞人』。」公主愛上了這個勇敢而聰慧的王

223

子。

後來他們結婚了，然而她的婚後生活是不幸的，天天眼淚洗面，那個王子性格粗野，完全沒有王子應有的修養，「幽默」得令人恐怖，他管樹梢上飛來飛去玩耍的小天使叫「非典」。

「非典？什麼意思？」

「我說的是『飛點』，會飛的點心。你看那粉嘟嘟的小臉，多可愛；那肥嫩嫩的小屁屁和大腿腿，一咬一口的汁水；別以為翅膀裡骨頭多，和雞翅膀不一樣，嫩著哪，咯吱咯吱，咯吱咯吱……」他說著下意識地噴起嘴來。

「你惡不噁心？」

「哈哈哈哈！」露出一口白森森的大白牙。

不僅丈夫的粗野無禮，更叫她羞辱的是，她一連生下了四個沒有翅膀的子女，她丟盡了臉面，也深深自卑自責，尤其是看到別的孩子們玩追鴿子的遊戲時，自己的孩子只能光著腳丫滿草地奔跑……

在一個中秋夜的子時，月光照得房間透亮，「嗷！歐——，嗷！歐——」，窗外傳來一聲聲狼的淒嚎，阿姆姊心若寒蟬，伸手去拉丈夫，發現丈夫不在身邊，她趕緊起來照看孩子，「嗷！歐——」，窗外又傳來一聲慘人的淒嚎，她抬眼望向窗外，一頭碩大的灰狼套著他丈夫的睡袍昂首踞蹲著對月亮發出聲聲嚎叫，頓時心頭起毛，「哇！——」地驚叫起來，宮廷為之大亂。武士們四路把守，八面圍捕，及到天色發白始將灰狼捆縛，當東方亮出第一道曙光時，灰狼奇怪地扭動了一下變成了阿姆姊的丈夫。天帝大怒，將野狼國王子和他的四個子女流

放到大地上，其中兩個就是我們人類的祖先，還有兩個就成了狼的祖先。所以有的民族就以狼作圖騰，烏茲別克人甚至認狼為祖記續家譜，而我們中國人每到中秋大家總要紀念那個和母親分離的日子，偉大的詩人還寫出了「每逢佳節倍思親」這樣動情的詩句；狼雖然兇殘，有時也念兄弟之情，世界上曾有過狼孩，你聽說過有獅子老虎哺養人類嬰兒嗎？

從該傳說可以看出，人類有著來自神和獸的雙重遺傳，女神母親給了我們美麗的外表和紳士的氣質，還給了我們博愛、仁慈、公正等所有美德，不幸的是人類的骨子裡還有著來自獸類的自私、貪婪和殘暴的基因。

「看來『人之初，性本善』這句話靠不住。」我說。

「可信的倒是『菩薩在你身上，魔鬼也在你身上』，可怕的是『道高一尺，魔高一丈』。」

225

「既然是人類的天性如此，那就是不能擺脫的東西，不能擺脫就不該定其善惡，就如衡量人的脾氣好壞不能使用是非尺度。」我以為。

亙庚教授如是說：

「作為人，既是自然人又是社會人。從生物學角度來看人，為維持生命和繁殖而進行營養和能量的攝取是一切生物的必須行為，是徹底的利己行為，利己是維持生命的基礎，任何道德家不得不承認，這是符合道德的；而從社會的角度來看人，利己雖然不違反道德，但是利他是更高的道德。人們為了利己（捕食、農作）而合作，因合作而形成社會，要合作就必須利他、利社會。利己是社會形成的起點，利他是社會存在的基礎。道德是利己主義和利他主義的對立統一，是很難語言能講清楚的

問題，道德教育必須從『人之初』開始，我們卻無法對一個幼小的孩子講述這些理論，所以道德是無法完全靠學校教授的東西。你曾經問我的問題其實我的學祖蘇格拉底早就提出過：讓一個人學習做鞋匠、木匠、鐵匠，人們都知道該派他去哪裡學，讓一個人學習過正當的生活，人們卻不知道該把他派往哪裡了。笛卡兒認為：一個人能設計一座完美的教堂，世界上卻沒有一座完美的城市，因為『羅馬不是一天建成』，它是由無數人在很多年代裡按各自的要求、審美和愛好修建而成的。一個雕塑家能雕塑出一座完美的人像，世界上卻沒有一個教育家能培養出一個完人，那是因為培養一個人至少是教育家和受教育者兩個人的共同進行的事業，事實上影響受教育者的遠不止幾個人，道德是受教育者的利己本性和社會對他的利他要求經多年磨合而成的，也可以說是他自身的利己本性和社會道德觀對他發生的作用的均衡。而很多人做出來的東西總是不完美的。」

「既然不完美，那麼就有個程度和量度的問題。你覺得用什麼樣的尺度來衡量人的道德水準呢？」

「利己不妨人，可謂有德；利己而利他，中德……」

「克己奉公，上德？」我接著他的話說。

「不是，克己奉公違背道德的起點，不可能成為普遍德行，無以推行；而拔一毛利天下，偶爾為之，天下遍是。『克己奉公』聽上去很高尚，其實沒有可行性。『上德不德，是以有德』。當一個人的人生目的只為求道——追求真理的時候，不再以利他為手段行利己之目的，不再標榜道德，不再刻意尋求道德，上德也就自然天成了。無論道德一詞是否源於《道德經》，我認為《道德經》已經對它作了最好的詮解，《道經》三十七篇

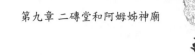

都是論道的認知，《德經》四十四篇則是論道的實行。道德，就是對真理的認知和實行。追求真理是人的最高理性，是道德的最高境界。

「道德是在人類社會的一定生產方式或經濟關係中產生的，它受人們的經濟關係的制約，並隨著社會經濟關係的變革而發展，農耕經濟社會有農耕經濟的道德，資本經濟社會有資本經濟的道德。即使是同一時代的人們，都依據自己賴以生存的社會經濟關係形成不同的道德準則和行為規範，或者說，不同階級也有不同的道德準則，資產階級有資產階級的道德，無產階級在有無產階級的道德。道德源於利益，利益是有排他性的，即使是所謂的公共利益，人人有份，但是公共利益是不容私人侵佔的。道德是立足於社團（家族、宗族、民族、利益集團、國家）利益或階級利益的最高價值觀，是為維護社團和階級利益所需而形成的最高人品尺度，這就是道德的相對性。」

227

「既然道德有其明確的階級性，那麼，萬一有一天私有制度的消滅了，那麼是否意味著道德也就消滅了呢？」我問。

「我們還不得不承認世界上還有任何時代、任何民族、任何階級都讚美的絕對道德，諸如勤勞、勇敢、誠實、守信、儉樸、謙虛、敬業、寬容等德行。因為任何人儘管生活在不同的時代、不同的社會，處於不同的階級地位，信奉不同的價值觀，而上述這些德行恰是維護階級和社團利益所必須的。道德是立足於社團、族群、民族、國家和階級利益的最高價值觀。私有制度會消滅，階級也會消滅，但是族群不會消滅，全人類是最大的群，維護人類的永久生存和發展將是道德的根本內涵，是道德的最高境界，是我們認知真理，實行真理的根本目的。

「是人，就有人的社會共性。人的社會共性是什麼？就是利他性（維護本階級和族群的生存與利益），這是相對於人的自然共性而言。沒有利他性，社會就不可能形成。

「有人認為，道德是人的價值觀的外在表現，不同的價值觀就有不同的道德觀，就有不同的道德行為，還將『盜亦有道』作為論據，甚至提出依據《人責公約》中關於『尊重他人的價值觀』的條款來要求社會來尊重他人的道德觀，這是對道德的客觀性的否定。我同意『不同的價值觀就有不同的道德觀』這種說法，因為道德觀是主觀的，任何人都自以為有道德，但是不能同意『就有不同的道德行為』這種說法，你愛怎麼『觀』，是你個人的事情，一旦付諸行為，那麼，此行為是否符合道德，要讓社會來判斷。『盜亦有道』就是指盜群有盜群的行規，或者說，盜群有其道德規範。誠如蹠曰：『何適而無有道耶？夫妄意室中之藏，聖也；入先，勇也；出後，義也；知可否，智也；分均，仁也，五者不備而能成大盜者，天下未之有也』，其五行即為絕對道德，可謂『有德』，但是此德存在於盜群，僅於盜群有益。須知，盜群是對立於社會的，他們的行為是有悖於社會道德的，故『盜亦有道』是『盜有盜道』，並非『盜亦有道德』。如果道德沒有客觀性，法律就沒有制訂的依據，因為法律是社會公認的道德底線。道德多元其實就是沒有道德的人的強辯和自我寬慰，道德多元就是道德喪淪。」

這是互庚先生對道德的論述。哲學家相對於社會，常常是的另類，或者說，還活著的哲學家常常受到社會的排斥，因為他們思考的都是不著邊際的真理，這些真理常常是對社會的主流價值觀的否定，且不能給人們帶來任何實際的好處，而他們

也不奢望社會對他們的思想的認同和推行。經濟學家就不一樣，他們希望每一個研究成果都能對社會帶來實際的利益，同樣是討論道德問題，慷康先生卻另是一種說法。

道德經濟學......

「道德經濟學」這是我給慷康先生的「學說」起的名字。我們在討論道德教育時慷康先生曾說：

「如果你們有辦法使你們的人民都能保持勤勞節儉的民族傳統，都能像德國人那樣嚴謹、認真，像日本人那樣具有團隊精神和紀律性，像挪威人、丹麥人那樣誠實，像猶太人那樣勤於思想，像美國人那樣崇尚個性自由和尊重他人的權利，如果你們的人民能將誠實、守信、負責、節約、敬業和敬德等德行提到更高的水準，那麼你們一定能在不增加投資，不增加能源和自然資源消耗的情況下而取得更多的優質 GDP。人民生活品質和幸福感更會大幅提高。從經濟學意義上說，道德是第一生產力。」

229

我不懂經濟，只能含糊一笑。誠然，上述幾個德行對經濟的增長確實有一定的好處，但是將其評價為「第一生產力」似乎太高了點。

「試想，一個社會是人人認真工作，處處厲行節約，另一個社會是大家馬馬虎虎，到處大手大腳，那麼這兩者的效率差異呢？同樣的工作時間，同樣的『抽象勞動』，其效率和品質是不一樣的。」

「這只是道德的個別方面，你不能說『道德就是第一生產

力』，科學技術才是第一生產力。」我說。

「僅這一個方面，崇尚道德的社會生產效率就已經高於不講究道德的社會了。再說其它方面，假設有這樣一個社會，人人都只想抄近路，廠商偷工減料，冒充人家品牌；商人不誠實經商，以次充好，缺秤短尺；消費者也不老老實實，買東西時動腦筋少給人錢，或者乾脆用假鈔；工人不認真工作，只要工長沒看見就偷懶；學生不認真學習，將腦子用在考試作弊，或乾脆買假文憑；『科學家』為了滿足論文發表的需要而隨意塗改實驗資料，甚至剽竊他人論文；公務員貪污、收受賄賂；警察敲詐勒索，和罪犯結成團夥……，每個人都竭力發現並惡意利用法律、法規的文本或監管的漏洞，這樣的社會能有效率嗎？這樣的社會就像一部技術狀況很惡劣的機器，導軌不直，輪軸鬆動，軸承斷油……，全身都是非正常摩擦，能源都轉化成了內耗，要管理這樣的社會，政治成本將會無限提高。而且，人生活在這樣的社會裡不會有安全感，不會有幸福感。所以，所有的哲學家、社會學家、教育家、政治家，一切人文科學家都有提高社會道德水準的責任。尤其是朝廷對引導社會主流價值觀，樹立國民正確的道德觀起著決定性的作用。

「但是我們發現，在中國的孔夫子時期的道德倫理已經達到了很高的境界，如今兩千多年過去了，無論生產力、科學技術、教育普及，還有那該死的 GDP 都有了極大的發展，可是道德倫理卻沒有任何發展，社會道德水準並不見得比那個時代更好；我們無論怎樣努力用教育和輿論的方法來提高社會道德，社會道德的提高總是呈拋物線狀，稍有鬆懈便要下墜；要使社會道德維持在高位運行，就要不斷地加強教育和增強輿論的力

量，好像地球引力對道德也有作用。

「物理定律怎麼會對社會科學起作用？其實，對社會道德起作用的不是萬有引力，而是『利益吸引力』！人們從『會』勞動開始，就一直在研究如何以最少的勞動換取最大的收穫，但是人類自從懂得勞動合作化，『聰明』的人們隨即發現在集體勞動中偷懶、多吃多占、盜竊和欺騙等不道德手段是獲取利益的捷徑，比勤勞工作、提高技術、改善工具更為有效。

「認真工作需要多付出勞動，誠信對待社會勞動的合作和分配可以減少社會管理成本，可見道德是具有經濟學意義上的價值含量的；道德的價值含量也體現在勞動產品的品質更好，社會勞動的效率更高。可是，講究道德卻是違背自然的，因為講究道德需要個體自覺多付出勞動，和自覺約束行為自由。」

231

「『違背自然』，妙極了！」互庚先生叉開了慷康先生的話題，說，「從哲學上說，這也是一個很奇怪的現象……」

「等會再從哲學角度來討論。你們中國人常說『害人之心不可有，防人之心不可無』，其實，無害人之心的人必不防人，有防人之心的人必害人。一個誠信度很高的社會，人民普遍單純輕信，不必說騙子容易得逞，即使有人耍點小滑頭也能得到實惠，『利益吸引力』使得耍小滑頭的人多起來，這是經濟人的性質所決定的（所謂經濟人就是假設的那種沒有政治立場，沒有集團利益傾向，沒有情感，沒有理想，只追求個人利益最大化的理想形態的人——作者注），不在乎社會公德、不遵守紀律、勞動生產只求合格不求優良、追求不當獲利等只遵守低級道德的人就會多起來，社會的道德水準就因此而下降。要依靠加強教育和增強輿論監督來提高社會道德水準顯然很困難，

因為這不符合人的生物本性，充其量只能維持社會道德在一定水準上運行。」慷康先生說。

「道德既然對任何個人都沒有現實的利益，那麼道德又是怎樣會產生的呢？我們不妨從道德產生的原因上去找出路，道德既然能產生，就一定能發展。」我說。

「說得太好了，能產生就一定能發展。道德產生於勞動的合作和勞動社會化的發展，勞動的合作需要勤勞、誠實、互信、守法（自覺遵守一切規則和潛規則），所以這幾者都是最原始的道德，其它諸如謙虛、寬容、禮讓、律己和敬德等德行都是隨著勞動合作化的發展而逐漸產生的，尤其是敬德，更是促進了道德的發展。誠信合作、積極勞動的團體的生產效率一定高於個體單幹，他們的生活品質一定高於單幹；參與勞動團體的個體之間必須建立道德互信，缺乏原始道德的人會受團體的排斥，這就是惡德成本。社會不可能給道德者額外的具體利益，但是可以提高不道德者的惡德成本，如果有人試圖通過不道德手段獲取利益，那麼將遭到社會的唾棄。每個人都在對缺德利己追求眼前利益和守德利他尋求長期利益這兩者間進行權衡，每個人對兩者的權衡結果不一樣，兩者間有一個平衡點，這個平衡點就是每個人的道德水準，大量個體的道德水準的集合就是社會的道德水準。道德水準就是利益權衡的結果，要提高社會的道德水準，就只能提高惡德成本。道德源自經濟，也只能用經濟手段來提高道德。」慷康先生說。

「罰款？」我問。

「你以為經濟就是錢？在我們的社會裡，惡德寸步難行。」慷康先生轉臉對著互庚先生說，「我說的經濟手段是指及時讓

惡德者吃虧，越快越好。你剛才說，『從哲學上說，這也是一個很怪的現象』，現在你還覺得怪嗎？」

逆熵而行話道德⋯⋯

「社會提倡道德，一點也不奇怪，沒有道德社會就會崩潰。倘若仔細分析一下，這種違背自然的東西居然能統治人類幾千年，並且還在掙扎著發展，你不覺得奇怪？」互庚先生說。

「不奇怪。奇怪的倒是你將道德稱為『違背自然的東西』。」我說。

「宇宙到處無不遵守熱力學第二定律，溫度走向均衡，能量不斷地耗散，有序不斷走向無序，惟獨地球上產生了能逆熵而行的生物，植物能主動進行光合作用聚集能量，並把無序的碳、氫、氧聚合成有序的有機物，動物們再吃掉植物來聚集能量，製造出更高級的蛋白質，這是地球以外所沒有的；地球上有無數種生物，它們互相殘殺，互相制約，進行著無序的生存競爭，而惟獨人能組織一個有序的社會，這也是逆熵行為；人類社會的穩定依靠道德的維繫，道德是一種序，它有向無序耗散的傾向，這種傾向來自於個體的追求利益的生物本性，人的生物本性始終要求瓦解社會，人類的理性要求社會必須團結穩定，除了用消極的法律來設定道德底線以防止社會瓦解，還用積極的道德教育來加強對人的道德素養。」

「剛才慷康先生已經說了，道德源自利益，惡德也源自利益，所謂道德水準只是兩種獲得利益的方式認同的均衡點。而你卻認為追求對真理的認知和實行是道德的最高境界。須知，

233

追求真理是最不實惠的事情，在完全沒有利益的驅動的情況下，為什麼人反而能達到最高境界？」我說。

「道德源自理性地看待利益，而不是直接地取得利益；而，惡德卻常常能取得真金白銀。倘若嚴格地定義利益，它必須落實到具體人，並被具體人享用到的才叫利益。國家利益、社會利益，甚至全人類利益，都只產生和存在於高度理性的價值觀，這些利益只是觀念的利益，最終只有被具體人享用時才是實際的利益，如，社會保障體系的利益只是社會的利益，對於我來說只是一種存在於觀念的利益。但是它目前給我的只是一種安全感而已，直到有一天我享用它給我的保障金時，才叫利益。也許我們一輩子也不會享受到保障金，但是我們每個人都竭力維護社保體系的利益，維護社保體系的利益就是維護自己的利益，道德行為就是從公眾利益和未來利益中產生的，惡德行為卻是個人利益和實際利益引發的，我們每個人每天都會遇到利害關係，它像一頭魔鬼，時時在唆使我們降低道德，所以實際利益吸引力是一種熵力，它驅使有序的道德趨向無序耗散。」亙庚先生說。

「歸結得很好，『道德源自理性地看待利益，而不是直接地取得利益』，」慷康先生打斷了亙庚的話，「現在我能回答你的學祖蘇格拉底的問題了，『讓一個人學習做鞋匠、木匠、鐵匠，人們都知道該派他去哪裡學，讓一個人學習過正當的生活，人們卻不知道該把他派往哪裡了』。經濟學是研究資源配置的學問，資源是以物的有用性和有限性為定義的，道德只是理性地看待利益，對獲取利益沒有直接的幫助，很顯然道德對個人不具有用性，從道德的相對性來看，人人都覺得自己是道

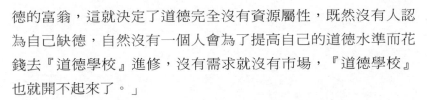

德的富翁，這就決定了道德完全沒有資源屬性，既然沒有人認為自己缺德，自然沒有一個人會為了提高自己的道德水準而花錢去『道德學校』進修，沒有需求就沒有市場，『道德學校』也就開不起來了。」

「你的意見對我太有幫助了。」互庚先生說道，「儘管如此，還是有人逆熵而行，釋迦牟尼佛，一個享受榮華富貴的王子，為尋求真理而放棄了王子的生活，差一點餓死；馬克思，憑著他的聰慧、博學和勤奮，完全可以合法合理地過上富裕的生活，但是他為尋求真理甘於貧困，你不認為這就是最高的道德嗎？ 在這個宇宙中逆熵的現象是多麼地偶然，多麼地罕見，可見追求真理是最高的道德，追求真理的思想家才是世界之瑰寶，是宇宙之巔峰！宇宙萬物莫出其右。」

235

第十章　發生在圖書館的笑話

發生在圖書館的笑話......

　　槐安國的學校多，圖書館也多，和上海的飯店一樣，在任何地方的幾百米以內就有一家。回滬後與朋友們聊及槐安見聞時，我總要講起有關圖書館的一場大笑話，那場笑話後來居然一直延續到了國內，驚動了北京、上海和山東三個省市。

　　槐安的圖書館的硬體和形式粗看與上海差不多，可以坐著看，可以外借，唯不同的是任何藏書都可以買，所以槐安沒有專門的書店。當地的人們已經很適應用平板電腦進行閱讀，電腦裡面儲存著無數書籍，也可以從網路終端上下載，很是方便。但還是有許多讀者更習慣於傳統的書籍，尤其是搞學術的人，常常會同時將幾本書攤一桌子。

　　在圖書館買書大多數情況下需要預訂，除了新出版的書

籍。新書出版一般只印上幾千冊，有些有學術價值而沒有商業價值的著作乾脆一冊也不印，全憑預訂定印。

我鬧的那場笑話就是在訂書的時候發生的。我隨便地打開電腦看了看裡面的藏書，慷康先生告訴我如果想買書該怎樣預訂，看到一本《孫臏兵法》，我就隨便地點擊一下，那本書我翻過，不厚，想來價錢不會很貴。螢幕上顯示出預訂介面，慷康先生指著介面上的「精裝」、「平裝」、「全息簡裝」幾個欄目介紹說：

「要買書只要按你的要求點擊這幾個欄目，圖書館會給你列印，裝訂，並做上封面，不出兩三天會送貨上門。」

我素來不歡喜精裝書，太硬，看起來不方便，那是不讀書的人們用來裝門面的。未細看價格就點擊了一下「全息簡裝」，我古文功底很差，沒有注解的幫助是讀不懂全文的，在我輸入了姓名、住址後螢幕上顯示出一行字：

237

「你確認需要訂印《孫臏兵法》的全息簡裝本嗎？」

我在確認鍵上點擊了一下。

「謝謝你的光顧。」螢幕上出現了一個坐在輪椅上的古代將軍，欠身作揖。

轉眼間已過了三天，仍不見圖書送來，仔細看了郵箱和門角，都沒有，我也並不很在乎，訂購此書僅是試著玩玩而已。就在我幾乎要將此事忘記的時候，來了一輛車廂板上刷著「五車學業」字樣的輕便貨運車，司機和一個年輕的副手從車上抬下一口木箱放到門口。司機看了看手上的單據，再次抬頭看了看門牌，然後探詢地朝我看了看。我接過單據，上面明明白白地寫著：

「收書人：胡靜波　《孫臏兵法》全息簡裝本壹套」。

我打開箱蓋一看，幾乎暈倒，居然是一排排的玻璃管子，裡面裝著像出土文物那樣枯焦朽爛的竹簡！如果沒有玻璃管子套裝，簡直想拿也無從著手。

「怎麼是這樣呢？」

「有錯嗎？」司機指了指單據示意我簽字。

「我要的是簡裝本啊。」

「這就是簡裝本啊。」

「這是簡裝？」

「難道不是簡裝？是什麼？」他指著玻璃管說，「『銀雀山』版本，全息模擬。真正的好貨。」

238

這箱竹簡足足花去我一千 KB，相當於人民幣一萬元呢，只怪當時未細看，誤將 1KKB 看作 1KB 了。互庚先生說我的玩笑開得不算離譜，而且這東西帶回去很有文物價值。上次有位研究古代巴比倫的學者訂購了一套「全息原版」的楔形文字資料，結果來了兩輛十噸的土方車，兩卡車的「泥餅子」把他家的菜園、走道和門口的路面堆得像轟炸後的巴格達，後來居委會和環保衙門每天來找他麻煩，最後統統送了土建回填，還罰了不少款。我在帶回上海時，在浦東國際機場也找了不少麻煩，海關一看是文物，當即問我來龍去脈。不回答也罷了，或者乾脆說外國買回來的倒也問題不大，最多登個記。文物古董帶出去管制得緊，帶回國一般問題不大，事後我是這樣想的。當時我糊里糊塗地作了一番解釋，什麼槐安國啊，圖書館啊，簡裝本啊，越描越黑，越解釋越糊塗。最後我連人帶箱子被機場的警察帶到裡面，盤問了一個多小時後，看我護照證件齊全，身份

沒有疑問，就將我放了回來，東西卻被扣押著等待鑑定。

個把月後，來了兩個人，一個是北京故宮博物館的，姓張，另一個也姓張，是山東臨沂博物館的。我們互相聊了沒幾句，他們便急切地問道：

「這東西既然是複製出版物，那有沒有出版批號，或是版本暗記之類的標誌？」

「我不知道啊。我從來沒有仔細看過，除了一本複製出版的證明書好像沒有任何其它的標誌。」

北京的老張苦笑了一下，遂將事情前後細細道來。

機場派出所將此「文物案」告知上海博物館，請上博派專家來鑑定，上博來人看了後確定是 1972 年銀雀山出土的真品。隨即通知了北京，北京馬上回電說「銀雀山出土的《孫臏兵法》原件保存完好。這批竹簡不知何處出土，務請妥善保管，我館立即派人前來參加鑑定」。北京的老張來了，看看是像真的，山東的老張來了，看看也像是真的。於是取了兩支去北京，拿到庫房裡和銀雀山出土的原件一比對，發現簡直是一對雙胞胎，比來比去，轉眼間竟然想不起哪一件是真的，再也無人能分得清真假。北京的老張說，「我冷汗都冒出來了」，後來這幾支簡送去做碳14檢測，用顯微鏡看它們的切片的纖維，把寫字的墨跡和竹簡上的污垢刮下來做微量分析，連做外包裝的玻璃管的尺寸、成分、透光度都做了比較，檢測的結果居然完全一樣……

239

「假作真時真亦假，既然所有的檢測指標都一樣，那就隨便抽一支嘛，何必太計較？」我以為。

「世界上沒有兩粒相同的沙子，既然是仿製的，必然有所不同，現在的技術不能區分兩者的差別，不等於今後的技術不能。我們收藏文物的目的就是不斷地發現它們潛藏的資訊，所以……」

「這樣，今天的晚飯在我家吃。我負責分清，作為報酬，明天的晚飯你們請我。」我的確有點小聰明，就隨口「敲詐」了他們一下。

「好說，好說。我今天就請客。」

「謝謝。其實很簡單，你讓公安局幫忙化驗一下玻璃管上的指紋，沒有我的指紋的就是真的。面上《擒龐涓》的那幾支我都拿過。」

「好聰明的辦法。現在我們就去吃飯，明天我們一起去北京，帶上你的樣本。」

「樣本？什麼樣本？」

「哎呀，我太高興了。話也說亂了，就是指紋樣本啊。」

「好的，一定帶上。」

一樁懸案就此落定。我的那套簡書就送給了山東臨沂博物館。後來我和兩位老張都成了好朋友，到北京後他們上車敬下車迎，三日一小宴，五日一大宴地招待得我很不好意思，離開北京簡直像是逃回來的。北方人的熱情好客名不虛傳。

歷史上的「創彙」運動.....

我空閒時常到街區圖書館去翻看報刊雜誌，覺得所謂的唐語和我們的漢語沒有什麼太大的區別，但是行文卻如同西文，

句子中每個詞之間都留一個空位，這是出於發音的需要，就如我前面所介紹的，「你」字他們讀作「in」，而「你們」則讀作「nemin」。在一些片語，比如在「人生價值」、「發展速度」等片語的下面劃上一道橫線，成了「<u>人生價值</u>」、「<u>發展速度</u>」，我覺得在這樣劃線全屬多餘，劃線並沒有特別的意思。我注意到互庚先生在和我筆談時也常常很順手地在片語下面劃線，便問起這劃線的作用。

　　「白炎以前我們行文也不劃線，甚至詞間間隔也沒有，就如漢語原先沒有標點符號一樣。唐語和漢語一樣，有個先天性的優點，可以望文生義，『秀才唯讀半邊字』，讀音不准沒關係，意思的理解卻是不錯的，也有個先天性的缺點，就是經過搭配後的片語常常容易產生歧義，就說這個『人生價值』，價值是經濟學上專用的概念，『商品的價值得以實現』就是商品已經賣掉的意思，那麼『實現人生價值』是不是要把人生賣掉呢？顯然不是。生活中常常會出現『藝術價值』、『參考價值』等詞彙，這些『價值』都沒有抽象勞動的內涵，都不是價值的子概念；再說『發展速度』，『速度』是物理學裡的概念，是衡量運動物體在單位時間內通過的距離的參數，『發展速度』是不是指某項事業在單位時間內發展的程度？還是指研製戰鬥機中的提高飛行速度的意思？這些概念不確切的片語導致語言的不嚴謹，交流時常常會產生歧義；語言是思維的工具，語言不嚴謹，思維常常會犯邏輯錯誤。所以，在相當長的一段歷史時期我們唐族和你們漢族一樣，沒有形式邏輯。

　　「尤其是思想界和理論界，在思想和研究的過程中常常會產生新的概念，每個新概念都必須用新的詞彙去命名，如果新

241

詞彙和舊的詞彙毫不相干，或者乾脆用外來語音創造出無數新詞彙，哲學著作和理論文章將變得艱澀難懂，由於『漢唐語言』有望文生義的特點，可以借用兩三舊詞彙的部分詞義組合成新詞彙，就能很妥貼地實現表達，但是容易產生歧義。白炎後期弱水開通，東西方文化交流頻繁，在很多場合的交流常常是口語、手勢和筆談三者並舉，就像你我這樣談話，這根橫線就是筆談時順手劃的，後來發現劃線對穩定詞義的作用很大，就成為正式的標點符號。」

從地域來看，通過弱水的東西方文化交流，和隔著弱水的多次南北戰爭，都極大地豐富了槐安的文化；從社會發展時期來看，工業革命和文藝復興一下子冒出許多新的詞彙，這些詞彙很多是根據望文生義的原則用舊詞彙組合或減字創造的，人們的頭腦裡很早就有「快慢」的概念，唐文裡卻沒有「速度」這個詞，在引進了物理學以後，就創造出「速度」這個詞，即快慢的程度，為了描述「快慢程度的變化」，他們又在「速度」的基礎上創造出「加速度」這個詞，為了不至於在某種場合被理解成「增加速度」，或是「加上速度的因素」，他們在「加速度」的下面劃上一道橫線，表明這是有特定概念的專業詞彙。這個東西文化的交流運動，他們稱之為「創彙運動」，創彙特指創造詞彙的意思，這一時期，他們稱之為「創彙時期」。

這個時期是他們時空域思想最為活躍的時期，諸子百家學術紛爭，而且看上去常常只是為了爭一個詞彙，同詞不同義，或詞義相近不相同，都可以成為爭辯物件，在爭辯的過程中詞彙所代表的概念又得到新的發展。

珊瑚島工程.....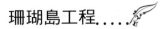

看書，借書，藏書和賣書，只是他們的圖書館的一般的職能，他們的圖書館另有一個非常特別的職能，類似我們的檔案館，又不同於我們的檔案館。當年開創這個職能時命名為「珊瑚島工程」。

槐安國的人死了，他的親屬首先想到的是將他生前的日記、博客和一切文字記錄，以及他的「藝術作品」、「創造發明」和「文學創作」等所有思想成果統統整理打包，如果是圖片或文字就掃描複印，編寫目錄，做成數位文件放進互聯網，實物就存進圖書館庫房。做這些工作甚至比大殮更重要，親朋好友都會來幫忙，社會上也有從事此類服務的資料整理公司。我認為如果死者是科學家、藝術家、作家或是其它對文化有貢獻的人，那是很有必要的，不能簡單地「死掉，埋掉，拉倒」。如果將每個死者的東西都這樣保存，那要多少個圖書館大樓？而且這些所謂的「藝術作品」多數很粗糙，「文學創作」也只是仿作，還有不少屬於打油詩之類，「創造發明」中還不乏有永動機的構思。

「那是為了文化沉澱啊，」互庚先生對我說，「人走了總也儘量給他留下點什麼。你想，放在博物館裡的許多珍貴文物其實往往只是古人日用器具，光從這些東西裡我們就能考證出很多古代的文化資訊，何況我們有意識地保留文化產品。不必說人，就如最低級的珊瑚蟲死了，還留下一隻石灰質的外殼，日長天久居然因此而形成島礁。」

圖書館並不很大，但是它的內庫大，一般都設計成二十

243

層的大樓，每個城市都有幾座這種用途的大樓。圖書館保留這些東西不單是為了照顧人們的感情，而是有著很實際的用途，他們認為那是最大的思想、藝術和科學技術的寶庫。俗話說，「愚者千思必有一得」，就算千千萬萬的死者都是愚者，那也一定有一兩件有價值的成果。他們還給我講了這樣一個道理：你們中國十幾億人，有多少人寫過一兩首小詩？更有多少不出名的詩詞愛好者？如果把最近五十年裡去世的人的遺作都拿出來篩選一下，難道沒有可能編出一本《唐詩三百首》那樣份量的詩集嗎？事實上他們有一批學者就專門研究這裡的藏品，因而形成了一門全新的學科——考遺學，也形成了一批新的學術群體——考遺學家。

244

世界上最沒有價值的發明大概要算「永動機」了，在他們的「珊瑚島」網上能找到上萬種希奇古怪的「永動機」，學過初等物理學的人們不用細想就知道這些都是失敗之作，工程師們稍作研究都能找出每件「發明」的死點，但是還是有好多工程師在查看永動機的網頁，設計永動機的人們在能量轉換和減少摩擦方面所化費的心血還是極有價值的，他們的「紫光號」列車的表面空氣潤滑技術就是得益於某個永動機發明家的構思。

我在空閒時有興查看了一次「珊瑚島」網站，裡面三百六十行的內容都有，有卡車搬運工人對汽車行駛中貨物穩定性的研究；有老太太做的《關於用微波爐殺滅豆蛀蟲卵的經驗資料》，她用了很科學的方法測定出用微波爐完全滅殺豆蛀蟲卵而不降低發芽率的加溫時間；「冬掃日頭，夏掃陰頭；下雨先清下水口，颱風站在上風頭，注意背風角落頭；文明作業要講究，遇到行人停半拍，掃帚莫碰他人鞋跟頭……」，這是

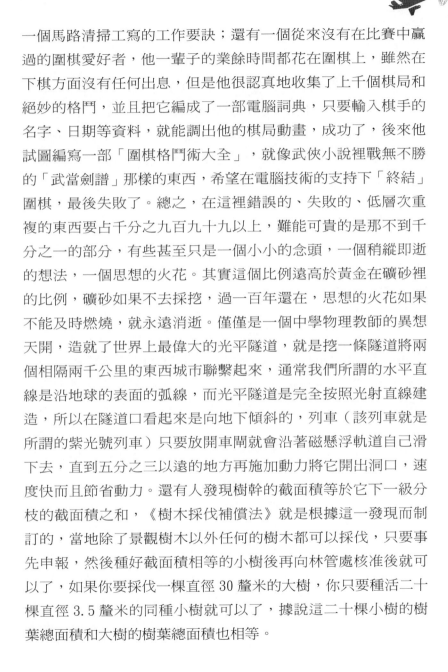

一個馬路清掃工寫的工作要訣；還有一個從來沒有在比賽中贏過的圍棋愛好者，他一輩子的業餘時間都花在圍棋上，雖然在下棋方面沒有任何出息，但是他很認真地收集了上千個棋局和絕妙的格鬥，並且把它編成了一部電腦詞典，只要輸入棋手的名字、日期等資料，就能調出他的棋局動畫，成功了，後來他試圖編寫一部「圍棋格鬥術大全」，就像武俠小說裡戰無不勝的「武當劍譜」那樣的東西，希望在電腦技術的支持下「終結」圍棋，最後失敗了。總之，在這裡錯誤的、失敗的、低層次重複的東西要占千分之九百九十九以上，難能可貴的是那不到千分之一的部分，有些甚至只是一個小小的念頭，一個稍縱即逝的想法，一個思想的火花。其實這個比例遠高於黃金在礦砂裡的比例，礦砂如果不去採挖，過一百年還在，思想的火花如果不能及時燃燒，就永遠消逝。僅僅是一個中學物理教師的異想天開，造就了世界上最偉大的光平隧道，就是挖一條隧道將兩個相隔兩千公里的東西城市聯繫起來，通常我們所謂的水平直線是沿地球的表面的弧線，而光平隧道是完全按照光射直線建造，所以在隧道口看起來是向地下傾斜的，列車（該列車就是所謂的紫光號列車）只要放開車閘就會沿著磁懸浮軌道自己滑下去，直到五分之三以遠的地方再施加動力將它開出洞口，速度快而且節省動力。還有人發現樹幹的截面積等於它下一級分枝的截面積之和，《樹木採伐補償法》就是根據這一發現而制訂的，當地除了景觀樹木以外任何的樹木都可以採伐，只要事先申報，然後種好截面積相等的小樹後再向林管處核准後就可以了，如果你要採伐一棵直徑 30 釐米的大樹，你只要種活二十棵直徑 3.5 釐米的同種小樹就可以了，據說這二十棵小樹的樹葉總面積和大樹的樹葉總面積也相等。

他們認為人的死亡是一種無奈，而文化的丟失則是最大的遺憾。我們不可能解決這種無奈，但是應該儘量不要留下遺憾，如果人死得沒有遺憾，那麼死亡也就不再是一種無奈。

考究珊瑚島網站所獲得的知識和發明都是不需要付專利費的，就如我們學習、使用經典力學或是微積分不需要向牛頓的子孫付費一樣。但是當地的人們沒有貪天之功為己有的風氣，凡是引用他人的成果時總是要注上一句「根據某人的設想」或是「某人說」，就像我們引用孔夫子的《論語》時總是不忘注上「子曰」那樣。

會 館.....

在槐安，凡被稱作會館的都是敬老院。敬老院是我對會館的稱呼，在他們的社會裡，和人有關的字前面忌諱「老」字，他們把終極天年的過世者稱為「老人」，就像我們稱過世的前輩叫「先輩」、「先人」一樣，當然，叫老師是例外，就如我們稱為「先鋒」的就沒有去世的意思。本文是寫給我們這個時空域的讀者看的，所以我還是尊重大家的閱讀習慣，將老年人稱為老人。

我們去看會館也是教育界幾位朋友所介紹。我曾給他們講起過上海的老年大學，他們說當地沒有專門為上了年紀的人們辦學校。任何年紀的人都上同樣的學校，有天資聰明的小孩上大學，也有六十歲學吹打而上音樂學院。他們沒有退休制度，退休就是意味著對人宣佈：你已經老了。畫外音是：你已經接近……。這兒的人們一上六十歲就不再加工資，他們稱固定工

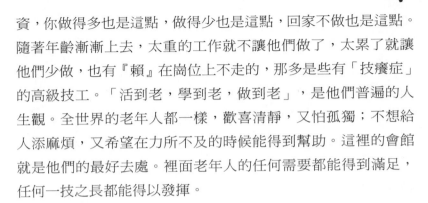

資，你做得多也是這點，做得少也是這點，回家不做也是這點。隨著年齡漸漸上去，太重的工作就不讓他們做了，太累了就讓他們少做，也有『賴』在崗位上不走的，那多是些有「技癢症」的高級技工。「活到老，學到老，做到老」，是他們普遍的人生觀。全世界的老年人都一樣，歡喜清靜，又怕孤獨；不想給人添麻煩，又希望在力所不及的時候能得到幫助。這裡的會館就是他們的最好去處。裡面老年人的任何需要都能得到滿足，任何一技之長都能得以發揮。

聽他們幾次談及會館，我也有意無意地留心起來，果然，在人口密集的地方和各個居住社區，常常能看到掛著各種會館牌子的處所，如魯藝會館、梨園會館、格致會館、韶韻會館、道理會館。物以類歸，人以群分，老人們可以根據自己的性格、愛好、技能等偏長選擇自己的會館。魯藝會館不是「魯迅藝術學院」這樣的意思，它的全稱是「魯班工藝會館」，是木匠、金屬切削、鉗工、工藝美術等老技工們的會館，格致會館是老科學家們的去處，道理會館則是理論家和哲學家們的聚會場所，梨園、韶韻自不必我細說。

出入會館是自由的，沒有什麼出入證之類的證件。年輕人也常有進去，他們多是出於做義工的性質去幫忙的，也有出於學習技藝的需要而去求助於老人的。我們一行四人去的是魯藝會館，進門是一排石雕人像，雕的都是達芬奇、黃道婆和建造趙州橋的李春等世界歷代有名的工匠和工程師。裡面和居民社區差不多，有獨立的，也有成排的房子，有很大的綠化地，幾個老漢正在整修一個八角涼亭。茶室裡許多老人正圍著八仙桌喝著茶，聊著天，有幾個老人在桌上倒扣著茶盅，斜擱著筷子，

247

不知在比劃著什麼;有一個老人拿著一把車刀正在沾沾自喜地
炫耀著;還有一個老人則拿著一把截面形狀有點像三角形的鑽
頭,據說能在木材上鑽出正方形的榫孔。順著中央大道進去,
兩邊的樹木深處都是一幢幢獨立的「車間」,老人們戴著老花
眼鏡專心地製作著精密的零件,雕刻著精美的工藝品;老太太
們笑著聊著,一邊仔細地繡著她們的繡品。我們沒有逗留更多
的時間,據介紹,裡面有一切合符老人口味的消閒場所,食堂、
健身房、按摩浴室、釣魚臺和圖書館等,還有所有能滿足老人
生活必須的宿舍、醫院、病房等等。當地的人們上了六十幾歲,
有事沒事就到會館去消閒,裡面的工作也大多是老人們自助服
務的,廚師、醫生、清潔工,護理病弱都是些相對年輕體健的
老人,也有來幫忙的義工,總體的管理是由專職人員擔任。老
人們在裡面做累了,玩厭了可以到按摩浴室洗個澡,睡個午覺,
也可以自由回家。年紀稍大不願來回跑動,可以住在裡面接受
別人的照料。

　　魯藝會館絕對不是我們國內的人們眼裡普通的敬老院,有
點像高級技工的俱樂部,稱之為精密加工工藝研究所,或是精
密加工工藝中心也不為過,外面工廠裡的加工難題都會通過各
種渠道彙集到這裡來,老技師們如八仙過海,各顯神通將困難
解決。他們也接受航天中心、科研所等單位的委託,設計、製
造儀器和加工精密工件,他們製作出的任何東西,加工精度和
品質都遠遠超出委託人的想像。他們有個不可動搖的規矩,凡
經他們手的東西,哪怕只是請他們看一看,只要他們認為合格
的,一律打上「魯藝檢」的印記,倘是自己製作的,他們就打
上自己的銘記,就像宜興的紫砂壺那樣。亙庚夫人有一隻耳墜

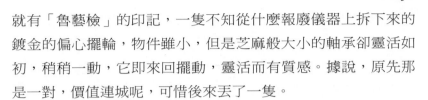

就有「魯藝檢」的印記，一隻不知從什麼報廢儀器上拆下來的鍍金的偏心擺輪，物件雖小，但是芝麻般大小的軸承卻靈活如初，稍稍一動，它即來回擺動，靈活而有質感。據說，原先那是一對，價值連城呢，可惜後來丟了一隻。

看了幾所會館後，我總體的感覺是，每個老人都很忙，即使什麼事情也做不動的老人也在忙乎。有個八十多歲的老太太，是個很著名的舞蹈演員，舞蹈學院特級教授，據說七十多歲時還上舞臺演出，如今因腦血管毛病而半生不遂坐在輪椅上，身邊一直有好些年輕的女孩子搶著侍候她的生活。我們去的時候正是一個美麗的夜晚，月亮在白蓮花般的雲朵裡穿行，晚風吹來一陣陣歡樂的歌聲，她們坐在高高的舞臺旁邊，聽她講那過去的事情，聽她指點動作的要領。她那條健康的右臂也正好解決她的「技癢症」，她正裸著手臂向女孩子們演示著舞蹈動作，教授她們將動作從肩膀傳遞到手臂、手腕、手指的技巧。如果不是親眼看見，我絕對不會相信那是八十多歲的老人的手臂，其優雅和柔軟的動作大概只有我們國家的楊麗萍可以和她相比。

雖然槐安的《人責公約》中有「人必須重視他人的價值和尊重他人的價值觀」的條款，但我覺得女孩子們那樣謙虛、認真的學習態度決不會是單純為了履行《人責公約》而來，她們和老演員之間不但有著共同的喜好，她們還很重視老演員的藝術價值。我認為只有在如此前提下的交流才是和諧的人際交流。如果世界上「價值」只能用貨幣來量度，那麼老人只有花錢雇傭女孩子來照顧她的生活，由於生活護理服務不同於一錘子買賣，服務品質常常處於浮動狀態，那麼她們將每天困陷於服務

249

品質鑒定和價格談判上；同樣，女孩子必須付學費才能得到老人的教授，那麼對教學品質的鑒定和價格談判同樣騷擾著她們心緒。在這個意義上來說，我們現時的社會依然是曾經被批判過的「全民經商」的社會。

在一條大走廊的盡頭，看到兩個老人坐在大理石的圓桌前很執著地爭論著，桌子上攤著書本和紙筆，後來我們知道他們是在討論一個很淺顯的立體幾何的問題，桌上攤著的是中學生的課本。憑心而論，他們的數學水準實在不敢恭維，可是他們的自我感覺很好，自稱很有數學天賦，只是太多地忙於自己的工作，以至於荒廢了自己的天賦，一個是木匠，他說他天生會看三視圖，讀《立體幾何》簡直是無師自通；另一個是泥水匠，據說他砌牆時心裡老是有數字，只要一看圖紙就知道砌這堵牆需要多少磚，隨時都能報出已經砌了多少，還要多少磚，從來不錯一塊。我毫不懷疑他們在這方面的能力，都七十好幾的人了，還在討論中學裡的數學問題，我只能用「佩服」兩字了，腦子想也沒想就快口說道：

「這都是孩子們學的東西，你們學這有啥用嘛？」

可是那個泥水匠的回答卻是出乎我們的意料：

「打打基礎啊。」

「打基礎？你們……」，我差點說，「都什麼年紀了？」

「多學點總比不學好。」這話在理，可是接下去的話我又聽不懂了，「民族文化的發展需要每一個人添磚加瓦。」這是一個哲學大國，每個人都一開口都有那麼一套一套的理論。「你知道嗎？」他又說了下去，「國家科技和民族文化就像一座教堂，上面要有尖頂，下面要有基礎。我們成不了數學家，也要

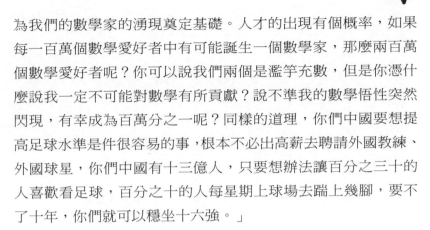

為我們的數學家的湧現奠定基礎。人才的出現有個概率，如果每一百萬個數學愛好者中有可能誕生一個數學家，那麼兩百萬個數學愛好者呢？你可以說我們兩個是濫竽充數，但是你憑什麼說我一定不可能對數學有所貢獻？說不準我的數學悟性突然閃現，有幸成為百萬分之一呢？同樣的道理，你們中國要想提高足球水準是件很容易的事，根本不必出高薪去聘請外國教練、外國球星，你們中國有十三億人，只要想辦法讓百分之三十的人喜歡看足球，百分之十的人每星期上球場去踢上幾腳，要不了十年，你們就可以穩坐十六強。」

「這很難，怎樣去動員大家上球場呢？總不見得每星期花錢雇那麼多人去踢球？」哈哈哈哈，我們相視大笑起來。

「你動員不了人家，你就先動員自己，自己先踢起來。雖然沒有看到過五十多歲的人成為球星，但是也沒有規定過五十多歲的人不能成為球星。萬萬分之一，這個概率總是存在的；只要有概率的存在，剩下的就是時間問題了。姜太公八十遇文王，你要自信人生兩百歲。」

「萬萬分之一，這個概率總是存在的；只要有概率的存在，剩下的就是時間問題了。」這句話給我的啟發很大。回國後我一出機場第一件事就是花兩塊錢買了一張足球彩票。

251

第十一章　弱水三千及其它

弱水三千．．．．．

　　弱水是一千多年前的白炎王朝開掘的運河，地處槐安的北方，東起冥兆洋西通廣瀚洋，綿綿三千餘公里，工程浩大，景色極是壯觀，現在是槐安的一個著名的旅遊點，猶如我們的長城。

　　白炎王朝時的邊疆形勢很像我國古代的北方邊境，屢遭少數民族的進犯，戰亂不斷。有謀士提出，不妨學學春秋諸國，沿邊境築城禦敵。又有謀士辯稱：「築城為疆意在戰，卻關門自閉；心想和，又以鄰為壑。不如以水為界，象為和，然拓疆有期；不怕戰，以宋襄公為鑒即可。上善之國，其德若水。水之形而上，治國之道；水之形而下，民生之要。五族共河，一衣帶水，天長日久，不刃而統天下矣。」「准。」白帝大喜，

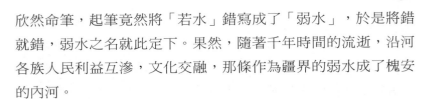

欣然命筆，起筆竟然將「若水」錯寫成了「弱水」，於是將錯就錯，弱水之名就此定下。果然，隨著千年時間的流逝，沿河各族人民利益互滲，文化交融，那條作為疆界的弱水成了槐安的內河。

我們那次去看的是流經大草原，在旁若關附近的那一段。離開高老莊後，又坐了半天的高速列車，再換坐了半小時的汽車，便到了旁若關。旁若關是一座很小的城隘，整個小城夾在兩座山頭中間，呈南北走向的狹長的走道形，城北臨敵，故高而峻險，南面城牆則低矮且薄削，站在南門即能看到北門，看似無險可據，出了關外地勢陡然向下傾斜四十五度，倘在北門外騎馬攻關，那馬的站勢便像「獅馬塔」商標上的那匹馬，攻關確有難度。我們的汽車從專門為旅遊車開掘的隧道通過關隘，出了隧道便是關外，那地勢便可謂「一馬平川」，弱水的風景特色也在於此。如果讓畫家來寫生，畫面的構圖大概只比「草原日出」多一條垂直線，河流筆直向前延伸，與天邊的地平線成直角相交。這兒的景色最為瑰麗的時候是太陽下山，筆直的地平線，筆直的弱水河，碧藍的天空，碧綠的草原，只有太陽是紅的，血紅，像只紅油鹹鴨蛋。

最簡單的東西往往蘊含著最不為人知的資訊，這條運河的奇特之處是整條河道幾乎可以用「筆直」兩字來形容，從工程的角度來講，「筆直」可以省工，且便於水流的通達，沿直線開河是很自然的。就一般而言，河道在水流的長期沖刷下，會自然地彎曲，甚至改道，弱水歷經千年依然筆直，便是奇蹟。

「筆直」兩字在這又引出新的話題，他們的邊境是怎樣劃定的？一般來說，世界各國的邊境都是依山沿水呈自然形態，

253

那是由於各國盡兵力所窮，依山水地利作據而形成的，我們的
長城便是如此，蜿蜒曲折；只有非洲和北美有筆直的國境線，
那是殖民者瓜分土地時的「刀切線」。那麼古代槐安的邊境線
是怎樣形成的呢？是哪一個上帝給他們劃定的？還是和勢均力
敵而又開明通達的鄰敵協議的？事實上白炎王朝和古代中國一
樣，是個老大帝國，北韃南蠻西番東夷全非它的對手，卻不時
都來騷擾邊境，白炎大帝在確定河道的走向以後，凡是被劃進
的地區，無論是誰佔據，死搶活奪地占了過來。叫人搞不懂是
將已經屬於自己的地盤，因為被河道的設計所劃出，便白白地
放棄了，剛放棄時境外的少數民族還不敢來。據說白炎大帝在
勘察時測算過，劃進和劃出的是一樣多，所以白炎大帝的治政
理念和哲學思想一直讓歷代史學家和哲學家們困惑不解。

254

　　開掘弱水工程浩大，前後耗時一百多年，動用民夫、銀兩
「不計其數」。數字應該是有的，因耗時過長，耗費過大，且
各級官僚貪污腐敗，謊報費用，就成了「不計其數」，並因此
導致國力衰竭，各地造反蜂起。

　　最大一股起義軍的領袖名叫赤蚩，率兵三十萬直逼南柯
郡，白炎十四譜大將葵魁率精兵八百突圍，詔駐守北疆的四太
子勤王。葵魁突出重圍，八百精兵已不足三成，遂率殘部向北
而去。一路遭起義軍追圍堵殺不提。

　　來到旁若關時已只剩下殘兵八十餘騎，葵魁面對城關疑惑
不前。這時來了一個負薪的樵夫，邊走邊唱：

　　「西邊的太陽快要落山嘍，旁若關前靜悄悄，我背負著一
天的辛勞，唱起那心中的歌謠。」

　　葵魁喚過樵夫問道：「敢問老丈，此關何人踞守？」

「沒有軍人踞守啊,這兒多年沒有打仗,只有幾個退伍的老卒看管城門。」

說話間,有探馬報來:

「旁若無人!只有一二老軍在灑掃城門。」

「城頭可有丞相操琴?哈哈。」葵魁戲道。

「無人操琴。城門口有幾個兒童在唱歌遊戲,他們唱什麼:

『旁若關,無人管,商去客來門不關。
但見烽火狼煙起,老軍且把城門栓。

旁若關,獨木關,一根門閂鎖大關。
縱有天兵助野蠻,千軍萬馬攻不開。』」

葵魁縱轡入城,八十殘騎亂步隆隆緊隨其後,冷眼間發見樵夫正扔下薪荷快步開溜,大吼一聲:「中計!」這時一聲炮響,東西兩側山坡亂箭蝗飛,殺聲四起,行進的隊伍被兩面夾擊,頓時人仰馬翻,幾成甕中之鱉。葵魁策馬挺槍直逼北門,爭奪數番,總算得手,隊伍衝出城關卻連人帶馬紛紛滾落坡道,傷殘幾盡。

旁若守軍少有馬匹,且城外坡道已被傷殘人馬堆累堵擠,於是不再追擊。待他重整人馬,只剩得區區八騎。

葵魁馬不停蹄連夜趕路,趕到弱水河邊天已發白。人困馬乏,便飲馬休息,稍待再進戍疆大營,但見馬匹飲而卻罷,抬頭再三。葵魁奇怪,自己也饑渴難熬,便捧水而飲,頓然大驚:這河水竟然是鹹腥難嚥!原來弱水此段地處大陸腹地,四季無雨,氣候乾燥,如同我國的西北某地。弱水雖長,卻無支脈流入,全然沒有水系和流域的概念,整條弱水都是鹹水,它的潮

255

起潮落也就是冥兆洋、廣瀚洋的海水灌來晃去而已。由於弱水太長，中間一大段的海水始終換不乾淨，日長天久便鹹腥難當。此時天已大亮，葵魁回首見戌疆大營的土城就在眼前，而旗杆上不見有「鎮北王」的旗幟，卻掛著「白炎已死，赤炎當立」的旗幡！

「白炎氣數盡矣！」葵魁仰天大歎，「弱水三千，只求一瓢；戎馬卅載，豈求一生！天絕我也！」遂引頸自刎。可見現在的成語「弱水三千，只取一瓢」和原來的意思「只求一瓢」已是大相徑庭了。

我認為，沒有支流，沒有淡水的加入，沒有雨水對潮頭的影響，僅是跟著月亮來來回回地倒騰的海水，其潮位漲落非常地固定，流速也是非常地有限，對兩岸的衝擊很小，這也是弱水的河道長期保持筆直的一個重要原因。

弱水雖然沒有灌溉的功能，但它對舟楫，對文化交流的作用卻比任何一條河流要大，荒山大漠光靠駱駝來走「絲綢之路」，終是非常有限；也正是這條弱水，使他們的大陸文化很早地趨於統一。弱水另一端出口出在廣瀚洋，廣瀚洋並不寬，只有兩千多公里，它的地理位置相當於我們的大西洋，所以他們東西方間的文化差異很小。但是互庚教授認為文化交流過於徹底也並非完全的好事，文化的價值全在於多樣性，一旦統一了，世界文明就要走到末路了。遺憾的是這事早晚要發生，全球文化交流到一定程度最終將實現統一，恰如遵守著熱力學第二定律。我覺得沒有這樣嚴重，而且在我們這個星球上，東西方的價值觀那麼對立的情況下侈談文化統一的弊病似乎有點杞人憂天。

　　「世界歷史上先後有過的三十來種文明，都曾經一度輝煌，但也都先後走進各自的死胡同，惟有以古希臘文化為代表的西方文明將世界帶進現代資本主義。就說你們中華文明，雖說輝煌兩千年，其實秦漢後又有多少進步？讓她獨自發展，清朝過後又將是什麼朝呢？嗨，現在和西方文化一經撞擊，又充滿了活力。那麼今天的資本文化就一定長生不老？它就不會走進死胡同？總有一天它會走進了死胡同，還得靠其它文化將它帶出來。可以告訴你，將來，當資本文明在山重水複地徘徊的時候，將世界文明領出柳暗花明的最有可能的就是中華文明，當然不會是孔夫子再現，必須是東西交融後的充滿活力的全新的中華文明。」互庚先生如是說。

257

月亮舟．．．．．

　　《月亮舟》是流行於弱水兩岸的一種情歌的曲調，就如我國西北陸風《信天遊》那樣，歌詞即情隨唱，基本的曲調是不變的。《月亮舟》既有大陸風的曠達，又有內河船女的幽雅委婉。據說，已經流行了上千年。這是一個崇拜月亮的民族，月亮是他們愛情、婚姻和生殖的象徵。當地人稱月亮叫月亮舟，傳說兩顆心能走到一起全靠了月亮舟的載渡，只要你想像心儀的人就坐在船上，你對著她唱歌、訴說，就能打動她的心。

　　我們剛到河邊時是白天，河裡船隻不少，卻沒有聽到歌聲，那是因為沒有月亮沒有婦女的緣故，情歌是需要男女對唱才有滋味。

　　晚上我們拉出隨車攜帶的帳篷，依靠著旅遊車搭建起了野

營地。弱水的夜是迷人的，她的魅力全在於曠大，在這裡你能真正感受到「天似穹廬，籠罩四野」的氣度，由於四周沒有參照物，天上的月亮似乎比別的地方要小一點，卻特別地亮，漫天的繁星一眼不眨。沿河兩邊是點點續續的燈光，那是周邊的婦女用來誘蟹的電燈籠的亮光，於是行船的水手便和她們對唱起來：

男：「月亮走，我也走；哥哥我行船追趕月亮舟，心中的阿妹啊不要跟著別人走。月亮舟啊，你慢走，哥哥追得心焦愁——。」

女：「月亮走，你莫走；阿哥你眼睛不要望上瞅，阿妹我啊照蟹坐在河灘頭。月亮舟啊，你快走，阿妹看得心裡酸溜溜。」

男：「月亮舟，你慢走；阿妹你歌聲委婉撩心頭，哥哥我的心啊如同水起皺。月亮舟啊，你快走，趕不上船期我心發愁。」

女：「月亮舟，你快走；阿哥的心啊阿妹已領受，阿妹我在此等你往回走。月亮舟啊，你莫走，再放亮點照河頭，省我阿妹三分油——。」

悠悠的歌聲委婉動聽，在寂靜的夜空中傳來，分外地激蕩人心，我們一行誰也沒有說話，惟恐打斷美妙的歌聲，惟恐打破深深的寂靜。歌聲充分體現了青年男女對愛情的渴望和被生計所逼迫的無奈，這恐怕是人類永久的無奈。行船和照蟹是弱水兩邊居民的主要營生，這裡的草原很貧瘠，稀稀拉拉，且粗硬如荊棘，無法放牧，只有野駱駝要吃這種草，我們到那裡一隻野駱駝也沒看到。聽導遊說，那是由於海水長期對草原的滲

透造成的，一千多年來的滲透，使這裡完全成了鹽鹼地，已經無法改造。這也不能怪祖先，無知則無罪，和現代資本明知故犯不能同言而語。弱水的蟹卻是膏滿肉肥，大的有兩公斤重，據說送到西海岸的餐桌上，一隻可以賣到五十多 KB 呢。

俗話說，一方山水養一方人。這其中有兩重的意思，一是指養活一方人，另一重意思是指養成一種人。在我國，同是中華民族，生活在黃河以北的北方人和生活在珠江流域的南方人的性格和體格差異很大，長江上游的居民和「下江佬」又是性格不同的兩種人，這些差異都是由於地理、氣候的不同而形成生產方式的不同，最終影響到人們的體格和性格的不同。弱水兩岸的人們由於產業和職業的原因，日長天久形成了一個年輕的民族，產生了全新的弱水文化。

259

弱水是特殊的，在弱水行船完全沒有黃河那樣的湍急危險，也無須像長江上游那樣須要攀岩背縴，他們只要扶著舵讓它順流而下就可以了。在這裡人力是無法施展其主觀能動性，河道比上海的蘇州河略寬一點，船不可能採用調整風帆角度走「之」字形地頂風而行，依靠人力來逆水而上是很不合算的，況且人也需要休息。所以他們就採取順風揚帆順水而行的方法，風向一變就轉變帆的角度，頂風就落帆，逆水就拋錨。他們的船不大，除了貨倉還有一間兩平方米的生活艙，據說從前還沒有發明動力機械的時代，只裝有一支櫓，一個人搖，其動力可想而知，搖櫓不是為了速度，只是為了把握方向。道家思想能在這個國家被廣泛地接受，我認為和長期的這種生產方式養成的弱水文化是有很大的關係。現在固然有了柴油機船，有了拖輪，但是逆水行舟的事還是堅決不做的。他們把水看得很神聖，

「順水而為」，這是他們常用的成語；「識水性者識世情也」，不知何方聖人的語錄。一般的無動力的駁船也安裝了一些小機械，桅杆頂上裝有風力發電機的旋葉，船尾下也有螺旋槳，逆水停泊的時候發一點電，順水而下的時候就有氣無力地轉幾下，電主要是用來照明的。

有意思的是，當地的船隻都油漆得花花綠綠，很醒目。船主還將自己的姓寫在船帆上，「張」、「王」、「李」、「JOHN」等等，猶如古代戰將出征時撐的旗幡。有條船在旗幡上還寫著「田四十一」的字樣。

「搞成這樣幹什麼？」我們都很奇怪，大陸腹地人跡稀少，有誰來欣賞。

「那是漆給婦女們看的。」導遊小姐如是說。

「啊？！」我們不約而同地瞪著導遊小姐，又將目光轉向陪同我們的互庚夫人，「你們覺得這很好看嗎？」

「好看啊。」

好看？我看也平常。當然，作為一個民族的習俗，我們是不可以妄加指摘的，少數民族穿得花花綠綠，我們憑什麼對她們妄加評論？

塗得花花綠綠不是為了好看，而是為了識別，這和他們的婚姻習俗有關。初看他們的婚姻習俗似乎很特別，但是我們如果放眼於更長的歷史範圍來看，弱水族是一個很年輕的民族，他們這種婚姻制度的形成完全是由於弱水的自然環境和適合於這種環境的生產方式。這個民族沿河居住，主要靠行船和照蟹為生，這是他們崇拜月亮的真正原因。他們的語言是以唐語為主的方言，據說很難聽懂，對我們來說無所謂，反正都聽不懂。

語法也完全和唐語一樣，只是單詞中外來語特別多，而且常常可以用幾種不相同的詞彙來表達同一個意思，比如，「結婚」、「同居」、「上床」，甚至還有用更粗俗的字眼，表達的都是同一個意思，只是出於語聲韻腳的考慮才選用在不同句子裡。文字裡還夾雜了許多像日文那樣短腿缺胳臂的、用英文字母作部首的、粗看像韓文的非標準漢字，雖然不規範，但是識漢字的人基本都能看懂。

在交通全無障礙的地域裡，在短短的一千多年的時間裡形成一個民族，一種文化，不能不說是一種奇蹟。可見，文化的形成不僅僅可能是由於地域隔絕，也可以由於交融而形成。弱水族是有許多民族，甚至是許多人種融合而成的民族，不同膚色的人們在家裡稱兄道弟是很常見的的情形。

261

弱水族人的婚姻制度.....

弱水族是唐族長期地和其他民族通婚和親形成的民族，他們的婚姻制度是很「原始」的，或者說是一種「返祖」現象。他們雖然也是一夫一妻制，但是不固定。比如說，旗幡上寫著「田四十一」的那位仁兄，他前後一共和四十一女人有過婚姻關係。

這種婚姻制度的形成和他們的生產方式有關，行船和照蟹都是單幹的工作，婦女們捕到的蟹貨都委託水手們帶到出海口的集散地去賣掉，為此，船上專門打造了一個和潯陽江上的打漁船相仿的，裝著通水隔籬用於養蟹的小艙，男女間的交往全靠唱《月亮舟》、補給淡水和托運活蟹。船期長，且蟹貨行情

變化大，故運費和賣價全憑了男人的良心。水手們都是講信用的，不然休想賺到外快；作為男人卻常常是沒良心的，碰著好看點的女人，蟹的行情就「看漲」，女人不漂亮，她的蟹自然就「不值錢」。

男女結了婚如果也像我們中國的船民那樣同住船上，那麼他們的收入就將減半，這樣是無法生存的。所以他們一旦情歌唱得投機，女人就上船跟一個航程，度過蜜月就分居。

對這種愛情的進行方式我很能理解，世界上有很多民族都是通過唱情歌來表達愛情，但是我不能理解他們的生活方式，夫妻不共同生活，上船似乎僅僅是為了交媾，女人下船以後呢？懷孕，哺孩子，捕蟹……，男人卻唱著情歌去找別的女人。這哪裡有什麼愛情生活？和動物有什麼兩樣？你如果對生物學稍有常識，你就會對上帝的創造能力佩服到五體投地，你的生物學知識越多，你對上帝就越佩服，上帝在創造萬物的時候設計是如此周到，可謂百密而無一疏，惟獨在創造人的時候居然發生了意外，造出了男人卻忘記了造女人，後來將男人的肋骨抽出一根做成女人明顯是對設計疏漏的補救，目的是為了男人不寂寞。我認為萬能的上帝不可能發生這樣的疏漏，他創造了雄狗沒忘記創造母狗，創造了公豬沒忘記創造母豬，而創造僅次於他本人的人類卻忘記了創造女人？我認為以愛情為名義，以娛樂為目的的性交是上帝創造女人的創作原旨。但是走出了伊甸園的弱水男女依然寂寞，卻是上帝真正的疏漏。

難道他們就心甘情願地放棄上帝安排的天倫之樂，不喜歡夫妻同居的幸福生活？且看我們江南內河的船家，一家老小擠在船上，雖然日子緊巴，卻也溫馨。現在來看，這是弱水族人

一種風俗習慣，這種風俗的形成是由於當時社會的生產力低下，行船的速度慢，運輸的收入不足以滿足一家老小的生活，蟹在過去的年代也不那麼值錢。況且在弱水上行船操作簡單，女人上了船也幫不進忙。所以只能各謀生計，實在是一種無奈。

從無奈到有為

女人下船是一種無奈，其實上船也常常是一種無奈。

在過去的一千年裡，少女們上船是為了愛情，而婦女們上船則大半是為了金錢，正如林語堂先生所說的，「十四歲的少女很少有為了金錢而嫁人，四十歲的女人很少有不為錢而嫁人」，她們上船是為了賣蟹，也為了索要子女的撫養費。水手們從來不賴賣蟹的錢，也從來不賴子女的撫養費，但是必須要女人上船來討，這顯得有點無賴，其實也是男人的無奈，尤其是嬰兒出生後第一個船期，女人一定要抱著嬰兒上船，證明我替你生下了孩子，不然可能永遠要不到撫養費。

此刻我才解開了一個謎，初次走進他們的船艙看到他們用粉筆在艙板上畫的三相正弦波那樣的曲線，這樣的曲線往往有四五條之多，其中一條是潮位線，旁邊還畫著好些圓圈和弧線，表示月相；還有幾條就不知道了，問他們這是什麼意思，他們會說是不同經度的潮位線，有時乾脆笑而不答。其實那幾條是他們的相好女人的月經週期，一個船期間女人總要遇到例假，於是水手們就將來潮、乾淨和播種的日子偷偷記錄在案，依此推斷她日後產下的孩子是不是他播的種，這是男人的秘密，沒有女人知道這曲線的含意，也沒有女人去研究。女人生下孩子

被確認後，男人就會帶上雙份的撫養費來看她，一份給女人，一份給孩子，並且把鄰居們都請來，當場給孩子命名，水手們文化一般不高，起的名字也大高而不妙，什麼「大盈」、「水生」、「滿月」，女孩常有叫「小滿」，或「美眉」的，「美眉」是殘月日所生，新月日所生的則叫「羞目」，名字好聽不好聽不重要，重要的是姓，趙錢孫李是千萬不能搞錯的，每一個女人都和四五個男人有事實婚姻關係，她的兒女各跟父姓，男人只提供自己兒女和女人的生活費。所以女人生養越多，則自身的生活費也越多，當然子女越多撫育責任也就越重。

忽然，我突發奇想：為什麼全世界各民族的人都有姓氏制度？而且都不約而同地將父親的姓氏放在名字的前面。記得我們過去讀初中時老師曾經說過，現代的姓氏是父系制度的產物，在過去的母系社會人們的姓氏都是跟母親的，因為人們只認識母親而不知道父親是誰，還舉出了姜姓和姬姓的例子，說這兩個姓是母系社會的退化而遺留下來的痕跡。通過對弱水民族的考察，我突然發現了父系社會的男子漢大丈夫們的軟肋！在父系社會，男子可以立國稱王，可以拜將封侯，可以聚財置地，可以三妻四妾，可以買淫嫖娼，男子相對於婦女是絕對的強者！但是男人在兒女的「版權」問題上卻永遠不敢自信，又不肯含糊，他們既怕「版權」被奪去，又怕在不知不覺中接受「贈與」，連蓋世英雄秦始皇的阿爸都接受了呂不韋的「贈與」，結果三千里江山都歸了呂氏的血脈；兒女是母親身上掉下來的肉，決不會搞錯，狸貓換太子只是傳奇式的歷史故事，是個案，沒有女人會擔心「歷史重演」。小孩一生下來，男人要做的第一件事就是起名字，將自家的姓氏給了他，就像給出廠產品貼上注冊商標。

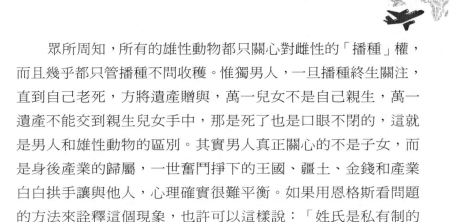

　　眾所周知，所有的雄性動物都只關心對雌性的「播種」權，而且幾乎都只管播種不問收穫。惟獨男人，一旦播種終生關注，直到自己老死，方將遺產贈與，萬一兒女不是自己親生，萬一遺產不能交到親生兒女手中，那是死了也是口眼不閉的，這就是男人和雄性動物的區別。其實男人真正關心的不是子女，而是身後產業的歸屬，一世奮鬥掙下的王國、疆土、金錢和產業白白拱手讓與他人，心理確實很難平衡。如果用恩格斯看問題的方法來詮釋這個現象，也許可以這樣說：「姓氏是私有制的產物，隨著私有制的消亡，姓氏將淡化為一般文化現象的遺跡，成為像闌尾那樣可有可無的東西」。不知道馬恩對此是否表述過類似觀點，回頭有空我要去查一下恩格斯的《家庭、私有制和國家的起源》。

　　話歸原題。前面所說的弱水民族的生產與婚姻生活的狀況都是很久以前，生產規模還很小，生產方式還很落後的時代的事情。我們今天所看到的一切在很大程度上是他們演示給旅遊者看的，就如我們去雲南旅遊天天可以看到少數民族的姑娘盛裝舞蹈一樣。

　　地球上的萬物都不能擺脫地球引力，一切產業的發展都不能擺脫資本規律，弱水的船運業和捕蟹業很自然地得到了資本的惠顧。造船業的發展，使幾千噸的鐵駁船隊取代了原來二十來噸的木船，養殖業的發展使得照蟹成了婦女們唱歌、休閒的活動。這裡的資本原始積累和別的地方有點不一樣，最初的暴發戶幾乎都是漂亮且聰明的女人。她們憑著漂亮的臉蛋向水手們索取較多的賣蟹錢，她們憑著較多的錢向年老色衰的，或是相貌醜陋的女人收購蟹貨，接受代售委託，從中賺取差價；而

後又買船租給男人去航行，甚至雇傭水手替她航船；現在有的已經成了擁有十萬噸船隊的半球船運公司的董事長，有的轉行辦起了航空公司，有的在沙漠裡辦起了海產養殖場。這裡是真正的母系社會，男人們大多沒有太大的出息，成天穿得漂漂亮亮的擺出威武雄壯的架勢，支著櫓像大公雞那樣站在船頭，唱著情歌，以勾引婦女為能事。

這裡雖說是母系社會，實在是男人的天堂。男人尋歡作樂一不會受到老婆的束管，二不會受到社會的譴責，而且事情都是按著花心男人的意願而發展，一旦男人覺得膩味，女人就會乖乖地自行離去，絕對不會黏著不放。

266 互庚夫婦紅臉辯愛情.....

愛情是永久的題材。這句話不僅適合文學藝術的創作，也適合飯後茶餘的閒聊。離開弱水的路上大家不免要聊及弱水人的愛情和婚姻風俗，互庚先生語出驚人，於是和他的太太鬧出了一場紅臉大辯論。不知怎麼開頭說起的，老黃說道：

「稀奇稀奇真希奇，

一個東來一個西，

幾句山歌跳上船，

陌陌生生做夫妻。

也許是我的觀念太陳舊，我總是很難接受他們這樣的婚戀風俗。那樣的婚姻實在是太草率了，比起現代的某些開放人士可謂有過之而無不及。萍水相逢唱唱歌，居然就成了夫妻，不

可思議。這樣的婚姻有愛情基礎嗎？」

互庚先生當即回說：

「為什麼沒有愛情？愛情是什麼？愛情就是符合倫理的性意向。一旦結婚，男女雙方的性目的達到，性意向這個概念就不復存在，也就不能再滿足愛情的定義。所以說婚姻是愛情的墳墓。」

「你還有個完沒有？」互庚夫人惱怒地打斷了他的話，「幾百幾千年來多少青年男女為愛情而斷腸？多少英雄為愛情折腰？人活一世為什麼？無非就是為了愛和被愛。沒有愛和被愛的人生不值得活。到了你的嘴裡居然成了『性意向』、『性目的』。當年你一籃一籃往我家送青菜送蘿蔔的時候好像從來沒有說過你有性意向？知道你有這個該死的念頭我早就打110了，嚇也被你嚇死了。唔，大公雞盯得母雞團團轉，那也是愛情嗎？大公雞不是有了性意向嗎？」

267

「大公雞有倫理嗎？愛情是社會學裡的名詞，是人類特有的。不同的民族，不同的社會，在不同的時代，都有著不同的倫理，這所有的不同歸根結蒂是生產方式和生產關係的不同。人不僅是自然的人，還是社會的人。純粹的自然人的生理要求是不涉及倫理的性愛，尚不能稱為愛情；而社會人的性意向的確定常常是性愛和金錢、門第、階級等社會屬性綜合評估後的結果，所以唯金錢的愛情是不純潔的，而不含金錢的愛情是沒有的。性和金錢，這兩個最不宜同時談論的話題在愛情的名義下實現了捆綁推行。愛情真是好東西。」

「所以『價更高』，對嗎？混你的帳！你家有多少金錢哪？值得我來貪。又是性意向，又是金錢，早知道你是這樣的人誰

會嫁給你？！噢，我想起來了，」互庚夫人恍然記起什麼，「當年你好像說過，說你的愛情像九九黃金那樣純潔，當時我真的好感動。我真幼稚，怎麼沒有想一想那剩下的那百分之一是什麼？原來是骯髒的性意向！現在性目的達到啦，愛情也進了墳墓啦，所以每天那麼晚才回來，那是為了你的『自由故』，是嗎？你先拋了你的頭哇，殺傒格千刀！」

大家哄然大笑起來。

「這樣的辯辭符合邏輯嗎？」

「厚你的臉皮。裝出個道貌岸然，每天卻要將這個『性』字像嚼檳榔那樣嚼過幾口才爽快，今天這個癮頭算過好了嗎？」說罷，她轉過那美麗的小腦袋，回眸一笑，「男人談性狗吃屎，都是改不掉的惡習。」

「哎……，」互庚先生哂口訥訥，無奈地一笑。

「好好的東西到他嘴裡就變成了定義和概念。好在世界上哲學家不多，好在哲學的價值是抽象的，如果哲學的價值能兌換成金幣，那麼世界上哲學家將增加一百倍，那麼全人類就將被他們『提煉』成碳、氫、氧、鈣諸種元素了。」

大家又一次哄笑起來，有人問：

「你們在家裡天天這樣辯論嗎？很有趣的。」

「我才不和他爭呢，天天這樣辯論我也要變成該死的哲學家了。」

天驕族人．．．．

槐安是個多民族的國家。人口最多的要數唐族，大約占總人口的百分之九十，也是黃皮膚，從臉相上看，比日本人、朝鮮人更接近華人。這個國家的主流文化也是唐族文化，其它膚色的人們均是來自世界各地的移民，從飲食習慣和衣著來看還多少保留著他們自己民族的習俗，但是他們已經不用自己的母語了。

還有一些少數民族，據說是由於「時間障礙」還完全保持著自己的民族文化。說實話，這所謂的「時間障礙」到底是怎麼回事我到現在還沒有能搞得清楚。一般而言，民族的差異往往是由於峻山大江等地理障礙形成的，由於交通的不便，人民的貿易和通婚被阻斷，時間一長不但風俗習慣不同，就連長相都會有差異。據說這兒影響交流和通婚的不是地理障礙，而是什麼「時間障礙」，大概就是像我們的飛機通過什麼「時間之窗」一下子闖進他們的國家那種現象吧。在那些少數民族中間最值得一書的要數天驕族人。

我第一次看到他們時簡直驚得目瞪口呆。一家大小四口人竟然赤身裸體地在大街上當眾行走，連小褲也不穿。

我沒有出過國門，從電視裡報刊上知道西方有些男女喜歡裸體曬日光浴，但他們的裸浴活動僅限於海邊沙灘或是特定的場所，鬧市區商業街上是沒有的。在這兒卻商業街、公共汽車上時常可能遇見，唯不同的是他們頭部面孔全都遮掩得嚴嚴實實，婦女戴著寬沿的帽子和厚實的黑色面紗，男人都戴著美國西部牛崽那樣的遮陽帽，臉部用眼罩和三角巾遮得像個殺手，

269

還有的頭上乾脆套著像忍者那樣的黑色頭套，只露出兩隻骨溜溜的眼睛。為的只是遮羞。天驕族人的身材極好，男的很是健美，婦女們的曲線更是無可挑剔，因為他們世世代代都是以身材來評判人的漂亮與否，經過幾千年的篩選，他們的身材自然不是我等可以相比的。我想，槐安的畫家擅長畫人體，可能與他們熟見天驕族人有關。

天驕族人雖然赤身裸體，但他們卻不是野蠻人。看一個民族是否野蠻，我認為主要看他們對科學技術和藝術的貢獻。光從天驕族人的裸體文化看，就足以不容我們輕視，他們對於皮膚的養護有著很成熟的技術，他們的護膚塗劑是我們世界上任何一家名牌化妝品公司的產品所不能相比的，只要看他們的肌膚就可以得知，哪怕是八十歲的老人，他們的肌膚光潔如初。護膚塗劑是天驕人的主要產業，他們沒有大型生產廠家，都是家庭作坊個體經營，據說家家戶戶都有自己的祖傳秘方。我們中國民間的祖傳秘方自古是傳子不傳女的，他們沒有這一套，子女都傳，男女一旦結合，他們往往會將各自的秘方和他們的臉面一起向對方公開，然後一起重新研究新的配方，世代相傳，世代改進。他們的護膚技術本身還不足以說明他們的先進，真正先進的是他們對技術的繼承和發展自覺不自覺地借鑒了生物進化的模式。生物進化是靠雌雄交配獲得遺傳密碼，遺傳就是繼承，然而有所變異，變好的就發揚光大，變壞的就自然淘汰。

仿生科學大概是屬於我們當代科技中的一個較為先進的學科，此學科仿的都是生物的器官、局部、或是形式，而他們仿效的卻是生物進化的原理，比之傳統的仿生學更為形而上，是道的層面上的仿生。

　　裸體文化的另一個方面就是對藝術的貢獻。我曾在網路上看到過一些西方藝術家搞的人體彩繪，有些作品的確很有創意，也很具美感，但自從我看到過天驕人的紋身，就覺得我們的藝術家的作品太膚淺，太追求嘩眾取寵的效果。天驕人講究紋身是出於人的愛美天性，和推銷護膚塗劑的廣告效果的雙重需要。他們的刺青比較簡單，一般都採用圖案花紋，男子是將三頭肌、胸大肌和腹肌的凹凸予以誇張，看上去像西方中世紀穿胄甲的武士。這些花紋都很「經典」，「經典」是我的說法，我並不懂得古代文化，但覺得這些「胄甲」上的花紋很像出土的青銅器上的夔龍、饕餮那樣的紋飾。所以我覺得整個槐安文化很早就和我們中華文明有著某種聯繫。

　　他們婦女身上的刺繪就比較多樣。由於他們護膚技術的高超，雖然長年赤裸，但依然潔白如凝脂，配上刺青，就像景德鎮的青花瓷，極為典雅。依我看來，女性全身刺繪是難度極高的藝術。男性美在力度，哪怕繪上一塊造型相宜的石頭，都足以加強其力量感。而女性則美在曲線，飾紋對其身體的曲線有很大的影響力，飾紋太呆板，線條太直，太粗都會影響她整體的和諧，如果飾紋的曲率太大，反而會比低她自身的曲線美；節奏感太強烈使人感到浮躁，最好的文飾是能與她自身的曲線取得和諧。她們常用的是衣褶紋，就是假想她身上穿著一件寬鬆的長袍，長袍有很自然的皺褶，從整體看和身體的曲線非常和諧。最難處理的是乳房，乳房是女性身上最美的一部分，其特點是「突出」，倘飾紋再誇張其突出，那麼乳房就將失去和諧感；淡化其突出，顯然非藝術所為。乳房是對稱的，作藝術處理時卻往往不能對稱，一對稱就顯得呆板，像兩隻大眼睛，

破壞整體曲線的流暢感；不對稱又顯得有畸形感。我曾看到一婦女，她整體採用衣褶紋，一乳掩在「衣內」，那件「衣服」上用但是蓮葉荷花圖案，一朵荷花正好掩住一乳，另一乳裸出「胸襟」，懷裡揣著一小羔羊正作吮乳狀，很恬美。

　　她們的小腹部往往都喜歡紋上幾支蘭花，據說從前是為了掩飾妊娠紋而補刺上去的，故稱作「補蘭」，休得小看這「補蘭」，陰、陽、側、折，要刺得流暢須得極高的技法。現在由於護膚技術的發展，婦女懷孕後不再產生妊娠紋，但這種圖案就像風俗習慣那樣被流傳了下來。這些都是比較具有代表性，比較經典的紋飾，大多數人都喜歡採用這幾種圖案和它們的變形。倒並不是缺乏想像力，全身刺青畢竟是終身大事，不可妄趕流行。

272

　　我們曾出席過一次小型聚會，那次聚會自然是以我和老黃為中心的，他們對我們的世界也充滿了好奇。在那次聚會上有幸碰到一對天驕族夫婦，我無法確定他們的年齡，他們的皮膚都顯得很年輕。那位太太全身赤裸地坐在我的身邊，弄的我魂不守舍。她的皮膚很滋潤，呈玉白色（後來我知道他們稱婦女叫玉奴，男人乾脆就叫赤子），她全身紋的是圖案紋，像是極品的青花瓷。頭上戴的是頂米黃色的寬沿草帽，臉部當然用紗巾全部遮沒的。男人的本能老是使我對她「側目相看」，心裡時時萌動著邪念。

　　「喜歡嗎？」她的身體很自然地朝我扭了扭，問道，頭部卻沒有側向我。

　　「很好看。在我們那兒婦女極少能有你這樣漂亮的。」我眼睛看著她的漂亮的腿說道。我的禮儀常識告訴我：凡是人家

讓你看的，你就大大方方地看；凡是人家不讓你看的，決不側目。在場的所有非天驕族的男人都貪婪地看著她的身體，大家也都遵循著起碼的禮貌，沒有一道眼光射向她的頭部。

她的先生的身材很出色，像「大衛」，全身刺著青銅器上的夔龍紋，頭上戴著佐羅那樣的黑色禮帽，眼罩和黑色的三角巾，很驃悍，英俊。身上還散發出一股頗為不惡的煙草加汗水的氣息，他們稱之為麝息（語出他們的史詩《天驕雅典·玉奴吟》，「無衣冠作塚兮，唯有麝息。」），我不能不注意到他累累垂垂的腿襠部。這很令人奇怪，我們穿褲子，他們遮臉，從遮羞的角度看，倒是一樣，但是既然已經和唐族文化融和多年，難道沒有不雅的感覺嗎？趁他的太太走開的當口，我私下裡和他談起這個問題。

273

「你看到過貓和狗穿褲子嗎？他們不也好好的。」

「怎麼能把人和貓狗聯繫在一起？」

「動物是為生殖而性；人卻有兩種，一是為性而性即為淫，二是由情而性，謂之愛情。人和動物的區別全在於此，男女在一起先要有感情，再發展成愛情。性，我們都已經暴露無隱，沒有任何想像的餘地；我們苦苦戀愛所追求的僅僅是一睹芳容而已，剩下事就水到渠成啦。」

我滿臉通紅地表示同意，心裡正為剛才對他太太的邪念而感到慚愧。要我對著這樣漂亮的女性裸體而不為所動，實在做不到。

奇怪的交際風俗.....

誠然，在我們看來天驕族人關於性和情愛的觀念似乎有點走極端。但從當地唐族人們的男女交際的風俗來看，他們的觀念和我們也是大相逕庭。我們剛到互庚先生家時，由於我們間的文化差異，幾乎鬧出一場不愉快。

我們初次認識互庚夫婦時，互庚夫人的美貌使人感到氣促，我甚至不好意思正眼看她。後來我終於明白，叫我感到氣促的不僅僅是她的美貌，而是她那勾人的目光。我是五十多歲的人了，在生活中，在工作中接觸過許許多多的女性，她們有的客氣，有的熱情，也有的對我表示尊敬，年輕時也曾有人對我表示過愛慕，但從來沒有一個對我放出過如此灼人的「電光」。飯桌上她在給我斟水時和我湊得很近，我甚至能聞到她身上那好聞的氣息，而且轉眼即能看到她胸部的深溝，我只得目不斜視，一度被她「逼」得透不過氣來。更令我不安的是，在一旁的互庚先生的臉上露出極大的不快。酒過三巡，他竟扭頭不再和我說話。他的太太的確美麗動人，但我可以對天起誓，如有半點邪念，天厭之！天厭之！

晚餐後，我們告別了主人回到自己的房間。在房裡慷康先生對我說：

「事先沒有告訴你們，這兒的交際風俗和你們不一樣，男女客人相見，通常男方先要對女方表示愛慕，女方也不時對男客『放電』。照當地的風俗，先跨進門的是主客，今天女主人不斷地對你『放電』，你卻一味地躲避。你知道這對互庚先生意味著什麼？」

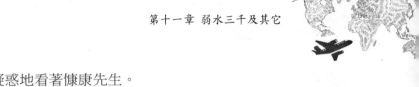

我疑惑地看著慷康先生。

「你簡直是在對他說，『你的太太我不屑一顧』。你一定注意到互庚先生的不高興了，後來我對他作了解釋，他表示能理解這種文化差異。明天你可以大膽地扮演偷情男人，盡情享受她的美貌和多情。」

「？！」

一夜無話。次日早上一覺睡醒，太陽已經走過了四分之一的路程，母雞們早已下完了她們的蛋，正紅著臉在院子裡散步。當我們漱洗完畢走出房間是，互庚夫人已為我們準備好了早餐，每人一大罐溫水，裡面放過鹽和蜂蜜，據說這對腸胃有好處。

「請，祝大家胃口好！」互庚夫人舉起水罐，深深地飲了一口。

「請。」我也舉起水罐大大地喝了一口，味道怪怪的實在不敢恭維。

「乾啊，」互庚先生的水罐更大，大約有一公升。說罷咕嘟咕嘟地牛飲起來，一口氣喝了個淨光。

「乾。」我也一口氣喝了個淨光。雖然只有他的一半，已漲得夠嗆。後來我發現，這個好嫉妒的丈夫什麼地方都要勝過我，只要他的太太在場。晚上喝葡萄酒時也是，他硬要比過我，就像一個毛頭小夥子，其實我根本沒和他比，只是學著他們的風俗和主婦「眉來眼去」。和這樣美貌的婦人眉來眼去，可謂賞心悅目，實在是人生一大快事，老黃也不時插趣，他心裡一定嫉妒得緊呢。

晚上回到我們的房間時，我們第一個話題當然是關於這種

275

交際風俗。

　　慷康先生說：「愛情除了兩性間的互相傾慕，還有著同性間的競爭，所以常常稱愛情為甜酸果。一旦結婚，同性間的競爭由於一方的勝出而宣告結束，愛情也走到頂峰。在我們這裡的詞典裡，婚姻一詞有這樣的注釋，『男女愛情的雙贏結局』，而在新版的詞典裡則改成『男女愛情的雙贏局面』，說明競爭尚未結束，雙方仍須努力。當地的這種交際風俗可謂愛情消退防疫針，雖然明知是禮儀性的，但人的情緒必然遵循心理科學的規律，互庚先生的酸性感覺是免不了的。我敢說，互庚先生此刻正在百般討好他的太太呢。」

　　「會不會弄假成真呢？」

　　「那是免不了的。哪怕再過一萬年，愛情遷移總是有的，對失敗者永遠是個悲劇。」

　　後來我不幸看到了這樣的悲劇，我為失敗者丁鼎教授深感悲哀。

第十二章　　第四產業的興衰

決　鬥.....

　　在我們居所座落的小街上常常可以看到一個很漂亮的太太，她隨便出現在什麼地方，所有男人的目光都會被吸引過去。我之所以稱她為太太，是因為她有一個十五六歲的女兒，母女倆走在一起簡直像對姐妹花。後來我們知道她們就住在這條小街上，和互庚一家是很熟的鄰居，她的丈夫是浦西京大學的教授，著名的數學家，大名鼎鼎的丁鼎先生。

　　「呵，女士們，看看誰給你們送白菜來了！」丁鼎先生常常能在臺階上撿到夾著名片的菜籃子，不是小夥子送給他女兒的就是某個崇拜者送給他太太的。真是一個幸福的家庭！人們看到他們時無不帶著羨慕的目光。

　　他的妻女是如此美貌，可是這位學者的風度實在不敢恭

維，大概由於用腦過度，他的前頂幾乎全禿了，不過四十來歲的人，看上去卻像五十多歲也不止，小小的腦袋上長著一隻奇高的鼻子，兩條細細的短腿走起路來一跳一跳的，老是使人聯想起一隻覓食的小鳥。當然，對於學者我們不能苛求他的長相。丁鼎先生常常一個人在公共綠地上一跳一跳地散著步，有人說他在散發心中的苦悶，我卻認為作為學者，休閒和上班，散步和工作往往是一回事。

　　不幸被他們言中，丁鼎先生內心確實很痛苦，他的太太被當地一個叫飛菲的男子勾引了，飛菲是當地有名的花花公子，專以勾引婦女為能事。全世界的小市民都一樣，男女緋聞一經敗露，馬上就滿城風雨。在當地，雖然太太被人愛慕對於丈夫來說是一件值得榮耀的事，但太太被人勾引當是另一回事。

278

　　這天我正和慷康教授在客廳裡談論當地的「男女風俗」，老黃從超市裡購物回來了，還帶來了一個驚人的消息：

　　「嘿，丁鼎先生要和飛菲決鬥了！公共閱報欄上貼出了海報……」

　　「鬥什麼項目？」慷康先生問道。

　　「我看不懂。好像說什麼以舞蹈的形式決鬥。」

　　我一下子跌進了「五里霧」裡，據我從翻譯小說裡讀來的知識，舊時歐洲人為了女人而決鬥通常都是秘密進行的，決鬥雙方約請了公證人，找一個僻靜的地方，不是比劍就是比槍，勝者生，敗者死，很是殘酷。偉大的俄國詩人普希金就是死於決鬥，若沒有這場決鬥，我們一定還能讀到普希金更多的作品。我討厭這種殘酷的爭鬥。像這種貼海報，還有什麼舞蹈，令人費解。

「丁鼎先生算是完了。」慷康教授惋惜地歎道，「在這裡，一旦男女緋聞發生，作丈夫的常常會提出挑戰，決鬥的項目通常是由挑戰者提出，如果挑戰者放棄提項目，那麼就由應戰者決定項目，當廚師的可以比烹調，當律師的可以比辯論，什麼都可以鬥，通常挑戰者提出的項目總是自己的強項，讓自己在情場上失去的自尊在決鬥場上贏回來。丁鼎先生會選擇舞蹈，這是萬萬沒有想到的，這下慘了。」

我和老黃決定明天去看決鬥，慷康教授說他受不了太慘烈的場面，所以不打算去看了。

第二天上午九點前，我和老黃一起到了大劇場門口的廣場上，廣場上已經聚集了三五十個看熱鬧的人，幾乎都是婦女和孩子，除了我和老黃，另有幾個男人，兩個是警察，一個是廣場清掃工，還有一個是賣「烙錢」的小販（烙錢是一種又硬又韌的小餅，據說古代槐安曾以此作為流通輔幣，故叫作烙錢，現在人們常常將它給剛長牙嬰兒和智牙期兒童磨牙和鍛煉牙床骨用，所以也叫磨牙餅。），兩個在忙忙碌碌地搬弄著音響設備的大概是他們約請的公證人。

九點鐘一到，兩位公證人互相輕輕地點了點頭，打開了音響，隨著音樂聲起，兩位舞蹈者分別從兩邊入場。

「哇！」我內心發出一聲驚呼，這個飛菲真是風度翩翩，碩長的身材，寬寬的肩膀，穿著一條高腰的騎士褲，上身穿著一件白色絲綢寬袖衫，上面用金色的絲線繡滿了華麗的紋飾。丁鼎教授大概明白自己的腿並不漂亮，只穿了一條普通的黑色西褲，上身則是一件紅色的燕尾服，還戴了一隻黑色的領結，就像電影裡的宮廷侍者，而這位飛菲則像一個少女們夢寐以求

279

的王子。其實已不用決鬥，一上場就定下了勝負。

　　丁鼎夫人默默地站在公證人給她圈定的中間位置上，她必須保持中立，連站的方向也不能偏向任何一方。

　　隨著音樂聲起，飛菲的腳步款款地移動著，自然地下垂著雙臂，兩手舉起，像樂隊指揮那樣輕輕地揮動著；丁鼎先生挺著腰莊重地移動著腳步，目不斜視，雙手平舉著，好像托著大菜盤子行走在宮廷禮堂裡的侍者。人群裡鴉雀無聲。隨著音樂的節奏加快，飛菲的腳步也逐漸加快，而且他的腳尖和腳跟在移動的同時還巧妙地敲打著地面，那輕輕的踢嗒聲大大地加強了音樂的節奏感；而丁鼎教授則像跳迪斯可那樣全身亂動。此時，旁觀的人群隨著飛菲的腳步誇誇誇地拍著手，很顯然，她們已經被飛菲的風姿感染，成了他的啦啦隊員。

　　忽然，音樂換了一曲，音箱裡放出了快節奏的踢嗒舞曲，飛菲的腳步停止了移動，他那雙輕便短靴輕快地敲打著地面，雙肩自然地下垂著，肩膀微微地抖動，神氣得像一隻叮尾的大公雞；而丁鼎先生則躬著背用力地蹬腳，似乎惟恐聲音不夠響，撲騰得像一隻可憐的鵪鶉。飛菲真是舞蹈的高手，他不僅兩腳隨著音樂靈活地踏著舞步，他的兩手，雙眼，甚至下巴都不停地和旁觀者進行著交流，在變換節奏的瞬間，他雙臂向觀眾展開舉起，觀眾們就隨著節奏鼓起掌來；有時候他手心朝下一揮，拍手馬上停止了，他肩膀輕輕一動，婦女們的身子就隨著音樂緩緩地搖動著；有時他的目光向某個婦女一瞥，下巴微微一揚，於是那個婦女的雙眼放出了亮光；有時他那雙纖細的手在不被人注意的時候，輕輕地勾動一下食指，又將某個婦女的魂勾了去……，全場的氣氛全被他所控制，這時音樂終了，他隨著最

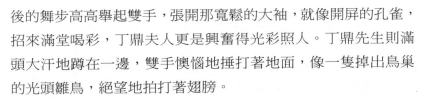

後的舞步高高舉起雙手，張開那寬鬆的大袖，就像開屏的孔雀，招來滿堂喝彩，丁鼎夫人更是興奮得光彩照人。丁鼎先生則滿頭大汗地蹲在一邊，雙手懊惱地捶打著地面，像一隻掉出鳥巢的光頭雛鳥，絕望地拍打著翅膀。

有人看見丁鼎夫人吊著飛菲的膀子離開了廣場，據說，在場的婦女都投去了羨慕的目光。

看了心裡真不是滋味。我這時注意到，剛才那兩個警察和廣場清掃工不知什麼時候已經離去。難怪慷康先生不肯來看。我們也默默離去，實在不忍再看丁鼎先生那種慘相，彷彿今天失敗的不是丁鼎先生，而是所有的男人。

「無論怎麼說，比起從前歐洲的決鬥來，這種形式要文明得多。」老黃寬解地說。

281

晚上我們坐在客廳裡喝著互庚太太給我們煮的茶，談論著白天的決鬥。

「雖然失敗者的形象有點狼狽，但至少看不到血淋淋的慘相。」我同意老黃的說法。

「不見得，」慷康先生起先一言不發，後來他插進來說道，「常有人決鬥失敗後就自殺了，即使不自殺，那活得也慘。很久很久以前有兩個廚師決鬥，鬥的當然是烹調，兩人各盡其能，在熊熊的爐火前將他們嫻熟的技法表演得淋漓盡致。不幸的是其中一位在單手翻炒鍋時將一片肉掉到了地上，被一條狗銜了去。這原本是很平常的事，可是在眾目睽睽的決鬥場上，這種失誤是不能容忍的，於是他失敗了。更有好事者居然稱他為『狗食大師』，就此再也沒有一家餐館肯聘他掌勺，後來他不得不到寵物餐廳煮狗食。不幸的是他平日擅長用辣椒和芥末調味，

煮狗食時不小心將這兩味調料也用上了，結果可想而知了。人們給他取了個外號叫『狗不理』，此後他就一直窮困潦倒，此君後來失蹤了，據說有人在中國的北方看到過他。反正，在決鬥場上輸掉的人在當地是待不下去的。丁鼎先生選擇鬥舞蹈是最大的失策，他的擅長是數學……」

「事先我勸過丁鼎，」互庚先生說，「當我得知丁鼎先生決意挑戰飛菲時，就告訴他應該鬥數學。可是他說，數學是最理性的學問，愛情卻是最不理性的東西。為了不理性的目的，而去作數學演講，或是演繹命題，那簡直是讓國王在雜技場上演小丑。而且，和飛菲談數學，旁觀的全是愚蠢的婦女，我寧可去對牛彈琴。我可以輸掉生命，輸掉尊嚴，也不可以褻瀆神聖的數學……」

282

這時電視裡的《社會新聞》播出了一條新聞打斷了我們的談話——丁鼎先生飲彈身亡，消息還說，是他殺還是自殺，警方尚待進一步查證。

「看到了吧！這就是現代文明。」慷康教授說，「世界文明無論何等進步，野蠻總是與時共進。在舊時代，野蠻的角色通常由強者扮演，把弱者砍得鮮血淋漓；現代的野蠻常常是先叫你破產，叫你失業，斷你生計，叫你窮困潦倒，再毀了你的尊嚴，叫你心裡流血，夜裡流淚，卻把抹向脖子的最後一刀留給你自己下手，讓你自己扮演野蠻人的角色。現代野蠻的特徵就是殺人不見血，這恰恰也是現代文明的特徵。」

丁鼎自殺案的後續新聞.....

第二天一早，當地最大的地方報紙《桃色新聞》（桃色，在唐文裡是春色，或春光明媚，不是色情的意思。當地是桃花淵市，故地方報紙用此名。——作者）的二版刊登了丁鼎先生案進一步的報導：

> 昨晚本市各家電視臺報導了著名數學家丁鼎教授不幸死亡的消息，現經警方證實，丁鼎先生確實死於自我謀殺。⋯⋯對於丁鼎教授的不幸，我們深表同情，丁鼎教授的逝世不僅是他個人的悲劇，也是當前數學界的一大損失，⋯⋯同時我們對於犯有一級謀殺罪的兇手丁鼎的犯罪行為予以嚴屬譴責，我們相信法律將會作出公正的判決。根據現行法律犯有一級謀殺罪的兇手丁鼎有可能被追判死刑⋯⋯

283

我確信當你讀到這段文字的時候一定會感到滿頭霧水，當時我和老黃同樣深感不解，不過根據我們來到這個國家的所見所聞，已能大概地猜出他們的習俗和規矩。後來我們問了互庚太太，果然如此。他們和我們已知的所有的國家一樣，謀殺是最嚴重的犯罪行為之一，所不同的是，對於他們來說，殺自己和殺他人一樣，都是犯罪行為。

過了兩天果然又有新聞傳來，說「判處犯有一級謀殺罪的丁鼎死刑，因罪犯已經死亡，故免予執行」。

「這不多此一舉嗎？」我不由得驚歎出聲，「丁鼎先生人也走了，還來個『追判』，有什麼意思呢？」

「這裡的很多規矩、習俗、法律幾乎都是從中國學來的。」慷康先生說道，「你們國家對於為社會、為國家而英勇獻身的人不是也追認為革命烈士。照你的說法，『人已經死了，再追

認有什麼意思呢』？追認烈士，與其說是給死者一個寬慰，更不如說是給死者家屬的寬慰，而更大的意義在於鼓勵每一個活著的人，表彰其英勇事蹟，給每個後來者作個榜樣。同樣，追判死刑，目的是盡可能地制止人的自殺行為。」

「死刑是抑制人的犯罪欲望的最大的威懾力，但一個人一旦決定尋死了，那麼這種威懾就沒有了，追判還有什麼作用呢？」

「你們中國人都知道這麼句話，『人固有一死，或重於泰山，或輕於鴻毛』，足見人們不但看重生命，也同樣看重死的名節。重於泰山的機會不是人人都有，但是，對於一個善良終生的人來說，輕於鴻毛——那是絕對不能接受的。」

284

丁鼎先生作為一很有才華的數學家，他的存在對社會有很大的價值，就這樣地死去，太輕率了，真的輕於鴻毛。我很同意他的說法，判為數不多的幾個自殺者犯有謀殺罪本身事小，從而能挽救許多人的生命就意義重大。我很希望我們國家的法律也能借鑒引用。

漂亮的女騎警……

騎警，可謂是這兒的一道風景線。

當地警察的制服和歐洲中世紀的騎士一樣，頭上戴著中間有一道高高隆起的銅盔，身上穿著「沉重」的鎧甲（據說是用合成材料製作，重量很輕，擋風避雨又能遮太陽），一手挽盾牌，一手持長槍，他們出來巡街照例是兩人一檔，筆挺挺地騎在高頭大馬上，很是威風。兩匹馬也訓練得極好，腳步居然能

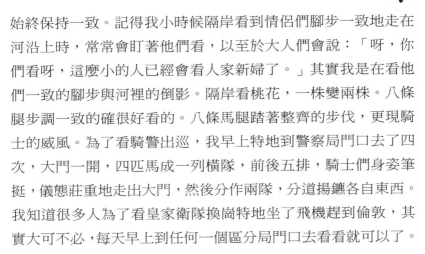

始終保持一致。記得我小時候隔岸看到情侶們腳步一致地走在河沿上時，常常會盯著他們看，以至於大人們會說：「呀，你們看呀，這麼小的人已經會看人家新婦了。」其實我是在看他們一致的腳步與河裡的倒影。隔岸看桃花，一株變兩株。八條腿步調一致的確很好看的。八條馬腿踏著整齊的步伐，更現騎士的威風。為了看騎警出巡，我早上特地到警察局門口去了四次，大門一開，四匹馬成一列橫隊，前後五排，騎士們身姿筆挺，儀態莊重地走出大門，然後分作兩隊，分道揚鑣各自東西。我知道很多人為了看皇家衛隊換崗特地坐了飛機趕到倫敦，其實大可不必，每天早上到任何一個區分局門口去看看就可以了。

有次路上不知發生了什麼事，需要交通管制，兩個騎警馬路中間一站，橫過長槍，將盾牌翻了個面擋在胸前，過往車輛就繞道而行。我這時才明白他們為什麼將長槍做成像紅白杆那樣；他們的盾牌最有意思，正面是警徽，反面是一個交通禁令標誌──一個打上斜杠的大紅圓圈，盾牌的執手有個小機關，不知怎麼一搞，盾牌就可以反過來拿了。

我最喜歡的還是看當地的女騎警。

我有早起的習慣，通常我在日出前後起床。有早起經驗的人都知道，日出前後空氣的氣息是完全不一樣的。這天我照例早早起來，到中央廣場走了幾圈，及到日頭微微冒出熱氣，方才沿路慢慢回來，這時看到兩個漂亮的小媳婦，身著束腰的蠟染藍小襖和桃紅的寬鬆褲，挺直了腰騎坐在兩頭小毛驢上，不緊不慢篤篤篤篤地走著。其中一個是白人姑娘，另一個則是黑人，高高的額頭，棱廓分明的嘴唇，發亮大眼睛一閃一閃，真是漂亮得很。兩人都梳著像中國農村婦女那樣的髮髻，插上一

枝水蔥般嫩綠的發簪，發簪末端還垂著一隻小小的紅辣椒。走得近了，兩位小媳婦看到我注意著她們，便左手扯韁，舉起捏著白手絹的右手，伸出食指和中指齊刷刷地向我行了個禮，我也笑著向他們揮了揮手。她們耳垂上的耳環也很別致，有點像「梅林」的商標，大大地掩著耳垂。

這兒的婦女真是漂亮，大方！我暗暗讚歎。

第二天我在路上又碰到了她們，遠遠只見那個黑人姑娘挺起高高的胸脯，左手手背叉在腰上，伸出捏著白手絹的蘭花指，直指著一個男子的額頭，瞋目「訓斥」著那個男子，那個男子尷尬地哂笑著。我駐腳看了起來，並非完全出於小市民愛看熱鬧的脾性，那兩個姑娘實在太漂亮，太吸引人。在慷康先生的「同聲翻譯」下，方知那兩個姑娘是此地的女騎警，而那個男子則是因為違章闖紅燈被攔了下來。那位女警的態度雖然嚴厲，話音裡卻是充滿了愛惜。

「走吧，開得慢點！」她最後「恨恨」地說道，「你的太太在等你啊。」

做她的丈夫真幸福！我想。

當地的女警真漂亮，我們都有同感。我覺得警方在招募女警時不僅限定了諸如身高、體重的一般標準，還在身材，相貌上也有標準，就像招聘時裝模特兒一樣。而且他們在女警的警服設計上也充分考慮了與市民的親和力。不僅在我們中國人眼裡，那種蠟染藍緊身小襖的確是一種很有吸引力的服飾。

時過不久，我外出閒逛忘了時間，回來時恰逢天色暗重，似要下雨的樣子，我下意識地加快了腳步。

「Yah！」一位身材高挑的小姐喚住了我。

「什麼事？」這時我注意到是兩位小姐，她們穿著茄克和高腰牛仔褲，頭戴牛仔草帽，很是利索，推著高高的自行車。耳垂上又是那種別致的大耳環。女警？我起了個疑問。

「先生，請到上面說話。」

這時我才注意到我已無意間越過雷池線走到車行道上了，就依言走上街沿，說道：

「對不起，沒注意。」

「沒關係，能請我們喝一杯嗎？」

「好啊，」我欣然答應，抬頭尋找咖啡館，或是茶樓。

「請，」她從手提袋裡拿出一面化妝鏡合模樣的東西給我看。

我好奇地接過一看，鏡子上出現了收銀機上的小姐，海藍色的眼睛投來了勾魂的一瞥，5KB。

287

「謝謝你的咖啡。」她迷人地笑著收起「小鏡子」。兩人舉起捏著手絹的右手，伸出兩指齊刷刷敬了個禮。

原來是交通違章罰款。

她們側身跨上自行車緩緩騎去。

「我真的想請你們喝一杯！」我故意跳到車行道上蹦躂了幾下。

她們回過頭來，頓時笑得前俯後仰，插在草帽上的青蔥也快掉下來了。大概我的模樣很滑稽。女孩子畢竟女孩子，經不起逗笑。

這兒的姑娘真漂亮，這兒的男人真幸福，在這兒被罰款真愉快。

小小插曲‧‧‧‧‧

　　由於我對當地許多事物的無知，包括對當地的法律不甚瞭解，致使自己觸犯了當地的法律，被判處不存檔有期徒刑十二小時的刑罰，也就是說這次徒刑不會在我的護照上，或是檔案裡留下任何記錄。

　　那是後來的事，我在參觀當地的一家博物館時覺得有點口渴，又不願再到茶樓去享受什麼「外國規範專門服務」，就在盥洗室裡喝了一杯自來水，我知道許多國家的自來水都是可以直接飲用的。

　　殊不知這下闖下了大禍，一名保安警察看到後馬上奪下我那杯幾乎已經喝完的水，並小心翼翼地放進一隻特製的塑膠袋裡，就像在一個罪犯手裡取下重要案據那樣。然後將一隻手機模樣的東西那到我面前，吩咐我在上面按了一隻指紋，「手機」頂部嘰嘰嘰地吐出一張小紙條，指控我犯了破壞公共衛生罪，並通知我二十四小時內到任何一所警署去接受處理。

　　我當即聲明：「這只杯子是你從我手裡拿過去的，我並沒有將它扔在地上。」

　　「我沒有指控你扔垃圾，」保安警察說，「我看到你飲用了不潔水。那水杯將被送去化驗，如果化驗結果證明是我看錯了，警方將會向你道歉，並作出相應的賠償。」

　　「喝龍頭裡的水難道有錯？」

　　「喝黑龍頭裡的水難道沒罪？」這時他看出我是外國人，馬上向我指明，「你看，這盥洗室的水龍頭分兩種，一種是用於盥洗並可供飲用的潔水，」他指了指台盆上龍頭頂上的白色

標記，「塗有黑色標記的龍頭是未經細濾和消毒的盥洗用水，看上去一樣地潔淨，但可能帶有細菌。你喝的是對健康沒有保證的黑色龍頭裡的盥洗用水。」

「我是自己喝的呀，我沒有……」這時我想起了他們的法律。

「難道你以為危害自己的健康和危害別人有什麼不同嗎？你這種觀念是很自私的。全社會的人都一樣，沒有你的、我的、他的之區分，在我們的社會裡是不允許危害任何人的生命與健康的行為發生。更何況萬一你得了腸道傳染病，你有什麼措施能確保不會傳染給別人？」

「那我可能受到怎樣的處罰呢？」

「十二小時以上，七十二小時以下的有期徒刑。你不會很重的。」他一邊說，一邊把傳票遞給我，「不要忘記，二十四小時以內。」

老黃和慷康先生陪我到就近的警署去接受處理。老黃一路上不停地埋怨我多事，自找麻煩，慷康先生則不停地埋怨自己，沒有及時向我們講清當地的法律。到了警署，值班的警長接過我交上的傳票就按下了類似於計程車上的計價器那樣的計時鐘，並問我：

「你對保安警對你的破壞公共衛生，危害人體健康的指控有什麼反對意見嗎？」

「沒有。」

「如果你沒有反對意見，我們進入簡易司法判決程式，由網路法庭對你作出判決意見。化驗報告半小時以後會傳過來，

將作為對你判決的證據。根據《公共衛生法》第ＸＸＸ條的規定，你有可能被判處十二小時的有期徒刑。」警長在鍵盤上操作了一會，又看了看計時鐘，又說道，「刑期從十四點三十分算起。如果化驗報告不能指控你危害公共衛生罪，警務衙門將按朝廷規定給予賠償。是否需要請律師？」

　　我覺得他的說法合情合理又合法，完全同意他的告示，沒有作任何辯解，更不需要請律師。在等候化驗報告的時間內裡，我們很友好地聊了一會。不多時電腦顯示化驗報告出來了，證明我確實觸犯了法律。他略抱歉意地笑了笑：

　　「沒有辦法，十二小時，一分鐘也不能少。」

　　我也無奈地笑了笑，表示理解。

　　印表機嘰嘰嘰地一陣響，吐出一份判決書來。

　　「網路法庭判處你不存檔有期徒刑十二小時，監外執行，到明天凌晨二點三十分以前不得離開住所。」

　　「好的，我一定服從貴國的判決。」我接過判決書，起身要告別。

　　「在服刑期間你沒有自由，必須由警察押送你到服刑地去。」警長按了一下按鈕。

　　進來一名女警員，一個身材碩長的小姐，穿著一件玫紅色織錦緞的高開衩旗袍，貓步款款地走到警長跟前，並沒有像穿制服的警員那樣地敬禮，倒像是個面對丈夫的家庭主婦，美麗的腦袋微微一側，似乎在探詢：「有何吩咐？」

　　「押送ＸＸＸ號人犯到他的住所，監外執行判決。」隨即遞給她一紙公文。

警員小姐接過公文，款款扭身過來，我還沒有明白她的意思，她已一手挽了上來，弄得我很尷尬，走出房間，另一女警也挽了上來。這時我方才明白，押送須用「挾持」那樣的形式，以顯示法律的威嚴。

她們將我挾上警車，兩條手臂結實而豐腴，充滿了青春的活力。那輛警車也好漂亮，烏黑漆亮，不知什麼牌子，很有點像勞斯萊斯。香車美女，倘不是這次出國，我根本連做夢也不會有這樣的豔福。

警車送我到了居所，兩位警察小姐將我「挾持」進屋後方才鬆開手臂。她們很有人情味，在下車時，尤其說是「挾持」，到更不如說是「扶持」，我真是享盡了豔福。那天夜裡我很晚才睡著，腦子裡老是放不開那兩條手臂的感覺，結實又豐腴，軟軟的，很性感。

291

此後我居然養成了專喝不淨水的習慣，可是再也沒有保安警來指控我，很是遺憾。好在也沒有發生腹瀉。老黃羨慕得緊，不下幾次地說過，這樣的好事怎麼都輪不到我？

第四產業.....

一次在互庚夫婦邀請的朋友聚會上，慷康先生在講到女性警員時說道：

「和別的國家一樣，槐安原先也很少聘用女性警員。貨幣全電子化以後，第四產業遭受了毀滅性的打擊，甚至影響到了國民經濟的運行。而且對警方也產生了巨大的負面影響……」

「慢，慢，我還沒聽懂，第四產業是什麼產業？印鈔造幣？貨幣全電子化會給它造成毀滅性的打擊，而且對警方也會產生什麼影響。」他說到這兒被我的提問打斷了。我對經濟問題是全外行，但「第三產業」什麼的我以前在國內的報上常有讀到，而「第四產業」這個詞卻是第一次聽到。

他的回答使我大吃一驚：

「就是犯罪和反犯罪業。」

原來他將犯罪認定為是一種產業。我很不理解，照此說來，偷竊、搶劫、貪污、販毒、賣淫、強姦都可以認為是職業行為了？答案居然是：「除了強姦，犯罪的動機和效果只要涉及經濟，都可以認為是職業行為。」

「既然認為犯罪是一種產業，試問，這個『產業』產出了什麼？它對整個經濟有什麼意義呢？」

所謂產業不一定要有實物的產出。作為第三產業的保險、金融等等產出了什麼？也只不過是將金錢『搬來搬去』。保險能均衡產業的收益與風險，給產業界有一個穩定的經營環境；金融能使得貨幣資本得到優化配置。犯罪業也是將錢『搬來搬去』，暫且不說它對社會的意義，也不說它的作用的大小和正反，但是它是客觀的存在，它對整個產業鏈的作用已經證明了它是一個很重要的產業，犯罪業發達的國家，反犯罪業也相應發達，XX 國是世界上第四產業最發達的國家，每年因犯罪而產生的GDP為XXX億鍍金幣，而它同年警力開支為XXXX億鍍金幣，足足三倍。同時，保險箱、鎖具、警用器械、監獄物業、財產盜竊險等相關產業也被帶動。乘數效應按五倍計算，你算算每年增加GDP多少？」

「犯罪收入也算進 GDP ？盜竊、貪污都算？」我很驚訝。

「為什麼不算？ GDP 是什麼？是國民總收入。他們是國民嗎？盜竊、貪污的款項是收入嗎？犯罪對被害人，對社會來說，直接的作用肯定是負面的，消極的，所以社會希望消滅犯罪。作為對經濟學的研究，我們必須用理智的心態，辨證的眼光來看待客觀存在的事物，從純經濟學角度來研究其對社會的影響。從歷史上看，第一、第二和第三產業形成時，世界上爆發了多少大革命？產業界發生了多麼大的震動？世界經濟格局發生了多麼大的變化？犯罪業遠在第一產業形成之前，人類還處在狩獵社會時盜竊和搶劫獵物的行為已經發生了，這個古老的行業可謂與時共進，大航海時代又產生了海盜，直到現在的金融犯罪，網路詐騙……。由於第四產業占經濟總量的比例沒有很大的增長，所以把犯罪業提升到第四產業的高度還只是理論的探索，但是它的大幅度地衰退卻會引發經濟的震盪。現在網路盜竊固然還未絕跡，由於貨幣全電子化，罪犯將終身背著『數碼乾坤袋（我國民間稱盜賊用來背贓物的袋子為乾坤袋——作者）』而無法放下，隨時都有破案的可能；至於實現一人一帳號的制度是後來的事情，現在更無法犯罪了。

「開始時，社會雖然還不能接受第四產業的觀點，但社會能接受我們提出的犯罪業的微觀經濟理論中的某些觀點，最容易被接受的就是犯罪成本理論。在以前幾乎所有的不犯罪的人們都認為犯罪是得不償失的，很愚蠢的事，罪犯都是些好吃懶做的懶漢。經統計，發現犯罪業竟然是成本最低，收益最大的行業之一。犯罪從業者們的平均智商遠高於社會平均智商，當然這是由於職業要求，就如金融從業者的平均智商也高於社會

293

水準。犯罪從業者們的工作積極性和敬業精神也遠高於他們的同時代的人們，警察要下班，竊賊沒晝夜；只聽說過有做賊千日，沒聽說過有防賊千日的；警察有退休，竊賊做到老，這可不是你們中國人所說的『一朝偷東西，終身就是賊』，他們中的很多人確實是活到老偷到老的。這種敬業精神來自於可觀的經濟利益和巨大的職業風險，風險最大的金融業也還有期貨對沖等手段來控制風險，他們只有老命一條，如果是職業犯罪家，到老了連養老保險也沒有。這是一個與魔鬼賽跑的職業。

「你們中國人有一句俗話，『明知要虧本的生意沒人做，明知要殺頭的事有人做』，很有智慧。用很通俗的語言闡明了犯罪和其它經濟活動的同質性，或者說犯罪是經濟活動的一種。這句話可以從兩個方面來理解，它的前半句講的是做生意，後半句講的是犯罪；也可以認為前半句講的是現貨買賣，後半句講的是期貨交易，如果犯罪家事先知道這一次要失手，他肯定不會去作案的。『為了百分之三百的利潤不惜冒上斷頭臺的危險』，很簡潔地說明了這兩者的同一性。從利益得失的角度看，搶銀行和追求高收益的金融交易沒有什麼區別，搶銀行本身就是高收益高風險的操作，所以要消滅犯罪就是要使犯罪家對犯罪『期貨』長期看空，方法有兩個，一是提高犯罪平均成本，打壓犯罪『現貨』——提高破案率，二是放長犯罪期貨槓桿——增加處罰倍率。為了提高破案率，反犯罪業也擴大了投入。我研究了破案率和治安經費的關係，發現它們間的關係是非線性的，治安經費的邊際效率非常差，也就是說社會治安經費的追加部分的使用效率很低，追加得越多，追加部分的效率就越低。朝廷無論追加多少治安經費，都不可能完全消滅犯罪。就算投

入幾千幾萬億的治安經費，使犯罪成功率下降到趨向於零，破案數自然也趨向與零，那麼『破案單位成本』這個概念就不存在了。從數學上說，除數為零就無意義。那麼投入公安的幾千幾萬億，而所做的卻是無意義的事，你不認為這本身就是在犯罪嗎？這個犯罪案值是多少？

　　「雖然犯罪和反犯罪業在國民經濟中所占比例也許不大，但是對經濟的影響很大。所以將犯罪和反犯罪業提高到產業角度來考察是適當的。從目前犯罪業的快速衰退造成的社會影響來看，也反證了這個理論的正確性。我們社會能迅速克服由於第四產業崩潰而帶來的蕭條，也足以證明我們的理論的科學性和先導性。」

　　慷康先生在相當長的一個時期專門研究第四產業與整個經濟的關係，在他的講解下我弄明白了很多原先不敢想象的事情，真所謂聽君一席談勝讀十年書。

第四產業衰退後的經濟問題.....

　　槐安的國民崇尚簡樸，生活消費很低。由於生活方式和世界上大多數國家不一樣，所以產業結構也很不一樣。他們的製造業的產品幾乎大半用於外銷，進口商品以資源、能源和技術專利為主。長期以來，他們的財政基本上能做到收支平衡，消費和投資平衡，進出口平衡，進出口的平衡不僅體現在貨幣量的平衡，還追求資源的平衡，如出口十萬噸電線，他們就要求進口八萬噸銅和四萬噸石油，總之，這個國家就是追求平等、平衡、平靜的國家。

295

　　自從前幾年貨幣全電子化以後，突然間發生了許多意想不到的變化，很多方面的平衡被突然打破。首先發現問題的是警方，犯罪率大幅度下降，凡涉及金錢的傳統犯罪技術的案件幾乎基本消失。剛發生這個變化時警務衙門和新聞媒體是將其當作喜事來報導的。隨即而來的是餐飲、紅燈娛樂、賓館和一些高消費場所的營業下降，監獄空房率上升，警方的單案成本上升，保險箱、鎖具製造業蕭條，原來藏得深深的竊賊、強盜和騙子都來登記失業，失業率直線上升，一連串的經濟問題相應出現，雖然尚未造成全面衰退，但是影響已經很大。

　　除了性犯罪，其它犯罪都是針對鈔票而來，因為所有財物中使用價值最大的東西當屬鈔票無疑。鈔票一旦廢止，犯罪從業者便失去了作業對象，誠然，他們仍可以金銀、珠寶等稀貴物品為作業物件，但由於實行了貨幣全電子化，贓物變現的難度顯著增加。倘人們有貴重物品需要流通，可以直接到易貨公證處去交易，電腦會將雙方的帳號及商品名稱、數量和電子錢的流量記錄下來，並自動課稅。如警方需要追查什麼物件，只要一按鍵盤，贓證線索馬上就暴光無疑。於是大盜、小偷紛紛金盆洗手，並到失業登記所去申請失業救濟。沒有了這批高消費群體，許多消費場所的生意頓時冷清起來，前面所說的蕭條連鎖反應馬上就啟動，三百六十行，行行叫苦連天。與犯罪業相關程度最大的行業改組變化也最大，譬如，反犯罪業的警方最先提出變革，從反犯罪為主，改為為消費服務為主。原先的以男警員為主改為以女警員為主，脫下警服，穿上時裝，可以增加與人民的親和力，同時也作為一種文化的展示，所以她們每隔一個時期就換一套服裝，換一種風格。現在女警也成了這

兒的一道風景線。

　　轉產最具戲劇性，最成功的要算鎖具製造業了。犯罪業的衰退直接導致了鎖具銷量的下降，原先槐安一共有兩百多家鎖具製造廠，年產各類鎖具大約五千萬把。四產風潮一起，一下子就倒閉了一百多，最後的幾家也在風雨中搖晃，年產量僅數十萬把，還要壓庫。

　　時不過兩年，一些好懷舊的老人開始收藏退出實用領域的各式鎖具，那些工藝精良的，或是年代久遠的鎖具的價格開始悄悄走俏，尤其是當著名影星麗莉將一把白鋼小鎖掛在項鍊上的照片一登上封面，許多追星的少男少女也紛紛模仿將各式小鎖掛上了脖子，鎖終於有了全新的用途。一些能工巧匠開發出許許多多構思奇特，式樣新穎的鎖具，譬如，一種安著手錶機芯的小鎖，一旦時間鎖定，鎖關上後要到了鎖定時間才能打開；另有一種鎖，不用鑰匙，鎖面上安置著我們中國古老的遊戲「捉放曹」，「曹操」走出來了，鎖就打開了；還有一種鎖，它的鑰匙是一枚中國的 1981 年造的一分硬幣，只要將這枚硬幣往鎖面上的花紋貼緊一按，鎖就開了，其他的年份就不行，據說這個年份的一分硬幣極為稀少，所以這具鎖的價格也不薄；更有一種品名叫「愛的另一半」的連心鎖，它沒有鑰匙，打開這鎖須將兩具鎖合在一起方能打開，而在每家玖久連鎖店裡只供應其中的一具，另一具誰也說不上在哪座城市哪家門店什麼時候上市供應。為了尋找「愛的另一半」，於是登報徵求，拍賣，很是熱鬧，價格自然不是普通愛好者所能承受，據說最貴的一把鎖要值到十多萬 KB。收藏、製作鎖具成了當地民間的一種愛好，就像我們收藏舊照相機和名錶一樣。

297

最具戲劇性的是,儘管當地犯罪業已極度萎縮,但偷鎖的現象卻很嚴重。有這樣一則笑話,有人用一把 1960 年中國製造的鐵皮鎖鎖了一箱金銀珠寶,結果鎖被人偷走了,金銀珠寶絲毫不缺。尤其是偷盜業的行業高手,他們素來對開鎖有著極大的興趣,所以鎖具收藏家裡不乏偷盜高手。鎖具收藏界是當地最有活力的人群之一。

積極的刑罰制度.....

為了應對四產衰退所引發的一系列的經濟問題,朝廷提出了簡稱「＋3－4＝0」的產業政策,就是發展三產,抑制四產,平衡經濟。其中關於如何降低監獄高空房率的探討最有意思,有人建議監獄實行星級收費制,將監獄改造成五個等級標準,就是五個星級,最低的一星級為免費監禁,生活品質不低於現行標準,二星以上按星級收費,五星級為國王套房,可對國際開放,國外有錢的罪犯可關到這裡來享受劉阿斗的關押待遇。但這個建議很快被人否決了。

而另一個建議卻得到了人們——尤其是少年罪犯的母親們——的廣泛支持,那就是徹底改變現行的刑罰制度。世界各國的刑罰差不多,對罪犯的刑罰就是監禁,根據罪行的輕重決定刑期的長短。他們的新制度是除了重罪和職業犯罪家,對一般人犯一律採用「效果刑罰制」,也就是處罰不再判決刑期,而是判處強制教育,以達到教育標準為「刑標」。刑標,這又是一個新名詞,全稱為刑事處罰標準。一個少年罪犯常常會接到這樣的判決書,「……法庭根據刑法第 XX 條,判處罪犯 XXX

接受強制教育，直到獲得國家高教衙門規定的大學本科畢業證書，……」

有些罪犯由於智力傾向大而不適宜讀書的，法庭會根據罪犯智力鑒定委員會的建議書，判決他們「達到國家勞工衙門規定的八級技術工人標準」，或是「達到國家文化衙門規定的二級演員標準」等等。曾有一個少年罪犯，他的智力傾向實在不適宜讀書和學習工藝技術，法庭就根據建議書的意見，判處他練習跳高並接受體育理論教育，直到能跳出監獄圍牆的高度。他對二米的高度沒有感性認識的經驗，當他一看到高高的圍牆，頓時萎了下來，「這下完了，恐怕要把牢底坐穿了」。在法律的約束和獄警的管教下，他練起了跳高，不出兩年，他就跳出了圍牆高度，獲得奧林匹克的男子跳高冠軍（那個時空域的奧林匹克的水準很低，後面我將專門介紹那裡的體育運動情況），並且還考出了少體校畢業文憑。

我有幸在慷康先生的陪同下參觀了當地的一所青年監獄，裡面關押的都是些十四到十八歲的青年人，其中相當一部分是前些年關押下來的犯有偷盜等罪行的刑犯，還有些諸如強姦、搗亂等刑事犯。

和所有的監獄一樣，它也是鐵門高牆，陰沉恐怖，給人以插翅難逃的感覺。裡面卻乾淨明亮，像一座兵營，房與房之間只用矮矮的黃楊樹做間隔。囚犯們穿著清一色的囚服，這囚服一點也不難看，像是軍校學生的便裝。他們的行動是不自由的，出操、吃飯、上課都一律排著整整齊齊的隊伍，踏著很規正的腳步。伙食很好，但給什麼就吃什麼，一律統統吃光，不允許什麼要吃什麼不要吃。

　　他們的日常生活也像是軍事院校，每天的主要活動是學習。為了鼓勵囚犯們學習的積極性，他們也採用學分制，可以跳級，也可以選修，在這方面自由度很大。課間十分鐘他們是自由的，可以一個人從這間教室走到另一間教室。由於自由的限制，他們的學業進步很快，一個小學畢業的人進去，不消六年就能大學畢業，有些人甚至更短。據說最快的一個只用了三年時間，就讀完了中學和大學的全部課程，考慮到他年紀尚輕，過早出去不利於鞏固學習成果，在徵得監護人同意的情況下，給他增加了兩級刑標，結果他在監獄裡一共關了七年，他達標出來時已獲得了博士學位，那年他只有二十二歲。

　　監房裡當然沒有異性，他們唯一和異性「接觸」的地方就是上網聊天。每天晚上一小時的上網聊天便是他們最愉快的時刻。其實他們哪裡知道，這個聊天室是虛擬的，和互聯網是不接通的。那天我參觀了他們的電腦房的「後臺」管理處，五個心理導師正指導著幾十個女青年和少年犯們打字聊天。聊天是自由的，為了保證私密性，電腦間都有間隔。什麼都可以講，甚至可以聊及性的問題。其實「自由」只是囚犯們的感覺而已，幕後受到心理導師的嚴格監控。這些女青年都是志願者，她們的工作僅僅是打字而已，雖然具體的話語由她們自己來打，但話題、方向、深度和某些誘導性問題的提出，都由心理導師來把握。長期關押的青年人和女性聊天最感興趣的話題自然是性，她們在心理導師的指導下將話題插來轉去，細細地撥正他們被扭曲的心靈。所有聊天的內容都將被整理列印出來，供心理導師研究，並開出新的「處方」。

　　這些囚犯內心的一舉一動都受到警方的監察和關愛，所以

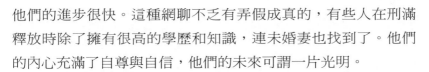

他們的進步很快。這種網聊不乏有弄假成真的，有些人在刑滿釋放時除了擁有很高的學歷和知識，連未婚妻也找到了。他們的內心充滿了自尊與自信，他們的未來可謂一片光明。

「這確實是全世界最人道的監獄，最人道的刑罰制度。但是這樣的改革對於經濟並沒有什麼幫助啊，監獄的開支不是要增大了嗎？」我問慷康先生。

「監獄的開支增大，乘數效應不也出來了嗎？這還不是主要的，」慷康先生解釋說，「重要的是我們對於一些問題的認識。說穿了很簡單，你想，一個無知的小流氓和一個年輕有為的學者，這兩者能相比嗎？如果一個社會都是流氓加文盲，另一個社會都是道德加知識，這兩個社會的經濟能相比嗎？難道我們的經濟統計不應該對人力資本的提升作個評估嗎？國民的道德和知識是創造價值的最重要的人力資本，難道就不應該在我們的統計年報裡有所顯示嗎？從教育業本身來看，是個需要朝廷補貼的行業，從社會角度看，更可謂是一本萬利的產業。所以我們這裡每個國民受教育程度的提高都予以估值，並反映在國家的統計年報裡，直接影響 GDP。教育的 GDP 不是按學校的收入計算的，而是按其培養出來的學生的數量和成績來計算的，所以教育是個高創收的行業。監獄搞教育，就是變四產為三產，就是『+3-4 大於 0』。監獄增加開支又怎麼啦？叫朝廷報銷！」

在我們結束參觀的時候，看到了這樣一幕，一個相貌堂堂的年輕人拎著手提箱一手拿著釋放證和我們一起步出監獄大門，一個姑娘正滿臉喜悅地提著滿滿一籃蔬菜在門口迎接他。聽說，隨著犯罪業的萎縮，少年監獄也將改建成少年軍事紀律

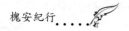

學校，並對外招生，凡是尚未成年的少年人只要徵得監護人的同意便可以入校學習，直到功成名就，這一切都是免費的。

嚴厲而公正的懲罰

你看了這些不要以為這裡是犯罪家的樂園，犯了罪社會會把你「逼進天堂」，這種監管教育主要是對青少年罪犯和業餘罪犯愛好者所設計的，但是對於成年的專業犯罪家的懲罰是嚴厲而公正的。

在這裡犯了罪照樣要判刑，照樣要關押，關押期間照樣要勞動。

當地的刑罰有兩個特點，一是量度很透明，計算刑期很簡便。他們對偷盜、貪污等涉及能量度的經濟侵犯罪的判處，都是根據案值與社會平均工資的比率、破案率、懲罰倍率來計算的。而對案值的計算是按對受害人的造成的損失為依據的；賄賂案的受害人（受害人往往是社會）的損失往往很難計算，一般當地按《商業法》規定的仲介利潤百分之三來推定，如果收受賄賂三千 KB，那麼案值就是十萬 KB。二是處罰很嚴厲，那是為了提高犯罪成本。如案值相當於一個月的社會平均工資，那麼乘上懲罰倍率十二，除以破案率 20%，就可能被判五年的刑。如果是再犯，那麼懲處的基礎倍率再乘以二，以後再作案，就以二的二次方累進。這些都是以前的事情，自從貨幣全電子化以後以貨幣為作業對象的竊案基本沒有了，因為每人只有一個帳號的制度使網路盜竊也基本絕跡，最多的是「合法」詐騙和收授賄賂，盜竊也都是以實物為作業對象，所以合議庭在討論

刑期時常常弄得像舊貨商談生意，對贓物的估價直接涉及司法
公正。

　　在押刑犯男女分監關押，沒有自由，其它所有生活都和社
會上一樣，每天的工作時間和外面一樣，每週末發給和社會上
同工種一樣工資，但是伙食、囚服、水電費、監獄房租和監獄
管理費還是要自己負擔，監獄物業和社區清潔工作一般由犯人
自己做，所以生活費用比外面低一些，由於沒有高消費的場所，
大多數人都有存款，這些錢可以儲蓄，可以買國債，也可以投
資股票，除了國王職位期權都可以買賣。他們最願意做的是人
力資源期貨，通過勞動他們的工作技能和對未來生活的信心都
有不同程度的提高，都希望回歸社會後成為能自食其力的勞動
者。據說有個刑犯曾因偷竊一千五百 KB（相當於當時三個月的
平均工資）被判了十五年的徒刑，在裡面不到十年就擁有了幾
十萬 KB 的股票資產，他對自己的犯罪行為後悔不已，認為他完
全可以靠自己的能力和才智去正當獲得錢財，完全不必去犯罪，
他提出願意花十五萬 KB 來贖斷刑期。那不行，那是法律，沒有
買賣可做。對於那些喪失勞動力的罪犯，都能按規定享受免費
囚禁。

　　前面已經說過，這裡沒有廢止死刑，出於對人權的尊重，
法律規定死刑犯的遺體將被用於器官移植，因為他們雖然是壞
人，但是他們的「人」卻是好的，給罪犯以補償他對社會造成
的損害的機會，對他的罪惡的靈魂也是一種安慰。當地執行死
刑的方式也很特別，不用槍斃、絞刑或是注射什麼的，而是對
死刑犯予以深度麻醉，然後像拆卸舊汽車那樣將他身體全部解
剖，身上的所有血液、皮膚和臟器都將用於器官移植。

303

曾有一搶劫、掠殺無惡不作的罪犯被判處死刑，在行刑前照例接受了器官受捐者們的感謝，他為此激動不已，在遺書中寫道：

「……，我不服罪，世道對我不公，你們說罪犯的心靈是黑暗的，其實，真正黑暗的是世道；我不怕死，在殺人的時候我就準備受死。就在我生命行將結束的時候，我的心靈震顫了，那些器官接受者對我的真誠感謝深深地激動了我的心靈，那位氣喘吁吁的心臟病患者握著我的手說，『我的生命是用你的生命換來的，我會永遠記住你給我的第二次生命』；一個將接受角膜移植的女孩子流著眼淚對我說，『我為將來的光明而幸福，也為你將走向黑暗而痛苦，你會永遠活在我的心裡……』，天！接受人們的感謝竟是如此幸福，這輩子我見夠了恐懼、憎恨和求饒的面孔，從來沒有人對我如此真誠的感謝，如果我早點能領受人們的感謝和感激我不會走到這一步。就在我行將走向黑暗的時候忽然看到了光明，我深深感受到，做個好人真幸福。我真心地希望社會能理解我，此時此刻的我已經是一個好人了。我等待著走向光明的時刻來臨……」

當地對犯法和違軌的處理特別注意區分故意和無意，對故意違規，或故意瀆職的處理是很嚴厲的，如交通警開後門放走了違章者、國家稅務人員幫人家逃稅、公證人員作偽證、會計做假賬、會計事務所出具假報告，甚至駕駛員酒後駕車都將終生剝奪公權力工作資格，連擔當企業法人的資格都沒有，他的簽名只能代表個人行為。人一旦因為故意違規而被吊銷了駕駛執照、會計執照或是其它各種公權力工作資格，那麼他有可能終生找不到需要有一定誠信度的工作。

「這太嚴厲了，我認為對於諸如酒後駕車之類的過失，只要還沒出事故停止駕駛半年也就差不多了，人總是要犯錯誤的嘛，所以要給人改正錯誤的機會。」我對慷康先生說。

「開車無意間闖了紅燈、會計算錯帳、稅務人員搞錯稅項都是難免的，只要無法證明是故意違規都有糾錯機會。出錯誤和不誠實是兩回事，為了貪一杯酒不惜冒犯國家的交通法，不顧他人生命，這樣的人有什麼用？與其給他改正錯誤的機會還不如不給他再犯錯誤的機會，因為我們無法給因酒後駕車肇事而死亡的枉死者以再生的機會。」慷康先生說。

事實證明這樣的處理很好。這個規定實行一百年以來一共只吊銷過將近兩千張駕駛執照，揭掉了十一個交通警察的大蓋帽，但是一百年以來至少減少了交通死亡事故六百萬年（當地對人命不是以條為單位來計量的，而是以餘命來計量，即以社會平均壽命減去死亡時年齡。倘以每人三十年餘命計算，要減少死亡二十萬人），減少物損不計其數。

據說，剛開始人們很不買帳，尤其是大款和大官，但是自從 1929 年的大海嘯以後就再也沒有人敢以身試法。什麼稅務人員教導納稅人「合法避稅」，什麼律師教當事人編造故事，什麼會計做假賬，沒有的事。

這裡有一個很感人的故事。

法、情相爭的雙贏局面.....

距離槐安的東海岸兩百公里的地方有一道深達八千米的西瑪拉雅海溝，據說是什麼斷層，常常發生地震。

305

有次，可怕的地震發生了，那天正好是閏週末，著名的椰樹灘海濱浴場擠滿了度假的人們。忽然間海水退了下去，在淺海裡游泳的人們一下子趴到了「地上」，驚詫不已的人們站在這千年不見太陽的海底上眼睜睜看著有人被海潮帶到遠處，孩子們好奇地看著在「地上」蹦躂的大魚……

這時天邊傳來隱隱的轟鳴。

「快跑！大海嘯馬上來了！」有人驚叫起來。

於是大家攜大帶小地拼命朝遠離海岸的地方逃命，有一個叫黨鐺的年輕人正和他的女朋友在小車邊聽著音樂，看到情況馬上發動汽車準備離開，小夥子忽然看到不遠處有輛大客車上坐滿了人，車上的人們在大聲呼叫，卻不見司機的影蹤，他馬上將小車交給女友，自己奔到大客車的司機座上毅然發動車子，在海潮的轟鳴聲中逃離了災難。事後統計在這場海嘯中有一萬多人遇難，慶倖逃生的人們不免想起這位年輕人，電視把這位英雄推向了全國。

在鮮花、掌聲和一片讚揚聲中有一個人卻睡不著覺，他的良心正受著煎熬，他是英雄的朋友——當地最年輕的檢察官，他知道黨鐺沒有大客車的駕駛執照，犯下了故意違反《道路交通安全法》的罪行，最輕的處罰就是終身吊銷駕駛執照，終生不得從事公權力職業。作為檢察官，他必須提起公訴，不然他的良心將終身背上包袱，當年他曾在國徽前宣誓過，「要永遠忠實於國家，忠實於國家的法律」，假裝不知道，那就犯下了故意瀆職罪；一旦提起公訴，面對引以為的驕傲的朋友，他將終身背上出拋棄朋友的良心包袱，他將被社會唾棄。他埋怨上帝，造人的時候為什麼要造顆良心。俗話說得好，「天下無難

事，只怕有心人」，人如果沒有了良心，就什麼事情都能做了。

　　他終於橫下一條心，將案件提起公訴！就如同一瓢涼水潑進熱油鍋，輿論一片驚沸。但是案情是如此清楚，不容置疑。

　　開庭這一天旁聽席上人頭濟濟，電視記者也到場採錄。那天的辯論說不上唇槍舌劍，說來說去兩句話，公訴人說「情有可原，法不可恕」；辯護人說「法不可恕，情有可原」。

　　法官先生只是簡單地宣佈著庭審的程式，沒有像通常那樣敏銳地在節骨眼上提出讓人難以回答的問題，他的內心也在忍受良心的煎熬。出事那天他的消息來源不是電視，也不是電臺，而來自他的掌上明珠，他的寶貝女兒穿著比基尼驚恐失態地奔進客廳，語無倫次地尖叫著：

　　「爸爸！大海，大海出事了！大海，大海像山那樣倒下來了……」

　　她就是大客車的最後一名搭客。晚上的電視裡出現了光著膀子的黨鐺，「哦，多麼魁梧英俊的小夥子。」他抱著萬分感激的心情默默地讚賞道。

　　但是這個案子太簡單了，當事人明顯違反《道路交通安全法》，而且《道路交通安全法》裡沒有半條有關的「通融」條款。

　　最後法官莊嚴地宣佈當事人無罪，理由是根據當地法律見死不救也是有罪的，「兩害相侵擇其輕」，當事人不可避免違反《道路交通安全法》，既然是不可避免就不能算犯罪。宣佈一出當庭一片歡呼，首先擁抱當事人的不是辯護人而是公訴檢察官，他慶倖黨鐺無罪，也慶倖自己良心的解脫。法官先生在姑娘們的親吻中微笑著脫下了莊嚴的法袍，他離開法庭後就到

高檢自首了自己的故意瀆職行為。

「兩害相侵擇其輕」是理，不是法。他很明白，即使黨鐺不去開大客車，見死不救這條罪名也不適用他，他完全可以以不會開大客車作為推脫。黨鐺確實是觸犯了《道路交通安全法》。

法官先生被判處終生剝奪從事司法和一切公權力工作的資格，後來他當了一名圖書館管理員。無數的人上書、請願，都無濟於事，法律就是法律，無論你的犯法理由多麼充足，無情無理無可通融。法庭講法不講道理。

形象監察所．．．．．

在少年軍事紀律學校邊上的拐角上，我們看到一所叫「形象糾察事務所」的地方。如從名字上聽來像是監察機關，我的理解是專門負責監察警風警紀的。但是它的招牌很藝術化，門口還放著很大的模特人像照，全然沒有機關的莊嚴和肅穆。只是覺得好奇，便多看了幾眼。當我們離開一兩分鐘後，好像覺得有人在叫我，回頭一看，是一位中年的先生追到我身後，說：

「Yah，打擾。先生想關照一下自己嗎？我們願意為你提供服務。」

服務？我還沒有轉過神來，他已經將一隻電子鏡框放到我的面前，那是一張我的照片，拍得很糟糕，頭頸照得太長，還歪著頭，眼睛突出。憑這樣的手藝還要為我服務？

「哈哈，」老黃先笑出了聲，「很傳神。」

「傳神？什麼意思？」

「你看到稀奇的東西的時候就是這個樣子的。」老黃又開玩笑地說，「我可以打包票地說，你這輩子肯定沒有過婚外的女人。」

「你那麼小看我？」

「我幾次發現，你看到好看的女人也是這個樣子啊，那對突出的眼睛像是要吃人那樣。人家嚇也要被你嚇死。」

「去你的！」我啐了他一口。我雖然沒有過要追什麼女人的念頭，事實上也被他說准，我這輩子真是沒有過風流韻事。但是如果說我看見女人時眼睛會是這個樣子，確實有點傷我自尊心。

「嗯？需要我為你服務嗎？」那位先生用探詢的目光看著我。

309

我還是不明白，服務？服務什麼？

「全程跟蹤形象糾正。」在亙庚先生的介紹下我方才明白，隨著第四產業的衰退，警察，尤其是刑事偵探警察一下子變得多餘，根據朝廷的「+3-4=0」的產業政策，他們就改行做服務。形象糾察這個行業是全新的，眾所周知，每個人都關心自己的形象，早上出來都照鏡子，可是自己的走路、吃東西、說話，甚至吵架時的樣子關心過嗎？經他這一說，我倒是有點感悟，我們照鏡子是靜態的，臉上的表情是做出來的，一離開鏡子，自己的表情、姿勢和動作是不自覺的，而且往往是不漂亮的。

「怎麼做呢？」我倒是有點興趣了，尤其是看了那張照片，又被老黃的玩笑話刺了一下，覺得很傷臉面。

「四百 KB。」那位先生報出價來，「一共給你做兩次。」

我算了一下，哇！要四千元呢。

「不貴的，我們兩三個服務員全程跟蹤服務呢。事後你一定覺得物有所值。」

我考慮再三，決定試試，我一輩子沒有接受過新潮服務。當即就跟他到事務所簽了約，然後叫我將手機的 GPS 定位一直打開，以便跟蹤。

大概四五天吧，有一女士上門讓我簽收了一隻牛皮紙的文件袋。封簽上印著「私密文件，面交本人」的字樣。倘是本時界的人，她們就會將文件從 Email 裡傳送過來。我拆開文件袋，裡面是一疊醜陋不堪的照片，全是在我不注意的時候偷拍的。第一張便是上次在街頭探看門面的鏡頭；還有的是我在街頭邊走邊伸手在衣服裡抓癢，因為伸得太裡面，以至於整個上上身都歪了過來，還有一張是我在挖鼻孔，更有甚者，我居然好像在和人家吵架，我根本不記得有這麼回事，可是照片上的我瞪著眼咧著嘴，兩手一攤，似乎在說，「你看，你不撞我，我會撞你嗎？」後來記起，那是和老黃在討論我們正在經歷的奇遇，我說，「我現在一定是在做夢，等會飛機一降落就明白了。」他說，「何必等到降落，我現在就把你搞醒就是了。」他開玩笑地在我肩頭擂了一把，很痛，卻還是沒有「醒」過來，於是出現了照片上的那個鏡頭。和清單核對了一下，一共有十二張。不知他們是用什麼方法拍到的，有幾張好像是在很小的範圍，根本不可能有人在遠處用長焦距拍攝，也不可能有陌生人用針孔鏡偷拍的。不去研究他們怎麼做的，他們曾經是刑事偵察員，有的是辦法。

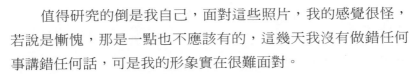

　　值得研究的倒是我自己，面對這些照片，我的感覺很怪，若說是慚愧，那是一點也不應該有的，這幾天我沒有做錯任何事講錯任何話，可是我的形象實在很難面對。

　　回想自己這一輩子做了十年工，坐了廿多年辦公室，一直得不到升遷，最後卻被精簡下來，現在看來在某種程度上是被這些形象上的細節的所影響的，多少有點遺憾。記得女兒小時候曾經說過，「爸爸說話時的樣子很滑稽哦」，我還很得意，以為她是說我很有幽默感呢。我對自己的長相還是有點自信，但是面對自己的形象卻從來沒有像今天那樣尷尬。無須別人指點，我當即就注意起自己的行為細節。直到現在我仍然敢誇口，世界上絕少有人能這樣自覺，這樣迅速糾正自己行為的。

　　又過了四五天，還是那位女士，又給我送來了一個文件袋。這次裡面是一張 DVD 碟片，裡面攝錄的全是我走路、吃飯時的「醜態」，和說話時的不和諧的音調。我很納悶，我在這個世界上生活了五十多年，我有那麼多親人，那麼多朋友，除了母親在我小時候說過我，「吃飯時嘴巴不要吧嗒吧嗒地出聲音」以外，為什麼沒有人給我指出過什麼？

311

　　第三次送來時就只有兩張照片和一份總結報告，說我改進情況很理想。並且推介他們新的服務專案和收費標準，若有需要，他們將進一步提供社會印象調查，就是到我的同事、朋友和鄰居等人群裡秘密調查對我的印象。還附了一份隱私保密保證條款，一是不提供任何人名資訊；二是服務合同履行後公司只保留客戶名字和收費情況，其它所有調查資料都交客戶處理。我是「外星人」，在這裡熟人很少，且時間和金錢也都很有限，社會印象調查服務也就不做了。

　　後來我到了開普頓沒兩天，老婆就對我女兒說了，「人是要到外面走走。你看你爸，乘了一次飛機就賽過換了一個人，派頭大了很多，有點像外交家了。」

　　據說這樣的事務所剛開張時人們還不大理解，很少有人光顧，現在接受形象監察服務已經成了當地人的生活必須，就像我們這裡的美容美髮一樣，隔一定的時間就要去做一次監察。我想，這個服務專案今後我們上海一定也會有，問題是必須嚴格的監管和高度的誠實信用，很多事情看起來是小事，但是真正要做好沒有很高的職業道德是不行的，因為往往會涉及人們的隱私。

第十三章　　和平時期的戰爭

路邊的體育場.....

　　離我們住所不到半裡路的地方有一個非標準體育場，和我們眼裡的體育場不盡相同，它被包圍在大片的「菜園」中間。說它非標準，是因為這個體育場沒有看臺，四周照例也是一圈跑道。和我們不同的是跑道的內圈種上了黑森森的灌木，將球場包圍起來。跑道的外側是一圈「護城河」，水不深，清澈見底，河底是黑白卵石鋪就，整個河道呈「Ｃ」字型，河水與桃花淵出來的溪水相通。河沿用石板砌成，設有拉手，他們告訴我這是非標準泳道，是供社區居民游泳活動的。

　　每天有人在這裡游泳，好在我們去的那些日子天不算太冷，室外溫度在十五六度，據說下雪結冰天氣也有人下水游泳。泳道外的「菜園」也屬於體育場範圍，就像上海的公園一樣，

每天有很多人在打拳、舞劍、做體操。作為公共活動場所確實很理想，只是覺得那條被稱為非標準泳道的公共游泳場似乎不大衛生，當我提出這個疑問時，互庚先生告訴我說，這河底的卵石常常清洗，並說這水來自富硒的桃花淵。

「畢竟是公共游泳場所啊，」我說，「總有人要嗆上幾口水的呀。」

「天天有人檢驗水質，絕對沒有工業污染，也沒有寄生蟲。」

「細菌呢？」

「那是免不了的，即使是標準泳池裡的水也是不能喝的，但是喝進幾口亦無大礙。全世界大多數人都在江河湖海裡游泳，有幾個地方的水質比得上我們？」

其實我也不很苛求的，倘在大熱天我也會下去遊上幾圈，我們去的季節不對，水溫很低，也只好看看作罷。跑道上有不少人在作很正規的田徑訓練，看模樣是體育學校的學生；那天是上班時間，球場上只有幾個老人在投籃，據說每到週末和休息天都會有很多自發的球賽的這裡舉行。

當地有好多這樣規模的體育場，人們下了班都喜歡換上運動服到那裡去「排排汗」。說起來你也許不信，儘管這裡的人們那麼地熱愛運動，體育活動那麼地普及，但是他們那個時空域的奧運會水準卻很低，很多記錄遠不如我國的全運會記錄，有的項目甚至還不如我國的大學生運動會記錄，男子跳高的世界記錄是二米一五，男子百米短跑的世界記錄居然只有十秒九五。

我認為這和他們的文化有關，由於長期的和平，人們的尚

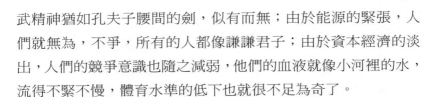

武精神猶如孔夫子腰間的劍，似有而無；由於能源的緊張，人們就無為，不爭，所有的人都像謙謙君子；由於資本經濟的淡出，人們的競爭意識也隨之減弱，他們的血液就像小河裡的水，流得不緊不慢，體育水準的低下也就很不足為奇了。

　　儘管當地的人們都是君子淑女，舉止都是那樣地雅緻，行動是那樣地從容不迫，文質彬彬，行為是那樣地溫良恭儉讓，但是在他們身上我始終能感受到一種生氣，儒雅而不文弱；而且在體育方面好像人人都有一手，尚武而不野蠻。互庚夫人換上緊身運動服往高低槓上一「掛」，身輕如燕，翻飛自如，一點不遜色專業運動員呢。他們那裡每個人都以體育記錄為榮，如果一個男人什麼記錄也沒有是很丟人的，鬧不好連老婆也娶不到。當地的人們看重體育等級證章遠甚於讀書文憑，不少人喜歡掛著體育等級證章照相，搞得像戰鬥英雄那樣，胸前長長一排，很威風。《國民體育鍛煉和比賽法》規定，任何人只要達到某一項目某個水準，國家體委就依法授予某個等級的證章，就像我們當年的三級勞衛制。互庚先生跳高跳不高，跳遠跳不遠，技能又不行，他的太太說他是「先天性小腦缺失型運動白癡」，最後總算搞到兩枚證章，一枚是射擊，還有一枚就是馬拉松，馬拉松不限時間，只要能跑到終點就能得到證章。

　　我認為群眾體育是錦標體育的基礎，我們當年全民打乒乓，結果一下子就把世界乒壇打得落花流水。但就是這樣一個酷愛運動，全民搞體育的世界居然奧運會的水準這樣低下，著實讓人費解。

　　據朋友介紹，當地的《國民體育鍛煉和比賽法》對比賽有許多限制性條款，很大程度影響了體育成績。他們的國家體委

和奧會都規定不允許體育運動職業化，體育鍛鍊的目的是為了生活，而不是為了謀生。要將體育運動作為謀生手段，那麼只能擔任教練員或是裁判員，但不能參加任何級別的本專案的體育比賽，參加非本專業專案的比賽是可以的，比如田徑教練可以參加除了田徑項目外的任何賽事。他們認為專業從事體育比賽是浪費青春，貽誤人生。年輕輕的不到十五歲就不停頓地訓練，直到二十幾歲出成績，這種成績對社會來說有什麼意義？就算有一天出了一個奇人，將百米短跑記錄推進到九秒以內又怎麼樣呢？世界上千千萬萬個專業運動員天天吃辛吃苦，難道就是為了這麼一個數字？一將功成萬骨枯，這句話用在你們的體育上最為妥貼。世界冠軍只有一個，千千萬萬的人都在十秒六，十秒七的地方就地踏步，襯托冠軍，貽誤青春，貽誤學業，最終貽誤人生。還有不少人在超強訓練中搞傷身體，徹底違背了參加體育鍛鍊的初衷。報名參加任何級別的比賽的運動員除了要提供姓名、性別、出身年月等基本情況外，還要提供工資收入證明、就業單位考勤記錄、有教練員簽署的訓練日記等檔。他們要求報送體訓日記一是要證明自己的業餘身份，二是要證明沒有超強度的訓練。我前面說的那個關進監獄被判處跳出圍牆高度的運動員是占了便宜的，他名義上的正式職業是囚犯，是業餘運動員，事實上卻受到專業的訓練。《國民體育鍛鍊和比賽法》還有更為嚴厲的規定，取得成績的運動員如果在今後的十年裡患上了與該項運動相關的疾病，將被取消記錄和名次。當年亙庚夫人曾經參加大學生運動會的高低杠比賽，沒有得到名次，可是八年以後國家體委忽然通知她被追認為第三名，並且授予健將證章，原來當年的一名亞軍因患腰椎損傷（也許是腰肌勞損）而被取消了記錄。

當地的奧運會記錄是如此低下，卻還看不起我們的水準，他們認為我們時空域的奧運會比的不是體育，而是綜合國力。一個運動員上場有多少人圍著後臺轉？有多少學科在提供技術支援？有多少黃金在往運動員身上堆？僅僅是為了將世界記錄提高那麼一點點，值得嗎？

「是呀，作為群眾性的業餘比賽是不應該讓專業的運動員參加，不然前三名都讓他們得了去，大家的積極性就沒有了。」出於禮貌，我對他的說法作了這樣的附和。我覺得如果沒有奧運會、全運會這樣專業的、高水準的比賽，這個世界就不熱鬧了，沒有優秀運動員作為楷模，沒有高水準的記錄被不斷刷新，群眾對體育活動就不會有這麼大的熱情，我們當年如果沒有容國團、莊則棟連得世界冠軍，未必會有全民乒乓熱。

我還沒有把話說出來，他卻把我的話批駁了，他說：

「你們中國的體育愛好者都是『口頭革命派』，都是熱心觀眾，那麼多人中間有幾個人參與正規的田徑訓練？有幾個人每星期上球場去踹上幾腳？開奧運會簡直像趕大集，三百六十行都來尋商機湊熱鬧。不到一個月就人走茶涼了。」

當地的奧運會一開就是七個月，世界各國的首都和超大城市都是分會場。由於沒有超水準的尖子運動員，所以無法淘汰普通的高水準運動員，光是他們國家參加百米短跑的運動員就有一千七百多名，參加奧運會的全部運動員大約有二百八十多萬，有那麼多運動員，而且還得安排他們在業餘時間參賽，不得不分賽區，分賽時地進行比賽。比賽的記錄也很奇怪，比如在上屆奧運會上百米短跑就破了三項歷史記錄，一是打破了十秒九七的世界記錄；二是有十三名運動員並列世界冠軍，打破

了 1976 年奧運會上十一人並列冠軍的記錄；三是有八十五名運動員並列第三名，打破了 1988 年奧運會上六十三人並列第三名的記錄。

奧運會還沒有結束，全運會又開始了，全運會還沒結束，體操錦標賽又開始了……，他們這個世界法定工作時間雖然不長，人卻特別忙，如果你喜歡運動，又喜歡讀書，不幸還愛上了藝術創作或是工藝技術，那簡直忙得像陀螺。

叫人不解的是，在我們這裡最吸引眼球的足球卻沒有列進當地奧運會比賽項目，連世界錦標賽也沒有。

和平時期的戰爭

我生性不好運動，平時也不大看電視裡的體育節目。但是自從住進互庚先生家裡沒幾天我就對足球產生了一種莫名其妙的好奇。有幾次我們在客廳裡喝茶聊天，一面隨便地開著電視，老黃是球迷，老是歡喜將電視調到足球頻道，互庚先生卻總是裝得很無意地將頻道調開。後來他不得不告訴我們當地的「風俗習慣」，原來這裡不作興兩個人一起看足球，親朋好友在一起也從來不談足球，就如我們這裡的人們在公眾場合回避談性事一樣，雖然他們酷愛足球。要問個中原因，據說是容易造成社會的不和諧。憑了這句話我對當地足球的興趣陡然高漲起來，我不相信看看足球的小事會造成社會的不和諧。

足球在當地是最為震撼人心的體育項目。每天都在進行各種級別的聯賽，《綠茵風雲》、《足壇戰況》在各個媒體都佔有很重要的位置，打開他們的電視機至少有六個頻道在播送足

球比賽，足球在當地被稱為和平時期的戰爭。

　　說實話，我是球盲，除了越位、罰角球之類的簡單規則外，我是看不懂球的，戰術也好，配合也好，個人技巧也罷我都不會欣賞。常言道「內行看門道外行看熱鬧」，我卻喜歡看這裡的足球，他們一場足球雖然只踢六十分鐘，但是比我們的足球更為激烈，更為震撼人心。

　　我看足球是跟著老黃看電視開始的，我們兩個人躲在房間裡偷看，就像有些人看黃色錄影片一樣。這裡的電視臺很滑稽，每場球賽總是有 A、B 兩個頻道同時轉播，而且各自站在不同的「立場」上作解說和播放特寫鏡頭。當地足球的主要規則和我們差不多，上場球員比我們少一個，最重要的區別，也是最有看頭的是他們在球場上可以隨意「打人」，而且「打人」的規則比我們散打比賽還要「散」，除了可能致命的諸如勾拳之類的撒手鐧以外沒有太多的限制。

　　我說到這裡，在你的想像中球場上二十個球員一定會像打橄欖球那樣團在一起，或是像打群架那樣三五成群，拳打腳踢。錯了。雙方運動員都陣法明瞭，進退有序，雖然拳腳格鬥沒有明文規定，但是他們似乎約定俗成地有一種潛規則，每一個交手回合基本上都在一二秒種內結束，很少纏鬥。據慷康先生介紹，踢球自然是以進球數定勝負的，格鬥多是發生在目的行為（爭球、攻門、攔截）衝突的時候，過於糾纏格鬥就無法控球。兩打一是規則所禁止的，然而，兩打一也意味著對方將多出了一個攻擊手，威脅很大。

　　十個隊員上場，除了一個門將，其餘九人分成三個戰鬥組，每個組內有主副兩個攻擊手，一個攔截手。鑼聲一響，雙方球

319

員呈「品」字隊型出擊爭球，猶如二次大戰中轟炸機大隊出擊。爭球時主攻手在前，副攻手一側掩護，攔截手則緊盯對方離球最近的攻擊手實施攔截。

雙方隊員一接觸就發生一場「惡鬥」，「惡鬥」兩字是播音員的播音用語，在我看來並不劇烈，倘若兩人面對面交手，也就互相握住對方一手，利用各人的衝勢和位置巧妙地一轉，於是就有一人失勢而倒下，這一動作簡潔而快捷，勝負決定於誰能利用雙方的衝勢和位置，在手腕一轉之間讓對方重心失去穩定。失手的一方一旦自覺失去重心便順勢倒地，決不會拉住不放，使勁越大摔得越重。有時兩人都找不到對手的破綻，就會像太極推手或是擒拿格鬥那樣纏鬥片刻，直到一方被打倒。

「如果交會時，劈面一個惡拳不是能讓對方幾分鐘起不來了嗎？」我外行地問。

「規則上沒有禁止這樣的打法，但是他們都是格鬥高手，你打不著的。你試想，人在快速奔跑的時候這拳怎麼打？被對手捏住手腕一拉，腳下一絆，自己倒要幾分鐘起不來呢？」

說的倒也在理。球場上的格鬥最常見的也就那麼兩三鐘打法，如果兩人同向奔跑爭球，那就互相提防對方伸腳一絆同時背上一推。播音員在解說球場實況時大凡說到什麼「連過三人」，通常是指某球員一連打倒三個人，決沒有帶球連過三人的鏡頭。格鬥最精彩的是在攻門的時候，雙方十九個球員集中在一方門前，少林拳腳、摔跤、「推手」（類似我們的太極推手，只是速度極快）、擒拿、柔道、跆拳道、泰拳……，十八般武藝只欠刀槍。此刻電視轉播場面幾乎忙不開交，鏡頭決不能疏忽足球本身，還要擇機播放最精彩的格鬥場面。

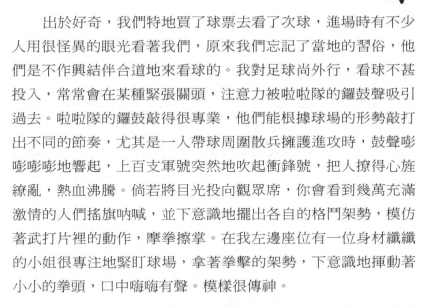

出於好奇，我們特地買了球票去看了次球，進場時有不少人用很怪異的眼光看著我們，原來我們忘記了當地的習俗，他們是不作興結伴合道地來看球的。我對足球尚外行，看球不甚投入，常常會在某種緊張關頭，注意力被啦啦隊的鑼鼓聲吸引過去。啦啦隊的鑼鼓敲得很專業，他們能根據球場的形勢敲打出不同的節奏，尤其是一人帶球周圍散兵擁護進攻時，鼓聲嘭嘭嘭嘭地響起，上百支軍號突然地吹起衝鋒號，把人撩得心旌繚亂，熱血沸騰。倘若將目光投向觀眾席，你會看到幾萬充滿激情的人們搖旗吶喊，並下意識地擺出各自的格鬥架勢，模仿著武打片裡的動作，摩拳擦掌。在我左邊座位有一位身材纖纖的小姐很專注地緊盯球場，拿著拳擊的架勢，下意識地揮動著小小的拳頭，口中嗨嗨有聲。模樣很傳神。

那全然是我外行人眼中的足球賽。據老黃說，他們的球藝是無法和南美、歐洲的「高足」相匹敵的（當地將其它行業的能手稱為高手，唯稱足球名將為高足），他們的武藝也不能和少林寺的和尚，或其他搏擊運動員相比。那是由於他們的注意力不能過於集中的緣故，在帶球進攻時兩眼須不時注意兩側，惟恐遭受來自側後的攻擊；在格鬥時卻不得不關注球的動向，一邊急於將對手打倒，一邊又急於脫身去爭球。但是他們充滿激情的戰鬥精神是很難用語言表達的，以至於有個內行球迷在給我介紹足球時甚至用到了「仇恨」這個字眼。

「仇恨？」當我聽到他用了「仇恨」這個字眼的時候心裡一陣寒噤，如果踢球也帶著仇恨，那麼「世界充滿了愛」這句話是對現實最大的嘲諷。

「沒有仇恨還叫和平時期的戰爭嗎？沒有仇恨的戰爭就像

沒有愛情的作愛，很無聊。」

「這是足球，和平時期的戰爭只是一種比喻的說法。說明人們對足球運動的激情……」我說。

「激情？什麼叫激情？激情就是愛與恨的極致情緒。沒有愛與恨就談不上什麼激情。」

「世界上沒有無緣無故的愛，也沒有無緣無故的恨。球員之間的關係只是球場上的競技對手，他們沒有恨的緣故。」我是這樣認為的。

「人們都認為人世間的愛與恨除了兩性的愛情和同性的競爭，就都是由於利益的合作與衝突。其實，人間任何矛盾都可以是愛與恨的基點，除了性和利益，價值觀的認同與否和意識形態的異同都可能是愛與恨的緣故。在足球場上主要是為價值觀而戰……」

「為價值觀而戰」，這句話很玄。價值觀，本身就是社會學家們寫文章時用的字眼，倘將它寫在「軍旗」上是沒有號召力的，更不要說激勵鬥志。

我認為足球和戰爭根本不同，兩者的相似之處就在於都充滿了激情。如果將這位球迷的話改成：「沒有激情的足球，就像沒有仇恨的戰爭和沒有愛情的作愛一樣地無聊。」那就很貼切地表述了足球運動的文化內涵。

然而球賽結束的儀式真的很像戰爭，沒有什麼草草地握一下手，或是交換球衣等表示友好的舉動，雙方球員面對面列隊，輸球一方的隊長恭恭敬敬地向對方繳出隊旗，全體隊員摘下球帽（和棒球帽差不多的長舌帽，帽舌兩側裝有汽車後視鏡

那樣的小鏡子）向對手欠身作六十度的鞠躬，保持三秒鐘。對血旺氣盛的年輕人來說確實很難承受這種氣氛。繳旗儀式結束後雙方球員分別從左右兩個大門退場，贏球的一方通常走右門，所以右門俗稱「凱旋門」，球員在球迷的簇擁下踏著正步走出大門，馬路上掛了很多條幅，「十里長街搭彩棚，萬戶空巷迎英雄」、「君子報仇十年晚，男兒彈淚勝球時」等等，沿路敲鑼打鼓放焰火，完全是軍隊凱旋進城那樣的作派。如果你看了輸球一方的出場，心靈定會受到極大的震撼，球員們戴正了球帽，排著整整齊齊的隊伍，球迷們各隨其後，秩序井然，默默無聲，腳步卻不約而同地像儀仗隊那樣一步一行，嚓——嚓——嚓——嚓——。如果這是一支軍隊，定然令人震撼。

323

狹路相逢

　　強強對抗的球賽是很有有看頭的，我說的「強」，是指作戰風格強悍的球隊，當地看球很講究作戰風格。兩支以強悍球風出名的球隊對抗時，十八條好漢來回衝殺，腳步隆隆，時時讓人聯想到坦克大戰，儘管球場上綠草茵茵，我似乎能看到他們的腳下冒出一陣陣的塵煙。

　　不久，在「拳擊手」對「B-52」的賽場上發生了一件足球史上絕無僅有的事件。要不是犧牲了兩個人，我會說我「有幸」看到這個震撼人心的場面。

　　這兩支球隊的戰鬥風格都是以強悍出名的，在強悍對強悍的球賽中互相踢斷脛骨，甚至打得頭破血流的事時有發生，常常顯得很兇殘。那天上半場以「一比一」踢平，異常地激烈。

當地的球賽進球率很低，常常會以「零比零」告終，靠統計格鬥得分來定輸贏。下半場開鑼不久「B-52」的101號球員（第一戰鬥組的主攻手）在快速跑動爭球時遭到「拳擊手」的203號球員（第二戰鬥組的攔截手）的正面攔截。

按尋常的戰法，攔截手往往會減速，甚至立停原地，擺出格鬥架勢，給予攻擊者迎面一擊；而主攻手自知得球無望，往往就將爭球的機會讓給副攻手，自己停下腳步，與攔截手就地對峙，掩護副攻手行動。誰都明白，在快速跑動時最容易被攻擊，對方只要尋機絆他一腳就能叫他摔個啃泥地。

然而這天場上的氣氛異常熱烈，雙方都組織了陣容龐大的啦啦隊，幾百個號手將衝鋒號吹得人們心旌繚亂，在衝鋒號的激勵下兩人全然沒有停下的意思，吼叫著飛速向前，當他們相距不到二十米的時候全場的人們都驚叫著站了起來。事後據攝像資料分析，當時他們都達到了百米十二秒的速度。常言道「說時遲那時快」，在我眼裡「那時」卻是出奇地慢，就像電影裡的慢鏡頭，兩輛坦克嘎嘎嘎嘎地迎面而來，「砰」地一聲就迎面撞上了，沒有伸手推擋，也沒有致命時的慘叫。那場面無法形容，我仿佛聽到了骨頭的碎裂，我彷彿看到血肉飛濺。兩人當場斃命，全場鴉雀無聲，幾萬人的球場靜寂得恐怖。

全場的人們出奇地鎮靜，沒人喧嘩。救護的擔架飛快地將傷員抬了下去（在醫生沒有宣佈死亡的情況下總得稱他們為傷員），換上來的兩個球員居然都在球衣的外面套上一件撕去領頭和袖子的白色襯衫，大有決一死戰的意思。主裁判當即宣佈終止比賽。有史以來第一次。

雙方球員怒目相視，列隊退場。散場時沒有按慣例放運動

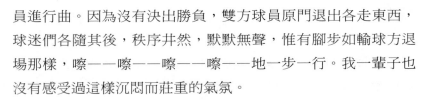

員進行曲。因為沒有決出勝負，雙方球員原門退出各走東西，球迷們各隨其後，秩序井然，默默無聲，惟有腳步如輸球方退場那樣，嚓——嚓——嚓——嚓——地一步一行。我一輩子也沒有感受過這樣沉悶而莊重的氣氛。

　　奇怪的是媒體對此只報導了事情，沒有任何評論，連一向喜歡報導場外新聞的《綠茵花絮》也默不出聲。整座城市沉默了，人們說話也都細聲慢語，閉口不提「足球」兩字。我也不便和當地人士談論有關話題，只是默默地用心靈去感受他們深層次的足球文化的內涵。

　　我們這一代人從小接受革命英雄主義教育，自己雖然不是英雄，但是我敬仰英雄們的犧牲精神。勇於犧牲總是一種崇高的行為，但是我認為犧牲必須有一個前提，那就是為了正義事業，離開了這一前提就是匹夫之勇，絲毫不值得稱道。兩位球員的死簡直無可評說，他們完全可以不死，他們完全不必要用這一方式來決一雌雄。但是社會承認他們的犧牲精神，沉默沒有激情，但是激情卻可以用極度的沉默來表達。

　　記得六十年代我們國內曾經批判過馮定的正義衝動論，馮定認為黃繼光、董存瑞那樣的勇於犧牲的行為，很大程度上是由於正義感的驅使下的衝動，是一種心理現象。當時我只是十三四歲的小孩，覺得這種觀點很反動，一個沒有共產主義理想的人怎麼可能有犧牲精神？現在看來並非如此，有人肯為人民利益而獻身，也有人卻願意為法西斯賣命；有人見義勇為，也有人見財生心。那麼這兩位足球英雄是為了什麼？就算是正義衝動，那麼哪一方是非正義的呢？

　　即使說是正義的衝動，從心理科學的角度講，衝動也是有

325

條件的，心理活動有它自己的規律，黃繼光、董存瑞在決定以自己的生命換取勝利之前，都曾經過一段時間的衝鋒，在這段時間裡戰場的氣氛和犧牲精神對他們進行了充分的激勵，沒有這段激勵時間，人的精神很難達到自我犧牲這樣的高度，就如跳高，沒有助跑，沒有最後的三腳是跳不高的；歐陽海在沖上鐵路時也有過四秒鐘的行動時間，有作者對歐陽海在這最後四秒鐘裡的思想活動作了很多描寫，曾受到別人的質疑。我以為他在最後的四秒鐘裡未必會想那麼多，也決不可能是一片空白，像聽到衝鋒號那樣的自我激勵是肯定的。

司馬遷說過，「常思奮不顧身而殉國家之急。」這就是說，一個人即使有很堅定的正義價值觀，也需要經常地在心裡「演習」為正義而獻身的場景，才能在重要時刻勇往直前。一個優秀的士兵必須這樣，但是作為運動員難道也常常作這樣的心理「演習」嗎？

據專業人士分析說，這事件是一次事故，是判斷失誤造成的事故。他們不是以對方的行為作為自己行為的根據，而都以對方可能的行為作為自己行為的根據，都認為對方會臨撞時一腳跳開，然後給他絆上一腳，最終誰也沒有躲開，於是慘劇就此發生。我卻不這樣認為，因判斷失誤而造成的交通事故在臨撞車時司機都會本能地採取緊急煞車並打方向避讓，在事故現場都會留下濃黑的煞車拖印。但是我在「慢鏡頭」裡看得分明，他們絲毫沒有減速避讓的意思，也沒有伸手推擋的動作，連有著充分思想準備的跳樓自殺者在著地的時候都會本能地伸手推擋。

總之，慘劇發生得毫無理由。

第十四章　紅巨王朝的覆沒

足球引起的戰爭.....

　　據說從前當地足球的球場規則基本上和我們差不多，球場打架和足球流氓搗亂都為球迷們所不齒。自從發生於 1833 年的第二次黑白戰爭以後足球規則也作出了重大修改，而這場有十一個國家參與的世界大戰——第二次黑白戰爭卻是由一起球場紛爭引發的。

　　在 1832 年的世界盃冠亞軍爭奪賽上，槐安國國家隊和西半球的另一個大國檀蘿國國家隊對陣。兩隊一直戰鬥到將近結束時還處於平局狀態，就在臨吹笛半秒鐘的時候，槐安國家隊的中鋒起腳射門，球劃出一道優美的弧線直射球門，就在即將進門時，短促的終賽笛聲自動響起。裁判認定射門有效，槐安為本屆世界盃賽冠軍。但是檀蘿隊當即脫下球衣以示抗議，於

是開始爆發了球迷起哄，足球流氓打架，最後引發了第二次黑白戰爭。第一次黑白戰爭爆發於 1615 年，據說是兩個國王在下圍棋時不知發生了什麼過結，最後聯繫到圈地運動的某些潛規則，結果引發了八個國家的混戰。

　　檀蘿隊和他們的球迷們則認為射門無效，他們的意見根據是《世界第一時空域足球聯合會比賽規則》上的明文規定：足球賽事的一切活動，在空間範圍限於球場邊線以內，時間範圍限於開賽哨響以後和結束哨響以前的三十分鐘時間段內才被視為有效。他們的球場設施很精密，開賽是裁判決定的，他的開賽哨子一響，電子鐘就開始倒計時，視頻巡邊系統開始攝像，三十分鐘一到終賽哨音就自動響起，精確度不亞於百米短跑的碼錶，即使中途暫停，其計時也隨裁判哨子裡的電子裝置而暫停。雖然在 1832 年的時候尚無電子輔助裁判系統，但是時間控制還是很嚴格的，整個裁判組由裁判、巡邊和司辰組成，巡邊負責空間管理，司辰負責時間管理，裁判專管球場行為。

　　裁判委員會認為槐安國家隊的最後一腳是在比賽有效時段裡發生的，進球則是這一有效活動的自然延續；他們還以籃球賽上的相同案例為證，根據判例法的原則，裁定槐安國家隊的這次射門有效。

　　檀蘿隊當即抗議，認為這是濫用法律，是對法律的羞辱，球場規則與法律無關。如果你們一定要將兩者扯在一起，那麼請尊重我們國家的成文法的原則。

　　戰爭始於兩隊球員的一次場外鬥毆，一名足球記者在採訪時講了不當言論被打死，據槐安警方調查結果是檀蘿國球員出

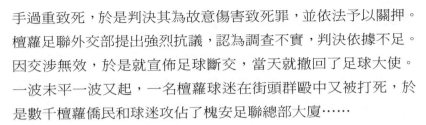

手過重致死,於是判決其為故意傷害致死罪,並依法予以關押。
檀蘿足聯外交部提出強烈抗議,認為調查不實,判決依據不足。
因交涉無效,於是就宣佈足球斷交,當天就撤回了足球大使。
一波未平一波又起,一名檀蘿球迷在街頭群毆中又被打死,於
是數千檀蘿僑民和球迷攻佔了槐安足聯總部大廈……

　　事態不斷擴大,最後檀蘿國派遣了二十七個航母編隊組
成的大型艦隊前來攻擊槐安。一場先後捲入十一個國家,長
達三星期,耗資數千萬億鍍金幣,傷亡三十八人的戰爭拉開
了序幕。

　　這組關於戰爭的統計數字有點奇怪,當年德國進攻蘇聯
的閃電戰也沒有那樣迅速,如果用誇張點的語言來描述這次戰
爭,可以這樣說,「戰爭從導彈爆炸開始,而硝煙散去的時候
戰爭已經結束」。據說,在這三個星期裡晝夜不分,天空中都
是來來往往的導彈和無人駕駛戰鬥機;城市裡的人們依然秩序
井然,電視裡關於戰爭的實況轉播都是爆炸的光斑和煙霧,關
於雙方損失的戰艦和飛機的數位是報導都是記者們信口開河
般胡說的,有一個事實卻是不爭的,那就是無論報什麼數字都
是很保守的,有個記者為了圖個吉利信口報導說「擊落敵機
九百九十九架」,當她播完這則新聞時,實際戰績已經是擊落
一千一百多架了。

　　最讓我感到驚詫的倒不是這組統計數字和對戰爭的描述,
而是他們的外交家都到哪裡去了?為了這點小事打個世界大
戰?

　　常識告訴我,壓跨駱駝的絕對不會是因為最後的一根羽
毛。

329

末路狂奔的紅巨王朝⋯⋯

　　1712 年走出經濟大蕭條（那時已經是很進步的工業經濟社
會）後，紫微二十五便宣告退位，正式改名為紅巨王朝，經濟
開始了噴薄式地發展，紅巨王朝是槐安歷史上最為興旺發達的
年代，也是歷時最為短暫的朝代，直到 1850 年的能源危機而全
面塌縮，前後不過一百四十年。他們所稱的「王朝」或「朝代」
只是一種習慣叫法，譯成漢語就是時代的意思。

　　自從紫微十四以後就自動取消了王位的世襲，這裡有個小
插曲倒也值得一書，據說，從紫微十二開始皇室不知怎麼搞的
患上了「遺傳性不育症」，他們給我講這段歷史的時候是當作
笑話講的，「遺傳性不育症」是當地形容明顯的悖論的一句成
語，常常見諸報端。紫微十二無後，抱了個侄子做太子，紫微
十三又無後，連同姓的侄子輩也沒有，遂將王位傳給了外甥女，
所以紫微十四是個女王，先後結婚三次都不得瓜。女王前後四
次召開御前會議，商討王位繼承問題，最後投票決定用招標的
方式面向各路諸侯招聘，並且立法規定國王只任五年，如果能
在下一屆招聘時得標，最多連任一屆，和我們時空域的規矩差
不多。通常招聘國王的工作在每屆到期前的一年半開始，應標
者將擬定的《治國策》遞交給太監院（即最高行政監察院），
由太監院四百多太監（最高行政監察院院士，不是閹人、宦官
的意思）投票初選出兩名人選，再由十常侍和現任國王一起投
票決定下一任國王和副國王，這樣可以給予現任國王以連任的
優先權。整個招聘工作在半年內完成，得標的國王稱為實習國
王，先入宮實習一年，實習期間一邊和前任接軌，就像接力賽
跑交棒那樣，同時和太監院一起研究未中的標書。招標時送上

330

來的幾十份標書不乏有治國良策。

1715 年，紅巨王朝將國王招聘制改為國際上通行的普選制，各路諸侯就改稱省長（事實上他們的政治制度早就不是帝制）。紅巨時代後期（十八世紀初）的經濟極度發達，人均月薪達到八千鍍金幣，相當於八千美元（兩個時空域並沒有任何往來，這裡所謂的「兌換價」是我通過大宗商品價格資料進行購買力平價比較得出的），人民的基本生活和養老、教育和醫療等社會保障制度的完善也和當今的歐美國家差不多。從網上圖書館的圖片資料來看，街景和上海的陸家嘴、南京路也差不多。

據說，當時人們的觀念比我們現在更為激進，人們普遍認為消費是衡量生活品質的唯一標準，消費是促進社會生產力的唯一動力，消費簡直成了一種主義，家家寅吃卯糧，人人舉債消費。那正是火紅的年代，商品越做越高級，人們的作派越來越奢侈，每個人都拼命地掙錢，拼命地消費。不這樣地掙錢不行，不這樣地消費也不行，一旦銀行發現你掙錢的能力降低，或不發生新的貸款，就將你的信用降級，信用的降級意味落伍。一個人如果不奢侈，不鋪張，他的日子將陷於極大的困境，不必說婚姻嫁娶，就連找個體面的工作都困難，那時的人們講究虛榮，上班時個個穿著得像大款，如果不是這樣，租個乾淨點的房子都成問題。社會的價值觀極度扭曲，「儉樸」這一條目在當時的詞典上是這樣注釋的，「貧困者生活方式的褒義表述」，儉樸就是貧窮，猶如「老實」就是「無能」的代名詞。當時代表朝廷的報紙《河東王后》還發過這樣的元旦社論《消費為自己，舉債愛國家》，將舉債消費和愛國主義掛鉤起來，

331

借貸消費已經社會的常態。當時的人們常常喜歡標榜自己『身價』怎麼怎麼，什麼叫身價？不是指你有多少錢，而是指憑著你的臉面能借到多少錢。

只有高老莊的饅頭師傅還能清守他們簡樸的顏面和傳統的價值觀。

紅巨王朝時期的金融極其發達，除了傳統的大宗商品、股票、黃金、外匯交易和各種相應期貨、結構性投資以外，還有什麼甲級球員轉會費指數、明星廣告收入指數等名目，都用來作交易品種，名目多如牛毛，僅以傳統的股票為例，有股票就有了股票指數，有了股票指數就有了指數期貨，有指數期貨，就有了名目繁多的指數期貨基金，於是又發展出「指數期貨基金指數」，「指數期貨基金指數基金」，「指數期貨基金指數基金指數」……，簡直無法用尋常的語言節奏讀清楚，乾脆就叫「指數期貨基金指數立方、指數期貨基金指數四次方……」，除了投資銀行和騙子誰也搞不清楚裡面的名堂，各色泡沫此消彼漲，投資者從「鬱金香」裡贏了錢又衝進了「君子蘭」，在「君子蘭」裡虧了錢又抄了「五針松」（都是金融產品的名稱，不是花卉）的大底，在股票裡發了一筆後又「死」在國債期貨裡……，人們的頭腦被搞得稀裡糊塗，有一種觀念卻越來越被大眾接受——鈔票本身就是最大的泡沫。俗話說，「破者我衣，亡者我妻，去者我錢」，錢沒用出去能說是我的錢嗎？

「要說那時的日子啊，你可以去讀讀那時的小說《大款》，」一次聊天時慷康先生介紹說，「很真實的寫照。」

這是一本世界名著，我把它下載回來了，很想把它介紹給大家，考慮到版權問題，也就僅在朋友間傳閱了。小說

332

講的是一個整天穿著得像大經理那樣的清掃工人，收入不高卻靠借貸和招搖撞騙過著鋪張奢靡的生活，最後由於他的破產把九家銀行拉下水的荒誕故事，三十萬字的小說故事很複雜，但是道理很簡單，就是所謂的最後一根稻草壓垮了駱駝。當時由此而產生了一句俗語「拔一毛而傷九牛」，我們的成語「九牛一毛」即出於此，只是意思用反了。

F1 賽車的故障……

「資本的利潤欲和人們的消費欲像兩根胡蘿蔔，沉重的債務鏈像條鞭子，社會就像一匹被胡蘿蔔和鞭子驅使的馬，疲於奔命。」一次在圖書館聽《近代經濟史》的講座後與慷康先生聊及紅巨時代的時候我如此說道。

333

「馬？呵呵，馬算得了什麼？如果要作這樣的比喻，當時的社會更像一輛 F1 賽車，」慷康先生說，「房地產、汽車、鋼鐵、電力、通訊……每個行業就像一隻隻功率強大的汽缸，輪流作功；生產和消費就像汽缸裡的爆炸和排氣的運動過程。每個企業，每個人都像車上的零件，有的火氣十足地上竄下跳，有的極速轉動，更多的像螺絲螺帽，雖然一動不動，卻神經和肌肉繃得緊緊的，絲毫不敢有一絲鬆懈。那個年代啊……」

說起那個年代，人們無不感慨萬千。

「活得太累。」我說。

「何嘗不是？那時的人們都穿上了皇帝的新衣服，自欺欺人，誰的日子都不爽。為了工作的業績，年輕輕的白領忙出了便秘症，還有什麼神經衰弱，他們調侃自己是『牧羊人』、『牧

羊女』，每天半夜裡要數幾千隻羊才能入睡。為了放縱身心，人們都喜歡到足球場上狂呼亂叫。呵呵，那時的人，我們不能理解，一到球場，真是比瘋子還瘋狂。」

　　「你是說引起第二次黑白戰爭的是人們的過激情緒和緊張心情的釋放？」我還是想知道引起那次戰爭的真正原因。

　　「不是，我只是想說明，那時的足球已經成了人們生活的必須消費。」慷康先生說道，「世界上沒有一次戰爭不是為了經濟利益，無非是為了國土疆域，無非是為了殖民擴張，無非是為了廉價勞動，無非是為了爭奪市場，無非是為了石油資源……，惟有這次戰爭有點特別，與其說是為了打敵人更不如說是為了打自己，『易子而食』。」

334

　　易子而食？慷康先生最後的一句話讓我大為不解。據說，當時他們整個世界的生產力都很強大，經濟極度地熱火，環環連扣，還是回到前面的比喻，就像一輛高速運轉的F1賽車。足球外交的斷絕，使足球消費這一環節被卡住，F1賽車上的任何部件被卡住，其後果不堪設想。足球糾紛本是小事，憑著雙方外交家的能力，對付這樣的「危機」猶如小菜一碟。但是當時的經濟形勢沒有給外交家時間，社會資金鏈開始發生斷裂，並且有彌漫化擴散的傾向；股指節節崩塌，劇烈震盪，人心浮動。同時地處南半球的檀蘿國也發生了同樣的危機，兩國的媒體開始互相指摘，對罵，曾經接受過武器製造公司競選贊助的國王們發出了「為了維護公正和公平，我們不惜流血和犧牲」的口號。於是武器製造公司的股票卻開始逆勢開陽拉出長紅，這給人們帶來了一絲希望。

　　在成熟的金融資本的統領下，戰爭文化也發生了根本的變

化。

　　傳統的戰爭是以殺人為第一手段，因為戰爭的根本目的是奪取財富，戰爭的基本手段是消滅敵人戰鬥力。農業經濟時代最大的財富就是土地，最大的戰鬥力就是手持冷兵器的人，除了殺人沒有其它更簡單、更有效的方法將敵人和他的財富分離，所以在農業經濟時代，殺人——這個戰爭手段幾乎成了戰爭目的，屠殺戰俘和平民的事件多不勝數。即使是工業資本社會的戰爭，其目的已經不是簡單地奪取有形的財富，而是為了奪取資源、開發殖民地和市場，殺人依然是第一手段，因為最大的戰鬥力還是直接捏著武器的人們，不殺得敵人害怕是無法讓敵人繳械的，當然除了法西斯主義的思想原因外，武器技術的落後也是很重要的原因，正如人們常說的「炮彈是不長眼睛的」。

335

　　現代的金融資本世界裡，要掠奪財富、擴張市場、控制資源常用的是金融手段，戰爭的目的只是為了輸出經濟紊亂。理想的經濟狀況是快速而且有序，由於經濟在快速發展的過程中終究要在某些局部產生紊亂，調整紊亂的要求常常需要減速，局部的減速又使得更大範圍的經濟發生紊亂，甚至導致總體經濟的紊亂，這情景有點像城市道路的大面積堵車。眾所周知，要使一個系統內的運動變得更為有序，必須向系統外輸出紊亂，所以在現代資本世界裡，戰爭的目的是輸出紊亂。相對而言，早期工業資本社會的系統是以國家為範圍，而在現代金融資本社會的系統是以經濟發達程度接近和經濟互相交融的國家們形成的群體為定義，在這個系統內部的各個國家是你中有我，我中有你，一損俱損，一榮俱榮，

有摩擦，但不會發生戰爭。金融資本往往視系統外的地區（如發展中國家）為「經濟垃圾」傾倒場，每個系統都希望向外輸出紊亂，以求得內部的有序，這就是近代戰爭的根本原因。而且金融資本認識到，無論敵人「自願」還是不自願，只要成功地向他們輸出了「紊亂」，就完全沒有必要從肉體上消滅他們，甚至連解除他們武裝的必要也沒有。以最大的紊亂——戰爭相威脅，迫使敵人「兩害相侵擇其輕」，從而達到不戰而屈人之兵的效果。戰爭販子為他們推銷的商品做了漂亮的包裝，「我們不爭一寸土一個錢，我們只為價值觀而戰」，「為價值觀而戰」的口號使得無恥的戰爭變得高尚起來。由於軍工技術的發展，攻擊性武器的精確度得以極大的提高，從而為武器的人性化設計提供了技術支持，據說他們還特地為武器安裝了人群識別系統，使導彈不會誤傷平民和住宅。他們時空域已經實現了全球經濟一體化，國家間的經濟差距不大且各國投資互融，對於全球一體的金融資本主義的國家們來說，他們間的戰爭就不是輸出紊亂，而是通過戰爭推動國家奢侈品——軍火的銷售，從而促進朝廷消費，以達到將紊亂推向未來的目的。資本的自私性決定了它從來不會考慮人類的明天。最重要的是，當時正面臨國王大選，法律規定戰爭時期國王自然連任，如果戰爭能打出國威，戰爭能促進經濟，下任國王將依然是富民黨的，所以富民黨朝廷採取了消極等待，甚至可以認為是故意貽誤外交時機。

戰爭的預期使得軍火工業開足馬力，武器公司的股票火箭般地上升，軍服、盔帽成了年輕人的流行服裝，公園的小河裡漂浮著航母和各式軍艦的模型，小孩子們類比著進行海戰；電

視裡爭相開播《專家談戰爭》等有關戰爭的專欄。對戰爭，人們沒有擔憂，只有亢奮，醫院裡的看病的人也少了許多，據說和國民的腎臟腺素的普遍升高有關。

沒有仇恨的戰爭……

雖說第二次黑白戰爭一共進行了三個星期，但是真正激烈的戰鬥只進行了一個星期，所以第二次黑白戰爭也叫七日戰爭。在這整整七日七夜中就如前面所說的，參戰各方總共被擊沉無人駕駛航空母艦八十四艘，各種戰艦兩千七百多艘，擊落各種戰機五萬多架，至於被擊毀的地面目標和各類戰車更是不計其數。

337

有意思的是整個戰爭中沒有產生一個戰鬥英雄，沒有頒發出一枚勳章，也沒有一則悲壯動人的戰鬥故事。「轟轟烈烈」、「默默無聞」這樣的形容詞常常同時出現在報導戰爭的新聞裡。因為那是歷史，所有有關戰爭的事都是道聽途說，我無法用貼切的語言來描述戰鬥場面，在圖書館裡的一張舊報紙上記載著當時一位原戰地記者對戰場實況的報導：

> 「……數千架無人駕駛戰機像鳥群那樣黑壓壓地籠罩著參戰各方的上空……，從夜空中鳥瞰地面，整個戰區像美麗的聖誕樹，星星點點的火光此起彼伏地閃爍著，爆炸引起的煙霧像一團團棉花，拖著長長曳光的導彈和炮彈如同節日的禮花。每個人的心情好像是在參加世界末日的狂歡。」

激烈的戰爭場面和輕鬆的散文般的語調很不協調，但是由此可見當時人們的心態，我以為這則報導裡最能說明問題

的關鍵字是「世界末日」和「狂歡」，由於各方對零傷亡的樂觀預期，戰爭就成了令人亢奮遊戲，這樣的遊戲對長期處於緊張的工作狀態的人們來說確實有著如同過節的放鬆身心的作用，同時「世界末日」這四個字也體現了人們對人類的前途的擔憂。

　　戰爭各方都取得了巨大的「勝利」，槐安國全殲了來犯的航母編隊，對檀蘿國的重要軍事設施實施了有效打擊，並且摧毀了檀蘿國的近半數軍用衛星；檀蘿國宣稱對槐安實施了縱深打擊，摧毀地面軍事設施九百九十九個，擊落空中目標兩萬九千九百個，擊沉海上目標五百多，其中包括航母九艘，摧毀太空目標九十九個，完全達到了戰爭的預期目的，並對所有因戰爭原因而傷亡者表示歉意。

　　雖然一共只死了三十九個人，幾乎全部都是誤傷，不幸的是其中十一個是婦女兒童，「讓婦女兒童遠離戰爭」又一次成為空話。對最後一名死者的統計頗有爭議，有人認為他不應該算在戰歿者的名單裡。停戰後照例要舉行閱兵式來慶祝勝利，人們紛紛湧上街道歡迎凱旋將士，但是他們迎來的卻是排著整齊隊列隆隆行進的無人駕駛坦克、遙控導彈戰車，滿身的塵土和累累的彈痕猶如身經百戰的勇士；還有能爬上崎嶇山路發射導彈的機械騎兵部隊，其實是一種長著八條腿的導彈發射器；各種各樣專業的機器人士兵多不勝數，有一種機械美女戰士也值得一提，據說這些「女兵」完全是擬真設計，皮膚是用擬膚色的矽塑膠做的，遠看和真人相仿，身穿豔麗的時裝好像在 T 臺上那樣走著貓步款款而行，她們溫柔的目光下卻深藏著殺機，敵人只要被她媚媚地一瞟，三魂六魄立時就被它收去而斃命。

因為那是功率很大的鐳射。哪怕你皇親國戚！哪怕你銅牆鐵壁！

　　成群的無人戰機排成「品」字型隊列從城市上空飛過，在飛越鬧市的時候扔下許多小型的精確制導「炸彈」，在距離頭頂幾十米的地方爆裂出無數彩色的小降落傘，傘下掛著糖果和小玩具。有一個小男孩為了爭搶降落傘而不幸被無人駕駛坦克碾壓，排上了戰歿者名單上的最後一名，但是最後還是沒有將他排進戰歿者名單，因為戰歿者的定義是「戰爭期間因戰爭直接原因而致死亡者」，據說沒有算進去的真正原因是一旦算進去，死亡者就成了三十九名，死人是不吉利的事，卻湊出個吉利數，聽上去不舒服。所以出現在戰爭傷亡的統計報告上的數字是三十八名。

339

憤怒的足球⋯⋯

　　戰爭結束了，兩國國民間的感情依然很對立，但是人們出於對金錢的熱愛，貿易恢復很快，參戰各方一宣佈停戰，各國商船馬上像戰時的作戰艦隊那樣成千上萬地馳上了航線；但是足球界卻依然充滿了火藥味，世界足聯連個大會都開不起來，足球斷交國的足球大使館空屋依舊，雖有不少民間熱心人士牽線搭橋試圖通過一場場的友誼賽來重建足聯，可是雙方球隊一接觸就拳腳相向，甚至連球迷也沖進球場參與打架，當地朝廷不得不動用武警部隊才將騷亂彈壓下去。

　　沒有仇恨的戰爭卻導致了充滿仇恨的足球。我卻堅信，世界上沒有無緣無故的愛，也沒有無緣無故的恨，人們連戰爭都

不計前隙，難道對球場糾紛卻耿耿於懷？

　　戰後的恢復並不像人們原先想像的那樣順利，雖然除了鐵路和機場，城市和工廠沒有遭到大的破壞，基本沒有重建的問題，除了運輸的原因工廠常常要停工外，人們的日常生活基本上還算正常，但是曾經在選舉中得到軍工財團資助的國王先生和諸多太監們提出必須儘快將軍備恢復到戰前水準，有的從國家安全角度，有的從促進經濟角度，有的從增加就業角度來論證恢復軍備的必須性，雖然也有人提出「民生第一，暫緩軍備」，但是資本世界的話語權畢竟屬於資本，對資本來說人民只是一種市場資源而已，關心民生只是出於推銷生活用品的需要。軍火工業開足了馬力，所有的國家都紛紛搶購鋼鐵和能源，一時間能源和資源類商品的價格飛漲，消費類商品的價格也緊跟著快速上漲，工資和物價拼命地賽跑，原先所欠銀行的債務變得微不足道了，無債一身輕的感覺使每個人都自以為是發了國難財的富翁，但是沒有了債不等於就有了錢，當他們正想再向銀行貸款的時候發現銀行們只是一座座雄偉的建築而已，堅實的銅門令人絕望地緊閉著。大批企業倒閉，失業率飆升……，世界經濟如逐日之誇父，終於轟然倒下。

　　所有你能想像得到的亂像都出乎你的想像一起爆發出來，不必說盜賊叢生，就連動物院裡的老虎也因為饑餓而跳出牆來傷人。經濟危機就是這麼回事，工廠還是這些工廠，雖然鍋爐不再升火；工人還是這些工人，雖然百無聊賴地到處閒逛；房子還是這些房子，居民還是這些居民，所有物質的東西都沒有發生變化，發生的只是原先井井有條的秩序紊亂了；金子還是這樣冰冷的金子，只是如今在人們的心目中變得更加溫暖、親

切而可靠；鈔票還是這樣的鈔票，只是誰也不再相信鈔票萬能，於是只好在後面不斷地加上「零」。民不聊生，怨聲載道，各國朝廷幾乎不約而同地實行了軍事管制。

多數人的眼光總是短淺的，人們吃了虧有了委屈總是習慣於怪別人，怨上級，罵朝廷，很少有人從社會的經濟制度上去看問題。所有民怨都集中到了檀蘿足球隊，和檀蘿足聯斷交是件小事，至少我是這樣認為的，但是足球場居然發展成合法打架的場所卻是怪事。他們是個熱愛足球的國家，戰前幾乎每個學校、居民社區、企業都有自己的球隊，一到休息日街上到處是穿著運動服的人們，三五成群地往球場趕路。由於經濟的崩潰，很多企業破產，工人失業，球隊也紛紛解散、改組，人們的火氣都特別大，球場上幾乎三不對頭就拳腳相向。「有種，球場上見！」成了人們辯論、吵架甚至商業談判破裂的時候口頭語。

341

社會不會永遠這樣，戰後人心逐漸趨穩了，但是經濟卻像大旱天的河流，日漸乾涸。剛開始的時候人們很不適應，為了節省開支，家家戶戶都在自家的天井、陽臺和屋頂露臺上種上了蔬菜，人們的飲食又開始回復到一百年以前的農家菜；隨著石油價格的暴漲，塑膠袋成了奢侈品，在市場上買了東西都用一百年前流行的竹籃提回來；原先是奢侈品的名牌服裝卻成了大眾消費品，由於社會消費能力的降低，名牌服裝滯銷，不得不一再降價，壓迫非名牌服裝的市場佔有率，結果有人（據說是非名牌服裝的廠商）向消費者協會提出，在服裝上繡上商標是讓消費者替廠商做廣告，而不付給消費者廣告費是一種侵權行為，在消費者協會的交涉下，有的廠商只好將商標內藏起

來，也有的願意給消費者一定的廣告補貼，結果內藏商標的又猛然掉價，而繡了商標的乾脆賣不出去了，隨著經濟的衰退，天和黨的思想逐漸被大眾接受，儉樸重新成為一種美德，一身名牌往往是紈綺的象徵，成了人們嘲笑的物件，「呵，大興服裝公司的廣告員先生來了（『大興』是第二時空域的國際著名品牌）」，常常穿某名牌服裝，那個品牌往往會成他的綽號；一到夏天，婦女們都穿著自己縫製的背心和超短裙上街，不是為了性感，背心和超短裙明顯可以節省布料，男人們的眼睛通常不會關注背心和超短裙，他們更關注的是讓背心和超短裙遮住的部分；婦女們卻互相關注衣服，她們細心的眼睛甚至能看到衣服的針腳，「喔，你的背心腰身收得真好。」「是呀，這是一件舊襯衫改的，我發現襪船沒有了，就剪下兩隻袖子做襪船。你看我的裙子怎麼樣？剪下的半截給我女兒做也了條裙子，她喜歡得不得了。」這樣的對話常常聞諸街頭。

在路邊的茶攤上最常聽見的是「現在的生意是越來越難做了」。商人們已經不再習慣在飯店談生意，倒不完全是為了省錢，上飯店被人看成是敗家子行為，穿著傳統套袍坐在茶攤上談生意是最常見的街景。雖然生意越來越難做，雖然物價增長了兩個「零」，雖然世界財富排行榜上的富翁們的財富大幅度下降，但是排行榜上輪來輪去的還是這幾張面孔。世界經濟就像股票的熊市，一陣反彈一陣收縮，步步走低；世界經濟又不同於股票的熊市，股票投資者可能在高價位賣掉股票獨享獲利的喜悅，世上的人們卻不能逃到世外而獨善其身，全世界的人們一起忍受著大蕭條的煎熬，好在窮人的生活有著法律的保障，尚不至於挨餓受凍；常人也只是少添幾件衣服，不坐公交車多

走路而已；富人們的事情自然不用人們操心，雖然世界是富人的，也是窮人的，但是歸根結底是屬於富人的。

　　經濟的持續衰退居然沒有造成社會的動盪，這全是天、人兩黨競爭與合作的功勞。戰爭是富民黨朝廷執政時期發生的，但是在消弭戰爭的後遺症，穩定社會與追求和諧等方面天、人兩黨均表現出了非凡的合作誠意和政治才能，足球的改革就是人和黨的傑作，改革後的足球成了社會上所有過度競爭造成的對抗情緒的宣洩場所，各個政黨、不同宗教、商業對手、甚至各種不同意識形態的「模糊組合」都成立自己的球隊，大凡在談判桌上，在辯論會上談不到一起時往往會挑戰一場球賽，社會上種種的不和諧都化作成一場場激烈的足球賽。一到週日，街頭巷尾到處可見穿著運動服的人們，三五成群，摩拳擦掌。

343

天和黨的崛起

　　小球推動了大球，由足球引起了戰爭，改變的卻是地球。雖然戰爭「勝利」了，雖然朝廷實施了軍管和一系列強制性的經濟政策使得戰後社會迅速地穩定下來了，而這些政策的實施對人們來說也只是不至於愁吃愁穿而已；軍火工業財團固然是發了國難財，但是經濟卻由此塌縮了。物價的上漲使得窮人的實際債務變小，而金融資產的下跌卻使富人們的名義財富成十倍地縮水，富民黨朝廷搬起石頭砸了自己的腳；帳面上的窮富差異雖然是縮小了，但是社會並不見得因此而變得更加和諧，因為現實上眼睛看得見的窮富矛盾卻更加尖銳了，從消費角度看，人民的生活品質大幅下降，而富人們並不因為財富減少而

降低消費。「窮富共和」依然是空話。

經濟的衰退引起社會極大的不滿，人們紛紛指摘富民黨朝廷對「足球危機」的不作為，認為完全可以通過外交手段解決危機，並且要追究戰爭責任，甚至提出要罷免現任國王。正當太監院為罷免國王的議案爭論不休時，富民黨突然提出要修改《選舉法》，他們列舉了普選制的種種弊端，以此類比馬克・吐溫的小說《競選洲長》中的那些荒誕情節，並且提出，「既然政治是經濟的集中體現，那麼國王大選這樣的政治議題完全應該用公平、公正、公開的市場手段來解決」。這一提議通過媒體渲染，激起社會上不同凡響的反應，街頭巷尾，酒後茶餘，男女老少，無不笑談普選制的種種弊端和笑料，每個政客都知道，利用老百姓的最好的辦法就是製造轟動效應。這一提案終於也擺上了太監院的議事日程。

富民黨誕生於紫微十四後期，紫微十四雖然沒有直系、旁系的後代，但是遠系後代卻不少，他們中的很多人都是各路諸侯，有的還是太監院院士，面對那頂鑲有「紫微星」鑽石的紫金冠互相猜忌又勾結，最後他們在共同的利益下聚集起來成立了富民黨，這一百多年來富民黨人基本上壟斷了房地產、銀行、保險、證券和軍工等高端領域，從黨員人數上來看雖說遠低於天、人兩黨，他們的經濟實力決定了他們呼風喚雨的能力。富民黨很明白，在當前社會不穩定的情況下，國王即使不被罷免，富民黨在這屆大選中也很難獲取選票，沒有勝算的可能，如果改革成指數期貨交易方式來推舉國王，利用資金優勢，他們取勝把握就很大。富民黨利用執政優勢通過了對《選舉法》的修改，為了得到在野黨的支持，

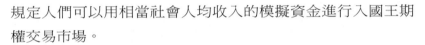

規定人們可以用相當社會人均收入的模擬資金進行入國王期權交易市場。

百姓百條心。他們早就定下了針對老百姓這個特性的「雙贏策略」，在開盤時利用資金優勢控制整個盤面，使三大指數均衡競爭，給人們以公平、公正的感覺。到臨近結算日一個月時打壓天和、人和指數，並穩步推高富民指數，軋空所有做空富民指數的空頭，到結算日前一天突然高位開空，富民指數快速下跌，要快到人們對做多的心理定勢來不及改變，要快到人們對金錢的感情無法接受，一直跌到大多數人被強制平倉，而富民指數只要比其它指數略高幾個點就可以了，足以達到權力、金錢的雙贏局面。

但是，事違人願，富民黨輸了。

指數開出時就如富民黨人設想的那樣，三大指數一直在一百十幾點的地方徘徊，臨近結算日一個月的時候，富民指數果然如期開出一根中陽線，並不斷上揚，不給空頭任何機會，就富民在指數直衝八百點的時候，呼啦啦一下子調頭跌去六百多點，而且還在繼續下跌，那時刻離結算日（大選日）還遠著呢！一查交易席位，巨大的空單居然來自富民銀行和富民證券。富民黨頓時內訌迭起，一片混亂。

誰也不曾注意，這個國家除了天、人、富三黨以外，還有一個無黨無派而又無處不在的政治力量——高老莊。論當前的經濟地位，他們應該歸類於富民黨；論行為方式，他們接近人和黨；論意識形態，他們更傾向天和黨；但是高老莊的饅頭師們什麼黨都不參加，他們認為參加了任何一個黨就有了黨爭，有悖於「居下不爭」的處事原則。從歷史上看，高老莊固然得

345

到過赤炎王賞賜的官地，但是沒有封過侯，論經濟地位不過小康，在諸侯們的眼裡他們只是不起眼的平民而已，早期的高老莊挨不近「王公貴族俱樂部」的邊，富民黨曾來動員過高老莊的首席饅頭師，後發現這個饅頭師好像除了饅頭什麼都不關心，「嗨——，小人喻於利也，賣你的饅頭吧」，自此富民黨就再也沒有把高老莊放在心裡。其實，與其說高老莊是一股政治力量，還不如說它是一種傳統文化，任何政黨，任何政治力量，只要它排斥傳統文化，那麼它必然無所作為，甚至失敗！

在高老莊的董事會上有人提出，「《選舉法》的修改是重大商機，要及時把握。富民指數不斷走高必然有其內在原因，我們應當順勢而為。」而具有首席饅頭師資格的董事長則認為，「『君子愛財，取之於道（不是『取之有道』——作者）』是本公司一貫經營方針。《選舉法》的修改固然是重大商機，但是機深禍深。既然是選舉，大家應該各自行為，公司不宜介入。」並且他當即以個人名分用虛擬資金入市，買進一口天和指數。

此舉之影響仿佛是「西海岸的蝴蝶扇動了翅膀」，人們紛紛跟進，天和指數緩緩走強，富民財團果斷倒戈做多天和指數，並高位沽空富民指數，「東海岸果然刮起了颶風」，天和指數立時拉出長紅。

富民黨總部召開緊急會議，宣佈開除富民財團的幾個董事的黨籍，並罵他們是「狗不如」。古籍《倫理》裡有這樣一段話，「為道而忠，君子之德；為道而叛，君子之勇；為利而忠，人性之本；為利而叛，狗不如也（在當地的語文裡『犬』和『狗』都是指同一種動物，但是『狗』只用於貶義的場合。動物的名

詞本無褒貶，故『狗』專用於比喻品行低劣的人。所以我認為，當地的這個『狗』是字數最少的悖論）。」當然富民銀行和富民證券也有他們的說法，「為商之道，守法、守信、公平、公正；若幕後聯手操縱指數是道，那是盜之道！守商道者，君子之德；叛盜道者，君子之勇也！」

隨著富民黨的分裂，富民指數就此一蹶不振，而天和指數與人和指數比肩並進，難爭高下，最後天和黨以一點之長獲得執政黨資格，人和黨總幹事開香檳酒祝賀不提。

真理是團結的旗幟，和而不同，熱愛真理的人們都會地團結到同一面旗幟下；利益則是世界上所有紛爭的焦點，因共同利益而聚集起來的群體必然因各自的利益而解體，同而不和，富民黨由於經常性地聚集和分裂而變得相對地弱小，在當前的政交市場上富民指數已經完全邊緣化，就像我國股票市場上的B股一樣。

天和黨的上臺意味著紅巨王朝的徹底結束，一個新紀元的到來。天和黨朝廷保留了「王朝」和「國王」的稱呼，但是國號改稱為槐安民族共河國（意取弱水兩岸五族共河，剛來時我還以為他們的「河」與「和」是通假字呢）。並將太監院制度改成和我們這裡的西方國家差不多的議會制，這其實不重要，也不希奇，奇怪的是天和黨朝廷的居然在政府機構裡設立了一個叫「反對院」的機構，反對院裡的機構設置和朝廷機構完全一樣，國家有一個國王，兩個副國王，反對院裡就設置一名國王反對員，朝廷裡有外交部，有國防部……，反對院裡就設有外交部反對局、國防部反對局……，從人數上來說不到朝廷編制的百分之五。凡是朝廷各部門開會，研究工作，反對部門都

347

必須參加，他們有知情權，但沒有發言權，同時也負有保密責任，會後要做出反對報告，交相對應的上級部門作參考，並交反對院匯總。年終，朝廷拿出《國王工作報告》之類的文件的時候，反對院也拿出《國王工作反對報告》，這份報告不對外公佈，只供朝廷高層參閱，所以報告裡沒有惡意攻擊，沒有人身羞辱。從已經解密的檔裡我看到過這樣的內容，當時天和黨朝廷提出普惠民生的經濟政策，反對報告就提出「思想上要防止民粹主義，原則上不搞福利主義，制度上不能搞平均主義」，這樣一反對不僅沒有反對掉普惠民生的方針，反而使得新政進而有序。

各衙門的反對部門的《反對報告》都要彙編成冊，存進檔案館，六十年以後向全社會公開，圖書館和網路都可查看。當地有一份叫《甲子週報》的新聞報，名字叫週報，卻天天都出版，厚厚一疊，A疊是當日的新聞，B疊則是六十年前同日報紙的影本和六十年前的《反對報告文摘》，國王先生和他領導的朝廷的功過是非一覽無遺。古今中外所有的皇帝、國王和他的朝廷能控制權力，控制輿論，但是都無法控制史書的記載，他們就怕歷史給他記上恥辱，而且是有人提示過你的過失，你還明知故犯，就像一個出了醫療事故的醫生，最怕的就是病史記錄。文過飾非沒有用，歷史是你自己寫的。

反對院由在野黨按黨員比例推選組成，人和黨人數最多，所以國王反對員常常由人和黨派員擔任，而財政部反對局、金監局反對處等重要職位多由富民黨擔任。當地報紙的輿論監管不很嚴厲，眾所周知，世界上所有國家的不滿政府的輿論大多來自在野黨，而槐安國的在野黨的不同政見既然已經通過反對

院遞交朝廷，再到報紙上濫造輿論就有洩露國家機密之嫌，那是犯法的。

「人本主義經濟」的興起.....

天和黨的最大貢獻不是在於對朝廷機構的改革，而是「人本主義經濟」思想得以成熟，並有效地打破了金融資本對社會的控制。

在平常時日，任何經濟政策的出臺都必須遵守著「駝背下棺材」的原則，那就是一要小心輕放，二要顧及兩頭，經濟崩潰時的情況就不一樣，死馬當活馬醫，盡可以大刀闊斧。矛盾激化之日就是問題解決之時，經濟崩潰就是社會變革最好的時機，天和黨人正是受命於這個困難時刻而獲得了實現其政治理想的機遇。

349

為了穩定戰後秩序，天和黨人認為槐安國既然是人本主義國家，執政選任和有關民意的指數就不能由資本說了算，為了防止金融資本對國王職位期權指數的操縱，對國王職位期權交易的規則作出了新的修改，規定只有個人帳戶可以投資國王職位期權，每個帳戶對每個國王職位期權商品最多只能做一口。

也制訂了很多新的經濟政策和規則。為了防止惡意透支和賴債導致社會信用體系崩潰，銀行公會規定每個人、每個公司都只能有一個總帳號，你到任何一家商業銀行開戶存儲，它們都共用你的所有資料。借貸需要簽訂借貸協定，還款無須辦任何手續，銀行將根據協定自動在你的總帳戶裡扣款還貸，如果某人在 A 銀行和 B 銀行發生借貸，而以後他將所有的收入款項

都進入 C、D、E⋯⋯銀行，那麼 C、D、E⋯⋯銀行將按貸款協議和先借先還的原則自動把錢劃撥到 A 銀行和 B 銀行，還要收取轉帳費。想賴帳？他可以逃到天邊，但是他的錢還是會按協議準時歸還放貸銀行。這樣就杜絕了惡意透支和賴債，信用問題就簡化成了還貸能力問題了。這也消除了我原先的一個疑惑，將人的瞳孔、指紋或是 DNA 等生理參數作為扣款密碼，一旦洩密就無法修改，那麼這人將終生不得安全？好在每個人都只有唯一帳戶，只要失主一報警，贓款的流向就一清二楚。

由此還衍生出一個很有趣的現象，當地人們的身份檔案和全世界一樣都是由警方或其它行政部門管理，而警方要找人卻常常通過法院求助於銀行，只要銀行打開某人的貨幣流通記錄就知道他的來龍去脈，如果要通緝一個罪犯，只要依法封閉他的銀行帳戶，他就插翅難逃了。

根據穩定戰後秩序的經驗，要穩定和發展經濟必須要有一個強勢的朝廷來強制性地推行他們根據「人本主義經濟」理論指導下的新經濟政策。

所謂的「人本主義是對立於資本主義經濟的經濟模式，其核心是必須能使絕大多數人在發展中受益的經濟模式經濟」。雖然經濟運行方式相同，但是資本主義經濟核心是以資為本，而「人本主義經濟」則是以人為本。在資本經濟社會，儘管朝廷對經濟的宏觀調控技術已經非常純熟，但是「人本主義經濟」學家認為這種宏觀調控技術也不過是修修補補的技術，且資本經濟的所有考量資料都是立足於資本的立場，經濟的發展是資本的擴張要求造成的，由於資本的自私本性決定了資本快速擴張的要求，這種立足點的錯誤是歷史

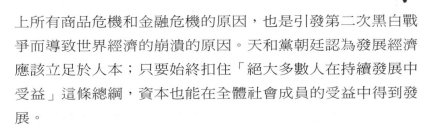

上所有商品危機和金融危機的原因，也是引發第二次黑白戰爭而導致世界經濟的崩潰的原因。天和黨朝廷認為發展經濟應該立足於人本；只要始終扣住「絕大多數人在持續發展中受益」這條總綱，資本也能在全體社會成員的受益中得到發展。

「人本主義經濟」學認為金融資本主義是資本主義的高度發展的結果，是由商品拜物教經過黃金拜物教演繹出來的貨幣拜物教對人的統治，貨幣拜物教的教義就包括人在內的世界萬物都能標上價格進行交易，然而控制貨幣發行的金融寡頭很自然地篡奪神權控制了世界（當地文化對神有一種不同於我們的解釋，認為凡是能控制人類力量的就是神力。）可見貨幣拜物教是一種邪教。

要消滅貨幣拜物邪教的首先必須改變貨幣的發行制度，他們將央行的外匯儲備制度改為物資儲備制度。他們的經濟學家認為貴金屬貨幣和大宗商品沒有本質的區別，大宗商品中的任何一種都可以充當臨時的、區域性的貨幣；信用貨幣雖然沒有商品的內涵（價值和使用價值），但是它卻有商品的外延（發鈔行賦予的面值和金錢萬能掩蓋了它沒有價值和使用價值的兩大缺陷），這種內在的邏輯上的矛盾決定了信用貨幣並不具備作為儲存手段和價值尺度兩大職能，從歷史上看，嚴重通漲時期的人們常常將穀物作為價值尺度，用日用品作為儲存手段便是明證。天和黨朝廷規定央行除了儲備小部分外匯外，更大多數的儲備卻是金、銀、鉑、鈀和各種稀土，甚至連石油、電解銅、鐵礦石都成了他們的儲備，市場上什麼便宜就收儲什麼，需要回籠的時候就適度拋售一點物資。

為了央行的儲備保值增值，央行儲備局還在嚴格遵守在「四相基本原則（品種相同，方向相反；數量相等，日期相近）」的前提下積極進行期貨套利操作。由於價值貨幣既像信用貨幣那樣流通方便又如貴金屬貨幣會自動平衡價格，央行還出新招，把高老莊的股票和股市大盤 ETF 基金也作為價值儲備物資，這一招對市場的穩定作用非同小可，既能穩定貨幣和大宗商品價格，又能調控股市。

「人本主義經濟」還有一個很重要的方面就是對每一項宏觀經濟指標都進行結構性分析，凡是不符合「絕大多數人、持續發展、受益」這三個關鍵詞的就堅決予以調控。在這一原則的指導下，發現原來的許多經濟指標都必須經過修改才能使用，比如，他們認為統計人均可支配收入，或人均儲蓄沒有意義，說到這個問題我想起我們的網上流傳的一首打油詩，「張家有財一千萬，同村九個窮光蛋，平均起來算一算，張村家家張百萬。」所以他們採用居民收入的中位數來表達（就是處於全部人口的 50% 那個位置上的人的收入）；統計 GDP 時必須應該排除惡性 GDP 和無效 GDP；物價指數的成分編制中大幅度提高民生消費品的權重；在對降低民生消費品的稅收和鼓勵生產的同時，對奢侈消費則用高消費稅加以限制，如對天然玫瑰香精、純羊絨服裝、大排量汽車等奢侈品和超值奢侈消費徵收三到十倍的高消費稅，所謂的超值奢侈消費就是指超過尋常價格的消費，比如，在當地吃一桌一百 KB（相當於人民幣一千元）酒席已經很不錯了，當然，吃五、六百 KB 一桌的也大有人在，於是就規定超過兩百 KB 的部分徵收三倍的超值消費稅。他們認為超常的價格不是暴利就是佔用了太多的自然資源，為了一勺魚翅

而屠殺一條鯊魚，難道大海裡就不需要生態平衡？如果說魚翅是鯊魚肉的副產品，不吃掉就會扔掉，那麼就不應該賣高價，既然標出高價，就會鼓勵人們去屠殺鯊魚。所以當地飯店的酒席最高價格常常是 199.9KB。「九」在他們那裡是吉利數字，和「久」是諧音，他們的文化崇尚永恆。據說，他們制訂高消費稅一是為了保護資源，二是為了防止暴利導致貨幣從產業經濟溢出而形成金融資本。

求效果不求效率，是「人本主義經濟」裡的一個很奇怪的特色。他們認為「好的經濟」的定義是「能使絕大多數人在持續發展中受益的經濟」，在這個定義裡沒有時間的概念，也就是說只要能「持續發展」，快慢並不重要，或者說人民的幸福和經濟發展的快慢沒有必然的關係。

353

假設人們一下子住進了「好得不能再好」的天堂裡，過上了「幸福得不能再幸福」的日子，要不了幾天你就會覺得百無聊賴，還是睡午覺最舒坦。

「天堂裡的生活遠不如乘在第十八層地獄的電梯裡幸福。幸福，就是日有所進。」互庚先生曾經這樣說，「人生的意義在於對幸福的尋求和體味；人類生存的終極目標是天人合一，這兩者都沒有時間和速度的概念。一個幸福的人生就是不斷進取而知福的人生，決不是為了幸福而「急趕時間」的人生，如果為了幸福而奮鬥了一生，那麼他的一生什麼幸福也不會得到，如果他的人生觀認為奮鬥就是幸福，那麼我祝賀他的成功；一個好的社會是和諧地發展的社會，快速必不和諧。全世界 20 億人口就像一個超級旅遊團，並不急著趕時間，每個人到了八九十歲都要回去，大家尋求的就是快活。」

　　我覺得，人生意義和人類生存的終極目標之類的話題太「哲學」，作為聊天題材也太枯燥，沒什麼意思。當然，對於說資本經濟制度下的人民不幸福，我是很同意的，我認為幸福是比出來的，所謂的幸福是看到周圍大多數人都不如我，不如我的人越多我就越幸福，而在任何社會老百姓總是大多數，所以在任何社會裡幸福永遠為少數人所專享，「為大多數人謀幸福」是政客的語言，是一種很明顯的悖論。社會發展總是快一點好，世界走到今天，還是現代的資本經濟制度最好，最近的兩百多年的發展成果勝過了以往全部人類歷史，這是鐵的事實；沒有現代的資本經濟制度人民生活不可能有這樣的發展。

　　「我們不必去讚美資本經濟制度，也不必去仇恨資本經濟制度，順其自然。經濟學是研究資源配置的學問，資源是以物的有用性和有限性為定義的，對於勞動者來說，時間的價格是固定的，做一天拿一天工資，他們想的是快點過完八小時，在家裡享受天倫之樂才是白天勞累的報酬，很明顯缺乏資源屬性；而時間對於資本來說是一種最重要的資源，一是因為資本家——人格化的資本——的生命有限，他們總是希望在最短的時間內獲取最大量的剩餘價值，二是工人的勞動時間是花錢買來的，時間就是金錢。朝廷要做的不是協助資本趕時間，而是協調以民生為主的各方面的利益分配。」慷康先生如是說。

　　「從以往的歷史看，資本經濟制度確實是最先進最有效的。但是，世界上的事情沒有最好的，只有更好的。」互庚先生以滑冰運動作例，很形象地闡述了兩種經濟的不同，他說：「資本主義經濟很像速滑比賽，每個人拼命地衝，拼命地戰勝敵手，拼命地戰勝自己，每個人都很累，很緊張，最後只有前

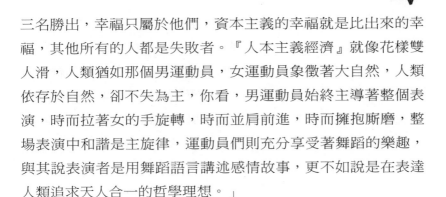

三名勝出，幸福只屬於他們，資本主義的幸福就是比出來的幸福，其他所有的人都是失敗者。『人本主義經濟』就像花樣雙人滑，人類猶如那個男運動員，女運動員象徵著大自然，人類依存於自然，卻不失為主，你看，男運動員始終主導著整個表演，時而拉著女的手旋轉，時而並肩前進，時而擁抱廝磨，整場表演中和諧是主旋律，運動員們則充分享受著舞蹈的樂趣，與其說表演者是用舞蹈語言講述感情故事，更不如說是在表達人類追求天人合一的哲學理想。」

我說：「李太白酒詩糊塗地固然很瀟灑，陶淵明采菊東籬下固然悠閒，但是在當時社會他們畢竟屬於上層建築，絕大多數人的日子並不好過，就連杜工部都苦歎『布衾多年冷似鐵，嬌兒惡臥踏裡裂。床頭屋漏無干處，雨腳如麻未斷絕』，可見當時人民的生活……」

355

「你怎麼將追求天人合一的哲學理想理解為回到過去？否定之否定。現在是到了否定資本經濟制度的時候了。否定資本經濟制度是要讓社會進入以人為本的經濟制度，而不是要復辟小農經濟。」

他們還對每個產品、產業進行人本影響分析，以確定對這個產業的政策，這也是「人本主義經濟」的一個很重要的內容，比如，他們認為香煙和烈性酒對人體是有害的，於是就對香煙課以重稅，對酒的課稅率則根據酒精度數以指數式累進，結果最低檔的土燒酒的價格比中檔葡萄酒的價格還貴，所以當地人絕少喝烈性酒。據說他們免費發放的鈣片和維生素片的部分費用來自此項稅收。最為典型的是，他們認為網路電子遊戲對國民的身心健康殺傷力很大，甚至對經濟的影響也絕對是負面的，

就取締了網路電子遊戲，一下子使 GDP 下降了上萬億的鍍金幣，來自富民黨的反響很大，不到兩年這個法規的好處就顯示出來了，勞工部的統計表明，就業率上升了 0.5%，教育部的統計表明優秀畢業率大幅度上升，國民健康部的統計表明心理疾患的患者明顯減少，青少年的肺活量和體現心臟健康的指標明顯上升；農業和輕工業的 GDP 大幅上升，因為網路電子遊戲的成本很低，每年上萬億鍍金幣的流入遊戲產業，除了部分用於進一步開發新的遊戲節目外，很大一部分成沉澱下來成了熱錢遊資，進入炒作石油、煤炭、房地產和各種金融衍生品市場，造成經濟和金融的不穩定，而且還有不少低收入家庭由於青少年沉湎網路遊戲使得生活更加艱難，無論朝廷怎樣補貼都不能使他們的生活脫離貧困。慷康先生用了一個很極端的例子來反證產業人本影響分析的重要性，他說：

356

「在你們的時空域裡不是有人喜歡吸毒嗎？如果不考慮人本影響，政府完全可以放開吸毒，既能使 GDP 上升，多得稅收，又滿足了『人民』生活的需要，多好？這種東西危害不得了，小到家破人亡，大則亡國滅族。可見在你們時空域裡早就有了「人本主義經濟」的土壤和萌芽，但是要完全轉化成「人本主義經濟」制度不容易。」

來自魔鬼世界的貨幣……

價值貨幣既像信用貨幣那樣流通方便，又如金銀貨幣那樣會自動平衡價格，貨幣、物資和股市都非常地穩定。據說不少經濟學家認為能以此原理統一全球貨幣。

剛開始實行的時候確實很有新意，也很有效，但是隨著各國都效仿，全球大宗商品被各國央行大量收儲，引起了全球物資短缺。物資短缺雖然沒有引發物價上漲，卻引發了開工減少，就業降低，工資下降，消費不振。經濟危機向另一個方向發展了。

　　貨幣，貨幣，全世界都短缺貨幣，全世界都抬頭仰望星空，渴望天降甘霖。誠然，各國央行只要開一下口子，增加一點發行量就解決了，可是一旦開此先河，一切都會重新輪迴。這時又有一種全新的貨幣闖進了他們的世界，那就是來自檀蘿國的電腦網路遊戲的遊戲幣。每個網路遊戲的玩家都知道，遊戲中產生的「法寶、武器、金幣」對玩家來說是多麼地有用，要想獲得一件「法寶」需要花多大的精力侍候電腦？可見「法寶、武器、金幣」是有使用價值和價值的，所以這些「法寶、武器、金幣」都是可以換取真實的金錢的。這種虛擬商品進入了真實商品的世界極大地啟發了人們，他們的經濟學家認為商品和貨幣之間沒有本質的區別，貨幣是由能作為一般等價物的商品演化而來，但是，在一定條件下任何東西都有可能成為貨幣，不一定要以其使用價值作為貨幣的物質基礎，也不一定要具有價值作為交換計量，古代的貝殼和現在流通的鈔票都沒有價值和使用價值；即便是黃金，儲存在倉庫裡的時候，其使用價值也只是預期中的使用價值，使用價值只有在物品被使用的時候才得到實現；而對玩家來說「法寶、武器、金幣」和各種網站積分的有用性是不可置疑的，於是以電子資訊形式存在的遊戲幣和網站積分通過各種管道進入了進入槐安國的貨幣系統，固然給槐安國送來了大量流通性，並且排擠了槐安國的大量以資源

357

為儲備的價值貨幣，長期以往後果難料。槐安的經濟哲學家發現勞動價值論和效用價值論的兩條路線鬥爭遠沒有完，新的危機正在醞釀。

　　槐安國的宗教家們則認為人世間的金錢財富都是神賜鬼獻的，金銀、稀土、石油等資源來自神的賞賜，雖然人們為之付出了勞動，賦予了價值，但是人的一切勞動都建立在神賜的自然資源的基礎上的；而子虛烏有又不可多得的「法寶、武器、金幣」等東西都是魔鬼供奉的禮物，雖然也是通過人們打遊戲產生，如果不是魔鬼給人的誘惑和唆使，這些東西根本不可能產生。神賜不可強求，鬼獻不可多得，而貪得無厭的人們則篡神役鬼胡亂增發鈔票，創立各種稀奇古怪的金融衍生品，誘導世界進入末法時代，人世間的災難已經影影憧憧忽隱忽現。

358

　　時空穿越、時空障礙等現象在該時空域司空見慣，故當地的亂神怪力之談也往往涉及「外時空」、「高維度空間」。「外時空」、「高維度空間」之類含義不明確的字眼都成了「科學假設」，根據他們的「科學假設」，鬼神就是生活在不同維度空間裡人們，神就是生活在四維空間的人，而我們生活的三維空間的宇宙只是「虛擬的真實世界」，其實我們的世界只是另一個生活在四維空間裡的人們設計的程式，就如我們電腦裡的遊戲角色是我們人類設計的只存在於二維空間的虛擬人；我們認為電腦裡的世界是虛擬的，是一種非物質的資訊，而電腦裡的遊戲角色——二維人物——卻自以為是真實的。這些遊戲角色打出來的「法寶、武器、金幣」都成為當今世界貨幣，同樣，我們世界發明的原子彈、細菌武器、資訊科技、GDP往往就是四維人玩遊戲時產生的「法寶、武器和金幣」。

　　槐安的政治家、社會學家、經濟學家、哲學家們聚在一起開了九天九夜的會。經濟學家們認為當前貨幣短缺是由於價值貨幣被外國收儲造成的，在全球貨幣一體化之前這個問題是不可能解決的，如果不能解決，那麼經濟就不可能走出低谷，「不為天下先」，貨幣制度的變革不可能一國先行，且，當貨幣的缺口大於 GDP 的增長時，我們不能為了死保貨幣的價值而壓制經濟增長，所以引進遊戲幣是個不是辦法的辦法。社會學家認為，既然法律已經規定禁止網路遊戲，要引進遊戲幣首先要修改法律開禁網路遊戲，「不忘初心方得始終」，我們要回頭看看當年我們為什麼要禁止網路遊戲，如果開禁了網路遊戲，那麼無數的人會參與遊戲和開發新的遊戲，「又好玩又有錢賺，」產業經濟就會嚴重衰退，這樣的經濟就會違背「讓絕大多數人在發展中受益」的基本原則。經濟哲學家認為貨幣價值的內涵不能統一，那麼貨幣的數量關係就無法建立，如果讓市場來統一價格，那麼不但不能統一價格，還會引發貨幣總量的震盪，因為金融市場本身就會吐納大量貨幣；當貨幣增發大於經濟增長而貨幣仍然短缺，那麼問題一定出在經濟的結構性失衡上，解決問題的不是進一步增發貨幣，而是用行政手段、法律手段來調控結構性問題。天和黨的政治家說，信用貨幣是依靠國家信譽和政府信用依法發行的貨幣，國家信譽和政府信用才是主要的，黃金或大宗商品的背書只是補充政府財政部門和央行可能發生的調控不當，所以，黃金和大宗商品的背書不可沒有，也不必太多。

359

　　於是來自二維空間的遊戲金幣就被擋在了國門之外。

重生的鳳凰 ....

在一次談及資本經濟制度向人本經濟制度轉變的時候互庚先生說道，「一個逆熵系統的破壞總是以崩潰的形式發生，就如一個瀕臨死亡的人，無論他多麼衰老，無論他多麼虛弱，生命離開他總是剎那間的事；無論資本主義經濟一天天繁榮起來，還是一天天衰敗下去，最後總要發生突變，鳳凰只有在涅磐中重生……」。慷康教授和互庚都喜歡把他們的社會比喻為重生的鳳凰，我卻覺得鳳凰總得用「輝煌」一詞來形容，所以我說：

「重生的鳳凰須得更加輝煌，更加光采奪目才好。你們這樣的『鳳凰』簡直『退化』成了土雞，全然沒有了先前的闊氣。哪裡談得上發展？汽車不用，用牛車、馬車；衣服破了還去打上補丁，我們八十年代就不知道補衣服了。這叫發展？這符合『好的經濟』的定義嗎？」

「我們不是因為買不起新衣服而補舊衣服，這是一種新的消費理念，一種時尚，就如你們時空域有不少時尚人士將新衣服弄弄破一樣。我們這裡早有人發現了其中的商機，他們曾設想將我們這裡的破衣服運到上海，然後換新的運回來，考慮到跨時空運輸成本太大沒能做下來。」

我們聊天時常常會發生類似的分歧，其實這也算不上分歧，就是所謂的文化差異吧。就說這「發展」一詞，他們認為從經濟學意義上看，只要是有利於滿足人們生活需要的變化就叫發展。從補破衣服到不穿補丁衣服，是發展；從不穿補丁衣服到穿破褲子則是一種時尚，也是一種發展；而重新補衣服則是返樸歸真，是哲學上的回歸，難道不是發展？人們的愛美天

性甚至將它發展成了一種藝術。為了滿足補衣服的社會需求，商店裡有售現成的補丁，有好幾千種樣式，光是「耐克鉤子」就有大大小小十幾規格和幾十種顏色，只要放在破洞上用熨斗一燙就粘牢了，補得好的衣服往往是一件藝術品，當地還有一本叫《女媧》的補衣藝術雜誌。互庚先生的一件襯衫的門襟舊了，紐扣的洞也扯大了，他的太太就將紐扣洞縫上一針，再在門襟上貼上一條玫紅色的補丁，紐扣成了暗紐，看上去就像一條紅紅的領帶。襯衫的領子永遠是雪白，筆挺的，他們的襯衫的領子是用一條細細的尼龍拉鍊和大身聯繫起來的，新買的襯衫一般配有兩個領子，在補丁專賣店也有零售。他們認為生活品質的提高與否決定於消費者自身的感受，所以「人本主義經濟」沒有「衰退」這個概念，只要絕大多數人感覺舒坦就是和諧的社會，經濟不停地在「緊張期」和「鬆弛期」之間運轉，人們周而復始地享受著上班工作的樂趣和下崗休閒的愜意。

「『採菊東籬下，悠然見南山』這樣的生活固然很有詩意，偶爾去度幾天假是很放鬆很舒適的，真要過這樣的日子我看不行，即使全民公決通過了讓社會走到這樣的烏托邦去的法案，我看不到三個月就會政變回來。老莊的哲學適合老年人而不適合年輕人，你們的社會就像退休的老人，已經無所作為了，於是就自我解脫地說是無為。」我說。

「你說三個月就要政變回來我倒是很同意的，你們的社會還沒有到這個時候，就像不同的年齡、不同的性別、不同的文化的人有不同的喜好，或者說有不同的價值觀，任何東西只有在相應的價值觀面前才有價值，就說寶石和玫瑰刺……」

「玫瑰刺？玫瑰刺是什麼？」

「就是你們所說的玫瑰花，我們這裡的玫瑰是很少能開出花的，要是田園裡長出野生的玫瑰，還不等它開花就會被采鋤掉，因為它既不是草又不是木，牛馬不要吃，燒火又不旺，沒有能源價值。」

「在我們那裡要賣幾元錢一朵呢。」

「在我們這裡卻一個Bit都不值，吃不得，用不得，賣又賣不脫……」

「好看啊，象徵愛情……」我還沒說完就被他打斷。

「是啊，象徵愛情的短暫，不到三天就衰敗了……」

「養得好能維持一個多星期……」

「哦，送玫瑰花就是暗示一個星期以後和她分手的意思？」

「啊？」

「總之，我們的價值觀不承認玫瑰花的價值，所以沒有人去種它。」互庚先生又說，「即使是最具普適價值的饅頭和金子，也不是任何人，在任何時刻都認為有價值的。饅頭只對餓著肚子的人有價值，金子只對窮人有價值，有錢人常常會把金子兌掉，去買一塊稀奇古怪的石頭，或是去買回一張兩百年前就廢止的紙幣……，任何東西的價值只有在相應的價值觀面前才能得以體現，在這個意義上價值觀比價值更重要。再說這個祖母綠、紅寶石，人工成本高，能源消耗大，幾噸礦石只能篩選出一克拉的寶石，但是使用價值卻很低，除了好看還有什麼用？使用價值是價值的物質基礎，沒有使用價值的東西有什麼價值？就說審美價值，你來看看我們製造的仿寶石，哪裡比不上真寶石？只要觀念上來點小小的轉變，就能省下了大量的能源、資源和勞動。如今人們不承認寶石的價值，交易萎縮，沒

人願意開採寶石，日子不是過得好好的？

「我相信，即使在你們的社會裡一定也有人不承認玫瑰花和寶石的價值，人間社會的斑斕色彩全緣於價值觀的多樣性。但是在你們的世界裡的人們卻有著共同的價值觀，那就是對金錢的無限追逐，我認為你們的世界裡人們的幸福觀是畸形的，在資本的誘導下，人生中最重要的東西——幸福——被曲解並被金錢量化。培根說得好，『財富對於人生猶如輜重對於軍隊，充足的輜重是必需的，但是過多的輜重不但不會形成戰鬥力，反而會成為負擔』……」

「對個人來說，這個說法是有道理的，對社會來說財富總是越多越好。金錢的流轉和財富的增殖是社會活力的指標……」

「人生的本質是追求愉悅和幸福，社會就是所有的人和人際關係的集合，一個好的社會就是幸福的人們和諧相處的社會。愉悅、幸福、和諧是無法做成數學模型的，更不能用簡單的技術指標——貨幣的多寡——來衡量的，所以社會的好歹也是無法用純技術的指標衡量的；社會活力是指社會的生命力，或者叫持續發展的能力，資本社會的末路狂奔決不是活力的體現。社會不是所有的人的集合，而是人和動態的人際關係的集合；雖然經濟利益關係是人際關係的核心，但是還必須體現不同的價值觀的人們的對立和包容，不同的文化的人們差異和交流。離開文化，充其量只能被稱作群體而不能被稱作社會，如同一群斑馬，斑馬有同樣的『價值觀』，卻沒有文化，有無文化的差異和交流，有無價值觀的對立和包容是人類社會與動物群體的根本區別。社會活力就體現在文化的發展上，我們的社會經過紅巨時期的經濟擴張，經過了第二次黑白戰爭後的大蕭條，

363

對金錢有了超脫的認識，我們明白了對物質享受無限追求的不可實現性，產生了在尋求自我的過程中享受樂趣的幸福觀。」

「了不起！」我說，「一個人能看破紅塵已屬不易，整個社會能走到這一步真是不可想像。」

「你又錯了，看破紅塵是很消極的，一個人看破紅塵問題不大，可以出家，所有的人都去出家怎麼可能？就如你說的，重生的鳳凰須得更加輝煌，更加光采奪目才好。我們社會的亮點你們應該已經看到，就是人人關心社會、關心人類的永久生存和發展，人人都從實現個人對社會的重要性中得到樂趣，人人都尊重他人對社會的重要性。人和動物的本質區別在於人能克服自私性，人類從動物過來時都是物質個人主義者，後來是家庭至上，又逐漸發展到宗族主義、民族主義和愛國主義，所有的發展都是以自己為中心的梯次擴大；看破紅塵是人們為自己的將來——下一世——著想，是自私的物質個人主義的無奈。我們這裡的個人主義已經從獲取個人利益昇華為實現個人對社會的重要性，這個轉變是何等地輝煌？是何等地光采奪目？這樣的個人主義是何等地值得讚賞？你看不到我們這裡人性的亮點，是因為滿城盡披黃金甲，你看見的是滿眼輝煌。」

「這是典型的人和黨的思想。」我說。

「不完全是人和黨的思想，天人合一是更為遠大的哲學理想。」

第十五章　杞人憂天

從「財與命相連」談起.....

　　槐安民間有這樣一種迷信說法，說是一個人的壽命的長短取決於他的消費，當他出生時命裡就註定有一筆錢財，他可以盡情地吃喝玩樂，當這筆錢用完了，生命也就走到盡頭了，如果省著點用，壽命就長，反之則短。有的人喜歡花公家的錢，吃人家的東西，其實扣的還是自己命裡的財份。每個人命裡的錢財的數目是不一樣的，所以有的人儘管花天酒地，揮金如土，還是盡享高壽；有的人刻薄成家，依然「英年早逝」。「財與命相連」這句話就是由此而來。當地的人們都很節儉，是不是受這個傳說的影響就不得而知了。

　　信不信傳說無所謂，從邏輯角度來看這種說法是無法驗證的，但是這個傳說中給予每個人的「命中之財」是有限的，這

一點和地球上能源總儲量的有限性很相像，我們不知道地球上到底有多少可供我們利用的能源，用完了石油和煤炭，還有甲烷冰、核能？充其量還有地下熾熱的岩漿？還有什麼？無論還有什麼可燃，用一點總是少一點，能源消耗完了，人類的末日也就來臨了，有人這麼認為。對這個說法我是不同意的，雖然人類的命運和地球能源總儲備的關係是不容懷疑的，就算所有的能源都耗竭，人至少還有自己的「原能」——體能，靠著太陽種地，日子固然清苦一點，末日之說似乎有點聳人聽聞。

互庚先生說，可以認為人類的末日取決於太陽，太陽在還不到熄滅就先會發生「病態」的紅巨擴張，並將因此毀滅所有的生命，在這之前還可能發生足以毀滅人類的諸如行星碰撞、超級火山爆發等特大自然災害。面對人類這樣的天年壽終，哲學家的任務就是指導人們認識人類存在的終極意義，並給人類臨終以心理關懷，讓全世界的人們在教堂和寺院的鐘聲下安詳地等待著最後時刻的來臨。但是，也有學者認為人類很可能看不到這一天，上帝欲使其滅亡必先使其瘋狂，不到天年壽終，自私的人們就會發生最後的瘋狂，人們會為了爭奪最後的能源而耗盡所有的能源，把所有的核彈一下子扔向他們的敵人，一部分人將被炸回石器時代，另一部分人則在核戰爭的烈火中永生。面對這樣的結局發生的可能性，我們的任務就是破壞這種結局發生的前提！

互庚先生認為人類不會死抱著「現代經濟制度」，為了爭奪最後的資源而同歸於盡。上帝有什麼理由要人類滅亡？他為什麼要讓人瘋狂？瘋狂的是金融資本主義經濟制度，如果真到石油耗竭的那一天，首先被毀滅的不是人類，而是沒落的以自

私為特徵的「現代經濟制度」，世界最後一桶石油將和平地分給佛教、基督教、伊斯蘭教和其它各宗教的寺廟、教堂，點亮各自的長明燈，全人類將一起祈禱：「人定勝天。」

他還認為，無論一種社會制度的形成、發展和瓦解，還是人類的誕生、進化和終結，任何一個事物形成的原因就是它發展的原因，而使它滅亡的卻正是這個原因的消失。如果這是普遍規律，那麼人類誕生和進化的原因是什麼？這個原因會消失嗎？

杞人憂天

憂天的杞人在中國是被嘲笑，被諷刺的，在當地卻被禮拜，被尊為神明，各地都有杞人祠，猶如我們過去農村的土地廟。人的壽命是很短暫的，且中途發生不測的概率遠大於天塌下來的概率，他不憂，卻憂天，其實他憂的是人類的命運。互庚先生也是個典型的杞人，他和別的哲學家不一樣，人家探討的是人生的價值，人生的意義，他卻思考世界的末日，人類生存的終極意義。他的太太就常常嘲笑他，說距離現實越遠的東西就越哲學，就越顯其高明；同樣的話題，別人談就是「壽頭（滬語，北方人稱傻冒）」，蘇格拉底的學孫來談就是哲學。

互庚先生認為人類在生物學意義上並沒有佔有最高端地位之說，或者說人類也就是和獅子、老虎、猢猻、猩猩等哺乳動物的堂兄表弟而已。人類之所以敢自稱是生物界的老大完全是因為人類能以非生物方式利用能源——用火，這是人類和其它一切動物的根本區別；猩猩之所以不能被稱為「野人」，就是

因為它們不敢，也不會用火。如果說攝取和消耗能量的能力的進步（相對處在食物鏈的高端）是生物進化的特徵，那麼能源利用能力的進步就是人類社會進步的特徵，從燒火、役使畜力、挖煤、用蒸汽機、發明用電、電動機、採石油、開內燃機一直到核能利用，無不處處體現出人類的進步，人類所有的「進步」都是圍繞著向自然界索取能源和資源，並依此來提高生活這一目的進行的。我們越進步就意味著消耗能源的本領越大，消耗原能後排放出來的廢物也就越多，所以，我們越富裕，自然界就越貧困；我們的屋子搞得越來越適合居住，我們的城市就越來越不適合居住；我們的城市搞得越來越適合居住，我們的地球卻越來越不適合居住，這就是社會物質生活進步過程中的內在矛盾，人類終究要毀在物質享受裡。

368

「如果說因此要毀掉什麼，那也只是要毀掉一種消費觀念，一種生活方式，甚至金融是資本主義社會的經濟制度，而不是人類啊？」我說。

「品格高尚的人應該是追求富裕而崇尚儉樸的人，理想的文明社會應該是富裕而儉樸的社會。可事實上還沒有富得流油卻已經奢靡，看看你們上海，才不過三十度的天氣呢，很多人家都開起了空調；明明都長著兩條腿，不到半小時的路卻進進出出卻都要乘地鐵，坐公交車，那兩條腿長著幹什麼？」

我覺得他的話有點偏激，將近三十度不開空調還要到什麼時候開？不到半小時的路不坐公交車坐什麼？便說：

「那猿人的身上明明都有毛，還要穿衣服幹什麼？好在人們的價值觀念始終是多元的，如果人類一開始就信奉『餓其體膚，勞其筋骨』那一套，那麼我們直到現在還在和猢猻們稱兄

道弟，所以，與其說是勞動創造了人，還不如說貪圖享受創造了人。」

「你不覺得有點偏激嗎？」互庚先生說，「我們暫且不從社會學的角度討論到底是勞動創造了人還是貪圖享受創造了人的問題。從生物學角度看，是勞動促進了猿人向人的進化。我對古人類的知識很少，不知道他們有沒有毛，如果天生就是沒有毛的，發明衣服來禦寒不是天經地義嗎？如果是有毛的，那就說明穿了衣服後毛就逐漸退化了，是嗎？那麼人們老是不願意走路，兩條腿是不是也會逐漸退化呢？那是不爭的事實。如果你去非洲的原始叢林裡去看看土著們光著腳板追獵野獸的速度和力度，我們簡直虛弱得像個嬰兒。我們的體力，我們的視力，我們的聽力，甚至每個男人都喜歡自吹的性能力，我們所有的身體機能都在退化，你聽說過野獸有因為過度性交而患陽痿的嗎？是享樂促使了人的退化。」

369

「但是我們的頭腦在進化，良好的生存環境使我們不需要這麼強的體能。」

「如果說人類進化的含義是頭腦在進化，而整個身體在退化，那麼這不叫進化，而叫變化，頭腦的進化是以身體的退化為代價的。你也許已經將進化定義為生物隨著時間的推移而發生的代與代之間的細微變化的長期累積，但是，如果不強調生物的累積變化對物種生存的有利性，那麼，這樣的概念毫無意義的。同樣的道理，我們強調社會的進步也必須建立在對人類永久生存和永久發展的有利性上，離開了這一點，所謂的「社會進步」有意義嗎？你又將怎樣來定義退化，和社會的退步呢？現在，我們將所謂的進化作這樣的演繹，有一天，人的大腦會

進化到臉盆那樣大，四肢卻因為肌肉的萎縮和骨骼的軟化而『進化』成章魚的觸鬚那樣，你認為人類是進化成了『聰明的章魚』，還是退化成了『衰弱的哺乳動物』？我看，既不是進化，也不是退化，而只能叫變化。這樣的演繹固然有點荒唐，有點偏激，那麼，我再給你講一個不爭的事實。

「生殖是所有的動物本能，任何一隻貓或老鼠都無須別人的教授和幫助就能順利地生產，如果有一名孕婦不在人們的幫助下而安然地生產了，那麼她將能和人咬狗那樣的新聞一起登上《桃色新聞》，一個號稱最高等的動物居然連起碼的生殖都不會，那不正是人的退化嗎？這種退化恰恰是人類進化的後果，母雞不會被雙黃蛋憋死，人卻是所有的哺乳動物裡難產率最高的，在現代醫學創立之前，產婦常常被稱為『一隻腳踏進棺材裡』。為了直立行走的需要，人類骨骼系統裡進化出了一個骨盆，而嬰兒碩大的腦袋必須從母親的骨盆開口處鑽出來的。隨著人類大腦的進化，嬰兒的腦袋將越來越大，而女人的骨盆的開口卻不會越來越大，有效的雙足行走的工程學的需要限制了這個尺度，總有那麼一天，全人類都將憋死在母親的肚子裡。」他攤開雙手大笑起來，「人類生於母親的肚子，也將死於母親的肚子。」

「你這是荒誕文學的語言，不是嚴謹的哲學語言。」我說。

「開個玩笑。剖腹產率越來越高正是由於這個原因。我只是想說明，進化是有限的，腦袋的直徑決定了人的進化的限度；退化卻是無限的，視力、聽力和體力都還有很大的退化空間。勞動創造了人，貪圖享樂將毀掉人。

「我們常說天人合一，由於人們貪圖享受，不顧一切地消

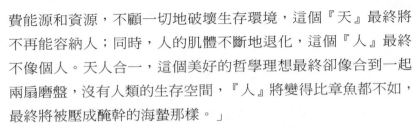

費能源和資源，不顧一切地破壞生存環境，這個『天』最終將不再能容納人；同時，人的肌體不斷地退化，這個『人』最終不像個人。天人合一，這個美好的哲學理想最終卻像合到一起兩扇磨盤，沒有人類的生存空間，『人』將變得比章魚都不如，最終將被壓成醃乾的海蟄那樣。」

「你太悲觀。雖然說，人無近憂必有遠慮，但想得這麼遠委實是沒有必要。地球上的石油枯竭也不是眼前的事，即使天塌下來也有高個子頂著。我說這話不是不負責任，我們有那麼多科學家，他們總會有辦法，興許今後就如科幻小說所描寫的通過時空隧道進入其它宇宙。」我說。

「與其相信人類今後能進入新的宇宙還不如相信我們死後都會進天堂。地球只是我們臨時的棲身之所，甚至根本就沒有必要去考慮什麼地球，反正在最近一百年以內地球不至於毀滅。你看，只要觀念上來個小小的轉變，人生就變得很輕鬆。人生所有的壓力都來自於責任，對國家、對社會、對家庭、對子女和對自己的責任，」互庚先生停了一停，又說，「責任感越大想得也就越遠，其實，慮遠者必少近憂，一個人如果一輩子無近憂，那是很幸福的。我前面說了，任何一個事物形成的原因就是它發展的原因，而破壞它的卻正是這個原因的消失。人和動物的區別就在於人會憂慮，杞人之所以受天下人尊敬就因為他時時憂天，今天憂明天，夏天憂冬天，這是勞動的動因，也是人類誕生的原因；豐年憂災年，少年憂暮年，老年憂子孫，皇帝憂百年短壽，這是人類發展的原因；一旦人們不再憂慮，不憂地球生態，不憂子孫萬代，只顧自己享樂，那麼人類的終結也就快了。日有晝夜，年有冬夏，宇宙也有四時循環，每隔

371

幾千萬年就會發生一次大冰川時期，生物會遭受空前的滅絕，我們的子孫後代一定會遭遇空前的困難，我們要做的是如何用最少的能源和資源換取最多的知識和技術，給我們的子孫後代為對付宇宙冬季以更多的物資和知識的儲備，幫助他們躲過劫難。我們多一分享受，他們就多一分危難；我們多留一分儲備，他們就多一分生機。我們必須常常假設我的生命還有三個月，那麼我現在應該抓緊做什麼？旅遊、打牌、宴會、舞會該會是多麼地奢侈；假設我們的地球還有三年就會發生重大劫難，我們應該抓緊做什麼？開時裝表演、研製豪華轎車是多麼地無聊。」說到這裡，互庚先生頓了一下，又說，「你們時空域這樣的高能耗消費就是在吃祖宗的飯斷子孫的糧，反正你們現在所做的一切都是在替子孫挖墳墓。」

372

　　我無以對答，「都是在替子孫挖墳墓」這句話卻像刀刻一樣銘記在心頭。

「老式能源」新利用……

　　能源問題是全世界共同的難題，但是到了我們的世界也僅僅只是「話題」而已，酒後飯餘海闊天空。人們只有在接到電費的帳單時才會觸動一下節能意識，其實想節省只是鈔票而已。

　　槐安有一時期也是石油價格飛漲，人心惶惶不安，石油商人一面推高油價，一面大力促銷，曾有這樣一則石油廣告，漆黑的背景下亮著一盞油燈，一枚鑽戒在昏暗的油燈下熠熠閃亮，「沒有了光明，鑽石還有價值嗎？」當然，也有學者認為能源

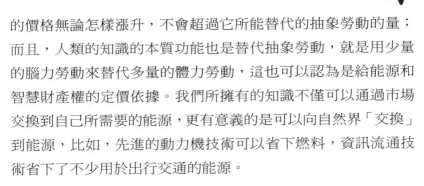

的價格無論怎樣漲升，不會超過它所能替代的抽象勞動的量；而且，人類的知識的本質功能也是替代抽象勞動，就是用少量的腦力勞動來替代多量的體力勞動，這也可以認為是給能源和智慧財產權的定價依據。我們所擁有的知識不僅可以通過市場交換到自己所需要的能源，更有意義的是可以向自然界「交換」到能源，比如，先進的動力機技術可以省下燃料，資訊流通技術省下了不少用於出行交通的能源。

而華東李公大學的李驪教授則認為在某些方面，觀念比知識更重要，如果人們能改變一下享樂觀，不以奢靡為享受，而以簡樸、安詳的生活為幸福，世界就不會消耗那麼多的物資；如果社會能改變一下制度，不把人民當作勞動力資源和市場資源，而把確保人民的生活品質和提高人的綜合素質為目的，那麼地球上有十億人口就足夠了，歷史上的羅馬城出了多少思想家、哲學家、科學家和藝術家？這是個才不過幾十萬人口的偉大城市。如今你們時空域多的是幾百萬幾千萬人口的龐大城市，除了 GDP 還產生過什麼新的東西？大道至簡，所以人類不應該對自然界謀機過深。要謀簡而不要謀機。

同樣是開發利用太陽能，我們採用的是太陽能熱水器和太陽能發電，他們卻認為這是對自然界的破壞，凡是安裝了太陽能利用設備的地方幾乎寸草不生，況且製造太陽能利用設備本身需要消耗大量資源和能源；同時還認為最好的利用太陽能的方法是種植植物，效率最高且最省事的是土地放野，隨便它長什麼，關鍵在利用，最沒用的就拿來當柴火，漚沼氣。這個的理念早就被他們的社會所接受，自從石油短缺以來，他們的畜牧業得以極大的發展，遠遠超過了我們的蒙疆地區，不僅在草

373

原地帶，連城市周邊，只要牧草跟得上都飼養牛馬。牛馬不僅可以役使，可以飲乳，最終還可以食肉寢皮，連糞便殘草都用以漚制沼氣。

　　我們曾經去參觀過一個飼有二十萬頭牛的畜牧場，規模雖大，但是效率很低，它的草地長的是改良型的野生豆類作物，植株大產量高，像野草一樣，入土便長，他們稱之為「動力豆」，很少管理，任憑牲畜啃食踐踏，任其自生自滅，豆子成熟了便有收割機來採集，用這種豆榨取的油都用於代替石油，豆萁作為乾草儲存起來，牛群大多數時間都像野牛那樣呈散放狀態。我們還曾經去看過一個小型的畜力發電站，那是一座六層樓的建築，裡面有二十個機組，電機安置的地面以下，每個機組由四十八頭牛驅使貫通六個樓層的中軸來發電，每個層面由八頭牛頭尾相接圍繞中軸像推磨那樣不停地打轉。有趣的是這八頭牛是公母相間，公牛後面跟著母牛，母牛後面跟著公牛，據說是「男女搭配幹活不累」。當地還有一種很像我們過去雲貴地區的馬幫的畜力運輸系統，一個人三條狗管理著四、五十輛馬車，公路上每隔若干路程就有一個馬車調度站，「馬幫」車隊到調度站喂馬、喂狗、換貨櫃，再找個相好的女人過上一夜。他們的「馬幫」不走長路，一般都從事三五百公里以內的短途運輸，貨櫃管理就沿用國際集裝箱管理那一套。如果貨櫃要從東海岸運到西海岸就由無數「馬幫」長途接力，就像從前替楊貴妃運荔枝那樣，想像從飛機上看馬幫，恰如大隊螞蟻搬家，點點續續，來來回回，偶爾也有「螞蟻」對一下觸角，那是馬幫漢子在對火，其效率之低下可想而知。如果從「食肉寢皮」這一點來看，其經濟效益也許並不像我想像的那樣差，我曾和

374

一個皮膚黝黑，穿得像西部牛仔的馬幫漢子聊起過經濟效率的問題，他的回答卻牛頭不對馬嘴，「很自由，很開心的啊。」

無論草原，還是公路兩邊，每隔若干距離便有一個有機物集中處理站，專門收集牲畜的糞便和農作物秸杆，並將其漚制沼氣或將其壓縮後乾餾成「煤氣」。

最有趣的是「休閒能」的利用。當地出產的冰箱、洗衣機和空調等家電產品都有一個「動力輸入」插口，裡面是一個像汽車啟動爪那樣的結構件，當你要使用健身器時，只要將軟軸插到「動力輸入」口，就進入了節能模式，將健身器產生的動力驅動洗衣機、冰箱和空調。對此我們都覺得有點太摳門，這能省下多少電呢？最好笑的是將軟軸插在空調裡，弄得滿頭大汗。

375

「不僅能加強人們的節能意識，還能培養人鍛煉的習慣，」亙庚先生還說，「據消費者協會統計，很多人為了鍛煉去買了健身器，剛買來時就像娶了新媳婦，每天都要騎上幾次，可是幾個星期以後就束之高閣。自從家用電器有了動力輸入口，健身器的利用率普遍提高。現在社區菜園邊上的健身器材都並網發電。」

「這樣人不是活得很累嗎？每做什麼事好像都有一個節能任務。」

「正好相反。玩和幹活的根本區別在於：是你要幹，還是要你幹。我付給你半個 KB 讓你劃一小時船，你一定會嫌工資太低，可是你到公園裡付給人家半個 KB 租一小時的船反倒覺得很便宜。我們這裡的人們都喜歡這種帶有動力輸入口的電器。可惜你們來的日子太短暫，不然參加幾次採集日活動，你就知道

我們這裡玩和勞動是沒有本質區別的。每逢高秋我們這裡的人們都喜歡到田野和山上去郊遊，朋友、同事和鄰居相約，舉家出動。十幾個人，甚至幾十個人組成團隊，租了馬車，穿著粗布的工裝褲浩浩蕩蕩去山上採集野生板栗、蘑菇、或蒼耳子等油料作物的果實，最容易採集到的是枯枝柴草，小孩子們忙著採集他們喜歡的枸杞子、覆盆子和野山楂等野果。一到傍晚，公路上是都是滿載著柴草的馬車和滿臉塵土帶著豐收喜悅的人群。這些東西都可以賣給發電廠和沼氣站，雖然得錢不多，但是他們很滿意，又有玩又有錢，青年男女有時除了滿堆的柴草，還偷偷地帶回了愛情。」

「這我相信，郊遊、採集、露營確實都是很有趣的活動，但是這畢竟是偶爾的活動，不是經常性的勞動，更不可能是一種日常的生活方式。上海也有這樣的人，退休後回到農村老家，買了房子過起土還主義的生活，如果讓整個社會過這樣的日子，那簡直是倒退。」

「是螺旋式地進步。你們通過考察一定已經發現，我們的世界相對於你們，如同老人相對於青年，我們是過來之人，我們的今天就是你們的明天。我們不再爭天奪地，我們不再爭風吃醋。也許你會認為我們不思進取，那是因為你們尚不知天命，還沒有到『無為』的年齡。我們富有，我們安詳，我們睿智，我們對道家的學說簡直是『生而知之』。當你們還在為了什麼而奮鬥的時候，我們卻視之若嬉戲；當你們還如少年『為賦新詩強說愁』的時候，我們『卻道天涼好個秋』；當你們還在為GDP的每一個點數而開足馬力的時候，我們卻視之若稗；當你們還像流行歌手那樣滿台蹦躂使勁地要表現青春活力的時候，

我們已經哲學地思考人生；當你們還像無知的青年那樣，整天忙著唱卡拉 OK，跳迪斯可，趕派對，搞攀岩，毫不心疼地花著父母的血汗錢的時候，我們卻努力節省每一個銅板，思想著全人類的利益和子孫萬代的將來；你們是碌碌而無為，我們是無為無不為；你們像是十五還不志於學的紈綺子弟，我們卻是五十而知天命的哲人……」

「知天命？我們的天命什麼？」

「天人合一，與天地同命運。」

第十六章　黃鼠狼掉進雞窩裡

黃鼠狼掉進雞窩裡....

　　一件小事，一件在你我看來都是微不足道的小事差點毀了我和朋友的友情。有一天，我驟然間覺得家裡氣氛很不對頭，不知發生了什麼事情，互庚先生臉色鉛灰，心情很不好，沒有照例和我們共進晚餐，互庚夫人也沒有像平日那樣向我「拋眉眼」，只是淡淡一笑，老黃懵如丈二金剛。我空隙間悄悄向互庚夫人打探。

　　「如今我也無能為力，你去看看足球二台的重播就知道了。」她慘然一笑，「慷康教授還要過兩天才能來。」

　　我也有點摸不著頭腦了，莫非是互庚先生支持的球隊輸了？我進房打開電視，足球二台正在評論足球新聞，不多時便重播了我們今天去看的「太極」和「極速時空」的比賽片段，

「太極」隊的 202 號球員以很輕快的動作躲開「極速時空」的 101 的快速帶球進攻，似有畏懼撞擊而放棄阻攔的意思，轉身時又輕輕一腳將球從 101 的腳下撥出，傳給了數米外的主攻手 201，動作輕緩連貫一氣呵成⋯⋯，這時鏡頭轉向了觀眾席，我和互庚夫人的正面形象出現在螢幕上，面對這樣精彩的爭球，我們下意識地對視了一下。

　　這時我意識到了事態的嚴重性，來這裡畢竟以有幾個星期了。

　　那天午餐過後，老黃大概多喝了一杯，躺在沙發上呼呼睡去，我甚覺無聊便獨自騎了自行車去兜馬路，路過足球場時正逢「太極」和「極速時空」開賽進場，我便買了一張票，隨著人流進入看臺。球過半場我無意間向右邊看了一眼，恰和互庚夫人的目光對接，她也獨自來看球，就坐在我邊上，因為那天日光太好，我臨時買了一頂長舌帽，她也居然沒有看到我。

　　「YAH！」我主動地招呼她，她也微笑著點了點頭。當時我什麼也沒有注意，事後回想起來她當時好像有一絲尷尬，且下意識地挪了挪身子。我記不得當時說了什麼，好像什麼也沒說。我們按規矩不談論足球，也沒有按規矩「眉來眼去」。那場球踢成平局，散場時她只禮貌地說了一句，「你先走，我洗一下手」，於是各走東西。

　　這種事在我們國內是很平常的小事，發生在這裡卻是非同尋常的大事，就如我們這裡一對偷情男女被人發現在旅館的床上一樣，而且她是我朋友的妻子，平時又「眉來眼去」的。不知怎麼天下事有如此地湊巧，竟被攝像機無意間錄下。在我們這裡人人都差不多的身體是核心隱私，只有在家裡、在澡堂裡可以隨意

穿著，可以赤身裸體；在槐安卻把人的個性和意識形態視作核心隱私，只有在足球場上才可以將自己的個性發揮得淋漓盡致。倘一對男女相約去球場，其關係之密切可想而知。今天就算慷康先生在家，他又能如何平息互庚先生的感情風波呢？

我一夜沒有睡得安穩。這個互庚先生也真是小心眼，我敢起誓，如果我對他的太太有什麼邪念，五雷轟頂！天厭之！

次日我們共進早餐時，互庚先生穿著一件熨得平平整整的套袍，沒有像平日那樣穿著寬鬆的休閒服。兩杯過後，他目光平靜地對著我，很紳士地脫下皮鞋，用鞋跟輕輕地敲打了三下桌子。

天！他要和我決鬥。

380 我可以不應戰，這完全是一場誤會，既然提出了挑戰，正好給了我一個解釋的機會，於是我結結巴巴囉囉嗦嗦地把事情前前後後講了一通。從他們的風俗來看，他喜歡人家仰慕她的太太，從男人的本性來說自然很忌諱太太愛上別的男人。這讓我的解釋變得很蒼白，我不能說我不仰慕他的太太，也不能代替他的太太說她根本看不上我。

「事實勝於雄辯。」他說。

我這訥訥之聲豈是雄辯？我當即也脫下鞋子往桌上敲了一下。

「你可以選擇決鬥形式。」他是個真正的紳士。

「辯論哲學命題。」

「辯論？」他顯得有點吃驚。

「辯論。」

「能不能換個形式？」

「這是決鬥。形式有我選擇，這是你說的。」

「好吧。」他無奈地同意了。後來我們消釋了誤會，辯論更深化了我們的友誼。當我們成了真正的好朋友時，他告訴我他不想和我用辯論的形式進行決鬥的原因，他雖然喜歡和哲學家辯論，也不怕和詭辯家辯論，但是他最怕的是和不懂邏輯，辯論時不斷地轉移中心的人胡攪蠻纏。因為敵人就是你的鏡子，敢和勇士拼搏的也是勇士，對驢爭鳴的也是驢。對驢爭鳴是當地的一個成語，傳說古時候有個附庸風雅的國王和一個著名的學者辯論，正當兩人「一分為二，合二為一」地辯得起勁時旁邊的一頭毛驢昂著脖子嘶鳴起來，「不許叫！」國王對著毛驢說。毛驢又叫了一聲，國王大怒，放大了嗓門喚道「你沒看到我們正在辯論學問嗎？來人！將它砍了！」來人沒弄清事由卻一刀砍掉了學者的腦袋。於是對驢爭鳴的成語就此流傳下來了。

381

慷康先生提前一天回來了，我心頭一喜，大救星來了！馬上將他拉到一邊，剛要說話，他先開了口：「我知道了，互庚夫人給我通了電話，所以我提前回來了。我對她說了，男人間的事情你就不要介入了，讓他們自己解決。」我心涼半截，原指望慷康先生出面斡旋，免去這一場可笑的「決鬥」。慷康先生又說：

「你們來此已將近一個月了，互庚先生是哲學家，又是社會學家，能不理解其中的文化差異嗎？但是，如果你明明看見黃鼠狼是不小心掉進雞窩裡的，你能因此而放它走嗎？」

「怎麼能這樣比喻？即便如此，也要先作無罪推定啊。」

「證據對你不利。法庭上固然有無罪推定之說，但是法律卻建立在每個人都有犯罪的可能性上。況且平時又『眉來眼去』

的，除非你能證明你是不沾腥的貓。」

「那還用我解釋？這是風俗習慣。」

「這裡的真真假假誰說得清？」

黃鼠狼真的掉進雞窩裡了。我有口難辯。

「好在你決定和『關公比大刀』，讓他把你一刀『砍』了，解了他心頭之結。過幾天你也『魂歸中國』吧。」

第一個回合.....

慷康先生做我們公證人，決鬥的所有事項都由他來安排。好在我們的「醜聞」沒有鬧大，決鬥就在家裡進行，也沒有告示讓外人參加。他抱著必勝的信心，我卻不在乎輸贏，畢竟沒有刻骨揪心的愛情，畢竟我不是他們社會中人，且馬上就要離開這個時空域，我所關心的只是如何修復我們間的友情。臨上場時互庚夫人又對我投來勾魂的一瞟，明明知道這是出於尋常的禮貌，卻挑起了我求勝的欲望。

照規矩，我和互庚先生分坐在兩邊的單人沙發上，慷康先生坐在中間的長沙發上，似乎怕我們一言不合而打起來。他的太太則拖過一把籐椅坐在我們的對面，憂鬱的目光沉落在中間的小茶桌上，蹙眉橫結，楚楚動人。那場景像是三堂會審，真正的法官卻是她。其實，更像在演戲，結局早已寫在劇本裡，我是輸定的，即使贏了，我能把他的太太贏過來嗎？大家都心照不宣。老黃藉故沒有來，他怕看決鬥。

慷康先生像平日間聊天那樣開了頭，「昨天我和兩位都作了交流，我認為既然是決鬥，那一定要體現公平，先宣佈一

下決鬥規則，三局為止，末局勝出為勝。我昨晚出了幾個題，供你們辯論。」說著拿出幾個信封和一枚鍍金幣，「硬幣的正面——女王——朝上就由挑戰者互庚先生抽題；反面朝上，就由胡先生抽題。抽題者開局。」說罷將硬幣豎立著旋轉起來，等硬幣落定，女王在上，互庚隨便抽了一隻信封撕開，取出信箋看了一眼，便遞給我，裡面有一個題，「何日方知我是我？」

　　這是什麼意思啊？《水滸傳》裡魯智深圓寂的那一回裡有「今日方知我是我」這一句子，大概是說魯智深臨終時覺悟的意思。如果今天在這裡討論覺悟，這個題就太大了，而且，這個問題沒有標準答案。覺悟是很高深的人生境界，據說即使有佛的教化，要覺悟還得靠自己修行。

　　互庚先生沉思了片刻，說道，「題目來自《水滸傳》裡魯智深圓寂的那一回裡的『今日方知我是我』。句子裡前後兩個『我』顯然不是同一個概念，和『道可道……，名可名……』一樣，同一個詞出現在同一個句子裡居然是兩個完全不同的概念，這就是漢語的缺點，現在我們不討論漢語的缺點。前面一個『我』字屬於代詞，代的是說話者，我們必須給予這個句子中的第二個『我』以明確的定義，並用『自我』命名這個概念，以區別與語法上的作為代詞的『我』。這個句子應該是『何日我才能認識自我？』自我，就是包括物質世界和人類社會的客體世界在我的頭腦裡的鏡像反映，或者說，是一種意識。只有當我意識到世界的存在，我才存在，正如笛卡爾所說，『我思故我在』。可見，自我是相對於物質世界和人類社會而存在的自覺意識，是對立於客體世界的絕對主體。」

　　「你只是給自我下了一個定義，並沒有告訴我何日認識自

383

我。」我說。

「人不可能完全認識客體世界，只要意識到客體世界的存在就表明我已經知道自我的存在了。世界上曾經有過無數的國王，國王權威的大小取決於他所擁有的王國的大小和強弱；同樣，世界上有無數自我，每一個自我的完美與否，取決於這個自我對於客體世界的感知的廣度和認識的深度。我們只有在認識世界的過程中完美自我，我們對世界的認識越深刻，越廣大，那麼我們的『自我』也就越完美；我們對認識世界的慾望越迫切，越強烈，那麼我們的內心也越平靜。我們只有在認識客體世界的同時認識自我；如果我們不關心自然世界和人類社會而只希望獲得心靈的寧靜，那麼他所有的自我意識也只是自閉和自戀而已，就像一條安詳的金魚。佛與信眾的區別即在於此，佛是不斷地追求真理的人，信眾只是希望從佛寫的經書中得到現成的真理；學佛就是要學佛追求真理的科學精神和科學方法，信眾多是唯佛是真，是『唯佛主義』者。盲目地相信傳統，未加思索地相信經傳的真理就是迷信。絕大多數信眾不能成佛的道理也在於此。認識世界的過程就是認識自我的人生過程，我們唯由此道循入自由人生。從『何日方知我是我？』的句型上來看是疑問句，從字面上來看，問題是『何日』，其實這是句感歎句，這『何日』是沒有人能回答的，句子的本意是『我怎樣才能認識這個世界啊』。」

我問道：「人雖然不可能徹底地認識自然世界，但是我們的認識確實是在不斷地逼近自然世界的真理。但是，我認為我們根本就不可能客觀和公正，人是一切社會關係的總和，而各種社會關係中最根本的是人際的利害關係和感情關係，這兩個

巨大的『引力場』難道不會影響我們對人類社會的觀察和認識嗎？我們能夠得到真理嗎？社會科學具有客觀性嗎？」

「說得好。作為學者，我以我的學術良心保證，我儘量地做到客觀地，公正地評判社會。但事實上完全脫離社會的人是不存在的，即使有，比如狼孩，也不能算作人，因為它不符合人的定義，人的定義是一切社會關係的總和。我是社會中的一員，我的意識必然地被打上了文化的烙印，必然地具有自己的價值觀和是非觀，而且我的觀察座標必然地以自己為中心，所以我的立場是不可能公正的，我的觀點是不可能客觀的，我的價值觀和是非觀必然影響觀察結果和評判結論。這就是所謂的人文科學中的測不准定律。測不準不等於不可知。你們看，馬克思在描述商品交易時的立場是多麼地公正，做學問的態度是多麼地嚴謹，可是一講到『作為商品的勞動』的時候，他感情的天平毫不掩飾地傾向到無產者一邊，但這絲毫不影響他的理論的科學性，甚至可以說，這正是他的學說的科學性所在。以人為本是一切人文科學的核心價值，也是一切人文科學的交匯點，所有的人文科學都可以在這裡找到共同語言。凡是不能以人為本，凡是不能立足於絕大多數人利益這個核心價值上的所謂『社會科學』都是偽科學。」

「你是哲學家，你可以這樣來看待自我，你甚至可以引用你師祖蘇格拉底的話說『沒有經過審察的人生沒有價值』。可是世界上更多的人不是哲學家，不必說工人、農民，就連很多科學家都未必從你所定義的自我，從人生的角度來考察自身的價值，那麼他們的人生是不是都沒有價值？」我說道。

「不要轉移論題，不要混淆認識自我和審察人生，這是兩

個不同的命題。關於人生價值問題偏離了今天的辯題，要求公證人示斷。」互庚先生提出。

「胡先生辯詞無效。」

「回到本題，」互庚先生接著回答我的問題，「無論何人，一人一世界，工人、農民和科學家們在工作實踐和科學研究中有著我所不知的世界。討論自我，就是討論自己對自我的認知，而不是與他人比較世界的大小。蓬雀安知鴻鵠之志？我安知他人世界之大小？

「就我而言，我雖為世界之主體，相對於人類，滄海之一粟；相對於宇宙，僅一塵埃而已。從物質的角度來看，我是渺小的；然而，我卻因渺小而偉大，我的偉大盡體現在我是對立於物質世界和人類社會的主體這一層面上。浩瀚的宇宙，瑰麗的自然，芸芸的眾生，悠悠的歷史，先進的科技，繁榮的藝術，厚重的文化，都化作無形的意識，在我的腦膜上得以成像。我這顆宇宙的塵埃就是一張宇宙和人類文化的照片。當你在讚美自然景色的時候，你能不為自己的成功的攝影之作而驕傲？一張照片不能包容自然，但它往往選取了最美的景色。假設世界上有一架完美的照相機，它可以攝下宇宙星空，可以攝下分子結構，可以攝下人間美醜，無論它怎樣完美，都有一個無法避免的『缺陷』，那就是它不能攝進它自己。而我，卻能在理解物理世界，理解人類社會的同時理解自己的心靈世界；為了認識自我，我們不得不抱著執著的態度去認識自然世界和人類社會；一個完美的自我，就是不斷地追求對自然界，對人類社會，對自己的心靈世界認識的自覺意識。」

「互庚先生勝出。第二個回合胡先生開局。」慷康先生判出。

第二個回合.....

　　討論這種問題確實很困難，我絕對不是他的對手，靈機一動，忽然想到，既然只是一種意識，而且各人對客觀世界的認識是不一樣的，曾有「一人一世界」的說法，那麼人的意識會不會就如同精神分裂症患者那樣的幻覺，我就說：

　　「你認為自我就是一種自覺意識。那麼，我是否可以認為這個世界並不存在，或者說，我無法證明這個世界是否真實存在的，也許我所感覺到的世界只是我的頭腦裡的意識而已……」

　　「不要篡改我的話。自我是相對於物質世界和人類社會而存在的自覺意識，是對立於客體世界的主體，物質世界的存在是前提。你是說，這個世界的存在僅僅是你的意識，或者說，是你創作了一切，就像一個作家創作了一部神話故事，連創造萬物的上帝也只是故事裡的一個人物。就算是這樣，那麼你就是真正創造世界的上帝，尊敬的『上帝先生』，你創造的世界太完美了。為了創造你自己，你沒忘記先創造你的母親。我是不是可以這樣認為：你自身的形體和所有的物質也並不真實的存在，或者說，也只存在於你的夢境般的意識裡？由於這世界完全只存在於你的頭腦，沒有外在的參照物，連你的身體、頭腦也只是你的臆想，而不是確實存在的，所以無法證實，也無法證偽你的『學說』，所以，這種『學說』毫無意義。就算你『建立的系統』能成立，那麼在你的系統裡已經有唯物和唯心的矛盾，也要討論物質和意識的關係……，我們所討論一切的科學問題和社會問題在你的系統裡也要討論，我們已經認識的一切規律在你的系統裡同樣適用。天哪！『上帝先生』。我從來沒

387

有遇到過像你那樣徹底的唯心主義者。」亙庚教授說。

無語，因為我明知道有點強詞奪理。

「我剛才說了，自我是對立於物質世界和人類社會的主體，是相對於客體世界而存在的自覺意識，是物質世界和人類社會的鏡像反映。」亙庚教授調轉話題又說，「一個優秀的攝影家一輩子就是尋找最美的景色，一個美麗的人生就是要終身尋求真理。然而『最美』是一個價值判斷，只在有限範圍內相比較而體現，然而，每個人的自覺意識都是無限的，只要我們今天活著，就還有明天，我們就不能說已經找到最美的東西，也許明天還能找到更美的。你們中國的周國平先生就說過，『我死了』是世界上字數最少，語法結構最為簡單的悖論，所以當我們尋找到最美的東西時，意味著我們的人生已經結束了，所以在人生的範圍裡，『最美』也是一個悖論；一個人一旦『得到了』真理，同樣意味著我們的人生已經結束了。古人云：『朝聞道，夕可死矣』，其實『既聞道，即已死矣』。人生無論終結在哪裡，都要像一個畫家長眠在他的工作室裡，手上拿著畫筆，身上沾著油彩；畫桌上到處都是草稿、速寫，他一輩子在追尋著少年時的夢想；牆上、走廊裡掛滿了他的作品，哪怕都得過世界美術大獎，可是沒有一幅是他完全滿意的，他確信最完美的一幅還在他的畫架上，還在他的構思裡……。這樣的人生才是美麗的人生，這樣的人生才是有價值的人生。同樣，只有一輩子追求年輕時的理想的人生才是有價值的人生。」亙庚先生用朗誦般的語調結束了他的辯辭。

我注意到他的太太眉結已經舒展，美麗的眼睛裡亮出一線敬仰。忽然想到，她平日間常常調侃、嘲弄他的哲學，其實不是蔑視，而是一種表達敬仰的方式，如同我們倘有個朋友是拳

388

擊家，我們一定會有意無意地在他堅實的肌肉上打上幾拳，還會對他說，「小心請你吃拳頭」。說實話，我很感動，我覺得他像一個追逐地平線的長跑者，是一個充滿朝氣的理想主義者。無論怎樣地敬佩，無論怎樣地感動都必須藏在心裡，今天我們是論敵，我應該爭取贏，如同親兄弟下棋，要一步不讓。友誼第一也不應該故意輸球。

　　「你偏題了，剛才你還指謫我將話題偏離到人生價值問題上去，你最後一段就是談論人生價值的。要求公證人示斷。」

　　「探討人生價值是認識自我的一個重要手段，審察人生價值是人生永久的主題，人生的價值只有在經常的對人生的審察上體現出來，如同一塊掛在腰間的寶玉，不時拿來揣摩，感受它的色面和滋潤帶給我們的心理層面上的愉悅感，這時它才是『寶』，如果我們過分地探究寶玉的實質，就會發現那只是一塊普通的角輝石而已，除了揣摩，沒有任何實際用處，哪一天我們『看透了這塊寶玉』，不再天天揣摩了，我們也就失去了樂趣，這塊『寶玉』也失去了價值。同樣，人生的價值是人生中永久的問題，須得常常捫心自問，常常揣摩，人生才有價值，一旦這個問題有了『明確的答案』，或者說看破紅塵了，人生就將失去所有的期盼和追求。有人因看破紅塵而遁入空門，他馬上就會發現空門不空，和尚們照樣尋求功名利祿，但是，真正的大和尚探討人生價值的執著精神遠甚於我們。人生的本質是追求快樂，其意義在於追求，而不是快樂本身，到了手的快樂並不如原先想像的那樣快樂；而失去期盼和沒有追求的人並不是人們所說的超脫，他的處境將是絕望地及時行樂。不停追求真理的人才是真正的超脫。你指謫我偏離話題，須知討論問題有個邏輯的演繹過程，如果老師在給你上課講授做加法問題

389

時，你卻提問關於乘法問題，那麼這堂課怎麼上？」

面對這樣的回答我有點啞口。

第三個回合••••↗

和哲學家辯論哲學問題，無論你有多少哲學常識，無論你懂不懂邏輯規則，結果是一樣的，就像和關公比大刀，無論你懂不懂刀法結果也是一樣的。要戰勝關公，不要試圖用大刀去砍他的頭，逃得越遠越好，用箭射他，只要射中，哪怕只是射在手臂上，無論他多麼地堅強，無論他怎樣地裝出個滿不在乎的樣子，豆大的汗珠一定會冒出來。我便說：

390

「你的心中的世界是那樣地廣闊，而你，如你所說，只是『滄海一粟』，那麼你的太太在這個世界上也不過是滄海一粟，你為什麼願意為了這個『滄海一粟』而和我決鬥？如果我選擇和你鬥槍法，你甚至有可能面臨普希金那樣的結果，那不是『因渺小而失去偉大』？你為了她而決鬥，萬一你失去了生命，這意味著你不僅失去了你心中的世界，不僅否定了你的哲學理念，還失去了你的全部人生意義和你美麗的夫人，同時你將無限的痛苦作為遺產留給你所愛的太太。怎麼來解釋你的行為？」

他一下子啞口了，沉思了片刻，木訥地說，「我不能失去她，也不能失去尊嚴。」忽然，他抬起頭，紅著眼睛求饒般地對他的太太說道，「對不起，親愛的，我輸了。為了你，我願意放棄真理。我承認，沒有愛和被愛的人生沒有價值。」

「不，你贏了！」他的太太也感動得紅了眼睛，「一看你的痛苦我就知道你很愛我；你願意為了我而決鬥，我真的很過

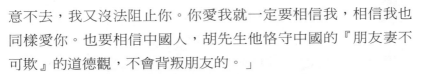

意不去，我又沒法阻止你。你愛我就一定要相信我，相信我也同樣愛你。也要相信中國人，胡先生他恪守中國的『朋友妻不可欺』的道德觀，不會背叛朋友的。」

　　如果我是他真正的情敵也許會在這個時刻再踹上致命的一腳，我只要說「作為蘇格拉底的學孫怎麼可以輕易放棄『沒有經過審察的人生沒有價值』的教條？」就能致他於死地，不但失去了太太，還摧毀了他的人生觀。其時我內心的感動更甚於他們，一個如此執著追求真理，邏輯如此嚴謹的哲學家，為了愛情甚至願意放棄生命；在決定勝負的時刻他毅然認輸，這需要多大的勇氣？承受著多大的痛苦？『為了你，我願意放棄真理』，認輸恰恰是對邏輯規則的服從，他並沒有放棄真理。面對真理和愛情的選擇，他抱熊掌而求魚，人生之痛苦與無奈莫過於此。

391

　　「我『知道』了，我『知道』了！」他恍然眼光一亮，欣喜地跳了起來，就像阿基米德從浴缸裡跳出，「經常審察人生和享受愛和被愛的人生才是一個完美人生，才有活下去的價值。」槐安人的語言裡「知道」有兩重意思，除了和我們一樣的表示「明白」或是「曉得」的意思外，還有「得道」的意思，「知道」就是尋到了真理。後來他對我說，「人，是一切社會關係的總和，愛和被愛是一切社會關係的核心，沒有愛和被愛的『人』不符合人的定義。」

　　我們消釋了誤會，辯論更深化了我們的友誼，我喜歡聽他講述一些不著邊際的哲學話題，他也很喜歡和我聊天，說我很機智。他告訴我：

　　「在辯論時，我原本還可以從很多角度來討論關於『自我』

的問題，任何事物總是兩個對立方面相輔相成的，我能把這個問題講清楚，至少能回答你所有的質疑，雖然要化上不少口舌。你很機智，讓我陷於矛盾的境地，你是怎樣想到這樣的辯詞的？」

「我很欣賞那天你說的話，與其說是一個哲學家對自我問題的闡述，更不如說是一個詩人對美麗人生的熱情洋溢的讚頌，你用了詩歌般的語言來談論枯燥的哲學，『浩瀚的宇宙，瑰麗的自然，芸芸的眾生，悠悠的歷史，先進的科技，繁榮的藝術，厚重的文化，都化作無形的意識……』，如果換作別的場合，我會為你鼓掌。但是那天是辯論，我必須贏，我不能不講邏輯，但是我又不能跟著你的邏輯走……」

「『春秋邏輯』，那是諸子百家常用的辯論方法。攻其一點，不及其餘；不講邏輯，只爭輸贏。」

「『春秋邏輯』？我從來沒有聽說過。我只是想贏，我們中國老百姓有一句俗話，『打架要打最後一拳，吵架要罵最後一句』，我只是想我怎樣說上最後一句。」

「天！我真不知道該怎樣來形容你，一個機智的中國人，還是狡猾的中國人，」最後，他在紙上寫下了一句很古怪的網路語言，「Ｉ４了Ｕ。」

「Ｉ４了Ｕ？什麼意思？」

「我服了你啊！」

哈哈哈哈，我們相視大笑起來。不打不成相識，我們成了真正的好朋友，他的太太依然和我「眉來眼去」。後來他給我來過許多信。可是因為忙，僅回過他一封信，還不知道他收到沒有。

第十七章　　意外的驚喜

「五七將近」⋯⋯

　　已經是當地時間 1 月 24 日，時間之窗又將打開，我們這次意外的旅行行將結束。這天，我和老黃談到一種憂慮，飛機一個多月沒有音訊，只怕回到家裡已是靈台高築，在準備做「五七」了。據迷信的說法，人剛死去時，他的靈魂還凝聚不散到處遊蕩，甚至還不曾意識到自己已經死去，然「五七」這天他還要回家一次，此後便魂歸西天。或許飛機已經失事，我們正在死去的「途中」，如果真是這樣，死倒並不是件很可怕的事，同時也證明，做個好人是值得的，這裡不正是天堂麼？我也不必為推翻我的世界觀而煩惱，「時空差異」，多麼美妙的遁詞！只是有點傷感，將和家人永久地分離，這次回去一定好好地看看。聽我如此說，互庚夫人頓時笑得花枝亂顫，說道：

　　「你太有才了！人家能把死的說成活的，你卻能把活的說

成死的。你的哲學也學到家了，和互庚一起再待上幾天你一定也能成為哲學家，他活得好好的卻老是喜歡談死的事，你已經『死』了卻要回去看看。」

「一根舌頭兩個尖，一句閒話傷兩個人。你看厲害不厲害？」互庚先生笑道。

「兩個尖？什麼意思？『……，黃蜂尾上針，兩者皆猶可，……』還有呢？你說下去。」她指著她的先生笑盈盈地說，「你敢把後面一句說出來，看我不撕爛你的嘴！」

互庚先生笑而不答，稍待片刻便將話題轉回過來：「說實話，我倒真是很希望我們是碰到『鬼』了，如果真是這樣，人生太美妙，生生死死只是在不同的時空裡穿來穿去。碰到你，我也算三生有幸了。」

394

最後幾天我們是掰著手指過的。這天，手機傳來短信，「請注意返程日期，時空邊境管理局將送達書面離境通知。如果在24小時內沒有收到書面通知，請及時來電查詢。」果不多時，外面傳來一陣沙啞啞的鈴聲，馬蹄得得白綾翻飛，一個穿著黃緞「高」字背心的快遞員策馬而來。「黃衣使者白衫兒」，腦子裡立現這樣的句子。快遞員扯轡勒嚼利索地翻身下馬，氣喘噓噓地呼道，「黃崇山、胡靜波兩位安在？」說話間從懷揣裡摸出三份沾著雞毛的急件，一份是給慷康先生的，慷康先生不在，互庚夫人代簽了；而送給我們兩人的一定要我們本人按指紋簽收，文件是時空邊境管理局和機長聯合簽發的，通知我們必須提前一天到機場集中。急件收畢，快遞員又從馬褡裡掏出三只用草窩子包裝得像沱茶那樣的熱饅頭，那是高老莊快遞公司隨信贈送的。

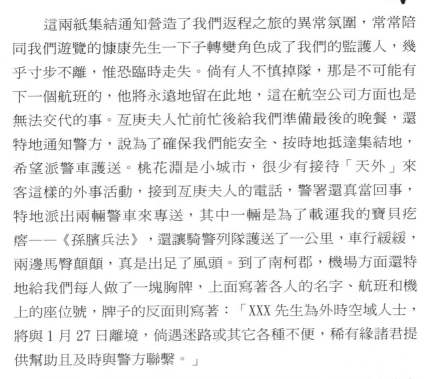

　　這兩紙集結通知營造了我們返程之旅的異常氛圍，常常陪同我們遊覽的慷康先生一下子轉變角色成了我們的監護人，幾乎寸步不離，惟恐臨時走失。倘有人不慎掉隊，那是不可能有下一個航班的，他將永遠地留在此地，這在航空公司方面也是無法交代的事。互庚夫人忙前忙後給我們準備最後的晚餐，還特地通知警方，說為了確保我們能安全、按時地抵達集結地，希望派警車護送。桃花淵是小城市，很少有接待「天外」來客這樣的外事活動，接到互庚夫人的電話，警署還真當回事，特地派出兩輛警車來專送，其中一輛是為了載運我的寶貝疙瘩——《孫臏兵法》，還讓騎警列隊護送了一公里，車行緩緩，兩邊馬臀顛顛，真是出足了風頭。到了南柯郡，機場方面還特地給我們每人做了一塊胸牌，上面寫著各人的名字、航班和機上的座位號，牌子的反面則寫著：「XXX先生為外時空域人士，將與1月27日離境，倘遇迷路或其它各種不便，稀有緣諸君提供幫助且及時與警方聯繫。」

395

　　我們一到南柯郡就被安置在機場的賓館裡，然後派大客車送我們去市區遊覽，怕有人走失，我們不能再分散活動，成群結隊像鴨子那樣，路上的行人都用好奇的眼光看著我們。雖然已經「五七」，我對這個世界依然充滿好奇，它無時不刻給我展示新鮮事物，這麼多日子來我們一直沒有在夜間坐車出行過，這天晚上我們從機場出來進市區觀光，路上又有了新的發現，該國的汽車外觀和我們的汽車差不多，前面一般都有四隻大燈，晚上轉彎時它的「特異功能」就顯現出來了，外側兩盞燈會像眼球一樣隨方向盤轉動，車頭還沒轉過去「眼球」已經轉過去了，這樣轉彎就沒有暗角。南柯郡的封閉型汽車道上沒有路燈

杆，路燈像舞臺足光那樣，裝在防沖牆上離地面一尺高的地方，路面照得刷白，卻看不見刺眼的燈泡。

三摞饅頭・・・・・

　　我們只是待了一個多月的冬天，如果換個季節我們一定還能看到更多的新鮮。這個世界充滿了新奇，我很想帶點紀念品回去，讓家人同享，但是這裡的日常用品都非常昂貴，沒有廉價的一次性用品，無論鋼筆、手錶，甚至打火機都是手工精心製作，都是準備使用一輩子的，不是我輩所能購買，三逛兩轉逛走進一家刀剪專賣店，看到一把剪刀，一把很普通的小剪刀，看上去很稱手，精緻且很有質美感，便要求營業員拿出來看看，那位營業員是個二十多歲的年輕人，很仔細地量了一下我的手掌和手指，便挑了一把遞給我，接過剪刀頓時有一種愛不釋手的感覺，價格很貴，80KB，合人民幣 800 元，隨手拿起營業員遞給我的幾塊碎布試著剪了幾下，頓時產生一種不可名狀的快感，不是指鋒利的「快」，而是爽快、痛快的那種感覺。價格是貴了點，我還是決定買下來，來此不易，當不虛此行，多少帶點紀念品回去。回家以後這種快感還鬧出了笑話，我女婿是在南非開針織廠的，家裡的抹布、擦地布都是工廠裡帶回來的零布碎料，我就拿抹布試著剪刀，盡興享受著裂帛之快，結果家裡所有的抹布、擦地布都剪成了碎屑，當我無意間要對窗簾下手的時候被我老婆一把奪下剪刀，「你發神經病啦？」當她拿過剪刀時，隨手空剪幾下，立馬在一片餐巾紙上剪了幾刀，隨後也愛不釋手地亂剪起來，見紙剪紙見布剪布……，我一回

頭看到床單已經被她剪出一道長長的口子，「你？」「啊！喔，你的神經病傳染給我了。」她自我解嘲地說，心疼地看著被剪破的床單。

我去我還想買點土特產帶回去，若論土特產，我以為首選必是饅頭，其特色遠不是味道兩字所能含蓋，它飽含了槐安的核心文化。我們走過高老莊門店時我便近去內行地對師傅說：

「給我來三摞，要『上品上』。紮緊一點，我可是要帶出時空域的。」

後半句是廢話，饅頭師手裡出的活從來都是一絲不苟的，我只是想露一露我是另一時空域來的，見多識廣呢。

「好」他很謙和地應道，「可是抱歉得很，我的功力不到，做不出『上品上』，能達到『上品中』的也只有五個了，還有九個只能是『中品上』了。」

「可以。」其實我哪裡有這樣好的品味能力。

他拿出一塊手帕大小的草墊子，三三見方鋪上九個，上面又騎了四個，頂上再壓一個。這一比，「上品中」和「中品上」果然不一樣，俗話說得好，不怕不識貨，只怕貨比貨。然後罩上一隻金字塔狀的草編的罩子，四邊草繩抽緊，很是堅牢，樣子很像茅草屋頂。頂尖上有一草攀，拎在手上確有異國他鄉的風味。老黃看得心動，便說，「我也來一摞吧。」饅頭師愣了一下，我隨即賣弄起來，對饅頭師說：「他也要三摞。」

趁饅頭師在包紮的當口，我便對老黃說：

「這『摞』是很特別的記數單位，是一層的意思。『兩摞』

397

就是四隻上面壓上一個；『三摞』就是九個上面摞四個，頂上再放一個，一共十四個；『四摞』就是三十個。饅頭通常他們不買『四摞』……」

「為什麼？」

「《倫理》上說，『乞不圖二，食不足三，祭不用四』，這裡的『二、三』是指兩個、三個，『四』是指四摞。傳說赤炎王用五摞饅頭祭祀祖宗，當即有大臣上諫，『先賢曰，厚養薄葬，重敬輕祭。王以五摞祭祖，眾必效之，日久民風奢靡，不利國家。臣以為，事親當養在厚，敬在上，祭在心。祖宗已去，當時刻紀念而不在饅頭多寡。」

「我怎麼不知道啊？還有這個講究。」

「那次你正和女警聊得絜勁呢。」我說。那天我們一起出來恍惚間有點吃不准方向，我就到路邊的饅頭店問路，恰有人來買三摞饅頭，於是我就和饅頭師聊起了關於饅頭的知識，而他則趁機向兩個女警「問路」，問著問著就賴著不走了。和漂亮女人講話，即使最平白的話題也能聊出無限的趣味。

被我一言道破，他便哈哈大笑著替自己解了嘲：「『君子好色而不淫』，故不淫而好色者都是君子呢。」

「孔子之大不幸也，竟被如此曲解。」

「也不盡然，他老人家也常常前言不搭後語，一說『有教無類』，又說『民可使由之，不可使知之』。且看人家的『乞不圖二，食不足三，祭不用四』，大夫之上，九流之下，普天下人眾無不受其教誨。」老黃說。

意外的驚喜.....

　　次日，我們進入候機室後再次集結對號，然後在軍樂隊的《何日君再來》的演奏聲中我們排著不甚整齊的隊伍緩緩走出候機室，進飛機的通道一邊筆挺地列著一隊身著米黃色嘩嘰工裝的工人，我一眼就從佇列中認出第一天和我同車的那個技師翔祥，他也看到我了，我們微微點頭招呼。他們站直了身體一一向大家行禮報告：

　　「技師翔祥向大家保證，客機的發動機技術狀況良好！」

　　「技師 XX 向大家保證，襟翼和尾翼技術狀況良好！」

　　「技師 XX 向大家保證，電氣控制系統技術狀況良好！」

　　「技師 XX 向大家保證，……！」

　　儀式過後翔祥先生和我握手道別：「有機會再來。飛機很好，我親自檢查的發動機。」

　　「油是我親自加滿的，放心好了。」一個十七八歲的小夥子見我看了他一眼，大方地伸過手來和我握了一下。

　　我心頭油然升起一種莫名的感動，加油本來就是極普通的工作，一個嘴上無毛的年輕人居然自信地挺著胸說「我親自……」，乾淨筆挺的工裝扣得整整齊齊，處處體現出一絲不苟的態度。我忽然注意到他胸前掛著一枚四級饅頭師的證章，便問：

　　「四級？你學了幾年？」

　　「我爸是二級饅頭師，我會吃饅頭開始就跟他學饅頭了。」他有點靦腆，毛絨絨的上唇顯露出他的稚嫩，「不過高老莊沒

399

去過，過幾年我想把三級饅頭師考出來。」話音裡露出一絲遺憾。

「你做得很好。」

「不足道，不足道呢。」他有點靦腆。他們的所謂「不足道」和我們的意思差不多，但並非如我們通常所謂的「不值得一提」的意思，而是「我做得還不夠好，還沒有達到道的境界呢」。

我想拍他的肩，忽然自覺幾分虛弱，我憑什麼去勉勵他，年齡？我深深地被感動，簡直要流淚，這是什麼樣的民族啊！技無不精，藝無不工，學無不通，事無不認真，人無不自信！我們又一次握手，我能從他的手裡感受到他的熱情和認真，我希望他能感受到我對他的欽佩和勉勵。

起飛前，機長用他那很渾厚的男中音對這次特殊的飛行作了些許介紹，據老黃翻譯，他說這次跨時空飛行將由槐安國家時空邊境管理局指揮，並派戰鬥機引導。

果然，飛機一升空大家就注意到有一紅一藍兩架戰鬥機緊緊追了上來，迅速衝到我們前面，閃爍著一紅一藍兩盞尾燈為我們導航。飛機緩緩地爬升，地面上的房子、街道、城市慢慢地變小，後退，漸漸逝去。無意間飛機又鑽進了雲層，一片陰霾，一片混沌。我靜下心想來仔細體味穿越時空時的感覺，看了看錶，時針又開始亂轉。機艙裡靜得出奇，誰也不說話，只有發動機輕微的嗡嗡聲，從我一側舷窗看出去，前面有一盞導航機的紅色尾燈還在閃爍……

我下意識地念起了那句被譯成好多種文字，被全世界無數人念了無數遍的古老的阿拉伯咒語，「胡麻，胡麻，把門開開」。

　　這時機艙的喇叭又響了，傳來空姐的聲音，說是飛機馬上就要穿越時空線，請大家檢查一下安全帶。

　　「準備完畢！」喇叭裡隱隱傳來機長渾厚的聲音，好像是在和導航機對話，「十，九……」

　　「八，七，六……」，全體旅客用漢、英、俄、德、法、日、西班牙和我所不知道的各種語言齊聲進行著倒記時讀數，就像世界末日的來臨，「四，三，二，Ye!——」大家不約而同地伸出一個「V」字，齊聲歡呼起來。

　　只見前面兩架戰鬥機唰地調了個頭，在我的感覺裡它們好像來了個緊急煞車，一瞬間就消失得無影無蹤。飛機鑽出「雲層」，剎那間陽光燦爛，海天一片藍色。喇叭裡又傳來機長的聲音：

401

　　「尊敬的旅客們，我們此刻應該共同慶賀我們再次安全地穿越了時空線。此刻我可以告訴諸位，我們已經完全脫險，我以我從業二十五年的老機長的資格向大家保證，我們將安全地完成整個旅程。穿越時空線是航空駕駛上最無經驗的科目，只有在特定的不到二十秒（60/л）的時間內穿越一百米寬的切變空間才能安全完成飛行科目。槐安國家航空管理局從 1940 年至今一共觀察到我們時空域有十八架各類飛機因誤闖時空線機身被切割而失事……」

　　喔！——機艙裡一片喧嘩。無知則無畏，而我卻連後怕也沒有，坐這樣的大飛機確實有安全感，且南柯郡機場方面安排的戰鬥機導航使我有一種貴賓的感覺。

　　飛機在藍色的海和藍色的天空中緩緩穿行，我看比公共汽車快不了多少，窗外全無一點景色，甚覺乏味，看看手錶還不

到九點，心情一放鬆瞌睡順勢襲來，大概是昨夜過於興奮，這一覺竟是十分沉著，直到空姐來分發饅頭方才醒來，倘不看見這饅頭，這一切全然是在做夢。飛機快要降落了，喇叭裡傳來空姐的聲音，無非是繫上安全帶之類，我並不在意老黃的翻譯，當大家一片欣喜地「呵——」起來的時候，我才知道空姐說，機長已經和機場方面聯繫過了，將送我們一個意外的驚喜。免費？！由於旅行的意外，航空公司給予補償？我馬上想到了「免費」，作為中國人最高興的事情就是不要錢。

飛機降落了，從解開安全帶開始我們一切依著空姐的指導，平靜有序地取隨身行李，下飛機，一直到走出候機室，大家心存疑惑面面相視，剛才說得好好的「意外的驚喜」始終沒有再提起過，哪怕只送一隻鑰匙圈也得出來說一聲啊。

402

忽然，遠遠似有人叫我，抬頭看去，我一陣驚喜，竟是我只在照片上見過的女婿，高高搖晃著一塊寫著「歡迎」的牌子，剛才還在想怎樣和家裡打電話呢。

「她們好嗎？」

「莉莉很順利，今天剛生了個女兒。媽媽不能來。」

「你怎麼知道我今天到？」我忽然想到。

「你不是打電話來的嗎？今天航班很準，一分鐘也沒脫。」

哦，航空公司想得真周到，真是意外的驚喜。

我們取出行李放進後背廂，這時他注意到我手裡拎著的「金字塔」，便問：

「這是什麼？」

「饅頭，槐安的特產。回頭你吃過就知道了。」我知道他

是北方人，對麵食一定很有品味。

「這個包裝很有意思，很久沒有吃國內的東西了。好幾年沒有回國，一看到饅頭就想家。」

「這可是槐安的特產。」

「嗯。『槐安』在上海很有名嗎？」

「槐安不是上海的。」這時我忽然悟到了一個很重要問題，這個電話是誰打的，電話是怎麼對他說的，飛機三十六天沒消息他怎麼沒有一點好奇心，便問道，「是誰通知家裡說我今天到？」

「你啊，」他似乎也覺察到什麼不對頭，用很驚異的眼光看著我，「你？我不會接錯人吧？」

「你不是朱堅強？」我並不懷疑我的眼光，人沒見過，照片決不至於搞錯。

「我是，」他定下神來說，「可是剛才怎麼老是覺得好像什麼地方不對勁？現在我想起來了，是媽媽接的電話，然後我聽，現在你居然問我『你怎麼知道我今天到』，『是誰通知家裡說我今天到』？」

「難道飛機開這麼多日子你不覺得反常？」

「開這麼多日子？」

「今天幾號？」

「1 月 27 日。」

「不是 3 月 5 日？」

「怎麼會 3 月 5 日？」他很驚異。

　　我頓時高興得拍了一下巴掌，把他嚇了一跳。真是意外的驚喜，這 36 天白活了！也就是說老天白白送我陽壽 36 天，當有一天在我的追悼會上說享年多少多少的時候這 36 天是不包括在內的。於是我把飛機偶闖時空線，我們誤入槐安國的經過細細道來，驚得他目瞪口呆。一路上，乃至後來的兩三天裡我們家中的話題幾乎都是槐安見聞，只有新來人間的小丫丫的啼叫才能打斷我們的說話。我妻子對我的旅行故事很抱懷疑，好幾次打斷我的話，說：

　　「你啊，好去編書了。我寧可相信你已經發神經病也不會相信有這種事體。」

　　「這饅頭你已經吃過啦，上海有這樣的東西嗎？」

404

　　「上海沒有饅頭嗎⋯⋯」

　　「不，媽媽。這饅頭確實不一樣，」我女婿打斷了她的話，「北方人也做不到這樣好，說實話，我從來沒有吃到過這樣好的饅頭。」

　　「你下趟到上海來，我帶你到城隍廟去吃南翔小籠，上海什麼好吃的東西沒有？」

　　當機場方面將我托運的那套「簡裝」版《孫臏兵法》送來的時候，他們更確信我所說的經歷，並鼓勵我將此經歷寫成書。女婿說得對，這個世界就是競爭的世界，你不寫，別人寫，同機所有的人都在寫，就看誰人下手快，猶如我們做服裝生意的，時尚相對於流行，恰如七寸相對於全蛇，商機的價值全在領先一步，你不搶先報導，槐安的故事一旦流行，你就再次進入下崗群體。

　　被他這一說我真的夜不能寐了，活了五十多年第一次產生了競爭意識，什麼「居下不爭和為上」，什麼「以靜制動意在遠」，全扔到腦後。一萬年太久，只爭朝夕！我半夜兩點鐘就起來動筆，將我妻子驚動，「作啥？作啥？你真的發神經病啦？」聊天容易作文難，千言萬語竟不知從何說起，一連寫了幾個題目，《非典型天方夜譚》？《非天方夜譚》？《我的理想國》？終於一字無成，復又躺下睡覺。次日女婿看見這張紙便說，不要先考慮題目，不要先考慮體裁，什麼也不要考慮，你將經歷一一說來，我來替你記錄，然後再作整理。

　　在兩個後生的幫助下，書稿終於完成了，但是我很不自信。曾聽一位翻譯家說過：翻譯不是簡單地將一句句的話從一種語言變換成另一種語言，翻譯是兩種文化的溝通，一個好的翻譯家必須熟悉兩種文化。我雖然不懂任何外語，卻很同意他的話，我和外國人有過幾次工作上的交流，靠著英語講得爛熟的女孩子們的翻譯，工作都能順利榫合，可惜全部都是「點頭 YES 搖頭 NO，『來』叫 COME『去』讀 GO 」這樣的對應直譯，全然沒有情趣和情感，全然沒有潛臺詞的理解和領略雙關語的妙趣，更沒有人情的溝通。和生生大活人接觸的感覺居然不如讀巴爾扎克的，雨果的，或司湯達的小說，這便是不同翻譯者對兩種文化的瞭解的層次差別。

　　我不是吃文化飯的人，只是在中國活了幾十年，對中國文化實在是說不出個一二三。聽人說，有人的地方就有文化。我卻認為文化是比出來的，就如一個生活在北極圈的愛斯基摩人，只怕一輩子也不會知道熱是什麼感覺，一輩子也不會知道熱和溫暖有什麼區別，倘將他帶到赤道過上幾天，馬上就會知道熱

405

是多麼地可怕，可愛的太陽是多麼地可惡，而且馬上就理解了涼快和寒冷的區別；我敢說，他一旦回到北極的家裡，每天的中心話題就是冷、熱、溫暖和涼快。這就是我——一個不懂文化的人滿本子談文化的原因。

　　雖然槐安和中國同用漢字，語法也完全一樣，用漢語來描述所見所聞和當地的風土人情看上去是沒有問題的，由於兩個被時空線所隔離的民族間必然地存在著巨大的文化差異，所以在引用當地人們的言語時其實帶有翻譯性質的，難免有我的曲解，尤其是很多「主義」，名詞和我們這裡的「主義」幾乎完全一樣，其內容卻風牛馬不相關，眾所周知，幾乎所有的「主義」背後都有一本，甚至很多本厚厚的專著予以學術支持，我不知道這本小冊子會不會由於先入為主的原因給將來進一步的文化交流造成不良影響。一個人在短短的三十幾天裡是不可能真正瞭解一個古老民族的文化的，倘有錯也在所難免，我只能這樣自我寬慰。書成之日，我更懷念慷康和互庚兩位先生，倘能幫我把文稿看一下，我將踏實許多。

胡靜波　2018.08.12

當你覺得已經完全理解了我的意思的時候，
其實你已經誤解了我的意思。

——美聯儲前主席格林斯潘

國家圖書館出版品預行編目資料

槐安紀行 / 胡靜波
作 . -- 初版 . -- 臺北市：博客思 , 2019.02
　　面；　公分
ISBN 978-986-97000-3-0(平裝)

857.7　　107019621

現代文學 48

槐安紀行

作　　者：胡靜波
編　　輯：楊容容
美　　編：楊容容
封面設計：陳勁宏
出 版 者：博客思出版事業網
發　　行：博客思出版事業網
地　　址：台北市中正區重慶南路 1 段 121 號 8 樓之 14
電　　話：(02)2331-1675 或 (02)2331-1691
傳　　真：(02)2382-6225
E—MAIL：books5w@gmail.com 或 books5w@yahoo.com.tw
網路書店：http://bookstv.com.tw/
　　　　　http://store.pchome.com.tw/yesbooks/
　　　　　博客來網路書店、博客思網路書店
　　　　　三民書局、金石堂書店
總 經 銷：聯合發行股份有限公司
電　　話：(02) 2917-8022　　傳 真：(02) 2915-7212
劃撥戶名：蘭臺出版社　帳號：18995335
香港代理：香港聯合零售有限公司
地　　址：香港新界大蒲汀麗路 36 號中華商務印刷大樓
　　　　　C&C Building, 36,Ting, Lai, Road, Tai,Po, New,Territories
電　　話：(852)2150-2100　　傳真：(852)2356-0735
經　　銷：廈門外圖集團有限公司
地　　址：廈門市湖里區悅華路 8 號 4 樓
電　　話：86-592-2230177　　傳 真：86-592-5365089
出版日期：2019 年 2 月 初版
定　　價：新臺幣 280 元整（平裝）
ISBN：978-986-97000-3-0